Birgit Schlieper
Eisseele

Birgit Schlieper

Eis seele

Thriller

cbt

cbt ist der Jugendbuchverlag
in der Verlagsgruppe Random House

MIX
Papier aus verantwortungsvollen Quellen
FSC® C014496

Verlagsgruppe Random House FSC-DEU-0100
Das für dieses Buch verwendete FSC®-zertifizierte
Papier *Super Snowbright* liefert
Hellefoss AS, Hokksund, Norwegen.

Gesetzt nach den Regeln der Rechtschreibreform

1. Auflage 2012

Lektorat: Kerstin Kipker
Umschlagfoto: iStockphoto/Christine Glade
Umschlaggestaltung: init.büro für gestaltung, Bielefeld,
he · Herstellung: AnG
Satz: KompetenzCenter, Mönchengladbach
Druck: GGP Media GmbH, Pößneck
ISBN: 978-3-570-16132-6
Printed in Germany

www.cbt-jugendbuch.de

Tanzen

Sie zuckt nur ganz leicht zusammen, als sie das Geräusch hört. Es ist ein sattes Geräusch. Ein dumpfer, voller Aufprall. Zoe kennt es. Es erinnert sie immer ein bisschen an das Zuschlagen einer Autotür. Es muss dann aber ein dickes Auto sein. Vor ein paar Tagen hat sie einen Bericht über einen Sound-Designer gelesen. Erstaunt hat sie festgestellt, dass es kein Zufall ist, wenn eine Autotür schwer und mit warmem Klang ins Schloss fällt. Das muss so sein. So wollen es die Leute. Klingt wohl teuer. Zoe ist schnell weitergegangen, hört trotzdem das Kindergeschrei. Dieses laute Brüllen, das sie schon kennt. Vor ihrem inneren Auge sieht sie die Szene: das Kind, das gerade mit dem Kopf – wahrscheinlich der Nase – auf das Wipptier geschlagen ist, das Blut, die hektische Mutter, die schnell Feuchttücher aus der Wickeltasche zerrt. Andere Mütter, die panisch dazukommen, Tipps geben wie »flach hinlegen« oder auch »nicht hektisch werden. Das spürt das Kind.« Zoe geht schnell über die Straße. Nicht, weil sie sich schuldig fühlt. Sie hat ja nur vorgemacht, wie man auf einem Bein auf diesem Wipptier balancieren kann. Sie hat dem kleinen Jungen ja nicht gesagt, dass er es nachmachen soll. Natürlich wusste sie, dass er es trotzdem versuchen wird, während die Mutter in ihre Zeitschrift vertieft Zeit und Raum vergessen hat. Jetzt wird sie ein schlechtes Gewissen haben. Die Mutter. Hätte sie halt mal besser auf ihren Sohn aufgepasst. Dann müsste sie jetzt nicht mit ihm ins Krankenhaus.

Zoe stößt die schwere Tür zur Halle auf. Durch das kleine Zwischenspiel auf dem Spielplatz ist sie spät dran. Die anderen sind schon alle umgezogen. Sie kneift Saskia in den Po.

»He, neue Hose? Super! Geile Farbe.«

»Ehrlich? Ich war mir nicht sicher, aber die war so megamäßig reduziert, da musste ich die einfach nehmen. Ein bisschen eng ist sie ja schon.«

Saskia zupft dabei an der giftgrünen Hose rum. Als wolle sie den Stoff etwas dehnen. Saskia hat nicht Zoes Figur. Die Hüften sind ein bisschen zu breit, der Po ist ein bisschen zu rund, der Bauch ein bisschen zu schwabbelig. Der Bund der Sporthose schneidet in die Haut.

»Die steht dir perfekt, und am Anfang sind doch alle Sachen ein bisschen eng. Nach dem Training rutscht die dir bestimmt über den Hintern«, versichert Zoe ihr, während sie selber Shorts und Shirt überstreift. Sie registriert Saskias Blick auf ihre dünnen Beine und den flachen Bauch überhaupt nicht.

»Komm, Süße, wir sind spät dran. Lass uns mit den Popos wackeln«, beendet Zoe das Gespräch. Sie kann es überhaupt nicht erwarten, in den Tanzraum zu kommen. Von der ersten Stunde an wusste sie, dass *African Dance* genau ihr Ding ist. Die harten Rhythmen, die Trommeln, die scheinbare Monotonie, der schlagende Beat. Nach wenigen Minuten ist sie ganz in der Musik versunken, bewegt sich scheinbar wie in Trance. Sie stampft mit den Füßen, dreht sich, marschiert, lässt die Arme und das Becken kreisen. Instruktorin Christa brüllt die Schrittfolgen in ihr Mikro, peitscht die Mädchen ein, feuert sie an und zählt immer wieder den Einsatz neu an.

Nach fünfundvierzig Minuten stellt sie den Rekorder ab und sagt nur freundlich »danke«. Die Mädchen klatschen und greifen kollektiv nach ihren Wasserflaschen.

Völlig verschwitzt und gut gelaunt lassen sie sich in der Umkleide auf die Bänke fallen. Saskias Hose klebt in allen Körperfalten. Sie zieht sie verschämt runter, knüllt sie in ihre Tasche.

»Das war gut«, findet Zoe und fummelt das Haargummi aus den verschwitzten Haaren. Sie hat es nicht nötig, sich schnell anzuziehen, Problemzonen wieder schnell in der Jeans verschwinden zu lassen. Als würde sie nur langsam aus einem Traum auftauchen guckt sie Saskia an.

»Duschst du nicht?«

»Ich muss noch Haare waschen und hier kriege ich die nicht vernünftig geföhnt. Mache ich lieber zu Hause«, antwortet Saskia schnell. Wann immer es geht, vermeidet sie es, sich nackt neben Zoe unter die Dusche zu stellen.

»Dann bis morgen«, verabschiedet sich Zoe, ehe sie langsam aus ihrer Shorts steigt.

Als sie auf dem Rückweg über den Spielplatz geht, sieht sie sofort den dunklen Fleck unter dem Wackeltier. Ihr fällt jetzt erst auf, dass dieses Spielgerät wohl ein Pferd darstellen soll. Sofort erklingt in ihrem inneren Ohr »Hoppe, hoppe Reiter, wenn er fällt, dann schreit er«.

»Passt ja irgendwie«, denkt sie und wundert sich doch. Der dunkle Fleck darunter ist ziemlich groß. Aber sie weiß, dass solche Gesichtsverletzungen immer extrem bluten. Das scheint meistens alles viel schlimmer, als es wirklich ist. Manchmal sieht ja schon einfaches Nasenbluten fürchterlich aus. Oder die Kinder beißen sich auf die Lippe und haben gleich den ganz Mund voller Blut. Im Mülleimer liegen dunkelrote Tempos. Ein ziemlicher Berg.

Natürlich wusste sie genau, dass der kleine Junge sie beobachtete. Dass er ausprobieren würde, ob er auch solche Kunststücke kann wie das große Mädchen. Sie hatte in seine großen faszinierten Augen geschaut und ihm fast auffordernd zugenickt. Als sie von dem Tier gesprungen war und sich ihre Tasche schnappte, sah sie aus den Augenwinkeln, wie der kleine Junge aus dem Sandkasten aufstand und auf das Wackelding zumarschierte.

Am Anfang hatte sie sich noch gewundert, dass nie eine Mutter zu ihr kam und ihr verbot, den kleinen Kindern so waghalsige Sachen zu zeigen. Doch die Mütter sprangen immer erst auf, wenn Klein-Nils oder Klein-Paula blutend auf dem Boden lagen. Um sie kümmerte sich dann natürlich erst recht niemand mehr.

Schon während sie die Haustür öffnet, hört sie Franziskas glucksendes Lachen. Ihre kleine Schwester freut sich jedes Mal unbändig, wenn Zoe nach Hause kommt.

»Puuuh«. Zoe hält sich übertrieben die Nase zu, als sie in das Zimmer der Schwester geht. »Hier stinkt es ja, als hätte jemand eine Stinkbombe geworfen.« Sie piekt Franzi in den Bauch. »Bist du vielleicht das Stinktier hier?«

Franziska brabbelt vor sich hin und Zoe holt mit geübten Griffen eine Windel, Tücher und Creme aus dem Schrank und legt ihre Schwester trocken. Franziska spielt dabei mit Zoes langem Haar.

»Du solltest später Pferdepflegerin werden, da kannst du dann stundenlang Mähnen kämmen«, lacht Zoe, ehe sie in ihr Zimmer im Dachgeschoss verschwindet.

Mitten in den Deutsch-Hausaufgaben fällt ihr der Name ein. Der kleine Junge hat Jonas geheißen. Sie hört plötzlich die Stimme der Mutter. »Jonas, nicht den Sand essen«, hatte die vorher noch gerufen. Erst als Jonas aufgestanden war, hatte Zoe bemerkt, dass er noch sehr klein war. Zwei Jahre vielleicht. Die anderen waren immer älter gewesen. Sie beruhigt sich. Bei ganz kleinen Kindern ist der Knochen oft noch weich. Da bricht so schnell nichts. Das hat sie mal in Biologie gehört.

»Hast du Mathe?«

Kim lässt sich neben Zoe auf die ausgeleierte Bank im Schulbus fallen.

»Klar. Du nicht?«

»Nein! Ich wollte das gestern Abend noch schnell machen, aber dann habe ich mich verchattet. Und danach war ich echt zu müde. Gib mal eben.«

Zoe hat schon ihren Ordner aus der Tasche geholt, reicht Kim ein Blatt.

»Hier, pinn du das ab, ich mache dir eben die andere Seite. Sonst schaffst du das nie.«

Kim nickt dankbar und versucht konzentriert, in dem ruckelnden Bus klar und deutlich zu schreiben.

Als der Bus vorm Schweitzer-Gymnasium hält, grinsen sich die Mädchen an. Beide Seiten sind kopiert. Es sieht noch nicht mal sehr krakelig aus.

»Just in time«, lacht Zoe und hakt sich bei Kim unter. »Wer war denn gestern Abend im Chat so wichtig, dass du darüber sogar Mathe vergessen hast?«

»Gibt es irgendjemanden auf der Welt, der nicht wichtiger ist als Mathe?«, fragt Kim erstaunt zurück.

Im Gegensatz zu Kim und Saskia lässt sich Zoe auch von der Doppelstunde Mathe nicht die Laune verderben. Immer wieder, wenn sich Ausführungen und Erläuterungen ins unermesslich Langweilige steigern, schickt sie ihre Gedanken auf die Reise. In Traumländer, in Fantasiewelten, an ganz abgelegene Orte, an die sie niemanden mitnimmt. Im Gegensatz zu Kim und Saskia kann Zoe sich diese gedanklichen Auszeiten leisten. Probleme in der Schule sind der Fünfzehnjährigen fremd. Sie weiß selber nicht genau, warum. Alles fliegt ihr zu. Aber nicht nur deswegen ist sie als Sitznachbarin begehrt. Sie ist einfach nett. Meistens zumindest.

Sie ist nicht traurig, dass sie nach der Schule Saskia, Kim und die anderen nicht begleiten kann. Die wollen trotz der noch etwas kühlen Temperaturen die Freiluftsaison vorm Eiscafé einläuten. Zoe wirft den Freundinnen noch schnell ein Küsschen zu und rennt zur Bushaltestelle. Sie hat versprochen heute Nachmittag auf Franzi aufzupassen. Nach langem Zögern hat ihre Mutter wieder angefangen zu arbeiten. Nur ein paar Stunden die Woche und eigentlich nur vormittags, während ihre jüngste Tochter von einer Tagesmutter betreut wird. Letzte Woche hatte Zoe ihre Mutter das erste Mal seit Langem wieder richtig wütend erlebt.

»Die wissen genau, dass ich nachmittags nicht kann. Die haben das Meeting bestimmt extra so gelegt, damit ich nicht komme. Das sind solche Ignoranten«, hatte sie sich aufgeregt.

Zoe hatte sie beruhigt.: »Dann zeigst du es ihnen erst recht. Mach dir keine Sorgen, ich kümmere mich um Franzi«.

»Meinst du, du schaffst das? Das wären bestimmt zwei, vielleicht sogar drei Stunden?«

»Mami, ich werde Franziska dermaßen bespaßen, dass die gar nicht merkt, dass du nicht da bist.«

Frau Kessler hatte lange gezögert, ihre große Tochter immer wieder prüfend angesehen. »Danke, Zoe. Ich glaube auch, dass du das schaffst«, hatte sie schließlich eingewilligt.

Als Zoe den Schlüssel ins Schloss stecken will, wird die Tür von innen aufgerissen. Ihre Mutter steht schon parat. Graues, schmales Kostüm, lila Bluse, schwarze Aktentasche, dezentes Make-up.

»Wow, bewirbst du dich zur Business-Frau des Jahres? Meine Stimme hast du«, lacht Zoe.

Frau Kessler lächelt gequält.

»Dein Essen steht in der Mikrowelle. Franzi hat schon gegessen, kann aber sein, dass sie gleich noch mal Hunger bekommt. Dann kannst du ihr ein bisschen Banane geben. Aber die musst du gut zerdrücken. Ganz fein, ja? Und für alle Fälle habe ich dir die Nummer von der Klinik an die Pinnwand geheftet, okay? Ich versuche so schnell wie möglich wieder da zu sein«. Die Worte prasseln auf Zoe ein.

Die zieht sich in aller Ruhe die Schuhe aus, verstaut ihre Jeansjacke in der Garderobe. Ganz leicht legt sie ihre Hand auf den Rücken ihrer Mutter, schiebt diese sanft Richtung Tür.

»Viel Erfolg, Mama. Ich habe hier alles im Griff.«

Lange steht Zoe in der Tür zu Franziskas Zimmer und sieht ihrer schlafenden Schwester zu. Ganz vorsichtig schlägt sie die Füße mit der Kuscheldecke ein, damit die nicht kalt werden. Ganz zart streichelt sie die kleine, kühle Hand, die sich durch die Berührung unnatürlich zusammenkrampft. Vom Gemüseauflauf probiert sie nur kurz. Ihre Mutter hat es wieder sehr gut gemeint mit den Kalorien. Zoe fischt sich ein paar Paprika- und Zucchini-Stücke raus und holt sich dann einen Joghurt aus dem Kühlschrank. Geschmacks- und fettfrei. Die Fünfzehnjährige ist nicht zufällig so schlank. Eine Diät hat sie nicht nötig. Noch nie gehabt. Zoe ist und isst kontrolliert. Sie freut sich richtig, als sie Gebrabbel aus dem Kinderzimmer hört. Sie schiebt ihre Schwester ins Wohnzimmer, füttert sie schnell und geübt mit Bananenmatsch und rückt dann den schweren Sessel an die Wand. Sie braucht jetzt Platz. Franzi weiß schon, was kommt. Sie beobachtet Zoe ganz genau. Die schiebt sich die Stöpsel ins Ohr und drückt auf Play. Natürlich wäre es besser, wenn Franzi die Musik auch hören könnte. Aber Zoe braucht die Musik laut. Sehr laut. Es muss so dröhnen, dass es ganz kurz vorm Schmerz ist. Und das kann sie der kleinen Schwester natürlich nicht zumuten. Aber die hat auch so Spaß, beobachtet interessiert, wie Zoe sich bewegt. Christa hatte Zoe letzte Woche die CD gebrannt. Seitdem begleitet sie der afrikanische Beat. Am Anfang setzt sie ihre Füße noch bewusst, sie konzentriert sich auf die Bewegungen, die Abläufe. Zwischendurch grinst sie immer wieder Franzi an, die ihr gebannt zusieht. Nach und nach nimmt der Rhythmus Besitz von Zoe. Über die Gehörgänge schleicht er sich in ihren Körper. Sie schließt die Augen, spürt den Bass in sich vibrieren. Sie ist nicht mehr Herrin im eigenen Haus. Sie zuckt und biegt sich, windet sich. Ihre Beine stampfen, sie schmeißt den Kopf nach hinten, sackt nach vorne, reißt sich wieder hoch. Die Musik verschlingt sie wie ein Sog. Wie in einem Sturm auf hoher See wird sie herumgeschleudert, ausgespuckt, wieder verschlungen.

Als sich irgendwann eine Hand auf ihre Schulter legt, wird sie schlagartig wach. Sie fährt herum, sieht ihrem Vater ins Gesicht.

»Was machst du hier?«, brüllt sie ihn an. Zoe ist völlig irritiert.

Stefan Kessler zuckt zurück. Er ist es nicht gewohnt, von seiner Tochter so angeschrieen zu werden. Vorsichtig zieht er ihr die In-ears raus.

»Du musst nicht so brüllen. ICH kann dich hören.«

Er hält den kleinen Ohrstöpsel hoch. Auch auf die Entfernung ist der Rhythmus noch eindringlich. Stefan verzieht das Gesicht.

»Es würde mich nicht wundern, wenn du innerhalb weniger Monate gänzlich taub wirst. Das muss doch wehtun.«

»Nö. Tut mir ganz gut. Außerdem gefällt es Franzi, wenn ich für sich tanze.«

»Das sieht man«, grinst ihr Vater und zeigt auf seine jüngste Tochter, die schon wieder eingeschlafen ist.

Unter der Dusche dreht Zoe das Wasser heiß. Und noch ein bisschen heißer. Und dann noch einen kleinen Ticken weiter. Krebsrot kommt sie aus der Kabine, rubbelt die Haut noch eine Nuance röter. Als sie sich spät im Chat anmeldet, wird sie von allen Seiten freudig begrüßt. Saskia und Kim schicken gleich Küsschen und Smileys. Auch Julian sendet ihr ein *Da bist du ja endlich.* Sie quatschen über das neue Pastahaus in der City, über die aktuelle Frisur von Madame Martin, ihrer durchgeknallten Französischlehrerin, über die nächste Schul-Party. Als Julian sich verabschiedet mit einem *Ciao Mädels, ich lass euch mal alleine, ihr wollt ja bestimmt noch über Typen lästern,* melden sich Kim und Saskia synchron bei Zoe. Beide behaupten, dass Zoe blind ist. Oder total naiv. Im schlimmsten Fall beides.

Der ist total verknallt in dich. Das riecht man gegen den Wind. Gegen einen Orkan. Da kannst du mir tausend Mal deine Kindheitsgeschichten erzählen, behauptet Kim. Zoe seufzt. Julian und sie. Das Lieblingsthema von Saskia und Kim seit gefühlten Ewigkeiten.

Und was sagt ihr, wenn ich euch erzähle, dass Julian mir kürzlich die Liebe zu einer von euch gestanden hat?

Pause. Zoe widersteht der Versuchung, sich jetzt wortlos aus dem Chat zu verabschieden. Das wäre echt zu gemein.

Kim fängt sich als erste.

In wen?

Saskia schaltet sich ein: *In mich bestimmt nicht. Der ist doch Sportler, da kann ich mit meinen Oberschenkeln nicht landen.*

Dann komme ich wohl auch kaum in Betracht, behauptet Kim.

Zoe mischt sich wieder ein.

Ja, ihr seid beide unförmig und hässlich. ;-). Aber seid beruhigt. Julian ist weder in euch noch in mich verknallt. Und wenn ihr nicht endlich damit aufhört, erzähle ich ihm, ihr wärt beide total hinter ihm her und hättet euch deswegen fast geprügelt. Und jetzt schnappe ich mir mein Biobuch, weil ich da schließlich morgen ein klitzekleines Referat halten muss. Gute Nacht.

In der Küche, wo sie sich noch eine Flasche Sprudel holen will, trifft sie auf ihre Eltern.

»He, Mama, wie war das Meeting heute? Hast du es ihnen gezeigt?«

»Hab ich. Ich war echt gut«, strahlt Sonja Kessler. Sie ist so euphorisch, dass sie noch nicht mal meckert, als Zoe direkt aus der Flasche trinkt.

»Es ging um einen Übernahmevertrag. Und die hatten wirklich einige rechtliche Klauseln einfach nicht beachtet. Da konnte ich richtig punkten. Ich bin richtig stolz auf mich.«

»Super. Und vielleicht ist dir auch aufgefallen, dass du ruhig mal für ein paar Stunden weg kannst, ohne dass hier das absolute Chaos ausbricht.«

»Habe ich gemerkt. Hast du wirklich klasse gemacht. Papa hat mir erzählt, dass du Franzi in den Schlaf getanzt hast. Vielleicht kannst du so eine Performance ja auch mal für mich machen, wenn ich nicht schlafen kann«, lacht Zoes Mutter und streichelt ihrer Tochter liebevoll über den Rücken.

»Und wie war sonst dein Tag, Süße?«

»Alles gut. Nur gerade haben mich Saskia und Kim wieder mit ihrer fixen Idee genervt, dass Julian in mich verknallt sei.«

»Die können sich eben nicht vorstellen, dass ihr einfach nur befreundet seid. Wenn Julian sich in dich verlieben wollte, hätte er das auch schon vor zehn Jahren machen können.«

»War das nicht die Zeit, als wir immer noch zusammen aufs Klo gegangen sind, um weiterquatschen zu können? Ideale Situation, um sich zu verknallen«, lacht Zoe.

Als sie im Bett liegt, nimmt sie sich vor, Julian mal zu fragen, ob er sich daran noch erinnern kann. Das Biobuch nimmt Zoe nicht mehr in die Hand. Sie weiß, dass sie gut vorbereitet ist. Und so etwas wie Lampenfieber kennt sie nicht. Sie kennt kein Gefühl, das noch schlimmer sein kann als das, das eh schon in ihr wohnt.

Tiefe Blicke

Ungeduldig steht sie in der Fünf-Minuten-Pause vor den beiden Kabinen. In der rechten Toilette wird geraucht, wie man deutlich riechen kann. In der linken Kabine passiert lange nichts, dann knistert es leise. Dann passiert wieder nichts.

Wahrscheinlich irgendeine Zwölfjährige, die zum ersten Mal mit einem Tampon hantiert, schießt es Zoe durch den Kopf. Muss die jetzt hier üben? Wahrscheinlich dauert es jetzt noch zehn Minuten, bis die die Kurve kriegt. Im wahrsten Sinne. Zoe wechselt ungeduldig aufs andere Bein. Als es zur zweiten Stunde klingelt, handelt sie spontan. Sie schiebt kurz den Minirock hoch, zieht sich vor den Kabinen den Slip runter, steigt vorsichtig mit den Schuhen aus dem Höschen und schiebt es in die Tasche ihres Jeansrocks. Mit schnellem Schritt geht sie Richtung Klassenzimmer, zu Englisch. Sie will auf jeden Fall schon auf ihrem Platz sitzen, wenn der Böker reinkommt. Ihr Platz ist perfekt. Direkt gegenüber von der Tür. Sie ist immer die Erste, die der Böker sieht. Das heißt: Sie war es immer. In letzter Zeit ist der junge Lehrer ganz verkrampft darauf bedacht, nicht in ihre Richtung zu gucken. Zoe zuckt kurz als sie sich auf den Holzstuhl setzt. Der Rock ist hinten geschlitzt, und sie spürt unangenehm die kalte Sitzfläche an ihrem nackten Po. Egal. Da muss sie jetzt durch. Keiner aus der Klasse hat die Perspektive, die Herr Böker hat. Und er leidet darunter. Meist schafft er es, zehn oder fünfzehn Minuten nicht in Zoes Richtung zu sehen. Aber irgendwann können seine Augen nicht widerstehen. Dann wandern sie zu ihr und gleiten eine Etage tiefer. Zoe sieht wie er schwitzt, wie er verzweifelt versucht, nicht den Faden seines Unterrichts zu verlieren. Sie amüsiert sich prächtig. Vergangene Woche hat er zwanzig Minuten durchgehalten. Er hatte sich schlauerweise hinter Zoe gestellt und von da seine Fragen gestellt. Nach zwanzig Minuten hatte sich Zoe gemeldet, sich eine total überflüssige Frage zum aktuellen Stoff ausgedacht. Dadurch war Böker gezwungen, wieder zum Pult zu gehen, um das Buch zur Hand zu nehmen. Er hatte verloren. Auch die Kontrolle über seinen Blick. Zoe triumphierte. Es ist ihr nicht peinlich, dass er ihre Scheide sieht. Warum auch? Wer nackte Genitalien sehen will, wird rund um die Uhr im Fernsehen bedient. Und sie hält sich nicht für so etwas Besonderes, als dass ihr Intimbereich besonders schützenswert sei. Und was wäre schon ein bisschen Scham gegen diese Macht? Sie weiß natürlich, dass ihr Anblick ein einziger Tabubruch ist. Dass sie sich billig und schmutzig und verdorben und gemein fühlen müsste. Tut sie aber nicht. Es ist ihr Spiel. Sie liebt es, zu spielen. Und sie gewinnt immer. Nur freuen kann sie sich nicht. Und genau deswegen muss sie immer wieder den Einsatz erhöhen. Immer noch ein bisschen weiter gehen. Nach fünfundvierzig Minuten ist Bernd Böker sichtlich froh, den Raum verlassen zu können. Zoe hat ihn gequält, die Beine gespreizt, den Rock gerafft. Der junge Lehrer hat gelitten, die Flecken unter seinen Achseln wurden immer größer. Beim Hinausgehen sieht er aus, als würde er am liebsten gleich die Stadt verlassen. Oder sich zumindest für eine Woche krank melden.

Das Bioreferat läuft gut. Genauso wie Zoe es erwartet hat. Sie hat sich vorher den Slip wieder angezogen. Dieses Mal war sogar eine Toilette frei. Sie schwingt sich auf das Lehrerpult, wartet in aller Ruhe, bis auch der Letzte zu quatschen aufgehört hat und legt dann los. Die Evolutionstheorie. Es geht um das Entstehen des Lebens, die verschiedenen Hypothesen und um Charles Darwin und sein »Survival of the fittest«. Zoe spricht laut, deutlich und baut kleine Lacher ein. Nach genau zwanzig Minuten – so war auch die Vorgabe – legt sie das letzte Blatt zur Seite und fragt freundlich: »Hat noch jemand Fragen?«.

Aus der letzten Reihe – sie weißt nicht, wer es ist – kommt nur: »Was machst du heute Nachmittag?«

Auch der Griesbach scheint zufrieden.

»Danke Zoe, das war umfassend und ansprechend vorgetragen«, äußert er sich endlich. Zoe hatte auch gar nichts anderes erwartet.

Zu Hause ist schlechte Stimmung. Kein lauter Krach, kein Streit. Nur eine Franziska, die trotzig und bockig ist, und eine Mama, die sich viel lieber an den Schreibtisch setzen möchte. Während Zoe isst, hält ihre Mutter der kleinen Schwester immer etwas Neues hin und versucht nebenbei eine E-Mail zu lesen. Doch Franzi hat keine Lust auf Spieluhren, auf quietschende Enten, auf brummende Bären und auch nicht auf ein singendes Buch. Sie jammert, steigert sich langsam in ein unangenehmes Brüllen.

»Was liest du da?«, fragt Zoe, während sie den fettigen Käse vom Auflauf schabt.

»Die aus der Firma wollen noch ein paar Nachbesserungen von mir. Und nachdem ich mich gestern so weit aus dem Fenster gelehnt habe, will ich da jetzt weiter punkten. Das ist meine Chance.«

Zoes Mutter ist Anwältin, hatte ihren Mann im Jura-Studium kennen gelernt. Mit viel Arbeit und Engagement hatten sich Kesslers in eine Gemeinschaftskanzlei eingearbeitet, hatten oft bis spät in den Abend Akten gewälzt, Plädoyers geschrieben. Als Zoe auf die Welt kam, hatte Sonja Kessler auf die große Karriere verzichtet. Gerne verzichtet. Sie liebte ihre Arbeit, aber auch ihre Tochter. Es war nicht immer einfach, aber sie hatte in Teilzeit weitergearbeitet und abends statt Zeugenaussagen Kinderbücher gelesen. Nach Franzis Geburt war ans Arbeiten lange nicht zu denken. Erst jetzt geht die Anwältin vorsichtig wieder ihrem Beruf nach. Und sie hatte sofort wieder Blut geleckt. Als hausinterne Rechtsberatung einer großen Firma hatte sie eine neue Herausforderung gefunden.

»Ich kann mich doch um Franzi kümmern«, bietet Zoe an.

Sie sieht, wie es in den Augen ihrer Mutter aufblitzt, wie gerne diese sich auf ihre Arbeit stürzen möchte – und sich nicht traut.

»Musst du keine Hausaufgaben machen?«

»Ist ein Klacks. Kann ich auch nachher machen«, beruhigt Zoe sie.

Sonja Kessler springt auf, drückt Zoe einen Kuss auf die Stirn. »Du bist ein Schatz.«

Zoe verzieht das Gesicht. Dass sie sich jetzt um Franzi kümmert, ist doch wohl das Mindeste, was sie machen kann. Wenn sie es schon nicht ungeschehen machen kann. Mit ausdauernder Geduld guckt sie mit ihrer Schwester Bilderbücher an. Immer wieder die gleichen. Sie kennt jedes Bild. Könnte jede Seite mit geschlossenen Augen beschreiben. Und Franzi will immer wieder dieselben Bilder sehen. Begeistert zeigt sie auf die Kuh, den Hund, die Katze und es scheint, als würde sie sich freuen. Mehr kann Zoe nicht erwarten. Nicht von ihrer Schwester, die so anders ist als die anderen Mädchen in dem Alter.

Mitten in den Hausaufgaben ruft Kim an. Erst versteht Zoe gar nicht, wer sich da am Telefon meldet. Es ist nur ein Schniefen zu hören. Dann wird laut eine Nase geputzt.

»Kim? Bist du das?«

»Ja. Habe ich doch schon gesagt.«

»Ich konnte dich nicht so sehr gut verstehen. Was hast du denn noch gesagt bis jetzt?«

»Dass ich eine Krise kriege. Eine Mega-Krise. Ich hatte einen ätzenden Streit mit meinen Eltern. Die spinnen jetzt total.«

»Worum ging es?« Zoe steht vom Schreibtisch auf, lässt sich aufs Bett fallen. Vermutlich dauert es länger.

»Sie haben mir knallhart gedroht. Die erpressen mich. Wenn ich in der Mathearbeit morgen nicht mindestens eine Drei schreibe, streichen die mir das Reiten. Für die nächsten drei Monate. Kannst du dir das vorstellen? Das ist so gemein von denen.«

Kim fängt wieder an zu weinen. Zoe lässt die zweite Welle vorbeirauschen, ehe sie was sagt.

»Dann schreib doch einfach eine Drei«, schlägt sie ganz gelassen vor.

»Du hast gut reden. Du hast dir wahrscheinlich das Buch nur einmal unters Kopfkissen gelegt und gehst mit einer Zwei nach Hause. Es gibt aber Menschen, denen fliegt das nicht so zu«, blafft Kim zurück.

Zoe sagt nichts darauf. Was sollte sie auch sagen?

»Zoe, ich weiß nicht, was ich machen soll. Wenn ich drei Monate nicht in den Stall darf, sterbe ich. Dann ist mein Pflegepferd weg, dann muss ich wieder die Schulgäule striegeln und bei denen ausmisten. Da kriege ich einen Anfall.«

»Ich sage doch, schreib die Drei. Ich hätte da auch einen Vorschlag.«

»Eine Gehirntransplantation wirst du über Nacht nicht hinkriegen.«

»Ich schreibe dir die Lösungen auf. So einfach geht das.«

»Klar. So einfach. Du stehst mitten in der Arbeit auf, kommst zu mir geschlendert, legst mir die Lösungen auf den Tisch und setzt dich brav wieder. Hört sich ja wirklich nach einem Superplan an.«

»Ich wollte es eigentlich ein bisschen anders machen. Ich dachte, ich verstecke dir den Zettel auf der Toilette. Im Klopapier.«

Kim schluchzt nicht mehr. Sie ist plötzlich verstummt. Denkt über den Vorschlag nach. Natürlich dürfen die Schüler während einer Arbeit auf Toilette gehen. Es gibt dafür ein besonderes WC neben dem Klausurraum. In dem Klo ist eigentlich keine Möglichkeit, irgendetwas zu verstecken. Kein Spiegel, hinter den man was schieben könnte. Kein Wasserkasten, in dem man eine Nachricht deponieren könnte. Kein Behälter für Papierhandtücher, nur ein fieses einfaches Frottee-Handtuch. Manche Lehrer gucken sogar unter der Toilettenbrille nach, wenn ein Schüler das WC benutzt hat. Aber die Idee mit dem Zettel in der Klopapierrolle hörte sich gut an ...

»Zoe, wenn das auffliegt, bekommst du eine Sechs für Mogeln. Dann bist du auch dran«, sagt Kim zaghaft.

»Es wird nicht auffliegen. Mach dir keine Sorgen. Ich beeile mich morgen total und sehe zu, dass ich so schnell wie möglich aufs Klo gehe und den Zettel deponiere. Du musst nur drauf achten, dass du den Zettel hinterher fein säuberlich im Klo runterspülst. Wäre blöd, wenn er danach gefunden würde. Und du musst dir auch wirklich genau merken, was ich aufgeschrieben habe. Schaffst du das? Im Zweifelsfall schreibst du dir ein paar Sachen auf den Unterarm. Was meinst du?«

»Habe ich eine andere Chance?«

»Ich fürchte nicht. Also geh jetzt mal schön früh ins Bett, dann bist du morgen ausgeschlafen und fit für eine hübsche Drei in Mathe.«

Kim atmet tief und erleichtert gleichzeitig.

»Danke Zoe. Ich wüsste echt nicht, was ich ohne dich tun wurde.«

Der Plan funktioniert. Zunächst. Zoe arbeitet konzentriert und schnell. Sie addiert und subtrahiert Potenzen, multipliziert, berechnet in Textaufgaben das Wachstum von Bakterienkulturen und schreibt alle Ergebnisse parallel auf einen kleinen Zettel. Nach der vierten Aufgabe hebt sie die Hand und bittet mit verzeihendem Lächeln, kurz auf die Toilette gehen zu dürfen. Sie weiß, wenn Kim sich das alles merkt, reicht das ganz locker für eine Drei. Der Referendar, der die Aufsicht hat, nickt ihr kurz zu und guckt weiter aufmerksam in der Gegend herum. Als Zoe von der Toilette kommt, wirft er nur kurz einen Blick in den Raum. Von genauer Kontrolle hat ihm wohl keiner was gesagt. Oder es interessiert ihn nicht. Zoe setzt sich wieder und erstarrt, als direkt nach ihr Claudio auch die Hand hebt. Auch er muss auf die Toilette. Kim guckt Zoe panisch an. Das kam in dem Plan nicht vor. Claudio verschwindet hinter der Tür, kurz darauf ist ein riesiger Furz zu hören. Ein Lachen geht durch den Raum.

Wenn der jetzt dazu Durchfall kriegt und die gesamte Rolle aufbraucht, kann Kim ihre Reithose erstmal einmotten, denkt Zoe. Doch da kommt Claudio mit hochrotem Kopf wieder herein. Offenbar musste er nur mal Luft ablassen.

»Mach schnell die Tür zu«, lacht Fabian.

»Ruhe«, donnert die Aufsicht dazwischen.

Ein paar grinsen, als sich wenige Minuten später Kim meldet.

»Ganz schön mutig«, ist von hinten zu hören.

Nach Zoes Gefühl dauert es ewig bis Kim wieder vom Klo kommt. Offenbar hat sie wirklich jedes Satzzeichen mit auswendig gelernt. Sie geht mit schnellen Schritten auf ihren Platz und fängt sofort an zu schreiben. Als müsse sie alles hinpinnen, ehe sie es wieder vergessen hat.

In der Pause fällt sie Zoe um den Hals.

Die wehrt ab.

»Wart erstmal ab. Wer weiß? Vielleicht hatte ich ja auch einen schwarzen Tag«, unkt Zoe.

Kim winkt ab.

»Du doch nicht.«

Dieses Mal kann sich Herr Böker nicht so lange beherrschen. Sein Blick geht schon sehr früh zu Zoe, zwischen ihre Beine. Er sieht fast erleichtert aus, als er die Jeanshose erblickt. Zoe grinst ihn vorsätzlich naiv an. Ihr Blick sagt: »Was haben Sie denn erwartet zu sehen?« Der Lehrer haspelt sich durch den Unterricht. Natürlich setzt Zoe sich nicht in jeder Englischstunde unten ohne in den Klassenraum. Das wäre ja langweilig. Dann könnte sich der junge Lehrer ja darauf einstellen. So weiß er nie, was ihn erwartet. Auch Zoe weiß es eigentlich nicht. Sie lässt sich von ihrem Drang leiten. Weiß oft selber nicht genau, wohin der sie führt. Manchmal bis an den Abgrund. Doch Zoe ist schwindelfrei. Glaubt sie.

Den Nachmittag widmen die drei Freundinnen, zu denen sich noch Lilly gesellt, ganz ihrer Schönheit. Der Sommer steht vor der Tür. In den wollen sie so gut aussehend wie möglich starten. Besonders Lilly wird stürmisch begrüßt. Ursprünglich gehörte sie zu dem Kleeblatt. Sie hatte es allerdings geschafft, in Mathe noch schlechter als Kim zu sein und zeigte sich auch in Physik, Chemie und Französisch als ziemlich talentfrei. Sie besucht jetzt eine Privatschule, hat immer noch schlechte Noten und trotzdem noch gute Laune. So schnell lässt sich Lilly nicht aus der Bahn werfen. Die vier Mädchen treffen sich bei Saskia, weil die einfach über das größte Badezimmer verfügt. Unter viel Geschrei beginnen sie mit der Wachsbehandlung an den Beinen. Lilly schwört, dass das definitiv die beste Methode gegen unerwünschte Haare sei. Sie feilen sich die Fußnägel, lackieren sie in den schillerndsten Farben. Saskia und Lilly pinseln sich gegenseitig Chemie in die Haare, um einen »goldigen Schimmer und faszinierende Reflexe« zu erzeugen. Die Einwirkzeit wird mit einer großen Weingummi-Mischung und viel Gequatsche überbrückt. Lilly erzählt witzige Storys von ihren neuen Mitschülern, die offenbar alle verhaltensauffällig und/oder psychotisch sind. Kim schwärmt in den höchsten Tönen von Zoe und deren selbstloser Mogelaktion während der Mathearbeit. Nach den Haaren sind die Gesichter dran. Die vier Mädels peelen ihre Haut, bis sie krebsrot ist, anschließend kommen die dicken Schaummasken auf die Haut.

Später, als Zoe nach Hause geht, fühlt sie sich erneuert, fast wie verpuppt. Sie schlüpft aus der feuchtwarmen Badezimmerluft, die gesättigt war von den Stimmen der Freundinnen, in ihr Turmzimmer. Sie liebt den kleinen Raum mit den schrägen Wänden. Er ist ihr Nest. Mit den Kopfhörern auf den Ohren versucht sie das Gefühl so lange wie möglich zu erhalten.

Gefangen

Als sie am Sonntagmorgen bei Lilly klingelt, ist sie abwesend. Wie in Trance.

»Da bist du ja endlich«, freut sich Lilly und zieht Zoe in den Flur.

»Wir haben extra auf dich gewartet, obwohl Daniel und Tim gerade schon den Hungertod simulieren.«

Zoe wird auch von den anderen stürmisch begrüßt. Sie reißt sich kurz zusammen und knipst ihr Lächeln wie auf Knopfdruck an.

»Ich weiß genau, dass ihr euch nur so freut, weil ihr jetzt endlich loslegen könnt«, spielt Zoe die Entrüstete.

Sofort werden Eier geköpft, Croissants mit Butter bestrichen und Käsewürfel brotlos probiert. Zum Brunch bei Lilly wird immer ordentlich aufgetischt. Zoe nimmt sich erstmal einen O-Saft und einen Kaffee und lässt sich neben Tim auf die Bank fallen.

»Wo sind deine Schatten?«, will der mit reichlich Rührei im Mund wissen.

»Wen meinst du genau? Ich habe doch immer eine riesige Groupiemenge im Schlepp«, versucht Zoe witzig zu sein.

»Ich dachte da an Saskia und Kim«, hilft Tim nach.

»Saskia ist mit Mutti und Vati am See, irgendein Event im Ruderclub. Kim trabt gerade durchs Gelände.«

»Hauptsache, du bist hier«, grinst Tim sie an.

Zoe lächelt irritiert zurück und geht zum Büffet. Hunger hat sie eigentlich nicht. Sie denkt an den kleinen

Hund. Der hat jetzt nichts zum Essen. Wie oft muss ein Hund essen? Und vor allem: Wie oft muss er trinken? Zoe probiert gedankenverloren den eingelegten Parmesan. Sie war heute Morgen ganz spontan auf die Idee gekommen. Als sie hinten im Garten ein paar Blumen für Lilly gepflückt hatte, rumorte plötzlich etwas im Gartenhaus. Es war der kleine Hund. Wahrscheinlich hatte ihr Vater nach dem Rasenmähen wieder die Tür offen gelassen. Klein-Johnny hatte sich unter eine marode Holzbank gequetscht. Offenbar roch da etwas sehr lecker für den Mischlingsrüden. Zoe hatte ihn sofort erkannt, obwohl sie nur den wuscheligen Hundepo sehen konnte. Johnny gehört Frau Bruns. Mindestens drei Mal am Tag zieht die alte Frau den Hund hinter sich her die Straße hoch und runter. Alle paar Meter ruckelt sie dann an der Leine und ruft laut »Johnny, komm schon. Komm, Johnny. Wo ist denn mein Johnny?«. Besonders witzig daran ist, dass die alte Frau »Johnny« ganz weich ausspricht. So wie Menschen, die kein Wort Englisch können. Den Namen hatte die Enkelin von Frau Bruns ausgesucht. Die hatte vor mehr als zehn Jahren wochenlang gebettelt, sie brauche einen Hund.

Sie liebe Hunde.

Sie würde sich rund um die Uhren kümmern.

Die Tierliebe hielt bis zu den nächsten Schulferien. Da fiel dem Mädchen auf, dass Hunde auch in den Ferien früh gassigehen wollen. Kurzerhand wurde das Tier an Oma weitergereicht. Stefan Kessler machte sich gerne lustig über Hund und Frauchen.

»Da kommt ja wieder Johnny Walker«, lästerte er.

Außerdem stritten sich Sonja und Stefan Kessler gerne und leidenschaftlich, wer von beiden die bessere Frisur hatte. Sonja stand eindeutig auf die Pudelfrisur von Frau Bruns. Stefan Kessler bevorzugte den Wuschellook von Johnny. Aber eigentlich waren alle in der Straße froh, dass Frau Bruns den Hund hatte. Als ihr Mann vor vier Jahren von heute auf morgen an einem Herzinfarkt starb, war die alte Frau nur noch ein Schatten ihrer selbst. Nur für den Hund stand sie weiter auf, ging regelmäßig an die frische Luft und einkaufen. Alle wussten: Ohne Johnny wäre auch Frau Bruns schon längst unter der Erde.

»Hast du die Möhrenmuffins schon probiert? Die sind einfach geil«, schiebt sich Lilly in Zoes Gedanken.

»Mach ich noch. Ich fange gerade erst an«, beteuert Zoe.

Sie hofft nur, dass Johnny nicht in das Gartenhaus kackt. Sie ekelt sich schon bei dem Gedanken, das wegmachen zu müssen. Schnell schiebt sie die Vorstellung zur Seite und auch jeden anderen Gedanken an den Köter. Jetzt wird gebruncht. Jetzt wird Spaß gehabt. Zoe bedient sich beim Obstsalat und gesellt sich zu den anderen Mädels. Ein paar neue Freundinnen von Lillys neuer Schule sind da. Lilly zieht Zoe sofort in den Kreis.

»Hier, das ist Zoe. Die Haarfarbe ist echt. Pickel kennt sie nur vom Hörensagen. Sie liebt Sport und macht es nicht für Diätzwecke. Sie ist topp in der Schule und zwar in allen Fächern. Und sie ist trotzdem nicht eingebildet. Ich liebe sie einfach.« So stellt Lilly Zoe vor und drückt ihr einen liebevollen Kuss auf die Wange. Grinsend wischt diese sofort den Lippenstiftabdruck weg und legt den Kopf schief.

»Du übertreibst wie immer«, winkt sie ab.

Aber das Eis ist gebrochen.

Der Brunch zieht sich bis in den frühen Nachmittag.

Als Zoe nach Hause kommt, schleicht sie sich über die Terrasse und die Wiese zum alten Gartenhaus. Als sie die Tür öffnet, kommt Johnny angewieselt und bellt freudig. Angst, dass der Hund gehört wird, hat das Mädchen nicht. In der Hütte hat ihr Vater früher Schlagzeug geübt, deswegen sind alle Wände schalltechnisch isoliert. An einem Kiosk hat Zoe eine Flasche stilles Wasser gekauft. Sie schüttet ein bisschen in den Deckel einer Kiste, die sie in der Ecke zwischen den ganzen Gartengeräten, Werkzeugen und Fahrrädern findet. Johnny schlabbert sofort los. Zoe beobachtet ihn kühl. Eigentlich hatte sie ihm auch etwas zum Fressen mitbringen wollen, sich dann aber dagegen entschieden. Der kleine Köter war eh etwas zu fett. Genau wie Frauchen. Außerdem war Zoe klar: Je weniger oben rein kam, desto weniger kommt hinten raus. Als er das Wasser aufgeschlabbert hat, räumt sie alles weg. Wenn er hier entdeckt wird, soll es so aussehen, als sei einfach die Tür hinter ihm ins Schloss gefallen. Wenn da aber Wasser steht, würden Fragen gestellt. Als sie aufsteht und Richtung Tür geht, schaut Johnny sie überrascht an. Überrascht und ängstlich.

Zoe ist schon lange weg, da steht der Hund immer noch da und starrt auf die Tür. Als er sich endlich hinlegt, wimmert er ganz leise. Fast wie ein Kind.

Sie hat sich den Wecker auf zwei Uhr gestellt. Sie kann sicher sein, dass da alle schlafen. Zwischen zehn und drei hat auch Franziska ihre absoluten Tiefschlafphasen. Barfuß schleicht sie über die Terrasse und das feuchte Gras zu der Hütte. Sie riecht es sofort. Johnny hat in das Haus gemacht. Angewidert schiebt sie den Haufen mit einem Kehrblech in eine Plastiktüte. Trotz der Wurst lässt sie Johnny noch kurz raus. Wahrscheinlich muss er ja noch Pipi. Vorsichtshalber knotet sie jedoch die mitgebrachte Wäscheleine an sein Halsband. Sie will nicht riskieren, dass er jetzt abhaut und einfach zu Frauchen läuft. Der Hund hebt brav sein Bein am ersten Baum. Fasst bittend schaut er zu Zoe, als die ihn danach wieder in das Gartenhaus zieht. Sie guckt ihn nicht an, sieht immer wieder zum Haus, ob irgendwo das Licht angeht. Doch das Haus Kessler schläft.

So wie Zoe auch schnell wieder. Trotz der eiskalten Füße, die sie sich im Garten geholt hat. Ansonsten kriegt sie eigentlich nie kalte Füße.

Schon auf dem Weg zum Bus läuft ihr Frau Bruns über den Weg. Die Frau ist panisch, ihr Blick flattert. Sie sieht zehn Jahre älter aus letzte Woche.

»Zoe, Kindchen, hast du meinen Johnny gesehen? Er ist gestern Morgen ausgebüchst. Das hat er schon ein paarmal gemacht, dann ist er aber immer nach einer Weile wieder zurückgekommen. Diesmal ist er jedoch schon seit einem Tag und einer Nacht weg. Das passt überhaupt nicht zu ihm!«

Ihre Stimme wackelt. Zoe kann ihre Angst richtig riechen. Aber sie bleibt gar nicht erst stehen, verlangsamt nur kurz ihren Schritt.

»Tut mir leid Frau Bruns, aber ich hab ihn nicht gesehen. Sorry, ich muss zum Bus ...« Über die Schulter ruft sie noch: »Der kommt bestimmt bald wieder.«

Die Angst dieser Frau widert sie fast an.

Dieses Mal ist sie rechtzeitig im Tanz-Studio. Sie hat nicht wieder den Weg über den Spielplatz genommen. Gerade ist sie aus ihrer Jeans gestiegen, als Christa mit einer großen Tüte in die Umkleide kommt.

»Ich habe eine Überraschung für euch – neue Anzüge. Ich möchte, dass jede einen anzieht und auch die Kapuze überstreift. Ihr werdet euch erst ein bisschen komisch fühlen. Aber ich bin mir sicher, dass das megamäßig aussehen wird.«

Zoe schnappt sich einen der Anzüge. Sie sind eng, einteilig und haben alle eine enge Kapuze. Nachdem Saskia sich in ein Modell gezwängt hat, stöhnt sie auf.

»Christa muss sich entscheiden, ob ich das anhaben oder tanzen soll. Beides geht nicht. Ich kann nicht tiefer einatmen als bis in den Kehlkopf. Maximal.«

Zoe guckt sich im Spiegel an. Ohne Haare und ansonsten in Schwarz gehüllt, fühlt sie sich fremd. Aber genau das Gefühl ist ihr ja eben nicht fremd.

Schon kurz nachdem das Training angefangen hat, versteht Zoe, warum die Dance-Instruktorin die Anzüge verteilt hat. Jetzt ist es nicht nur die akustische Monotonie, die die Szene beherrscht. Auch optisch wird's klar, geradlinig. Zoe mag es. Sie fühlt sich wieder als Teil einer Masse. Fühlt wie sie von der Gruppe aufgesogen wird. Vierzehn fast identische Körper lassen sich von dem Takt mitreißen. In der Anonymität, in der parallelen Bewegung kann sie sich noch besser fallen lassen, aufgehen in dem Klang, dem harten Sound. Ihre Identität, ihre Zwänge, ihre Erinnerungen hat sie in der Umkleide an den Haken gehängt. Am liebsten würde sie den Anzug für immer anlassen. Aber das Gefühl wäre ja eh nicht das Gleiche – diese Leichtigkeit gab es nicht da draußen auf der Straße, in ihrem Alltag.

Als sie kurz vorm Abendessen zum Gartenhaus schlendert, hört sie plötzlich ihre Mutter hinter sich.

»He, wo willst du hin? Wenn du vorhast, dir die Harke zu holen, um hier das Laub zu beseitigen, will ich dich nicht aufhalten«, lacht Sonja Kessler.

»Eigentlich nicht. Wir sollen für Bio ein paar Wildkräuter mitbringen. Und ich dachte, die gibt es hier hinten im Garten doch reichlich«, kommt Zoe schnell eine Lüge über die Lippen.

»Wildkräuter? Bei uns früher hieß das noch Unkraut. Aber tu dir keinen Zwang an. Von mir aus kannst du alles mitnehmen.«

Zoe lächelt freundlich und fängt an, Grünzeug aus

dem Beet zu reißen. Immer wieder linst sie Richtung Terrasse. Als sie ein Brüllen hört, weiß sie, dass ihre Mutter mit Franzi beschäftigt ist. Wahrscheinlich bekommt die gerade eine neue Windel – das findet diese meistens nicht wirklich gut. Schnell schiebt sich Zoe ins Gartenhaus und wird von Johnny stürmisch begrüßt. Sie wehrt ihn mit dem Fuß ab und füllt Wasser nach. Er stürzt sich sofort auf die Pfütze. Auch die trockene Brotscheibe, die Zoe mitgebracht hat, verschlingt er sofort. Noch kauend trippelt er zur Tür, kratzt mit der Pfote dran. Keine Frage: Johnny will raus. Zoe überlegt, ob es schon so weit ist. Am Nachmittag hatte sie mehrere Fotos an Bäumen gesehen. Frau Bruns hatte das Viertel mit Vermisstenanzeigen nach Johnny gepflastert. Sie hatte ein Bild genommen, auf dem sie zusammen mit ihrem Hund zu sehen war. Darunter stand mit großer Schrift »VERMISST«. Im ersten Moment wusste man gar nicht genau, wer jetzt gesucht wurde: der Hund oder die alte Dame mit der lustigen Frisur.

Zoe guckt den Hund an. Ob er weiß, wie sehr er vermisst wird? Sie beschließt, Johnny noch mindestens eine Nacht zu verstecken. Jetzt, wo es hell ist, kann sie ihn eh nicht laufen lassen. Sie legt ein paar Schokokekse unter die Sitzbank. Johnny reagiert sofort und holt sie sich. Den Moment nutzt Zoe aus, um sich davonzustehlen. Dabei weiß sie ja genau, wie er sich fühlt. So gefangen. Ihr Gefängnis ist nur in ihr. Unsichtbar. Das macht es nicht besser.

»Die Bestätigung ist gekommen!« Beim Abendessen wedelt Zoes Mutter aufgeregt mit einem Briefumschlag. »Hier sind auch noch Fotos von unserem Bungalow und der ganzen Anlage. Es sieht wirklich super aus. Ich würde am liebsten sofort die Koffer packen.«

Zoe schnappt sich die Post aus Frankreich. Sieht echt

ganz gut aus. Lachende, braun gebrannte Menschen, viel Meer, feiner Sand, sehr bunte Cocktails.

»Super, außer dass wir wahrscheinlich Sonnencreme mit Lichtschutzfaktor 90 mitnehmen müssen. Im August wird es da bestimmt glühend heiß«, mischt sich Stefan Kessler ein.

Sonja Kessler versucht böse zu gucken. »Tut mir ja auch leid, dass ich vorher noch in der Probezeit bin und nicht weg kann. Wenn ich einen guten Anwalt hätte, hätte der ja vielleicht was für mich machen können. Aber ich kenne leider keinen guten«, grinst sie in Richtung ihres Mannes.

Der hält die Gabel in ihre Richtung. »Ich würde dir jetzt gerne ein kleines Piercing machen. Wo möchtest du es haben? Lieber an der Augenbraue oder an der Lippe?«, lacht er zurück.

Sonja Kessler greift sich ihre Gabel und piekt ein paar Oliven vom Teller ihres Mannes auf. »Konzentrier du dich lieber auf deine Badehosenfigur. Hast du gesehen, wie durchtrainiert die Männer in dem Katalog aussehen? Da gibt es für dich noch einiges zu tun.«

»Sei mal lieber etwas netter zu mir. Immerhin spreche ich ein bisschen Französisch. Wenn du nicht artig bist, bestelle ich für dich nur trockenes Brot zum Essen.«

»So weit ich weiß, gehen deine Französischkenntnisse über ›Deux bières s'il vous plait‹ nicht hinaus. Ich halte mich da lieber an Zoe. Wofür hat die denn schon seit Jahren Französisch.« Sie legt ihre Hand auf Zoes Arm. »Könntest du vorher schon mal nachsehen, was Austern, Kaviar und Froschschenkel auf Französisch heißen?«

Zoe nickt lächelnd. »Und ich gucke, wie man den besten Tropfen des Weinkellers ordert. Ich denke, das interessiert dich auch.«

»Absolut«, lacht Zoes Mutter. »Ich sehe schon, wir verstehen uns.«

Als Zoe in der Nacht um kurz nach zwei in das Gartenhaus schleicht, kommt Johnny langsam aus einer Ecke auf sie zu. Als wüsste er, dass er sich keine Hoffnungen zu machen braucht. Er drückt seine Schnauze in Zoes Hand. Die bleibt wie versteinert stehen. Sie hält das Tier hier gefangen und er will Streicheleinheiten von ihr? Johnny reibt sich an ihrem nackten Bein, leckt kurz mit seiner Zunge an ihrem Fuß. Irgendetwas in Zoe zieht sich zusammen. Wenn er wütend bellen, wenn er sie anknurren oder verzweifelt an der Tür kratzen würde. Das wäre okay für sie. Doch dieses Vertrauen, diese Suche nach Nähe kann sie nur schwer ertragen. Es erinnert sie zu sehr an Franzi. An die glücklichen Augen der Schwester, wenn Zoe das Zimmer betritt. Das glucksende Lachen, wenn Zoe Quatsch für sie macht. Sie ist immer wieder erstaunt darüber, wie sehr die kleine Schwester Berührungen genießt. Trotz allem. Sich wohlig windet, wenn Zoe sie nach dem Bad eincremt. Erstaunt und beschämt. Aber Franzi weiß ja auch nichts von Zoes Schuld. Sie wird es nie wissen. Und Zoe wird ewig an dieser Schuld schleppen.

Um kurz vor vier hält Zoe es nicht mehr aus. Sie hat nicht mehr geschlafen, nachdem sie aus dem Gartenhaus zurückgekommen ist. Ein paarmal ist sie in einen Zustand zwischen Wachen und Schlafen gefallen. Gedanken aus ihrem Bewusstsein haben sich vermengt mit Erinnerungen und mit Bildern aus ihrem Unterbewusstsein. Immer wieder ist sie hochgeschreckt, hat sich auf die andere Seite gewälzt. Um kurz vor vier steht sie auf. Sie lauscht an Franziskas Tür und hört das gleichmäßige Atmen des Tiefschlafs. Trotzdem weiß sie, dass sie schnell sein muss. Leise schlüpft sie aus der Terrassentür, huscht über die Terrasse, öffnet rasch die Tür zum Gartenhaus und hastet wieder zurück ins Wohnzimmer. Leise schiebt sie die Terrassentür zu. Dann hält sie inne und beobachtet noch außer Atem, was draußen passiert.

Er kommt nicht. Sie hatte damit gerechnet, dass Johnny sofort rausläuft, Richtung Baum und dann Richtung Frauchen. Doch es dauert eine halbe Ewigkeit bis er vorsichtig in der Tür erscheint. Als hätte er Angst, dass diese ihm wieder vor der feuchten Nase zugeschlagen wird. Endlich setzt er sich in Bewegung. Den Schwanz zwischen den Hinterbeinen eingeklemmt rennt er los.

»Was machst du denn hier?«

Zoe schreckt herum.

Ihr Vater steht verschlafen und verknittert hinter ihr.

»Ich konnte nicht schlafen.«

»Und du meinst, es hilft, hier am Fenster zu stehen und rauszustarren?«

»Nein. Ich wollte mir was zu trinken holen und dachte plötzlich, ich hätte was gehört.«

»Und? Hast du auch was gesehen?«

»Rien. Wenn du weißt, was das heißt«, lächelt Zoe und fügt an: »Ich leg mich noch mal hin.«

Sie hat das Gefühl, erst vor fünf Minuten eingeschlafen zu sein, als der Wecker um halb sieben geht. Es ist einer der wenigen Tage, an denen sie ein leichtes Makeup benutzt.

Abrudern

»Und was geht heute?«

Kim lehnt sich zurück und streckt die Beine aus. Die drei Freundinnen haben es sich in der großen Pause im Steingarten gemütlich gemacht. Da kann man gut abhängen und zumindest kurzfristig ignorieren, dass man auf einem Schulhof ist.

»Ich wollte heute Nachmittag zum Club. Mal wieder ein paar Meter rudern«, sagt Saskia mit geschlossenen Augen. Auch sie hält ihr Gesicht Richtung Frühlingssonne.

Kim und Zoe wechseln einen Blick. Kim zieht eine Augenbraue hoch.

»Lass mich mal überlegen. Wie oft hast du uns schon gesagt, dass Rudern das Allerletzte ist? Dass dir das zu wackelig und zu anstrengend und zu langweilig ist? Dass du deine Eltern zum Mond jagen könntest, weil sie dich da immer wieder mit hinschleppen? So fünfhundert Mal bestimmt, oder?«

»Wenn es so schön warm ist, finde ich das gar nicht so schlecht. Und ein bisschen Bewegung tut mir ja auch ganz gut.«

»Als ich dir das letzten Sommer gesagt habe, hast du gemeckert, dass man vom Rudern nur dicke Arme und ein breites Kreuz bekommt, was die Jungs unweiblich finden, und ansonsten sich den dicken Po platt sitzen würde«, erinnert sich Zoe.

»Rudern ist auch ein gutes Ausdauertraining«, antwortet Saskia etwas bissig.

»Vielleicht können wir dann ja mal mitkommen«, schlägt Kim nach einer Weile ganz ruhig vor.

Der Gong scheint Saskia zu erlösen.

»Ja, irgendwann könnt ihr bestimmt mal mitkommen«, sagt sie schnell und schüttelt ihre Jeansjacke aus, auf der sie gesessen hat. Kim und Zoe gehen ein paar Meter hinter ihr her Richtung Klassenraum.

»Ich bin sicher, dass sie am Sonntag im Club irgendjemanden kennengelernt hat, durch den sie die Vorzüge des Ruderns erst zu würdigen weiß«, grinst Kim. »Schade, dass ich heute Nachmittag im Stall verabredet bin. Ich würde da zu gerne mal Mäuschen spielen.«

»Ich bin mit Julian zum Radfahren verabredet. Vielleicht kann ich ihn ja überreden, einen Abstecher zum See zu machen«, schlägt Zoe vor.

»Toll. Ich sehe schon, ihr macht dann demnächst immer so wunderbare Pärchensachen und ich stehe dann alleine da.«

»Du hast doch deinen Hengst.«

»Klar, den bringe ich dann mit, wenn wir alle ins Kino wollen. Super Idee. Pippi Langstrumpf hat ihren Kleinen Onkel ja auch überallhin mitgenommen.«

Julian lässt sich sofort überreden, zum See zu fahren. Ihm ist es völlig egal, wohin es geht. Und zwar nicht, weil er in Zoe verliebt ist. Er will einfach nur fahren. Im Herbst will er an einem Schüler-Triathlon teilnehmen. Zoe ist für ihn die perfekte Trainingspartnerin. Sie tritt einfach in die Pedale. Sie quatscht nicht und mault auch nicht, dass es zu steil wird. Sie muss nicht alle paar Minuten anhalten, weil sie eine SMS bekommen hat oder etwas trinken will. Sie fährt einfach. Und Julian findet es auch einfach gut, während der Tour auf ihren Po und die langen Haare zu gucken. Es gibt wirklich schlimmere Aussichten.

Als sie am See ankommen, legen sie ihre Räder einfach ins Gras und schlendern Richtung Ufer. Julian hat in seinem Rucksack sogar eine kleine Decke.

»Warum wolltest du eigentlich ausgerechnet hierher?«, fragt er, während er die Decke ausbreitet.

»Erstens ist es eine schöne Strecke, zweitens ist es doch ganz nett hier unten am Wasser und drittens wollte Saskia heute Nachmittag zum Club. Und ich wollte gerne wissen, warum.«

Julian holt eine Thermoskanne, zwei Sahne-Joghurts, eine Tüte Weingummi und zwei Rosinenbrötchen aus seinem Rucksack.

»Machen wir ein Picknick? Wenn ich das gewusst hätte, hätte ich noch Frikadellen gebraten und Eier gekocht«, grinst Zoe.

»Noch bist du nicht eingeladen. Sei also nicht so frech.«

Sie mümmeln die Brötchen und Zoe entdeckt aus der Ferne Saskia. Die ist damit beschäftigt, Boote zu schrubben. Ganz konzentriert schäumt sie alles ein, rubbelt, scheuert und spült hinterher alles sorgfältig ab.

»Was macht die denn da?«, will Julian wissen, der die Mitschülerin auch entdeckt hat.

»Sieht nach Frühjahrsputz aus.«

Eine weitere Person betritt die Szene. Ein Junge. Ziemlich groß, ziemlich dünn, Brille und eine ähnliche Lockenpracht wie Frau Bruns. Nur nicht in grau, eher mittelbraun. Außerdem länger. Er geht auf Saskia zu, die beiden reden kurz. Zoe sieht, dass Saskia lacht. Hören kann sie es nicht. Dafür ist sie zu weit weg. Der Typ fängt auch an zu schrubben. Als er irgendwann in seinen Eimer greift und Saskia jede Menge Schaum von seiner Hand ins Gesicht pustet, grinsen Zoe und Julian sich an.

»Kennst du das Lied vom spannenlangen Hansel und der nudeldicken Dirn?«, fragt Julian.

»Du bist gemein. Saskia ist nicht nudeldick.«

»Du musst das sagen. Du bist ihre Freundin.«

»Quatsch. Sie entspricht einfach nur nicht dem völlig verstörten Schönheitsideal, nach dem jede Frau mit Normalgewicht als fettleibig eingestuft wird.«

»Gut. Wenn Saskia also normalgewichtig ist, bist du magersüchtig. Meine Ma fand dich das letzte Mal auch ein bisschen dünn.«

»Deine Mutter kauft in der Kinderabteilung. Das weiß ich. Ich war beim letzten Shoppingbummel von ihr und meiner Mutter dabei.«

»Die kauft da nur, weil es billiger ist als in der Damenabteilung.«

»Und kleiner. Wenn deine Ma irgendwann mal in eine 36 passt, ohne dass die schlottert, darf sie sich über mein Gewicht äußern. Vorher nicht.«

Julian hält Zoe den Sahne-Joghurt hin. »Willst du den nicht?«

»Ich mag keine Himbeeren.«

Die Pause unterbricht Zoe mit der Ankündigung: »Ich gehe jetzt auf Toilette. Und zwar im Ruderclub. Von hier aus sehe ich echt nicht genug.«

Saskia ist völlig perplex, als Zoe vor ihr steht. Ihre Hand putzt immer weiter dieselbe Stelle, während sie die Freundin anstarrt. »Was machst du denn hier?«

»Ich war hier nur kurz pinkeln. Julian und ich machen eine Radtour und er wollte unbedingt runter zum See. Ich bin echt froh, dass es hier Klos gibt. Sonst hätte ich in die Büsche gemusst. Und so kahl wie die noch sind, wäre das kein Vergnügen geworden«, plaudert Zoe und gibt Saskia die Chance, sich von dem Schrecken zu erholen.

»Und ihr macht hier schön alles sauber?«

»Äh ja. Die ganzen Boote müssen wieder fit gemacht werden«, antwortet Saskia langsam und guckt auf ihre schaumigen Hand, als sei die ein Fremdkörper.

»Genau, der Winterschlaf ist vorbei«, schaltet sich der Typ jetzt in die Unterhaltung ein. »Ich bin übrigens Fynn.«

»Hi, Fynn. Ich bin Zoe.«

Sie mustert ihn. Er hat nicht nur eine Pudelfrisur. Er sieht generell aus wie ein Hund. Wie ein Welpe, um genau zu sein. Seine Arme und Beine sind zu lang und zu dünn für die großen Hände und Füße. Zoe schätzt ihn auf vierzehn. Allerhöchstens. Fragend guckt sie zu Saskia. Doch die hat ihre Scheuerarbeit wieder aufgenommen.

»Ich gehe dann mal wieder zu Julian«, sagt Zoe zu Saskias Hinterkopf. Die nickt nur.

»Ich weiß echt nicht, was die mit dem will. Der ist so jung, der hat bestimmt noch Captain-Sharky-Bettwäsche.«

Zoe lässt sich neben Julian auf die Decke fallen.

»Vielleicht Uno spielen. Oder Flaschen drehen«, mutmaßt Julian. »Oder unsere gute Saskia ist eigentlich in den älteren Bruder verknallt und versucht jetzt über diesen Fynn an den Schwarm ranzukommen«, überlegt er weiter.

»Das könnte sein. Oder dieser Fynn ist einfach ein lustiger Typ, und es steckt sonst gar nichts dahinter«, beschließt Zoe das Thema. Es widerstrebt ihr, mit Julian über die Freundin zu reden. Gar zu lästern.

»So und jetzt komm. Dein Triathlon besteht schließlich nicht aus den Disziplinen Chillen, Quatschen, Weingummi-essen.«

Ein paar Meter vor ihrer Haustür trifft Zoe auf Johnny samt Frauchen.

»Hallo, Zoe. Schau mal, wer wieder da ist!«

Stolz zeigt Frau Bruns auf das Tier. Sie ist gerade damit beschäftigt, die Suchanzeigen wieder von den Bäumen zu nehmen.

»Heute Morgen stand mein Johnny wieder vor der Tür. Er war völlig verstört, wollte nichts essen und nichts machen. Hat sich in die letzte Ecke verzogen und da stundenlang gelegen.«

Zoe guckt das Tier an. Der Hund drückt sich an Frau Bruns, guckt ängstlich zurück. Oder bildet sich Zoe das nur ein?

»Der hatte sich bestimmt nur verlaufen«, sagt sie schließlich.

»Verlaufen? Niemals. Den hat jemand geklaut. Bestimmt so Leute, die kosmetische Versuche an hilflosen Tieren ausprobieren. Aber Johnny ist zu schlau für die. Der ist denen einfach wieder entwischt.«

Zoe nickt abwesend.

»Hauptsache, er ist wieder da. Sie müssen vielleicht noch besser auf ihn aufpassen«, sagt sie schließlich.

»Das werde ich tun, Kindchen. Meinen Johnny werde ich jetzt beschützen. So etwas passiert nicht noch mal.«

Zoe ist sich da nicht so sicher.

Am Abend lässt sie sich von *Youtube* in eine irreale Welt ziehen. Sie klickt sich von Link zu Link, surft auf einer leichten Welle. Schweren Herzens taucht sie nach fast zwei Stunden wieder auf. Wirklich gelacht hat sie nicht. Sich amüsiert auch nicht. Vieles ist so platt, so vorhersehbar. Ihr ist ein bisschen zu viel Schadenfreude im Spiel. Oder Unvermögen. Sie zieht ihre Schullektüre für Deutsch aus dem Regal. Vielleicht kann sie diese Tragikkomödie genügend ablenken von sich selber. Es gelingt ihr nicht. *Der Besuch der alten Dame* regt sie auf. Regt sie an. Das Rachemotiv fasziniert sie immer mehr. Eigentlich sollte sie bis morgen nur ein weiteres Kapitel gelesen haben. Zoe liest die halbe Nacht. Sie bewundert diese Frau, die so kühl ihren Weg geht. Die sich ein solch perfides Spiel ausgedacht hat, Vergeltung will. Zoe kennt dieses Gefühl nur zu gut. Nur, dass sich ihr Rachegefühl gegen sich selber richtet. Sie ist Claire Zachanassian und Alfred Ill in einer Person. Sie ist Richter und Gehängte, ihre eigene Bedrohung. Und ganz nebenbei leider auch für andere. Als sie vom Zähneputzen kommt und eigentlich ins Bett will, geht sie noch kurz bei Franzi vorbei. Von unten hört sie leise den Fernseher, bläuliches Licht scheint in den Flur. Zoe setzt sich an das Bett der schlafenden Schwester, streichelt durch die Gitterstäbe über ihre Hand. Im Schlaf sieht Franziska noch kleiner aus als sonst. Noch zerbrechlicher.

Die Lust an Rache

Die zweite Schulstunde steht heute unter dem Motto »All you need is money«. Hintergrund ist das dicke Minus in der Kasse der Schule. Alle Klassen sollen sich eine Aktion überlegen, wie ein bisschen Geld eingenommen werden kann. Ansonsten würde das große Sommerfest ins Wasser fallen, was keiner will, denn das Schulfest ist immer die Party des Jahres.

»Ein paar Mädchen könnten sich kurze Jeans anziehen und Autowäschen anbieten«, schlägt Oliver vor.

»Vielleicht könntest du uns dann noch Wasser übers T-Shirt kippen«, keift Saskia ihn an. »Dann können wir gleich noch einen Miss-Wet-Shirt-Contest machen.«

»Ich habe nicht gesagt, dass alle Mädchen mitmachen sollen«, schießt Oliver zurück.

Zoe springt ihrer Freundin zur Seite. »Auto waschen, das ist doch total langweilig. Das machen schon die Pfadfinder andauernd. Wir könnten doch Nacktputzer vermitteln«, schlägt sie vor. »Dafür müsstest du allerdings erstmal ein bisschen trainieren gehen, ehe du dich hüllenlos irgendjemandem präsentieren kannst ...«

»Wie wäre es, wenn wir einen Escort-Service anbieten? Ich könnte mir vorstellen, dass einige Typen mal ganz gerne mit dir ausgehen würden«, lässt Oliver nicht locker.

»Ich bin ein unverkäufliches Muster«, beendet Zoe das Streitgespräch.

»Ich könnte ein paar Ponys aus dem Reitstall organisieren. Da könnten wir für ein paar Euros die Kids drauf reiten lassen«, schlägt Kim vor.

»Dann kann Oliver da den Hengst machen. Das ist doch bestimmt sein Traum«, rächt sich Saskia.

»Das sind wirklich sehr interessante Vorschläge«, mischt sich Herr Jürgens ein. »Aber vielleicht sollten wir noch weiter überlegen. Das mit den Ponys ist mir ehrlich gesagt zu riskant. Da muss nur ein Kind vom Pferd fallen und schon hat die Schule eine Klage am Bein. Dann können wir das ganze schöne Geld für einen Anwalt stiften«, gibt er zu bedenken.

»Wie wär's, wenn wir einen Flohmarkt organisieren. Wir könnten alle mal zu Hause gucken, was nicht mehr gebraucht wird, und den Kram dann verticken«, schlägt Jenny vor.

»So wie die immer rumläuft, sollte die ihre gesamte Garderobe da verhökern«, raunt irgendjemand hinter Zoe.

Kim dreht sich halb um: »Meinst du, dass man da viel für bekommt?«

Zoe guckt sie streng an. Sie mag diese Lästereien nicht. Kann ja sein, dass Jenny Stammgast bei Kik ist, aber da muss man ja nicht auch noch dumme Sprüche drüber machen.

»Die Schule ist doch bekannt für die Kunst-AGs. Vielleicht könnten wir eine Vernissage machen, auf der die Leute Bilder kaufen können.«

»Das klingt gut«, lobt der Jürgens Zoes Vorschlag.

»Wieso selber machen? Ich habe mal von so einem Affen gelesen, der so ganz bunte Bilder kleckst, und die verkaufen sich wahnsinnig gut. Wir leihen uns einfach einen Affen im Zoo und lassen den für uns pinseln«, schlägt Oliver vor.

Nach weiteren zwanzig Minuten steht das Konzept. Die Klasse entscheidet sich für ein kombiniertes Tanz-

und Kunst-Projekt. Während eines Songs werden sich sechs Mädchen und zwei Jungen in einer besonderen Choreographie mit Farbe bewerfen und sich anmalen. Zum Schluss werden sie sich über Leinwände wälzen und so Bilder schaffen. Die sollen dann verkauft werden. Ein paar Schüler werden ausgesucht, die einen Werbetext für die Aktion schreiben sollen.

Zoe freut sich schon darauf.

Der Deutschlehrer starrt Zoe an. Er erkennt sie nicht wieder. Sie gehört zu seinen besten Schülerinnen. Eigentlich. Ihre Argumentationen und Interpretationen treffen meist genau. Sie formuliert schlüssig und sprachlich rund. Aber was sie nun zu dem *Besuch der alten Dame* sagt, irritiert ihn. Zoe redet sich in Rage, ereifert sich. Sie könne die Frau absolut verstehen. Ihr Handeln auch gutheißen.

»Was ist denn daran verwerflich?«, fragt Zoe. »Dieser Mann hat Schuld. Er hat ihr Leben zerstört. Oder es zumindest riskiert. Dafür muss er jetzt büßen. Ich finde es eigentlich cool, was diese alte Dame macht. Das hat richtig Stil. Sie könnte ja auch einfach hingehen und ihn erschießen. Aber Geld auf seinen Kopf auszusetzen und somit den Bürgern des Dorfes, die ja damals Mitläufer waren, Gelegenheit zu geben, sich erneut schuldig zu machen – das ist doch viel effektiver.«

»Das hat Stil? Ist das nicht eher eine Art von Selbstjustiz? Sie hätte ja auch ins Dorf zurückkehren und ihn zur Rede stellen können«, schlägt der Lehrer vor.

Zoe guckt ihn an. Überrascht, fast wütend.

»Mit ihm reden? Süß. Und er hätte sich dann entschuldigt? Und alles wäre gut gewesen? So ein Quatsch. Er kann sich nicht entschuldigen. Die Schuld kann niemand von ihm nehmen. Er muss unter ihr zerbrechen. Schuld wird nämlich nie weniger. Die verblasst nicht.

Die verliert nie ihre Schärfe. Gleich kommen Sie mir noch mit so einem Quatsch wie: Die Zeit heilt alle Wunden. Es gibt Wunden, die heilen niemals. Die klaffen immer auf, die schmerzen und quälen. Was soll da bitte die Zeit machen? Ist die Zeit Medizin? Oder ein Arzt? Die Zeit heilt nicht. Die Stunden vergehen nur. Und Schuld und Wunden bestehen.«

Es ist still in der Klasse nach Zoes Ausbruch. Nicht nur ruhig. Auch der Lehrer ringt nach Worten. Was schlummert in diesem Mädchen? Woher kommt dieser Hass, diese Verbitterung?

»Ich möchte jetzt gerne die anderen Protagonisten kurz beleuchten. Jenny, könntest du uns sagen, wer außer der alten Dame für diese Tragikkomödie wichtig ist«, weicht der Lehrer aus.

Zoe beruhigt sich nur langsam wieder. Allmählich geht ihr Puls runter. Die feuchten Flecken, die ihre Hände auf der Tischplatte hinterlassen haben, trocknen wieder. Sie spürt von rechts und links kurze, komische Blicke und guckt starr runter auf ihr Buch. Sie hätte das nicht sagen sollen. Aber die Worte sind von alleine aus ihrem Mund gekommen. Haben sie nicht gefragt. Und außerdem: Sie hat doch recht. Und es ist doch das Problem der anderen, wenn die das nicht verstehen.

Aber was verstehen die schon?

Was wissen die von Scham und Schuld? Die wissen nicht, wie es ist, wenn diese ungleichen Schwestern in einem toben, sich gegenseitig an die Gurgel springen.

Am Nachmittag geht Zoe zum Tanzraum. Sie will Christa um Tipps für die Tanz-Aktion in der Schule bitten. Christa findet die Idee super und schlägt vor, dass sie auch bei dieser Performance Ganzkörperanzüge tragen. Wie die Blue Man Group.

»Am geilsten ist es wohl, wenn ihr vorher im Takt einfach mit den Fingern in die Farbtöpfe langt und was auf die Leinwände malt. Dann wird die Musik wilder und ihr fangt an, euch gegenseitig anzumalen und mit Farbe zu bewerfen, und räkelt euch dann auf den Leinwänden. Das sieht bestimmt irre aus. Ich kaufe euch auf jeden Fall ein Bild ab«, verspricht die Tanzlehrerin.

Stundenlang hört sich Zoe am Abend durchs Netz auf der Suche nach dem richtigen Song. Er muss hart sein, eingängig, sehr rhythmisch, mächtig, einfach ekstatisch.

Anhand der Telefonnummer hat Zoe erkannt, dass Kim am anderen Ende des Handys ist. Die meldet sich aber nicht, sondern lacht nur. Sie kann überhaupt nicht aufhören, kichert unaufhörlich in den Hörer. Zoe wartet, bis es ein bisschen leiser wird.

»Hi Kim, darf ich mitlachen?«

»Jaha. Du musst auf Facebook, du musst ihn sehen.«

Kim wird vom nächsten Lachflash überrollt.

»Wen muss ich sehen?«, fragt Zoe gegen das Prusten.

»Fynn.«

Allein der Name löst einen weiteren Kicheranfall bei Kim aus. Es dauert lange fünf Minuten bis die sich so weit erholt hat, dass sie Zoe stockend erzählen kann, was sie so witzig findet. Als sie sich in dem Social-Network angemeldet hatte, wurde ihr mitgeteilt, dass Saskia und Fynn jetzt befreundet sind. Neugierig hat sich Kim natürlich gleich diesen Fynn mal näher angesehen und dann spontan Zoe angerufen.

»Der Typ sieht aus, als würde ihm Mami abends noch einen Gutenachtkuss geben. Nach der Gutenachtgeschichte«, lacht Kim.

»Der ist aus dem Ruderclub«, sagt Zoe.

»Was? Woher weißt du das? Kennst du den etwa?«

»Ich habe Saskia und ihn gestern am See gesehen. Die haben die Boote geputzt.«

»WAS? Saskia putzt mit dem Milchgesicht freiwillig die Kanus? Ich war letzte Woche bei Saskia zum Essen. Da hat die ihrer Mutter erzählt, sie könne nicht abspülen, weil sie sich am kleinen Finger geschnitten hätte. Saskia hasst alles, was mit Putzen zu tun hat. Die saugt ihr Zimmer erst, wenn sie da ohne Verletzungsgefahr nicht mehr barfuß durchgehen kann«, staunt Kim.

»Vielleicht macht es mehr Spaß, Schiffe zu putzen als Teller zu spülen«, kontert Zoe schwach.

»Klar. Das ist bestimmt super befriedigend, den ganzen Schlamm und die vertrockneten Algen da runterzukratzen. Im Ernst: Wenn dieser Fynn eine Sahneschnitte wäre, könnte ich das ja noch verstehen. Für irgendeinen tollen Typen, der vielleicht noch mittendrin sein T-Shirt auszieht und mir sein Sixpack zeigt, würde ich auch den Putzlappen schwingen. Aber doch nicht für so einen Fynn. Der trinkt zum Frühstück bestimmt noch Kakao. Oder noch schlimmer: warme Milch.«

»Vielleicht ist das Foto ja älter, das du auf Facebook gesehen hast.«

»Du hast ihn doch gestern live gesehen. Wie war er denn so?«

Zoe überlegt.

»Nett. Irgendwie.«

»Nett. Irgendwie. Alles klar«, lacht Kim.

»Hast du eigentlich schon Mathe gemacht?«, wechselt Zoe abrupt das Thema. Sie will jetzt nicht über Saskia herziehen.

»Du verstehst es echt, einem die Laune zu verderben«, stöhnt Kim. »Dabei habe ich es versucht. Echt. Aber irgendwie verstehe ich gar nicht, was ich da machen soll. Ich glaube, ich bin morgen krank. Ich habe schon so ein Kratzen im Hals.«

»Komm, schnapp dir dein Heft. Ich diktier dir das. Wenn du morgen früh nicht in die Schule gehst, kannst du morgen Nachmittag auch nicht raus. Und das Wetter soll noch besser werden.«

Eine Viertelstunde später hat Kim ihre Mathehausaufgaben im Heft stehen und verspricht, sich dafür am nächsten Tag mit einem Erdbeer-Shake bei Zoe zu bedanken.

»Und dann kann uns Saskia erstmal alles über den geheimnisvollen Fynn und ihre neue Leidenschaft für Spülhände erzählen«, freut sich Kim.

Zoe verdreht die Augen. Die arme Saskia.

Auf dem Weg nach unten trifft Zoe auf ihre Mutter, die gerade aus Franziskas Zimmer kommt und ganz leise die Tür schließt. Dahinter ist ein leises Wimmern zu hören.

»Was hat sie?«

»Heute Vormittag war die Osteopathin da und hat neue Übungen mit ihr gemacht. Die hat schon angedeutet, dass Franzi danach besonders unruhig sein kann.«

Zoe nickt. Sie war einmal dabei als die Therapeutin mit ihrer Schwester gearbeitet hat. Es sah aus, als wollte sie ihr das Rückgrat brechen. Aber es soll Franzi angeblich guttun.

Als Zoe ins Wohnzimmer kommt, macht ihr Vater gerade die Terrassentür zu. Er war offenbar draußen.

»Im Gartenhaus riecht es total komisch«, sagt er leicht angewidert.

»Nach was denn?«, will ihre Mutter wissen, die hinter Zoe die Treppe runter gekommen ist.

»Ich weiß nicht genau. Es stinkt fies. Als hätte irgendein Tier darein gemacht. Ich konnte aber nichts finden.«

»Wir machen doch die Tür immer zu. Wie soll denn da ein Tier reinkommen? Und außerdem: Was wolltest du in der Hütte?«, fragt Zoe scheinbar beiläufig.

»Ich hatte mir überlegt, dass wir am Wochenende

doch gut die Grillsaison einläuten könnten. Ich träume schon lange von Steaks, die nach Holzkohle schmecken«, schwärmt ihr Vater.

»Und nach Grillanzünder«, neckt ihn Zoe. Dafür erntet sie einen Knuff ihres Vaters in die Rippen.

»Die Bruns hat doch neulich ihren kleinen Hund vermisst«, überlegt Sonja Kessler. »Vielleicht hatte der sich ja aus Versehen in der Hütte eingesperrt. Vielleicht stand die Tür offen, er ist rein und dann ist die Tür durch den Wind zugefallen.«

»Genau, und dann hat er sich überlegt, wie er wieder rauskommt, hat sich eine Treppe gebaut, damit er gut an die Klinke kommt, und ist wieder zu Frauchen«, ulkt Zoe.

»Du warst doch neulich dahinten. Wegen dieses Unkraut-Projekts. Warst du da vielleicht in der Hütte und hast aus Versehen die Tür offen gelassen?«, fragt Zoes Mutter. Es klingt noch nicht mal vorwurfsvoll.

»Um genau zu sein, habe ich den Hund da hineingelockt und ihm heimlich nachts Wasser gegeben. Er wollte gar nicht wieder weg«, sagt Zoe ganz ruhig.

»Das kann ich mir vorstellen. Dem würde es hier bestimmt besser gefallen als bei seinem Frauchen. Die krault den irgendwann noch wund. Ich glaube, dass der zwischen den Ohren schon ganz dünnes Fell hat«, lacht ihr Vater.

Zoe lehnt sich zurück.

So ist es immer.

Es kann sich einfach niemand vorstellen, dass sie nicht die liebe, nette, freundliche und stets korrekte Zoe ist, für die sie sie alle halten. Es kann sich niemand vorstellen, dass ausgerechnet sie durch ihren Egoismus so eine Schuld auf sich geladen hat. Ihre Eltern wissen es natürlich. Und sie tun seit Jahren so, als hätten sie gar keine Wut auf Zoe. Als würden sie sie gar nicht verabscheuen. Das ist fast noch schlimmer. Wenn sie ihren Zorn offen zeigen würden, könnte Zoe damit vielleicht besser umgehen. Es wäre nur gerecht. Sie würde ihre Eltern verstehen. Die Trauer, die Verzweiflung, die Ablehnung. Aber ihre Eltern sind liebevoll wie immer. Als wäre nichts gewesen. Manchmal schaffen sie es ganz kurz, dass Zoe vergisst. Dass sie sich fühlt wie ein ganz normales Mädchen. Es ist immer nur ein kurzer Augenblick. Aber es sind die Momente, in denen Zoe durchatmen kann. Ohne die könnte sie es wohl gar nicht aushalten.

Kurz vor dem Einschlafen fällt Zoe der richtige Song für die Tanz-Farb-Aktion ein. Ihre Mutter hatte mal völlig euphorisch das Radio auf maximale Lautstärke gestellt, als das Lied im Radio kam. Sie kannte es wohl von irgendwoher. Zoe hat noch die tragende Melodie im Kopf.

»Ich muss morgen früh direkt Mutsch fragen«, ist ihr letzter Gedanke, eher der Schlaf die Lichter und Gedanken in ihr ausknipst.

Manchmal traut sie sich noch »Mutsch« zu denken – niemals zu sagen. Früher hat sie das immer gesagt und gedacht. Nach dieser einen Nacht konnte sie das nicht mehr. Sie konnte ihrer Mutter ja lange noch nicht mal in die Augen gucken.

Eigentlich hatte Zoe ihren Rechner nur hochgefahren, weil sie nach diesem einen Song suchen wollte. Ihre Mutter war noch nicht wach, aber Zoe war eingefallen, dass die Band irgendetwas mit »Moll« hieß. Erstaunt sieht sie, dass Saskia schon im Chat ist.

Wie kommst du als absolute Langschläferin jetzt in den Chat? Oder bist du seit gestern Abend hier? fragt sie die Freundin.

Eine Antwort kriegt sie darauf nicht. Allerdings eine

Frage. *Du hast mir noch gar nicht gesagt, was du von diesem Fynn hältst*, kommt nach einiger Zeit von Saskia.

Zoe grinst. Es scheint also wichtig zu sein, was andere von diesem Schlaks halten. Sie könnte jetzt gemein sein und schreiben, dass Fynn genau das richtige Gesicht hat, um Werbung für Kinder-Schokolade zu machen. Aber sie will nicht gemein sein. Nicht jetzt.

Ich hatte den Eindruck, dass er dich ziemlich gut findet, antwortet sie ausweichend.

Und wie findest du ihn?, kommt sofort zurück. So einfach lässt Saskia sich nicht abfertigen.

Ziemlich nett. Total offen. Absolut kein Arschloch-Typ.

Saskia hatte normalerweise ein Faible für Arschlöcher. Für Typen, die sich plötzlich nicht mehr meldeten oder sie stundenlang warten ließen.

Aber ein bisschen jung, oder?, lässt Saskia nicht locker.

Es ist doch absolut hip, sich jüngere Typen auszusuchen. Guck dir Demi Moore an.

Saskia lässt sich Zeit mit ihrer Antwort. Zoe will sich gerade ausloggen, als doch noch eine Nachricht kommt.

Er hat mich gefragt, ob ich ihn mal am Wochenende besuchen will. Ich habe irgendwie Schiss, dass der eine Carrera-Bahn im Zimmer stehen hat.

Zoe antwortet: *Mein Vater hat immer noch so eine bescheuerte Eisenbahn auf dem Dachboden aufgebaut. Mit Häusern und dem ganzen Schnickschnack. Das heißt überhaupt nichts.*

Zoe beißt sich auf die Lippen. Sie stellt sich gerade vor, wie Saskia und Fynn zusammen mit der Carrera-Bahn spielen. Dann kommt Fynns Mama irgendwann rein und bringt Limonade und Butterkekse.

Okay. Bis gleich. Aber zu Kim kein Wort!, mailt Saskia.

Saskia weiß genau, dass Kim nicht so verständnisvoll reagieren würde wie Zoe. Kim würde wortreich erklären, dass Saskia total neben der Spur ist, wenn sie sich mit diesem Typen trifft.

Der erste Augenblick

Zoe denkt gar nicht daran, Kim gegenüber diesen Fynn zu erwähnen. Sie denkt über einen anderen Jungen nach, den sie gerade vorm Lehrerzimmer gesehen hat. Die Art, wie er dastand. Lässig an die Wand gelehnt, die Arme verschränkt. Wie er die Schüler musterte, die die Treppe hoch strömten. Er hatte die Augenbrauen leicht hochgezogen, wirkte arrogant und abwartend. Was Zoe am meisten irritierte war diese Anspannung. Sie konnte fast fühlen, wie jeder Muskel in ihm zusammengezogen war. Zum Sprung bereit. Sie vermied es, ihm in die Augen zu gucken. Auch als sie seinen Blick auf sich spürte. Mit voller Konzentration schaffte sie es, nicht schneller zu werden, sondern weiter langsam die Treppe zu ihrem Klassenraum hinaufzugehen. Sie hatte das Gefühl, als würden von diesem Jungen elektromagnetische Wellen ausgehen, die sie auf der Haut spüren konnte. Sie erschrak richtig, als Kim sich plötzlich bei ihr einhakte.

»Meinst du, wir kriegen heute die Mathearbeit zurück? Ich habe so einen Schiss. Ich verspreche dir, wenn ich wirklich eine Drei geschafft habe, werde ich dir auf ewig dankbar sein.«

»Wieso willst du Zoe danken, wenn du eine Drei in der Arbeit hast?«, mischt sich ihr Mathelehrer von hinten ein. Die Mädchen hatten ihn überhaupt nicht bemerkt.

»Weil ich mit Kim vor der Arbeit gelernt habe«, lächelt Zoe mit ihrem ehrlichsten Augenaufschlag.

»Das hat sich offenbar gelohnt«, grinst Herr Berg zurück.

Zoe spürt Langes Blick auf sich. Kurz und irritiert guckt der Deutschlehrer immer wieder zu ihr hin. Zoe hatte sich noch einmal zu einer Interpretation hinreißen lassen. Sie hatte schon geahnt, dass der Lehrer ihre Ansicht wieder mal nicht teilen würde. Aber für sie ist die Sache klar: Da ist dieser Alfred, der sich schuldig gemacht hat. Und da ist diese Claire, die sich rächt. Die die Schuld zurückzahlen will. Die ganzen anderen Typen drumherum interessieren Zoe nicht. Gut, die Bürger aus diesem Kaff, die sich von der reichen Frau kaufen lassen, sind irgendwie link und feige. Aber sie sind doch nicht wichtig – sie sind wie eine fade Salatbeilage zum Essen. Es geht allein um die gerechte Strafe. Um die Sache zwischen Alfred und Claire. Der Lange fragt immer wieder nach: Was Zoe von Vergebung hält. Ob es nicht andere Wege gegeben hätte, um das Gefühl der Rache zu befriedigen. Zoe lässt sich nicht beirren. Sie findet, dass diese alte Frau es genau richtig macht. Sie hat doch eigentlich keine andere Wahl. Sie muss so handeln. Völlig schlüssig.

»So, und du warst fleißig und hast Boote geschrubbt?«

In der kurzen Pause kommt Kim zu Saskia, die neben Zoe sitzt, und grinst frech. Saskias Kopf dreht sich ruckartig zu Zoe. Hatte sie ihre Freundin nicht gebeten, den Mund zu halten? Was hat Zoe Kim alles erzählt? Saskias Gesichtsfarbe steigert sich von rosa zu kaminrot. Zoe legt beiläufig die Hand auf Saskias Knie.

»Stimmt, ich habe Kim erzählt, dass ich dich zufällig getroffen habe, als ich mit Julian unterwegs war und dringend Pipi musste. Habe ich eigentlich schon erzählt, dass Julian jetzt eine Freundin hat?«, wechselt sie rasant das Thema.

»Was?« Die beiden Mädchen schreien fast.

»Habe ich das echt noch nicht erzählt?«

»Nein«, fängt Kim sich als erste. »Wen denn? Und seit wann? Egal. Egal, wer es ist, er tut das nur, um dich eifersüchtig zu machen«, fährt sie fort.

»Es kann doch nicht sein, dass ich das noch nicht erzählt habe«, sagt Zoe und grinst.

»Dann erzähl es doch jetzt. Hast du sie zusammen gesehen?«, will Saskia wissen. Ihre Gesichtsfarbe ist wieder zart rosa geworden. Und genau das wollte Zoe ja erreichen.

»Ach, jetzt fällt es mir ein, warum ich das noch nicht erzählt habe. Weil es nämlich nicht stimmt«, lacht Zoe.

Die beiden Freundinnen verziehen die Gesichter.

»Du bist link, gemein und garstig.« Kim tut so, als sei sie wirklich wütend.

»Kim, spricht man so mit jemandem, der einem dermaßen geholfen hat?«

Die drei Mädchen hatten gar nicht mitbekommen, dass der Berg ins Klassenzimmer gekommen war. Sofort lässt Kim sich auf ihren Stuhl gleiten und lächelt entschuldigend.

Zehn Minuten später starrt sie auf ihr Heft. Dann starrt sie Zoe an, anschließend wieder auf die Zensur.

Unter ihrer Arbeit steht eine große rote zwei. Dahinter ist ein langes Minus. Kim kann es nicht glauben. Eine Zwei minus. In Mathe. Das ist fast zu gut. Das ist schon fast unglaubwürdig.

»Zoe, vielleicht solltest du hier meinen Job machen. Immerhin hast du es offenbar in kürzester Zeit geschafft, der lieben Kim Zusammenhänge zu erklären, die ich ihr seit Wochen verständlich machen will«, lacht Herr Berg. Wenn er wüsste, in wie kurzer Zeit das Wissen in Kims Kopf gekommen ist. Zoe selber registriert ohne große Emotionen ihre Eins. Sie freut sich natürlich. Aber nicht übermäßig. Mathe macht ihr Spaß. Da ist alles klar und eindeutig. Da gibt es richtig und falsch. Und nichts dazwischen.

Lilly hat schon alles vorbereitet. Chips stehen in großen Mengen bereit. Sie hat sogar Popcorn selbst gemacht. Die vier Mädels lassen sich in die riesige Couch fallen.

»Wieso Popcorn – ich kaufe mir immer Eis im Kino«, beschwert sich Saskia lachend.

Lilly springt auf und kommt mit vier Magnum-Mandel zurück. Ihr wird stürmisch das Eis aus den Händen gerissen. DVD-Nachmittag bei Lilly, das ist wirklich fast wie Kino. Lillys Eltern haben keinen Fernseher – sie haben einen Beamer unter der Decke hängen und die Bilder flimmern riesengroß auf einer Leinwand. Die Mädchen haben den Film schon drei Mal gesehen. Aber Hilary Duff als Lizzie McGuire ist einfach zu gut. Dann noch die Songs und die Lovestory – einfach nur genial. Die wichtigsten Dialoge sprechen die Mädchen laut mit und johlen. Als nach neunzig Minuten der letzte Song des vermeintlichen Popstars verklungen und alle glücklich sind, greift Kim theatralisch zu einem Tempo. »Ich liebe Hilary. Sie ist einfach so zuckersüß. Und ich finde, ich bin ihr auch irgendwie ähnlich«, verkündet sie und guckt in die Runde. Die Mädels verdrehen die Augen.

Schließlich greift Lilly mit wichtigem Gesichtsausdruck unter die Couch und hält eine zweite DVD hoch. »Das dürfte dir dann auch gefallen. Hier ist Greta. Der Spaß mit Hilary Duff geht weiter.«

Die vier Mädchen lassen sich in die Geschichte der 17-jährigen Greta fallen, die zu Oma und Opa in ein verschlafenes Küstenstädtchen verfrachtet wird. Hier leidet Greta in großem Stil, fällt von einer Melancholie in die nächste, um sich dann in einen Aushilfskoch zu verlieben. Atemlos verfolgen die Freundinnen ihr Idol mit dem depressiven Augenaufschlag und der brüchigen Stimme und genießen es in vollen Zügen.

Nachdenklich geht Zoe nach Hause. Die Sache mit dem Koch hätten sie nach ihrem Geschmack weglassen können, aber diese Trauerwolke, in der diese Greta lebte, dieses latent suizidale, das hat ihr irgendwie gefallen. Niemals würde sie selber auf die Idee kommen, sich etwas anzutun. Das könnte sie ihren Eltern auf keinen Fall zumuten. Aber sich der Depression, der Trauer so zu überlassen, das hat ganz kurz für sie etwas Verlockendes. Sie würde sich gerne mal so wegspülen lassen von all der Bitterkeit und der Verzweiflung. Aber das geht ja nicht. Sie ist Zoe, die Starke. Sie muss funktionieren, darf nicht auch noch Kummer bereiten. Es ist doch schon so schwierig genug für ihre Eltern.

Zu Hause setzt sie die Kopfhörer auf, lässt sich wieder von den Trommeln hypnotisieren, einfangen. Sie tanzt, bis ihr T-Shirt am Rücken klebt und sich ein paar Härchen verklebt im Nacken kringeln. Sie hat die Stimme zum Schweigen gebracht, niedergetanzt. Sie hat sich nach der Dusche gerade trocken und feuerrot gerubbelt, als ihre Mutter mit Franziska ins Bad kommt.

»Hilfst du mir sie zu baden?«, fragt ihre Mutter.

Franziska gluckst schon. Sie liebt das Wasser.

»Klar«, antwortet Zoe und steigt schnell in ihre Jeans. Sie hält die kleine Schwester, während ihre Mutter sie vorsichtig wäscht. Übermütig nimmt Zoe eine Handvoll Schaum und legt ihn sich auf den Kopf. »Guck mal, ich bin eine Schaumprinzessin.«

Franzi schlägt glücklich aufs Wasser. Zoe macht sich einen Schaum-Bart. Franziska juchzt auf. Aus den Augenwinkeln registriert Zoe, wie ihre Mutter die beiden Töchter verliebt ansieht. Schnell hört sie auf. »Können wir uns ein bisschen beeilen? Ich muss noch Hausaufgaben machen.«

Erst viel später im Bett fällt ihr ein, dass sie ihren Eltern noch nichts von der Eins in der Mathearbeit erzählt hat. Hat sie einfach vergessen. Sie fragt sich, was wohl passierte, wenn sie einfach mal behaupten würde, sie hätte eine Vier geschrieben. Wahrscheinlich würden ihre Eltern ihr einfach nicht glauben. So sehr bauen sie auf ihre älteste Tochter.

Auf engem Raum

Es geht ein Aufatmen durch die Klasse, als es klopft. Egal, wer oder was jetzt stört – schlimmer als das aktuelle Programm kann es nicht sein. Die Trumm langweilt mal wieder mit monotonen Ausführungen zur Weimarer Republik. Zoe träumt sich aus dem Fenster. Sie hat das Gefühl, in Geschichte noch nie etwas anderes als die Weimarer Republik durchgenommen zu haben. Als hätten seinerzeit Adam und Eva diese Republik direkt noch im Paradies gegründet. Zäh kämpft sich die Trumm seit Wochen durch die Novemberrevolution, die Weimarer Verfassung, Inflation und die ganze graue Erinnerung. Zoe malt versunken kleine Blumen in ihr Heft. Im nächsten Schuljahr wird es dann um den Nationalsozialismus und Wiederaufbau gehen. Das macht dann nicht mehr die Trumm. Das ist auch besser so, sie wird von allen nur »Trümmerfrau« genannt. Ihre bevorzugte Farbe ist Grau in allen Schattierungen. Das gilt auch für Haare, Haut und Zähne. Außerdem trägt sie Gesundheitsschuhe, die aussehen als hätte sie Klumpfüße. Auch Zoe hebt erfreut den Kopf, als es an der Tür kurz klopft. In der nächsten Sekunde erstarrt sie. Der Direx schiebt den Typen in die Klasse. Den Jungen, den sie schon vorm Lehrerzimmer gesehen hat.

»Guten Morgen.« Der Direktor strahlt übertrieben. »Ich habe euch jemanden mitgebracht.«

Zoe grinst müde. Der spricht, als stünde er vor einer zweiten Klasse und hätte den Osterhasen im Schlepp.

»So ganz alleine ist der doch nie. Der hat doch voll den Schatten«, flüstert jemand hinter Zoe. Der Direx gilt gemeinhin als leicht durchgeknallt, weil er einfach immer gute Laune hat. Er spricht nicht, er singt fast. Als wäre er dauerbreit.

»Das ist der Carl. Er geht ab sofort in eure Klasse. Eigentlich sollte er erst in der Oberstufe zu uns wechseln, aber wir haben gedacht, er kann auch sofort kommen und uns mal kennenlernen«, freut sich der Direktor. Dass er dabei nicht juchzend in die Hände klatscht, ist alles.

»Ich würde sagen, Carl setzt sich jetzt einfach mal dazu und hört sich an, was Frau Trumm so mit euch macht.«

»Die quatscht uns in den Schlaf«, kommentiert Kim leise.

Zoe hat sich noch nicht bewegt. Wieso kommt dieser Typ ausgerechnet in ihre Klasse? Sie spürt, dass mit dem was nicht stimmt.

»Schau mal, Carl, dahinten ist noch ein Stuhl frei, da kannst du dich ja erstmal hinsetzen«, schlägt die Trumm vor.

»Ich gehe dann mal, du bist ja jetzt hier in guten Händen«, lacht der Direktor.

Zoe lässt sich die Haare leicht vors Gesicht fallen und guckt vorsichtig zu Carl, der ganz langsam zu dem zugewiesenen Platz geht. Er ist nicht sehr groß, auch nicht breit, wirkt aber extrem durchtrainiert. Die Haare fallen hinten auf den T-Shirt-Kragen, der Pony fällt ihm lang in die Stirn. Nicht gestylt, nicht geföhnt. Es ist ihm offensichtlich egal. Er setzt sich sehr gerade hin und guckt gemächlich in die Runde. Während die Klasse ihn verstohlen mustert, taxiert er die Mitschüler ganz offen. Seine Augen erinnern Zoe an einen Schlittenhund. Sehr schmal, sehr hell. Als sich sein Blick nähert, malt sie wieder. Keine kleinen Blumen mehr. Sie malt Kästchen für Kästchen schwarz aus.

In der Pause ist Carl natürlich Thema. Zoe sagt nichts, sie versucht, sich wieder in eine andere Welt zu flüchten. Es braucht keiner mitzubekommen, dass dieser Carl sie irgendwie aufwühlt. Sie fühlt sich von ihm angezogen und abgestoßen zugleich. Doch das Weghören klappt nicht ganz. Die Realität, die Nähe ist zu penetrant.

Als Kim nach ihrem Carl-Monolog abschließend befindet, »der hat echt einen knackigen Po«, reicht es Zoe. Sie holt tief Luft und ätzt: »Die Haare hat er ja irgendwie wie Fynn, oder?«.

Saskia zuckt zusammen. Zoe schaut schnell weg. Sie wollte die Freundin nicht erschrecken. Sie will einfach nichts mehr über diesen Carl hören.

Kim greift das neue Thema sofort auf. »Stimmt ja. Ich habe von so einem Fynn gehört. Was geht da eigentlich?«, wendet sie sich an Saskia.

Die verdreht die Augen. »Fynn ist so ein Typ aus dem Ruderclub. Er hat mir geholfen, die Boote fit für die neue Saison zu machen. Die müssen in jedem Frühling überholt werden.«

»Und wie ist Fynn so?«, bohrt Kim weiter.

Saskia zuckt die Schultern. »Irgendwie niedlich«, sagt sie irgendwann.

»Niedlich? Junge Hunde sind niedlich. Oder Babys. Ein Typ kann doch nicht niedlich sein«, antwortet Kim irritiert.

Zoe findet, dass Saskia Fynn perfekt beschrieben hat. Sie ignoriert, dass Saskia sie böse anguckt. Hauptsache, das Thema Carl ist erst mal vom Tisch. Sie muss ihn erstmal verdauen, verarbeiten. Klein machen.

»Was denn für ein Lied?«, fragt ihre Mutter völlig überrascht, als Zoe sie ausquetscht.

»Weißt du nicht mehr? Das war im Radio und du hast es auf volle Lautstärke gedreht und wild dazu getanzt.«

»Und? Sah es gut aus?«, fragt ihre Mutter kokett.

»Für eine Frau in deinem Alter war es okay«, grinst Zoe.

Sonja Kessler schleudert das Trockentuch, mit dem sie gerade Gläser bearbeitet, nach ihrer Tochter.

»Ich kann mich gar nicht erinnern, in den vergangenen Jahren überhaupt getanzt zu haben«, überlegt ihre Mutter.

»Vielleicht war es auch kein Tanz. Du hast dich zumindest bewegt. Ziemlich raumgreifend«, kommentiert Zoe.

»War der Song auf Deutsch oder Englisch?«

»Englisch natürlich. Und am Anfang waren unheimlich viele Bässe. Gesungen hat eine Frau mit einer Stimme wie Glas.«

Zoes Mutter überlegt.

»Du hast mir sogar gesagt, wie die Band hieß. Ich habe es aber vergessen. Irgendwas mit moll.«

»Wieso willst du überhaupt wissen, zu welchem Song ich vor mehreren Wochen meine alten Knochen geschwungen habe?«

»Der Song hatte irgendwie Power. Und ich brauche ein Lied für eine Tanz-Performance. Ich glaube, der könnte dazu passen.«

»Du teilst meinen Musikgeschmack? Was für eine Ehre«, freut sich Sonja Kessler. Und sie meint es ernst.

Plötzlich erhellt sich ihr Gesicht. Sie geht ins Wohnzimmer, wühlt hinten im Schrank und kommt freudestrahlend mit einer CD zurück.

»Was kriege ich dafür?«, grinst sie ihre Tochter an.

»Du hast den Song auf CD? Wie geil! Her damit.«

»Ich habe noch viele gute CDs. Kannst ja mal reinhören.«

Zoe lacht laut, aber nicht zu gemein. »Mama, wir haben nicht wirklich den gleichen Musikgeschmack. Deine Liedermacherfrauen sind nicht so ganz mein Fall.«

»Nicht jede Frau, die auf Deutsch singt und nicht schlagermäßig verstrahlt ist, ist eine Liedermacherin.«

»Klar. Und Schokolade macht nicht dick.«

Endlich hält Zoe die CD in den Händen. Die Band heißt *Moloko*, ihr Song ist die Nummer 7. *Time is now*. Der Titel passt ja sogar. Jetzt ist die Zeit gekommen. Zoe spürt, dass das für sie mehrere Bedeutungen hat. Sie steckt sich die Ohrstöpsel rein und dreht auf. Die Bässe knallen in ihrem Kopf. Sie sind hart, schwer, dunkel. Dazu die leicht schleppende und gläserne Stimme der Sängerin. Sie kriegt eine Gänsehaut, wiegt sich zu der Melodie. Das ist genau, was sie gesucht hat. Das Lied ist eher einfach – nicht schlicht. Es hört sich an wie ein Kampf. Sie sieht vor ihrem inneren Auge, wie die Tänzer aufeinander zugehen, sich wieder entfernen, sich angreifen. Die Farbe wird dann zur Waffe. Sie greift spontan zum Telefon, spielt den Song Saskia am Telefon vor.

»Ja, ganz okay«, sagt Saskia und klingt nicht halb so begeistert wie Zoe.

Zoe lässt sich nicht enttäuschen. Wahrscheinlich war Saskia gar nicht richtig bei der Sache. Immer und immer wieder drückt Zoe auf die Nummer sieben. Sie ist glücklich. Als sie ihre Mutter später am Kühlschrank trifft, gibt sie ihr spontan einen Kuss auf die Wange. In der Tür dreht sie sich noch mal um.

»Du wolltest doch wissen, was du für die CD bekommst?«

»Stimmt. Und?«

»Wie wäre eine Eins in der Mathearbeit?«

Ihre Mutter lächelt breit, geht auf Zoe zu und drückt sie kurz.

»Du bist so hübsch und gleichzeitig so klug. Was soll nur aus dir werden?«, lacht sie.

In der Höhle

Die gute Laune überlebt den nächsten Tag nicht. In der Schule versucht Zoe vergeblich, die Anwesenheit von diesem Carl zu ignorieren. Versucht *Berliner Luft* zu spielen. Man tut so, als würde man jemanden einfach nicht sehen. Doch sie muss ihn gar nicht sehen. Sie spürt ihn. In Philosophie verstrickt sie sich in ein Streitgespräch mit dem Lehrer. Es geht um das Höhlengleichnis von Platon, das Zoe abgrundtief unlogisch findet.

Zuhause verbreitet Franziska schlechte Stimmung. Am Morgen hatte sie wieder Krankengymnastik. Seitdem ist sie schräg drauf. Sie schreit und wimmert. Als Zoe sie wickelt, greift sie in die vollgekackte Windel und schmiert Zoe die Scheiße an die Hose. Sie windet sich unter Zoes Händen, tritt die Schwester. Als sie noch ein Kleinkind war und auf den Wickeltisch passte, war alles einfacher. Aber jetzt ist Franzi mittlerweile schon viel zu groß. Ein Kleinkind ist sie schon lange nicht mehr. Angewidert zieht Zoe die Jeans aus und ist Sekunden später angewidert davon, dass sie sich geekelt hat.

Sie spürt schon vor dem Abendessen dieses Kribbeln. Unter der Schädeldecke, in den Händen, in den Füßen. Als würde ein ganz leiser Ton in ihr vibrieren. Ruhelos geht sie in ihrem Zimmer umher. Sie versucht einen Song nach dem nächsten. Keiner hilft. Sie blättert in einer Zeitschrift, sortiert die Stifte auf dem Schreibtisch. Legt alle Hefte und Bücher manisch rechtwinklig auf den

Schreibtisch. Sie sucht Halt. Doch der Ton in ihrem Kopf wird nicht leiser.

Als sie vorm Fenster stehen bleibt, sieht sie in ihr eigenes Gesicht. Ganz kühl betrachtet sie die langen, blonden Haare, die gerade, etwas zu lange Nase. Sie registriert die schlanke Taille, kontrolliert im Profil ihre Körperhaltung, streckt sich, dreht sich wieder und schaut sich in die Augen. Sie zeigt keine Regung. Andere würden jetzt eine Grimasse machen. Zoe nicht. Ganz langsam wendet sie sich ab, macht das Licht aus, stellt sich wieder ans Fenster. Sie kann von dort gut in das Wohnzimmer ihrer Nachbarn gucken. Das junge Paar wohnt erst seit einigen Monaten dort. Die Frau hat es geschafft, sich binnen kürzester Zeit fast in der ganzen Straße unbeliebt zu machen. Sie grüßt nie, fährt gerne viel zu schnell durch die Spielstraße und hat ein paar Kinder angebrüllt, die beim Zurückholen ihres Balles wohl eine Blume in ihrem Garten zertreten haben. Ihr Mann hatte noch versucht, beschwichtigend auf seine Frau einzuwirken. Es war ihm nicht wirklich gelungen.

Zoe beobachtet die beiden von ihrem Logenplatz. Nebenan ist Abendbrotzeit. Das Paar sitzt am Tisch vor Käse, Baguette, Butter, Bier. Erst auf den zweiten Blick registriert Zoe, dass die Frau dabei telefoniert. Sie sieht sie lachen und kauen. Der Mann sitzt daneben, isst sein Brot und sieht irgendwie müde aus. Als er fertig ist, bringt er – wie ein wohl erzogenes Kind – seinen Teller und sein Glas in die Küche. Anschließend lässt er sich vor dem Fernseher nieder. Nicht lange. Die Frau, die noch immer am Esstisch sitzt, unterbricht kurz ihr Telefonat, ruft ihrem Mann etwas zu. Er steht auf, macht den Fernseher wieder aus. Zoe ist überrascht. Wieso geht die Frau mit dem Telefon nicht raus? Der Mann steht kurz unschlüssig im Raum, verlässt dann das Wohnzimmer. Die Frau folgt ihm zur Tür. Aber sie geht nicht. Sie schließt die Tür.

Dann stellt sie sich in die hinterste Ecke des Wohnzimmers, spricht weiter, guckt immer wieder zur Tür. Offenbar soll ihr Mann etwas nicht hören. Sie sieht fies aus.

Vielleicht spricht sie mit einem Liebhaber, vielleicht diskutiert sie mit einer Freundin die Vorteile von kosmetischen Operationen.

Zoe fasst einen Plan. Und schon durch die Idee wird das Summen in ihrem Kopf ein bisschen leiser. Sie schleicht raus, zur Haustür der Nachbarn. Das Namensschild verrät ihr, was sie wissen muss: Die Leute heißen Schenk. Und sein Vorname ist Christian. Sie heißt Daniela, aber das ist unwichtig. Mit dem Telefon in der Hand stellt sich Zoe wieder an ihr Fenster. Ihr Licht ist immer noch gelöscht. Sie will nicht nur hören, was passiert. Sie will es auch sehen. Und nicht gesehen werden. Ehe sie die Nummer wählt, hat sie leise Musik im Hintergrund angestellt. Daniela geht sofort ran. Das Telefon liegt ja auch noch vor ihr auf dem Wohnzimmertisch.

Zoe gibt sich Mühe, ihre Stimme eine Oktave tiefer rutschen zu lassen. Sie muss auf jeden Fall älter klingen, als sie in Wirklichkeit ist. »Hi. Ist Christian da?«

Zoe sieht, wie diese Daniela sich in ihrer Kuschellandschaft etwas gerader hinsetzt. Dabei zieht sie ihre Jogginghose aus der Poritze.

»Mit wem spreche ich denn?«, will sie wissen.

Zoe hat mittlerweile die Musik ein bisschen lauter gedreht, tut so, als habe sie die Frau nicht verstanden. »Haben Sie was gesagt? Ich wollte eigentlich Chris sprechen«, wiederholt Zoe.

Daniela ist jetzt aufgestanden, steht mit dem Telefon am Ohr irgendwie verloren im Raum.

»Mit wem spreche ich denn überhaupt«, wiederholt sie sehr laut.

»Warum wollen Sie das wissen?«, fragt Zoe ganz naiv zurück.

»Weil ich gerne weiß, mit wem mein Mann telefoniert«, keift die verspannte Daniela zurück.

»Ihr Mann? Oh. Ach so. Dann versuche ich es einfach später auf dem Handy«, sagt Zoe schnell und legt auf.

Daniela guckt ihr Telefon an. Sie scheint völlig durcheinander zu sein. Zoe kann fast ihre Gedanken greifen: »Hat mein Mann eine Frau kennengelernt, ihr zwar Handy- und Telefonnummer verraten, aber leider vergessen zu erwähnen, dass er verheiratet ist?«

Kann ein Mann so blöd sein? Oder so ignorant? Daniela wird sich fragen, ob sie jetzt Gespenster sieht oder ob sie völlig naiv ist, wenn sie denkt, sie sieht Gespenster. Zoe beobachtet sie wie eine interessante Bakterie durch das Mikroskop. Daniela geht nicht zu ihrem Mann, sondern setzt sich grübelnd wieder auf die Couch.

Zoe fragt sich, warum sie nicht ihren Mann zur Rede stellt. Kann sie sich vielleicht überhaupt nicht vorstellen, dass eine andere Frau ihren Christian attraktiv findet? Daniela sitzt mit angezogenen Beinen da, guckt Richtung Fernseher. Zoe kann erkennen, dass die Frau in Gedanken woanders ist. Daniela trommelt ununterbrochen mit den Fingern. Als ihr Mann irgendwann wieder ins Wohnzimmer kommt, guckt sie auf, sieht ihn länger als sonst an. Doch sie sagt nichts. Kein Wort von einem merkwürdigen Anruf. Zoe ist erstaunt. Sie hatte mit einer heftigen Szene gerechnet. Sie hatte fast gehofft, dass diese Daniela hysterisch wird, rumbrüllt, sich absolut lächerlich macht.

Aber Zoe kann sich gedulden. Das war ja erst der Anfang.

Unten am See

Ungefähr zur gleichen Zeit lässt Carl sich ins Gras fallen. Der Boden ist fast noch feucht. Das interessiert ihn nicht. Hauptsache, er hat mal seine Ruhe. Den Nachmittag hat er mit den anderen in der Fußgängerzone abgehangen und sich zu Tode gelangweilt. Die Jungs hatten ein bisschen gepöbelt, sich an verängstigten Gesichtern aufgegeilt. Carl war das fast ein bisschen peinlich gewesen. Er fand das einfach kindisch und einfallslos. Öde einfach. Als sich die anderen Jungs aus dem Block mit ein paar Bier eindeckten, hatte er sich verabschiedet. Alk war nicht seine Droge. Niemand hat dazu je eine komische Bemerkung gemacht. Das würde keiner wagen. Der Boden am See riecht nach beginnendem Frühling. Carl zieht seinen Aufbruch ein bisschen hinaus. Er weiß, zu Hause riecht es nach abgestandener Luft, nach verbrauchtem Leben, nach den Turnschuhen seines kleinen Bruders und den Zigaretten, die der heimlich auf dem Klo raucht. So heimlich wie man in einer kleinen Wohnung rauchen kann, in der eine Mutter unermüdlich mit Lauge und Duftspray versucht, Sauberkeit zu imitieren.

Carl dreht den iPod ein bisschen lauter. Er ist ein Abschiedsgeschenk eines ehemaligen Mitschülers. Vielleicht ein nicht ganz freiwilliges Abschiedspräsent. In Gedanken geht er seine neuen Mitschüler durch. Die meisten findet er definitiv nichtssagend. Einfach überflüssig. Genau wie die Typen in seiner alten Klasse. Nur besser gekleidet. Oder zumindest teurer. Ein paar von den Mädels in der neuen Schule könnten interessant sein. Auch wenn die wesentlich spießiger und braver angezogen waren als in der Gesamtschule am Block. Aber er steht auch gar nicht auf Tussis, die mit kurzem Rock und tiefem Ausschnitt durch die Gegend wackeln. Manchmal war er richtig angewidert von dem ganzen Fleisch, das ihm optisch angeboten wurde.

Carl will überhaupt nichts, was ihm angeboten wird. Nichts, was er kampflos haben kann. Wo bleibt denn da der Reiz?

Zoe liegt im Bett und schaut die Sterne an. Sie war sechs oder sieben als sie die Leuchtsterne unter die Decke geklebt hat. Zusammen mit ihrem Vater. Der hatte ihr erzählt, dass er das Sternbild des kleinen Wagens nachgebildet hätte. Es dauerte eine Weile, bis Zoe gemerkt hat, dass das gar nicht stimmte. Ihrem Vater hat sie bislang nicht gesagt, dass sie seine kleine Lüge enttarnt hat. Das Summen in ihrem Kopf, das Kribbeln in den Händen und Füßen hat mit dem Anruf bei den Nachbarn aufgehört. So wie Fieber bei Wadenwickeln runtergeht. Trotzdem kann sie nicht schlafen. Als sei sie randvoll mit Adrenalin, das erst ganz langsam wieder abgebaut werden muss. Und weil sie partout nicht einschlafen kann, gönnt sie sich die Erinnerung. Sie geht sehr sparsam damit um. Sie will nicht, dass dieses Bild sich abnutzt. So wie kostbarer Stoff stumpf wird und sich abwetzt, wenn man zu oft drüberstreichelt.

Sie träumt sich in die Jahre vor dieser einen Nacht. In die Zeit vor Franzis Geburt. Zoe war keine Prinzessin. Sie war eine kleine Königin und der kleine König Kalle Wirsch in einer Person. Sie wurde geherzt, beschmust, behütet und bespaßt. Sie war das absolute Wunschkind. Nicht verhätschelt oder verwöhnt. Aber über alles geliebt.

Sie denkt an die Urlaube. Nur Mama, Papa und sie. Sie

waren immer in Italien, auf einem Campingplatz. Ihr Vater hat an jedem letzten Arbeitstag unter großem Gebrüll und Gejohle die Krawatte geschwungen, den Anzug ausgezogen, seine Jeans angezogen und verkündet: Die ziehe ich jetzt drei Wochen nicht mehr aus. Das stimmte Gott sei Dank nicht. Aber es waren immer tolle Zeiten. Stefan Kessler hat mit viel Geduld seiner Tochter das Schwimmen beigebracht und auch, wie man Spaghetti aufrollt. Sie haben ständig Flaschenpost geschrieben und die Flaschen über Bord ihres Gummiboots ins Meer geworfen. Sie haben sich quer durch die Gelateria geschleckt, um herauszufinden, welche Sorte denn nun am besten schmeckt. Sonja Kessler ist mit ihrer Tochter bummeln gegangen, hat ihr jedes Jahr einen neuen Bikini und bunte Tücher gekauft. Die sahen zu Hause superkitschig aus. Aber am Strand in Italien waren sie genau das Richtige. Als Rock. Als Kleid. Als Strandtuch. Als gute Laune aus Stoff.

Wenn es ganz schlimm wird, guckt Zoe sich manchmal die Fotos von damals an. Dieses glückliche Dreigestirn. Papa und Zoe im Pool, Mama und Zoe auf einer Vespa, Mama und Papa im Kerzenschein vor einer Flasche Wein. (Papa hat immer behauptet, sie würden nur trinken, damit die nächste Flaschenpost auf den Weg gebracht werden könnte.)

Nach Franziskas Geburt waren sie lange nicht in die Ferien gefahren. Zoe hat es fast nicht ertragen, wenn ihr Vater nach dem letzten Arbeitstag nach Hause kam und wortlos ins Schlafzimmer ging, um sich umzuziehen. Sie haben viel unternommen. Tagesausflüge. Shoppingtouren. Einmal war sie nur mit ihrem Vater für ein Wochenende am Baggersee zelten. Da gab es eine Eisdiele mit fünf verschiedenen Sorten. Und die Bademode im Kaufhaus bestand offenbar aus Restposten.

Im vergangenen Jahr war Zoe dann endlich wieder in

Italien. Mit einer Jugendgruppe. Der Strand war toll, das Wetter auch. Die Gelateria da war noch größer als die damals, der Pool auch. Und trotzdem hat es Zoe nicht so richtig gefallen. Es war einfach nicht das Italien, nach dem sie sich sehnte. Sie will Kim und Saskia überreden, es doch mal im nächsten Urlaub mit Frankreich zu probieren. Oder auch mit Spanien. Zoe würde sogar lieber nach Nord-Norwegen fahren. Oder einfach zu Hause bleiben. Bei ihrer kleinen Schwester. Aber in diesem Sommer steht noch einmal Familienurlaub auf dem Programm. Sonja Kessler hat es sich gewünscht und in stundenlanger Internet-Recherche eine Anlage mit Betreuung für Franziska gefunden. Zoe weiß, dass es nie wieder so sein wird wie früher und sie deswegen traurig sein wird. Aber ihre Mutter hatte sie inständig gebeten mitzukommen. »Du wirst noch so viele Urlaube ohne uns machen können. Ich hätte dich einfach noch einmal gerne dabei«, hatte sie gesagt. Zoe hatte eingewilligt, sich dem flehenden Blick der Mutter ergeben.

Sie schläft immer noch nicht. Manchmal wünscht sie sich, dass ihre Eltern böse auf sie sein und es auch zeigen würden. In Franzis ersten Jahren hat Zoe eigentlich immer damit gerechnet, dass die Vorwürfe kommen. Sie hat sie fast herbeigesehnt. Dann hätte sie reagieren können. Aber wie soll man sich verteidigen, wenn man nicht angegriffen wird? Was soll man antworten, wenn man nicht gefragt wird? Sie hatte fast gehofft, dass ihre Eltern ungerecht werden würden. Dass sie spüren würde, dass ihre Eltern sie plötzlich weniger liebten. Doch den Gefallen taten Sonja und Stefan Kessler ihrer Ältesten nicht. Zoe fragte sich oft warum. Sahen sie über Zoes Schuld hinweg, weil sie froh waren, dass sie wenigstens eine Tochter ohne Probleme und Handicap hatten? Wenigstens eine Tochter, auf die man stolz sein konnte?

Unterschiedliche Töne

Die Klasse ist sofort begeistert. Zoe hat den Song vorgespielt, den sie für die Tanzperformance ausgesucht hat. Auch Herr Jürgens nickt und scheint einverstanden.

»Das Lied kenne ich sogar«, sagt er, als der letzte Ton verklungen ist. Als sei das ein Merkmal, das den Song auszeichnen könnte.

»Ja, der ist schon ziemlich alt«, kontert Zoe.

Jürgens zuckt kurz, grinst dann. Bei einer anderen Schülerin, einem anderen Schüler wäre er vielleicht etwas gekränkt gewesen. Vielleicht sogar wütend. Auf Zoe kann er nicht wütend sein.

Zoe erläutert ihren Plan: »Wir könnten in zwei Gruppen tanzen wie zwei verfeindete Cliquen. Ich würde auch gar nicht so eine komplizierte Choreographie machen. So viel Zeit zum Üben haben wir ja auch gar nicht mehr. Irgendwann fangen die Gruppen an, sich mit Farbe zu bewerfen. Überall auf dem Boden liegen dabei die Leinwände, die schön eingesaut werden.«

»Hand- und Fußabdrücke sollten auch zu sehen sein«, schlägt Caro vor.

»Glaubt ihr eigentlich wirklich, dass irgendjemand diese Schmierereien kauft?«, kommt eine Frage aus den hinteren Reihen.

In das Gemurmel, das entsteht, ruft einer: »Wenn alle Mitglieder des Zoe-Fanclubs ein Kleckshild kaufen, werden wir reich.«

Zoe verzieht genervt das Gesicht. »Wir müssen die Bilder nur den richtigen Leuten anbieten. Leute, die nicht ablehnen können. Geschäftsleute, Bürgermeister und so. Die können sich das dann hübsch irgendwo hinhängen und so signalisieren: Schaut, auch ich habe unsere Schule unterstützt. Ich bin ein guter Mensch. Das ist für die doch viel effektiver als einfach Geld zu spenden und keiner sieht es«, führt sie aus.

»Gute Idee«, lobt Jürgens Zoes Geschäftstüchtigkeit.

»Dann können wir hinterher ja auch unsere versauten Klamotten verkaufen. Oder eine Vernissage damit machen«, schlägt Caro vor.

»Ich dachte eigentlich, dass wir ganz enge Plastikanzüge tragen. Das wirkt auch beim Tanzen besser«, hält Zoe dagegen.

»Also ich ziehe ganz sicher keinen engen Plastikanzug an«, verkündet Saskia.

»Das ist auch besser so«, lacht Nils gemein. »Außerdem gibt es die in deiner Größe wahrscheinlich eh nicht.«

»Du bewirbst dich damit also für den Anzug und tanzt mit?«, fragt Jürgens.

»Wenn Nils sich in einen engen Anzug presst, komme ich nicht. Ich möchte das gar nicht sehen«, stöhnt Saskia.

»Komm, keep cool. Ich glaube, da sieht man gar nichts«, steht Kim ihr bei. Nils wird puterrot.

»Was haltet ihr davon, wenn ihr in so Chemie-Schutzanzügen tanzt? Ich weiß, dass die Schule davon ziemlich viele hat für Übungen und so. Davon könnten wir bestimmt welche bekommen. Außerdem sieht das bestimmt ziemlich futuristisch aus«, schlichtet der Lehrer.

»Genau, wir könnten das ganze Projekt dann noch unter irgendein Motto stellen. Für Umweltschutz und gegen Zerstörung«, schlägt Leo vor.

»Ich dachte eigentlich, wir nennen das Ganze ›Hast du

Töne?‹ Da kommen dann die Farbtöne und die Musiktöne drin vor«, sagt Zoe.

Die anderen nicken. War ja klar, dass sie mal wieder die beste Idee hat.

Dann legen sie gemeinsam fest, wer mittanzen darf oder soll. Zoe natürlich und auch Kim meldet sich, nachdem Zoe sie angestupst hat. Außerdem Caro und Sarah. Die Jungs zieren sich natürlich, aber schließlich lassen sich Leo und Nils überreden. Zoe ist zufrieden, die Truppe steht.

Carl hat die ganze Zeit über nichts gesagt, nicht ein Wort. Aber er hat alles aufmerksam verfolgt. Er studiert die Menschen gerne, verschafft sich erst einen Überblick. Ehe er dann selber die Bühne betritt.

Der Einblick, den er in der nächsten Stunde bekommt, überrascht ihn doch. Es gibt nicht viele Dinge, die Carl noch schocken oder beeindrucken können. Dafür hat er zu viel gesehen. Das bleibt nicht aus, wenn man im Block wohnt. Die vier Häuser nahe beim Bahnhof sind wie ein Dampfkochtopf. Immer mal wieder explodiert es irgendwo, weil der Druck zu stark wird. Dann fliegen Dinge aus dem Fenster, dann liegt jemand besoffen vor der eigenen Wohnungstür, dann tragen Frauen Sonnenbrillen und Kinder erzählen, ihre blauen Flecken kommen von einem Sturz mit dem Fahrrad. Carl musste nie etwas von einem Unfall erzählen. Einmal hat sein Vater die Hand gehoben, wollte zuschlagen. Carl hatte einfach das Handgelenk seines Vaters festgehalten. Sehr fest. Er trainiert seit er sechs oder sieben ist. Carl ist geballte Kraft. Das hat sein Vater auch gemerkt. Und er hat den Arm gesenkt. Damit war der Machtkampf zu Hause entschieden.

In der Englischstunde hatte Carl das erste Mal seitdem er in der Klasse ist, die Hand gehoben. Alle waren gespannt. Der Böker nickte ihm zu.

»Can I go to the toilet, please.« Carl hatte die Frage höflich gestellt.

Der Lehrer hatte ein bisschen enttäuscht ausgesehen, aber genickt.

Nach zehn Minuten kommt er zurück, er hatte vom Toilettenfenster aus in die verschiedenen Klassenzimmer geguckt. Irgendwann war auch das ihm zu langweilig, außerdem hatte er nicht riskieren wollen, dass ein Suchtrupp nach im losgeschickt würde. Er musste zurück.

Als er die Tür öffnet, fällt Carls erster Blick auf Zoe, die direkt in der Reihe gegenüber sitzt. Sie hat ein Bein auf die Halterung für die Schultasche gestellt. Sie trägt einen kurzen Rock, schließt die gespreizten Beine sofort, als Carl reinkommt. Aber diese halbe Sekunde hat gereicht. Er hat gesehen, dass das Mädchen keinen Slip trägt.

Warum spielt die hier Basic-Instinct?, fragt er sich und das erste Mal, seitdem er an diese Schule gekommen ist, langweilt er sich nicht.

Das erste Mal wittert er, dass es doch ganz spannend werden könnte.

Zoe hat gesehen, dass Carl etwas gesehen hat. Er hatte ihr nach dem ersten Blick einen Wimpernschlag lang in die Augen geguckt und da sah sie sein Erstaunen, seine Überraschung, sein Amüsement. Sie ärgert sich, dass sie so unvorsichtig war. Den Rest der Stunde stehen ihre Füße sehr eng nebeneinander auf dem Boden. Sie fühlt unangenehm die Nacktheit unter dem dünnen Rockstoff und kann es nicht erwarten, in der Pause wieder den Tanga anzuziehen. Sie weiß, dass sie damit aufhören muss. Das weiß sie schon seit Langem. Aber die Versuchung wird von Mal zu Mal größer. Immer wieder ist da der dringende Wunsch, Grenzen zu überschreiten. Das Verlangen, auszubrechen; nicht das liebe, nette Mädchen zu sein.

Und das Verlangen nach Demütigung. Manchmal muss sie sich einfach schäbig und schlecht fühlen. Schmutzig und gemein. Das hilft. So bestraft sie sich. Wenn es andere schon nicht tun, muss sie es doch selber machen. Alle anderen lieben sie doch immer. Es ist zum Kotzen.

Vergessen

Julian ist völlig verschwitzt als er klingelt. Wortlos drückt er Zoe eine riesige Tüte in den Arm. Zoe fällt fast um, als sie das Gepäckstück entgegennimmt.

»Was ist denn da drin?«

»Nähzeug für deine Mutter. Hat meine Ma ihr von irgendwoher mitgebracht. Hast du mal zwei Liter Wasser für mich? Ich verdurste.«

»Nähen? Was soll das denn jetzt schon wieder?«, fragt Zoe, während sie hinter Julian in die Küche geht.

»Meine Mutter hat eine Frau kennengelernt, die sich alle Sachen selber näht. Das fand sie so toll, dass sie das jetzt auch machen will. Und deine Ma hat sie mit diesem Quatsch angesteckt. Ich habe jetzt schon Horror davor, dass sie mir auch was auf den Leib schneidern will«, stöhnt Julian und setzt eine Wasserflasche an, die er im Kühlschrank gefunden hat.

Zoe verdreht die Augen. »Warum müssen die sich eigentlich immer so komische Hobbys ausdenken? Können die nicht einfach einmal in der Woche zum Bridge oder Badminton gehen und gut ist? Weißt du noch, als die getöpfert haben?«

Julian lacht und verschluckt sich fast. »Ein Höhepunkt der bildenden Kunst. Wir hatten eine Skulptur im Garten stehen, die wie ein abgestürztes Flugzeug aussah.«

»Meine Mutter hat sogar Bilderrahmen fabriziert. Die waren so schwer, dass mein Dad die andübeln musste«, lacht Zoe.

»Die Dinger hatten wenigstens die Chance, kaputtzugehen. Aber kannst du dich an den Strickwahn erinnern?«, fragt Julian.

»Ob ich mich erinnere? Ich bin traumatisiert. Meine Mutter hat mir ein Kleid gestrickt und mich genötigt, das zu tragen. Das war eine Form von Psychoterror. Eigentlich ein Fall fürs Jugendamt«, kichert Zoe. »Du hattest doch so einen schönen Pulli, oder?«

»In der ersten Woche war das noch ein Pulli. In der zweiten Woche war das auch schon ein Kleid. Das Teil wurde immer länger. Vielleicht hätte ich schneller wachsen müssen.«

Als Julian die Wasserflasche zurückstellt, streift er zufällig mit dem Arm Zoes Brustwarze. Beide tun so, als sei das nicht passiert.

»Du glaubst es nicht, aber es geht noch schlimmer. Saskias Mutter hat jetzt die Tarotkarten für sich entdeckt und sagt allen permanent die Zukunft voraus. Ihre Nachbarin sprich schon nicht mehr mit ihr, weil Saskias Mutter ihr eine sehr schmerzvolle Krankheit und den finanziellen Notstand im Alter prophezeit hat«, lacht Zoe.

Zoes Handy piept. Eine SMS.

»Es war übrigens ganz schön«, liest Zoe laut vor.

»Was war schön?«, fragt Julian mit vollem Mund. Er hat im Kühlschrank noch Frikadellen entdeckt. Angewidert verzieht er das Gesicht. »Was ist das denn?«

Zoe grinst. »Grünkernbratlinge. Überbleibsel von Mamas Vollwertära.«

Julian würgt den Bissen hinunter. »So – was war jetzt schön?«

»Saskia fand irgendwas schön«, sagt Zoe und man sieht, wie sie sich das Hirn zermartert. Dann schlägt sie die Hände vors Gesicht. »O nein, ich habe es vergessen.

Ich bin eine schlechte Freundin. Das verzeiht sie mir so schnell nicht«, stöhnt sie auf.

Julian durchsucht jetzt den Obstkorb nach etwas, das ihm zusagt.

»Wieso musst du andauernd essen?«, sagt Zoe genervt. »Hast du einen Wachstumsschub?«

»Ich habe schlicht Hunger. Sag mir lieber, warum du schlecht, gemein und fies bist.«

»Das kann ich dir nicht sagen. Komm, nimm dir noch eine Kiwi, die hat viele Vitamine und radle wieder heim. Ich muss jetzt mal dringend zwei bis drei Stunden telefonieren.«

Julian schwingt sich auf den Tisch. »Jetzt wird es doch erst spannend. Also, was hast du getan? Ihre Geburtstagsparty vergessen?«

»Schlimmer.«

»Sie hatte eine kosmetische Operation und du hast es nicht bemerkt.«

»Noch schlimmer.«

»Wenn du es mir nicht sagst, erzähle ich allen, du hättest Saskia einen Flyer übers Fettabsaugen geschickt.«

Zoe blitzt ihn nur aus schmalen Augen an.

»Komm, Zoe, erzähl mir dein Saskia-Desaster. Du weißt, dass ich schweigen kann.«

Das stimmte. Julian wusste so einiges von Zoe, Dinge, die sonst niemand – vor allem nicht ihre Eltern – wusste. Dass sie getrampt und zu einem Typen ins Auto gestiegen war, der während der Fahrt eine Dose Bier aufmachte. Dass sie zur Seepferdchenprüfung ohne Badeanzug erschienen und in Unterwäsche ins Becken gehüpft war. Dass ihr kleiner Hamster seinerzeit nicht an Altersschwäche, sondern an einer Gummibärchenvergiftung – oder zumindest an einer Gummibärchenunverträglichkeit – gestorben war. Keines dieser – und der anderen – Geheimnisse hatte Julian je auch nur ansatzweise ausgeplaudert. Natürlich wusste er nicht alles über Zoe. Es gab Dinge, die niemand wusste.

Zoe holt tief Luft. »Saskia hatte ein Date am Wochenende und ich habe es vergessen.«

»Es war doch ihr Date. Wie kannst du das vergessen? Solltest du etwa mitkommen?«

»Natürlich nicht, du Trottel. Aber ich hätte sie danach fragen müssen, wie es war.«

»Sie hätte dich doch anrufen und erzählen können, wie es war.«

»Du verstehst das nicht. Sie wollte, dass ich sie frage.«

»Das verstehe ich wirklich nicht. Du kannst doch nicht dauernd noch Saskias Terminkalender im Kopf haben. Ich bin schon froh, wenn ich mir meine Termine merken kann. Da kann ich nicht auch noch darüber nachdenken, wann Nils Fußballtraining hat, weil ich ihn danach anrufen und fragen muss, wie es war und ob er endlich mal ein Tor geschossen hat.«

Zoe lächelt ihn an. »Du kannst das nicht verstehen. Du bist ein Junge.«

»WAS?« Julian guckt panisch an sich runter. »Ich bin was?«

»Raus jetzt. Ich muss bei Saskia zu Kreuze kriechen. Dabei brauche ich keine Zuschauer.«

Julian verzieht das Gesicht, springt aber vom Tisch und schnappt sich seinen Radhelm.

Natürlich könnte Zoe jetzt einfach eine kurze SMS an Saskia schicken mit den Worten *Schön. Kannst du mir ja gleich beim Tanzen erzählen.* Das ginge rein theoretisch. Praktisch ist das undenkbar. Saskia will sicherlich nicht alle Details erzählen, wenn viele neugierige Ohren zuhören. Außerdem wird die Zeit während des Umziehens niemals reichen. Zoe wählt die Nummer und legt sich aufs Bett. Saskia schafft es sogar, ihr kurzes »Hallo« beleidigt klingen zu lassen.

»Mensch Saskia, war das Date schon an diesem Wochenende? Das hast du ja gar nicht erzählt.«

Jetzt lag der Ball eindeutig wieder in Saskias Feld. Die schleudert ihn wütend zurück. »Natürlich habe ich dir das erzählt. Wahrscheinlich hast du einfach nicht richtig zugehört. Hat dich wohl nicht genug interessiert«, zickt sie.

»Wenn mir das klar gewesen wäre, dass ihr euch schon dieses Wochenende trefft, hätte ich ja wohl schon längst gefragt. Das hätte ich niemals vergessen«, betont Zoe inbrünstig.

»Stimmt eigentlich. Wenn die blöde Saskia mal wirklich von einem Jungen zu einem Treffen eingeladen wird, ist das ja so außergewöhnlich, dass man sich das merken muss, oder wie?«

Zoe verdreht die Augen. »Du tust so, als würde ich andauernd von irgendwelchen Jungs um ein Date gebeten.«

»Nein. Aber nur deshalb nicht, weil sie sich nicht trauen. Sie würden schon gerne. Mich fragen sie nicht, weil sie wirklich nicht wollen«, kontert Saskia selbstmitleidig.

»Klar, und jetzt willst du mir gleich noch erzählen, dass Fynn sich nur mit dir getroffen hat, um an meine Telefonnummer zu kommen, oder was?«

Pause.

Erst nach endlosen Sekunden kommt von Saskia »Meinst du wirklich?«

Zoe legt sich eine Hand über die Augen. »Natürlich nicht. Das war ein Scherz. Um dir klar zu machen, dass du Quatsch erzählst. Wie wäre es, wenn du mir lieber erzählen würdest, wie es war?«

»Es war total nett«, sagt Saskia mit weicher Stimme.

»Meinst du, du könntest noch ein bisschen mehr ins

Detail gehen?«, lacht Zoe. Klar, dass Saskia sich jetzt alles aus der Nase ziehen lässt.

»Wir waren mit seinem Hund spazieren.«

»Hoffentlich kein Pitbull oder so was.«

»Nein, natürlich nicht. Ein Münsterländer. Sieht aus wie ein kleines Pony irgendwie.«

»Und was habt ihr sonst noch so gemacht? Das war ja sicherlich nicht alles.«

»Danach hat Fynn für mich gekocht. Nudeln mit Bolognese-Sauce.«

»Der hat für dich gekocht?« Zoe wankt zwischen Fassungslosigkeit und Unglauben.

»Ja. Er hat Wasser in einen Topf getan, zum Kochen gebracht, dann die Nudeln darein geworfen. So macht man das«. Saskia ist schon wieder halb in ihrer beleidigten Ecke.

»Ich bin halt nur überrascht. Für mich hat noch nie jemand gekocht. Ich finde das total süß.«

»Ich war auch ganz überrascht. Seine Mutter war nicht da, die hatte irgendwo Spätschicht, einen Papa gibt es wohl nicht, und da hat Fynn sich in die Küche gestellt und für uns gekocht.«

»Hat er dann auch Kerzen auf den Tisch gestellt?«, fragt Zoe misstrauisch. Das klingt doch alles einfach zu kitschig.

»Quatsch. Weißt du, was ich am allerbesten fand? Ich habe ihm gesagt, dass ich eigentlich abends keine Nudeln und so was esse. Da hat er mich ganz überrascht angeguckt und gefragt, warum nicht. Ich habe ihm dann gesagt, dass das ja so ansetzen würde. Und weißt du, was er darauf gesagt hat?«

»Nein. Woher soll ich das wissen?«

»Dass mir das doch egal sein könnte. Ist das nicht süß?«

Zoe grinst. Alles andere wäre von diesem Fynn ja wohl

auch total dämlich gewesen. Hätte er Saskia ein Weight-Watchers-Menü vorgesetzt, wäre die jetzt wohl kaum so euphorisch.

»Und wann seht ihr euch wieder?«

Saskia zögert mit der Antwort.

»Weiß nicht. Er hat nur gesagt, dass wir uns ja im Ruderclub bestimmt wiederbegegnen.«

»Stimmt ja auch.«

»Klar.«

»Hättest du es besser gefunden, er hätte gleich das nächste Treffen vorgeschlagen? Vielleicht wartet er auf ein Zeichen von dir?«

»Wahrscheinlich hast du recht.«

»Natürlich habe ich recht. Willst du dich denn noch mal mit ihm treffen?«

»Ich weiß es nicht. Er ist halt ein bisschen jünger als ich.«

»Wenn du doch eh noch nicht weißt, ob du ihn wiedertreffen willst, warum soll er dich dann fragen?«

»Weil ich dann wüsste, dass er es will.«

Natürlich versteht Zoe, was Saskia meint. Und sie weiß auch, dass sie in den nächsten Tagen viel Zeit damit verbringen wird, sich Saskias Pro- und Contraliste zum Thema Fynn anzuhören.

»Ich würde ihn jetzt einfach mal zappeln lassen. Dann wirst du schon merken, ob du Bock auf eine zweite Runde Pasta hast. So, und wenn wir jetzt nicht beide losdüsen, kommen wir zu spät ins Studio. Und wer am Wochenende nach 16 Uhr Berge von Nudeln isst, sollte wohl pünktlich sein, oder?«

Amüsiert beobachtet Zoe später, wie Saskia sich beim *African Dance* ins Zeug legt. So engagiert ist sie sonst nicht dabei. Sie macht auch nicht wie sonst drei oder vier Trinkpausen. Zoe weiß aber auch, dass sie das besser nicht kommentiert.

Nach der Stunde steht das erste Treffen des Klassenprojekts an. Zoe, Kim, Caro, Sarah, Nils und Leo treffen sich auf dem Sportplatz der Schule, um sich eine Choreographie auszudenken.

»Nils und ich haben uns überlegt, dass wir ja was mit Bällen machen könnten«, fängt Leo an.

»Was denn? Torwandschießen oder wie?«, giftet Kim.

Schnell wird klar, dass die beiden Jungs nicht wirklich Bock auf Tanzen haben. Es ist ihnen irgendwie peinlich.

»Und wieso wolltet ihr dann mitmachen?«, fragt Caro völlig genervt.

»Wann hat man sonst schon mal die Gelegenheit, sich mit vier Mädels zu treffen«, sagt Nils und grinst.

Sarah lässt sich auf den Boden fallen. »O Gott. Das kann ja heiter werden. Ich hatte gleich so ein doofes Gefühl, als die beiden Traumtänzer sich gemeldet haben«, stöhnt sie.

»Warte doch mal. Lass die Jungs doch mal erzählen, was sie sich so überlegt haben«, beschwichtigt Zoe sie.

»Was wir uns so überlegt haben?«, wiederholt Nils unsicher.

Die drei anderen Mädchen lassen sich neben Sarah auf dem Boden nieder, verschränken die Arme vor der Brust.

»Wir könnten doch vielleicht so ein kleines Basketballspiel mit einbauen«, sagt Leo vage.

Kim und Sarah lassen sich rückwärts fallen. Sie scheinen nicht wirklich begeistert.

»Wartet doch mal«, geht Zoe dazwischen, ehe die Stimmung völlig kippt. »Ich habe mal so einen Streifen mit Leonardo DiCaprio gesehen, da gab es immer Stress zwischen zwei Gangs, die dauernd Basketball gespielt haben. Irgendwo in der Bronx. Das war ganz cool«, erläutert Zoe.

»Und wen von den beiden hier siehst du als DiCaprio«? Kim lacht lauthals.

Sarah zeigt prustend auf Nils, der eher stämmig als groß gewachsen ist. »DiCaprio ist doch auch so ein Zwerg, oder?«

Zoe hebt beide Hände. »Perfekt, da haben wir ja schon unseren Gang-Kleinkrieg«, stellt sie fest.

Fünf Augenpaare starren sie an.

»Ist doch vielleicht eine gute Idee. Die beiden Jungs spielen Basketball, dann tanzen wir dazwischen. Und irgendwie entwickelt sich da ein tänzerischer Kampf.«

»Und der Ball wird auch mit Farbe eingesaut und hinterlässt geile Abdrücke auf den Leinwänden«, stellt Leo fest.

»Ziemlich crazy«, sagt Sarah nach einer Weile. Und der Klang ihrer Stimme lässt ahnen, dass sie begeistert ist.

»Dann sollten wir mal endlich beginnen«, drängt Zoe. »Ich habe nicht bis Sonnenuntergang Zeit.«

Sie üben verschiedene Schrittfolgen, Bewegungsabfolgen, Drehungen. Als Leo sich irgendwann flach hinlegt und verkündet, dass er nicht mehr kann, sind alle zufrieden.

»Nächste Woche, gleiche Stelle, gleiche Uhrzeit«, verkündet Zoe.

Sie zieht sich in aller Ruhe eine Jeans über die kurze Hose, winkt den anderen zum Abschied.

»Ich muss auch schon los, will noch am Stall vorbei.« Kim wirft ihr eine Kusshand zu. Zoe stopft ihre Sportschuhe in die Tasche, packt den CD-Player ein und registriert aus dem Augenwinkel plötzlich eine Bewegung. Sie muss gegen die tiefe Sonne blinzeln. Irgendwas ist auf dem Schulpavillon. Sie hebt die Hand schützend vor die Augen. Sie erkennt ihn allein an der Silhouette. Carl sitzt oben auf dem Flachdach und schaut regungslos in ihre Richtung. Soll sie jetzt die Hand zum Gruß heben?

Sie entscheidet sich dagegen, wendet sich einfach wieder ab. Wie lange sitzt der da wohl schon? Und warum?

Es fällt ihr schwer, sich im Weggehen nicht noch mal umzudrehen. Sie spürt seinen Blick zwischen ihren Schulterblättern. Wie ein Laserstrahl, der versucht, sich durch sie hindurchzubrennen.

Was Zoe nicht weiß: Carl sitzt da nicht zufällig. Er ist Zoe gefolgt. Schon eine ganze Weile. Und er hat gesehen, wie sie auf dem Weg zur Schule auffallend nah an einem Auto vorbeigegangen ist. Sehr nah und sehr langsam. Carl hatte erst gedacht, Zoe wollte in das Auto reingucken, vielleicht auf der Suche nach einer Uhr. Erst im letzten Moment hatte Carl etwas blitzen sehen. Er war überrascht. Schon wieder überrascht. Von Zoe. Seine Mitschülerin hatte dem fetten Audi einen dicken Kratzer verpasst. Vom Kofferraum bis zum Kotflügel. Nein, es war kein Kratzer. Es war eher eine feine Narbe, eine offene Verletzung. Carl hatte vor dem teuren Auto mit der frischen Wunde gestanden und Zoe hinterhergesehen. Sie hatte mit einer schnellen, unauffälligen Bewegung den Schlüssel wieder in der Hosentasche verschwinden lassen und war seelenruhig weitergegangen.

Annäherung

Wir werden uns heute mit dem Ende der Weimarer Republik befassen«, verkündet die Trumm fast feierlich.

»Nachdem wir das jetzt gefühlte fünf Jahre durchkauen, ist das wohl auch mal an der Zeit«, murmelt Kim.

»Ihr werdet euch paarweise zusammensetzen und gemeinsam Gründe für das Scheitern überlegen«, befiehlt die altbackene Lehrerin. »Zoe, du setzt dich bitte zu Carl.«

Zoe zuckt zusammen. Was soll das denn? Sie braucht einen langen Moment, bis sie reagieren kann. »Warum das denn?«

»Carl ist neu in der Klasse und mit dem Thema nicht so vertraut. Ich denke, dass du ihm helfen kannst. Pack jetzt bitte dein Heft und zieh um. Wir wollen anfangen.«

Zoes Hände zittern leicht, als sie Heft, Etui und Buch in ihre Tasche räumt. Sie lässt sich neben Carl auf den Stuhl gleiten, vermeidet es, ihn anzusehen.

»Dann hilf mir mal schön«, sagt Carl mit provozierendem Unterton.

»Meinst du, dir ist noch zu helfen?«, antwortet Zoe prompt und wird rot. Sie kann sich nicht dran erinnern, wann sie das letzte Mal rot geworden ist.

»Du scheinst doch alles zu wissen, bist offenbar hier die Überfliegerin. Sag mir die Gründe für das Scheitern dieser Republik«, befiehlt Carl und zückt einen Kuli.

»Die Menschen waren einfach zu dumm für eine Demokratie«, diktiert Zoe ihm.

»Das sind sie doch immer noch.«

»Findest du das wirklich?«

»Absolut. Sie werden für dumm verkauft und sie sind so dumm, das zuzulassen.«

»Das ist doch Unsinn. Wir leben hier im Informationszeitalter. Du kannst niemanden mehr klein und dumm halten«, widerspricht ihm Zoe.

»Du hältst doch alle für dumm. Und dich selber für sehr schlau, oder? Dumm von dir. Ich falle nämlich auf deine Schau nicht rein. Ich glaube, es gibt nicht nur die liebe, nette Zoe.«

Sie starrt ihn an. Was will er damit sagen? Was weiß er?

Er hält ihren Blick aus. Fast scheint es, als würden seine Augen sie angrinsen.

Zoe wendet den Blick ab. »Los schreib jetzt: Massenarbeitslosigkeit, Inflation, Intrigen, schwache Demokratie, Stärke der NSDAP«, diktiert Zoe wieder.

Carl schreibt langsam alles auf eine Liste. »Braves Mädchen, hast du ja wirklich fleißig gelernt.« Er lehnt sich zurück. »Aber was ist mit den Reparationszahlungen an Frankreich? Mit den Auswirkungen der Weltwirtschaftskrise? Der Unterstützung der NSDAP durch die Wirtschaft? Meinst du, das hat nicht auch alles eine Rolle gespielt?«

Zoe zieht die Augenbrauen hoch.

Carl grinst zufrieden. »Tja, meine Hose ist nicht von Hilfiger, meine Haare sind nicht gestylt. Aber immerhin war ich vorher auch auf einer Schule. Ob du es glaubst oder nicht. Ich kann sogar lesen und schreiben.«

Er lehnt sich ein bisschen zurück. »Und in deinen Augen lese ich ein bisschen Angst, oder?«

Zoes Augen werden ganz schmal. »Wenn du auch schreiben kannst, dann schreib dir mal was hinter die Ohren, und zwar, dass du mit so einer Tour bei mir nicht landen kannst.«

»Nicht schlecht«, kommentiert Carl und es hört sich nach einem anerkennenden Schulterklopfen an.

Carl geht zügig die Treppe rauf. Im Treppenhaus stinkt es immer bestialisch. Eine ungute Mischung aus gedünsteten Zwiebeln, Rauch, verbrauchtem Atem. Manchmal kommt noch beißender Uringestank dazu. Wenn eines der Kids es wieder nicht rechtzeitig bis in die Wohnung geschafft hat. In der Wohnung zieht er die Jacke gar nicht aus. Er geht nur kurz in die Küche, holt sich eine kalte Cola aus dem Kühlschrank und verschwindet wieder. Weiter nach oben. Natürlich ist es streng verboten, aufs Dach zu steigen. Die Tür aufs Flachdach ist nur ein Notausgang und war wohl auch mal elektronisch gesichert. Das ist ewig her. Carl macht es sich dort oben bequem und lässt den Blick schweifen. Dabei versucht er das Elend direkt unter ihm zu übersehen. Den Müll, die Grünfläche, die ihren Namen nicht verdient, die Gestalten, die dazwischen abhängen. Die alten Autos, den Dreck. Er guckt lieber in die Ferne. Zum Fluss, zum Bonzenhügel mit den höchsten Mietpreisen der Stadt und mit vielen hohen Zäunen. Irgendwann will er da wohnen. Er will nicht mehr durch ein stinkendes Treppenhaus steigen, um zwischen Zigarettenkippen sitzend auf die Stadt blicken zu können. Er will von seiner Terrasse auf die da unten gucken können. Er will Wurst an der Frischetheke kaufen und nicht abgepackt in Plastik. Er will Joghurts, die noch länger als einen weiteren Tag haltbar sind. Er will Brot essen, das am selben Tag gebacken wurde. Und er will echte Coke. Nicht dieses gepantschte Imitat. Und genau deswegen holt er jetzt die Bücher aus der Tasche. Konzentriert macht er sich an die Hausaufgaben. Ihm fliegt das Wissen nicht zu. Er muss es sich erarbeiten. Und das tut er, weil er dieses Ziel hat. Die meisten Kumpels aus dem Block begnügen sich mit

Hilfsjobs, stocken auf und drehen ein paar krumme Dinger für den Extra-Bonus. Sie liefern auf Bestellung Navigationssysteme, schmuggeln Zigaretten im kleinen Stil, schleppen am Wochenende auf kleinen Baustellen Steine und prahlen, wenn sie im *Treppchen* eine Runde mit einem Hunderter bezahlen können. Carl widert das an. Er sieht sie alle vor sich – in zwanzig Jahren. Wie sie dann immer noch hier sitzen werden. Die Bäuche werden dicker und schwabbeliger, die Zähne schlechter sein. Sie werden vom permanenten Alkoholmissbrauch geplatzte Adern überall im Gesicht haben und einen unangenehmen Körpergeruch. Die Frauen zeigen ihre dicke Beine mit blauen Krampfadern, die sie noch nicht mal unter Hosen verstecken. Sie werden keifen und meckern, vom All-inclusive-Urlaub auf Mallorca träumen und sich Modeschmuck und reizlose Unterwäsche bei Ernstings kaufen.

Carl nimmt sich die letzten Seiten vom Kapitel *Die Weimarer Republik* vor. Er grinst bei der Erinnerung an das Gespräch mit Zoe. Sie könnte er sich vorstellen in dem Haus am Hügel. In seinem Haus am Hügel. Sie sieht gut aus. Nicht zu gut. Das sollte ein Mädchen auch nicht. Sonst ist schon vorprogrammiert, dass das nicht lange halten wird. Doch Zoes Figur, die langen Haare sind Carl nicht so wichtig. Zoe ist tough, sie ist hart und sie hat keine Angst. Carl hat vom ersten Moment an gespürt, dass ihm dieses Mädchen sehr ähnlich ist. Viel ähnlicher als ihr wahrscheinlich lieb ist. Er wird es ihr schonend beibringen müssen. Er will sie nicht verschrecken.

Erst als es dunkel wird, steigt er herab. In seinem Zimmer taucht er mit Kopfhörer vor dem Laptop in seine Welt ein. Er versucht so wenig wie möglich von seiner Realität zu sehen, zu hören, zu riechen, zu schmecken.

Nur eine kurze Nacht

Zoe beißt die Zähne aufeinander. Franziska krallt sich mit ihren Fingernägeln in ihren Arm. Zoe versucht sich nichts anmerken zu lassen. Eigentlich war die Sache mit dem Baden besser geworden. In letzter Zeit hatte es Franzi sogar genossen, in dem warmen Wasser zu liegen, hatte mit ihren steifen Fingern versucht, nach den kleinen Quietscheenten zu greifen. Manchmal hatte sie es sogar zugelassen, dass Zoe ihr anschließend die Haare kämmte und sie eincremte. Doch seit die Osteopathin mit ihren neuen Übungen angefangen hatte, war die Siebenjährige fast hysterisch, wenn es ins Badezimmer ging. So auch heute. Sie verkrampft sich, wirft ihren Kopf nach hinten, versucht sich mit all ihrer Kraft zu wehren. Und sie hat viel Kraft. Sonja Kessler stöhnt auf, ihr Rücken schmerzt. Zoe versucht Franziska zu stabilisieren.

»Meinst du nicht, dass das Wasser etwas sehr heiß ist?«, fragt sie vorsichtig. »Vielleicht ist das ja der Grund, warum Franzi so bockig ist.«

»Kann ich mir nicht vorstellen. Aber wenn du meinst.«

Sonja Kessler dreht den Wasserhahn auf kalt und stellt ihn an. Eiskaltes Wasser ergießt sich auf Franziskas Bein, die prompt aufheult.

»Mist«, brüllt die Mutter.

Zoe schnappt sich das Handtuch, lässt das Wasser ablaufen. Das wird nichts mehr. Gemeinsam heben sie das wimmernde Kind aus der Wanne und Zoe fängt an, Franziska so behutsam wie möglich abzutrocknen.

»Hol doch schon mal ihren Schlafanzug«, schlägt sie ihrer Mutter vor. An der Art, wie ihre Mutter gepresst einatmet, spürt Zoe, dass Sonja Kessler ganz dringend einen kurzen Moment für sich braucht. Als die Mutter wieder ins Bad kommt, stinkt sie nach Nikotin. Eigentlich hat Sonja Kessler vor vielen Jahren aufgehört zu rauchen. Doch manchmal, in sehr seltenen Momenten, gönnt sie sich eine Zigarette. Zoe hat versucht, Franzi mit einer Massage zu beruhigen. Das mag sie eigentlich, wird dann ruhiger und entspannt sich. Heute Abend nicht. Die tierischen Laute, die aus Franzis Kehle kommen, gehen Zoe direkt unter die Haut. Wie ein dünner Luftzug entfachen sie die Glut in Zoe. Die spürt, wie das Feuer in ihr wieder aufflammt. Ihr wird heiß von innen, sie spürt die zerstörerische Kraft. Es ist das schlechte Gewissen, das in ihr tobt. Das sie auffressen will. Sie spürt einmal mehr, dass die Wut auf sich selbst und die endlose Scham nie aufhören werden. Noch nicht mal abnehmen werden. Und alles nur, weil Zoe in einer Nacht vor sieben Jahren ihre Mama nicht loslassen wollte. Zoe hatte geweint, bitterlich geweint und gefleht. Sie hatte Angst. Da lag ihre Mutter und schrie und stöhnte. Zoe erkannte sie nicht mehr, war entsetzt über die Laute, die aus der Kehle der Mutter kamen. Sie wurde panisch. Sie hatte gezittert, erst still geweint. Hatte sogar versucht, zum lieben Gott zu beten. *Bitte, bitte, lass Mama nichts geschehen. Dann werde ich immer brav sein.*

Ihr Vater hatte die Oma schon angerufen. Eigentlich war der Plan, dass die Großmutter zu Zoe kommen sollte, damit die Eltern ins Krankenhaus fahren konnten. Die Heftigkeit der Wehen warf den schönen Plan über den Haufen. Stefan und Sonja Kessler glaubten, nicht genug Zeit zu haben, um auf die Oma zu warten, die erst noch ein Taxi rufen musste. Stefan Kessler telefonierte mit seiner Mutter, bestellte sie ins Krankenhaus. Sie würden Zoe einfach mit dorthin nehmen und da an die Oma überreichen.

Eigentlich ein guter Plan, allein Zoe spielte nicht mit. Während der Vater telefonierte und sich nebenbei anzog, kniete sie vor dem Bett ihrer Mutter. Sie hatte einen Waschlappen aus dem Bad geholt, versuchte immer wieder deren Gesicht abzuwischen. So hatte sie es mal in einem Film gesehen. Als ihr Vater ins Schlafzimmer kam und seiner Frau sagte, dass er jetzt den Wagen aus der Garage und sie dann holen würde, legte sich ein Schalter in Zoes Kopf um.

Ihre Mutter sollte weggebracht werden?

Weg von ihr?

Zoe hatte Angst, sie nie wiederzusehen. Sie lief raus, ins Bad, und schloss ab. Zwei Mal. Genau in das Bad, in dem sie jetzt ihre kleine Schwester versuchte zu liebkosen.

Sie kann sich noch genau an ihre Gefühle damals erinnern. Es war nackte Panik. Ihr Vater und ihre Mutter wollten sie hier alleinlassen? Sie wollten einfach fahren? Warum schrie ihre Mutter so? Zoe saß zitternd auf den kalten Fliesen. Sie weiß noch wie heute, dass sie mit dem Zeigefinger immer wieder den Fugen der Bodenfliesen gefolgt ist. Immer und immer wieder. Sie hat ihren Vater vor der Tür brüllen hören. Hat seine Verzweiflung wahrgenommen, seine Ungeduld, seine Machtlosigkeit. Sie wollte nicht aufmachen. Sie wollte nicht, dass ihre Mutter wegfuhr. Sie wusste, Mama würde nicht gehen solange ihre Tochter eingeschlossen im Bad saß. Das würde Mami doch niemals machen. Sie wollte nicht alleine hierbleiben. Wollten ihre Eltern sie wegen dieses Babys hier zurücklassen? Was machte dieses Wesen in ihrer Mutter? Sie hörte sie wieder schreien. Stellte sich vor, wie das ungeborene Kind ihre Mama von innen zerriss. Ihr Vater wurde noch lauter, rüttelte immer wieder an der Tür. Er hatte viel gesagt damals, aber er hatte versäumt Zoe zu sagen, dass sie mitkommen sollte ins Krankenhaus, wo Oma auf sie warten würde. »Wir müssen fahren« hatte er immer wieder gebrüllt. Zoe wusste nicht, dass sie auch zu diesem *Wir* gehörte. Irgendwann stand sie auf und drehte den Wasserhahn an der Badewanne auf. So hörte sie ihren Vater nicht mehr so laut.

Wie oft hat sie diese Situation schon erlebt?

Wie oft hat sie sich gefragt: warum?

Sie findet keine Erklärung, keine, die reichen würde. Eine Entschuldigung für sich findet sie natürlich auch nicht.

Gefangen

Zoe hatte sehr gehofft, dass ein neues Thema anstünde. Tut es aber nicht. Es geht wieder um dieses bescheuerte Höhlengleichnis. Sie wird richtig wütend, wenn sie diese Geschichte aus der Antike hört. Da gibt es ein paar Leute, die von Kindheit an gefesselt in einer Höhle sitzen. Sie können noch nicht mal den Kopf drehen. Hinter ihnen ist ein Feuer und eine Wand. Hinter dieser wohl kleinen Mauer werden dauernd Dinge vorbeigetragen, die den Gefangenen auf der Wand, die sie seit Ewigkeiten betrachten, als Schatten erscheinen. Sie können nicht nach rechts und links gucken. Sich nicht umdrehen. Sie können nur auf die Wand starren. Jetzt geht es darum, was wohl passiert, wenn einer der Gefangenen befreit wird und sich umdrehen darf. Und was wohl passiert, wenn der sogar die Höhle verlassen darf.

Zoe guckt aus dem Fenster. Sie versucht angestrengt, an etwas anderes zu denken. Eigentlich mag sie Philosophie, findet die Diskussionen um Werte, um das Sein an sich, um Wahrheit spannend. Dieses Gleichnis macht sie zornig. Was soll das? Sie versucht sich vorzustellen, sie säße da gefesselt in einer dunklen Höhle mit obskuren Schatten, die vor ihr über eine Wand flimmern. Sie würde wahnsinnig.

»Das Gleichnis sagt auch, dass keiner freiwillig aus dieser Höhle hinausgeht. Die, die man mit Gewalt ans Sonnenlicht bringt, würden endlich die Wahrheit erkennen. Doch in der Höhle zurück würde ihnen niemand glauben«, hört sie den Lehrer wie aus weiter Entfernung.

Sie fängt an mit dem Stuhl zu kippeln, kann einfach nicht ruhig sitzen bleiben.

»Zoe, war diese Regung eine Meinungsäußerung?«, fragt der Bach.

»Nein, eigentlich nicht«, antwortet sie ruhig, ohne ihn anzusehen.

»Aber vielleicht hast du ja doch eine Meinung dazu.«

»Die habe ich.«

»Möchtest du uns die mitteilen?«

»Eher nicht. Ich glaube nicht, dass Sie die hören möchten«, versucht Zoe auszuweichen. Sie ahnt schon, dass es auf einen Konflikt hinausläuft. Sie scheut den nicht, aber suchen tut sie ihn auch nicht. Und sie spürt, wie etwas in ihr brodelt.

»Ich glaube schon, dass ich deine Meinung dazu hören möchte. Ich bin immer erfreut über andere Sichtweisen.«

Das sagen Lehrer gerne, denkt Carl. Sie fordern kritisches Hinterfragen, eigene Überlegungen, nicht konforme Gedanken. Außer sie werden selber kritisch hinterfragt. Er sitzt weit von Zoe entfernt, aber er kann ihre Erregung fühlen. Als würde ein stummes Vibrieren von ihr ausgehen. Sie ist nicht so gelangweilt wie sie tut. Eher im Gegenteil.

»Ich wäre echt böse, wenn mich jemand in einer Höhle fesselt«, fängt Zoe an. Sie versucht ihre Gedanken zu ordnen. Weil die gerade wie von einem kleinen Tsunami weggeschwemmt werden. Alles in ihrem Kopf wird durcheinandergewirbelt. Diese Geschichte beunruhigt sie zutiefst. Es berührt etwas in ihr, das sie noch nicht kennt. Sie holt tief Luft, versucht an die Oberfläche ihrer Gedanken zu tauchen. Endlich ist da wieder Luft. »Wenn mich dann endlich jemand losbindet und ich frei bin, würde ich rausrennen und niemals zurückgehen. Niemals.«

Ihre Stimme zittert, während sie das sagt. Auch die, die während der letzten Viertelstunde vor sich hingedöst und heimlich SMS geschrieben haben, horchen auf. Zoe verunsichert? Zoe mit wackeliger Stimme? Das ist neu.

Es ist Carl, der sie erlöst. Als er sich meldet, löst sich der Blick des Lehrers nur zögernd von der aufgebrachten Schülerin.

»Niemand hat das Recht, jemand anderen so zu behandeln. Ihn zu fesseln und gefangen zu halten. Damit sollte man wohl mal anfangen«, beginnt er. Ganz ruhig geht sein Blick von Zoe zum Lehrer. Er spürt ihre Dankbarkeit darüber, dass er sie aus der Schusslinie geholt hat, obwohl sie nach unten sieht.

»Was sollen Gedankenspiele, in denen Menschen gefesselt und unbeweglich in einer dunklen Höhle sitzen? Und nachdem diese Menschen gewaltsam an die Realität gewöhnt wurden, werden sie geächtet. Was will Platon uns damit sagen? Bleib schön unwissend, dann wirst du auch gemocht? Und ich glaube, auch ein Platon kann sich nicht in so eine Situation einfühlen, wie das ist, gefesselt und bewegungslos dasitzen zu müssen. Ich glaube, der hat da nur seine sadistischen Gedanken ausgelebt und das als Philosophie verkauft«, behauptet er dreist.

Zoe kann nicht anders.

Sie guckt ihn jetzt dankbar an.

Dankbar und auch ein bisschen überrascht. Genau das, was Carl gerade gesagt hat, ging ihr auch gerade durch den Kopf.

»Geht es nicht darum, was wir als Realität ansehen?«, räumt Bach ein. »Für die Menschen in der Höhle sind die Schatten die Realität. Die können sich vielleicht nicht vorstellen, dass es noch was anderes gibt.«

»Vielleicht haben sie ja auch Angst, wenn sie plötzlich frei sind. Das ist ihnen doch völlig fremd. Die ganzen Geräusche, Gerüche und so. Das muss doch völlig ungewohnt sein«, mischt Kim sich ein. »Vielleicht wollen die lieber wieder das Vertraute. Wieder die Schatten an der Wand.«

Fast angewidert schaut Zoe sie von der Seite an. Was mischt die sich denn jetzt ein? Am liebsten würde Zoe ihr jetzt an den Kopf werfen, dass sie genau der Typ ist, der lieber in der Höhle hockt, als das Leben zu erkunden.

Aber Carl kommt ihr zuvor. »Und Fremdes macht Angst? Wenn man das denkt, wohnt die Angst schon in einem«, sagt Carl mit direktem Blick auf Kim. »Ich glaube übrigens, dass Platons Gleichnis für eine unmündige Masse gilt. Für Menschen, die sich gerne das Denken abnehmen lassen. Die gefesselt werden müssen, damit sie sich selber überhaupt spüren. Denkende Menschen würden sicher nicht so handeln wie Platon meint. Die Menschen haben doch nicht den aufrechten Gang gelernt, um sich freiwillig fesseln und knebeln zu lassen«, behauptet Carl.

»Das denke ich auch. Was Platon da beschreibt, sind keine Menschen. Er beschreibt Tiere. Die lieber in der Sicherheit bleiben, auch wenn diese ungemütlich ist«, pflichtet Zoe ihm bei. Sie denkt an Johnny. Er hatte sich schnell seinem Schicksal gefügt. Er war ihr auch nach der kleinen Entführung nicht an die Kehle gegangen. Zoe fragt sich, ob er wieder in das Gartenhaus gehen würde. Würde er sich noch mal einsperren lassen?

»Platon wollte mit seinem Gleichnis auch die Frage stellen, was wir als Wahrheit anerkennen. Ob wir an was glauben können, das wir nicht kennen. Wie groß unsere Vorstellungskraft ist«, regt der Lehrer die Diskussion wieder an.

»Immerhin gibt es genug Menschen, die an kleine grüne Männchen glauben. Die haben genug Fantasie für solche Vorstellungen«, mischt sich Nils ein.

»Die haben meist nicht genug Fantasie, sondern genug Alk intus«, lacht ein Mädchen, das die Stunde bislang dafür genutzt hat, sich den Lack von den Nägeln zu knibbeln.

»Ich denke, wir werden an dieser Stelle in der nächsten Stunde weitermachen«, sagt der Bach in den Schulgong.

Zoe verdreht die Augen. Tolle Aussichten. Sie möchte nicht über die Gefangenschaft von Gedanken, über Angst, über Entscheidungen nachdenken.

Sie trödelt bewusst, während sie ihre Sachen zusammenpackt. Sie hat irgendwie gerade keine Lust auf Kim und Saskia. Der Orkan in ihr muss sich erstmal wieder legen. Zumindest auf Sturm-Niveau. Sie schlendert auf den Pausenhof, bleibt auf der Brücke stehen. Von da hat man einen guten Blick auf die drei unterschiedlichen Höfe, auf denen die Schüler sich austoben dürfen. Sie sieht die Jungs aus den unteren Klassen kicken und ringen. Die passenden Mädchen dazu kichernd danebenstehen. Sie sieht ein paar Pärchen, die Hand in Hand ziellos schlendern. Sie sieht Saskia und Kim wie zwei Sonnenanbeterinnen auf einer Bank sitzen. Die, die rauchen wollen, stürmen die Außentoiletten, die nie kontrolliert werden. Sie stellt sich vor, wie es sich wohl ohne ihre Fesseln anfühlen würde. Wenn sie frei wäre. Wenn sie nicht mehr den Fluch auf sich spüren würde. Sie würde laut singend in die Freiheit laufen. Niemals zurückgehen.

»Vielleicht mögen die meisten Menschen wirklich den Sumpf der Gewohnheit. Auch wenn der noch so stinkt.«

Zoe erschrickt noch nicht mal, als sie Carls Stimme hinter sich hört. Sie dreht sich um und er steht ein bisschen zu nah vor ihr. Nicht sehr nah. Aber so, dass sie sehen kann, dass eine Ecke von seinem Schneidezahn abgebrochen ist. Und dass seine Augen gesprenkelt sind.

»Wahrscheinlich war Platon ein Neurotiker«, murmelt

Zoe. Sie würde gerne ein paar Zentimeter zurückweichen. Aber da ist die Beton-Balustrade.

»Eigentlich ist es eh Unsinn, zu versuchen, die Menschen zu ergründen. Es gibt Leute, die wirken wie der strahlendste Sonnenschein und haben ganz dunkle Schattenseiten«, sagt Carl, während er an Zoe vorbei auf den Schulhof guckt. Zoe spürt, dass er sie meint. Sie dreht sich um, fühlt Carl in ihrem Rücken.

»Alles hat zwei Seiten«, sagt sie nur.

»Ja. Und alles hat mal ein Ende«, kontert Carl.

Als Zoe sich umdreht, ist er weg. Geblieben ist sein Geruch. Sie hat ihn schon die ganze Zeit in der Nase. Es ist kein Parfum oder so was. Sie schließt kurz die Augen und merkt, dass der Geruch sie ganz stark an etwas erinnert. An etwas Schönes.

Sie versucht, das Aroma in ihrer Nase zu behalten.

»Was ist denn mit dir passiert?«, fragt Zoe halb lachend, halb entsetzt.

Lilly sieht aus wie ein Streifenhörnchen. Allerdings mit roten, blonden, braunen und auch leicht lilafarbenen Nuancen.

»Ich wollte mir zwei rote Strähnen machen. Hier am Pony«, stöhnt Lilly. Sie zieht den Pony lang. Da sind wirklich zwei rote Strähnen.

»Und dann hattest du noch Farbe übrig und hast die wahllos auf dem Kopf verteilt, oder was?«

»Ich dachte erst, dass meine Haare die Farbe nicht annehmen. Und ich dachte, wenn das eh nur so eine leichte Tönung ist, kann ich ja mehr machen. Ich hätte den Rest Farbe sonst wegschmeißen müssen. Die kannst du ja nicht aufbewahren«, erklärt Lilly, während sie vor dem Spiegel das Desaster begutachtet.

»Und wieso hast du an manchen Stellen jetzt lilafarbene Haare? Das haben doch sonst nur Omas.«

»Ich hatte ganz vergessen, dass ein paar Strähnen hinten noch aufgehellt waren. Als ich die Tönung ausgewaschen habe, sah noch alles okay aus. Da waren die Haare ja noch nass. Jetzt habe ich sie geföhnt und seitdem eine halbe Schachtel Kleenex vollgeheult. Was soll ich denn jetzt machen?«

Saskia und Kim raten dazu, eine neue Tönung über alles zu geben. Lilly ist skeptisch: »Wer weiß, was dann passiert. Dann werden sie wohlmöglich grün oder so.«

»Guck mal, hier steht, dass sich das nach acht Wochen rauswäscht. Acht Wochen sind sechsundfünfzig Tage. Du musst dir jetzt nur sechsundfünfzig Mal die Haare waschen und schon ist die Farbe weg«, schlägt Saskia vor.

»Davon gehen mir die Haare bestimmt aus«, mutmaßt Lilly. »Wahrscheinlich ist es das Beste, ich gehe die nächsten acht Wochen nicht vor die Tür. Ich brauche nur eine Krankheit mit Quarantäne.«

»Setz dir einfach ein Kopftuch auf und behaupte, du seiest zum Islam konvertiert«, kichert Kim.

»Klar und in acht Wochen sage ich, dass ich es mir doch anders überlegt habe und wieder an den Papst glaube, oder wie?«

»Es wäre glaubwürdiger, wenn du behauptest, die hätten dich rausgeschmissen, weil du dich nicht an die Gebote gehalten hättest. Oder nie gewusst hättest, wo gerade Mekka ist. Bei deinen Leistungen in Erdkunde glaubt dir das jeder sofort«, lacht Zoe.

Lilly wirft ihr die Kleenex-Packung an den Kopf.

»Ist das alles, was euch einfällt?«, stöhnt sie.

»Es gibt natürlich noch eine andere Möglichkeit«, sagt Kim mit gewichtiger Stimme.

»Welche denn?« In Lillys Stimme klingt ein Anflug von Hoffnung.

»Ab. Die Haare müssen ab. Glatze bei Frauen ist total trendy. Wirklich absolut in zurzeit.«

»Schönen Dank. Da bin ich lieber out.«

»Das bist du mit diesem Streifenlook absolut«, gluckst Saskia.

Zoe merkt, dass Lilly schon wieder Tränen in den Augen hat und zieht ihr Handy aus der Hosentasche.

»Ich rufe jetzt beim Frisör an und frage, was du machen kannst.«

Sie wählt die Nummer von *Struwwelpeter*, wo sie schon seit Jahren hingeht. Sie schildert kurz die Problematik, erfragt von Lilly, was sie für Farbe benutzt hat und womit die Haare vorher blondiert waren. Schließlich bedankt sie sich und legt auf.

»Und?« Lilly guckt sie hoffnungsvoll an.

Zoe schüttelt leicht den Kopf. »Du wirst viel Selbstbewusstsein brauchen in den nächsten Wochen. Meine Friseurin rät dir absolut davon ab, da jetzt noch eine andere Farbe draufzupacken. Das würde die Haare völlig ruinieren.«

»Meinst du, die fallen mir dann aus?« Völlig panisch guckt Lilly wieder in den Spiegel. Als würde sie jetzt schon damit rechnen, dass die Haare büschelweise auf den Boden rieseln.

»Quatsch. Aber riskier jetzt einfach nichts«, versucht Zoe sie zu beruhigen.

»Ich riskiere meinen Ruf, wenn ich so rumlaufe. Ich sehe total ordinär aus. Wie eine Aushilfskassiererin bei Penny oder so. Da kann ich mir gleich noch mit einem silbernen Gummi eine Fick-mich-Palme auf den Kopf machen«, kreischt Lilly.

»Eine was?«, fragt Kim erstaunt.

»So einen Pferdeschwanz auf dem Kopf. Sieht aus wie ein Pinsel. Ich glaube, das ist im Harz-IV-Sektor das Symbol für Paarungsbereitschaft«, stöhnt Lilly wieder.

Sie guckt in die Runde. »Wenn ich wenigstens nicht alleine so kacke aussehen würde.«

Die drei Mädels starren sie an.

»Ich glaube nicht, dass es irgendjemanden gibt, der das freiwillig nachmacht«, sagt Saskia nach einem langen Moment.

»Wenn ihr wirklich meine Freundinnen seid, lasst ihr mich jetzt nicht hängen«, fordert Lilly.

»Jetzt lauf mal nicht Amok. So schlimm ist es ja auch wieder nicht«, weicht Kim aus.

»Und wieso willst du dann nicht so aussehen?«

»Okay. Komm. Her mit der Farbe. Reicht es, wenn ich mir das rote Zeug in die Haare schmiere?« Das ist Zoe.

»Willst du das wirklich machen?«, fragt Lilly überrascht.

»Wenn dir das hilft.«

Eine halbe Stunde später sieht Zoe aus als habe sie eine stark blutende Kopfwunde. Zwischen ihren hellblonden Haaren leuchtet es rot. Saskia und Kim haben sich gedrückt. Kim hat sogar was von sensibler Kopfhaut und allergischen Reaktionen gefaselt. Lilly scheint aber auch so beruhigt. Zoe erträgt ihren neuen Look mit stoischem Gleichmut. Wenn Lilly jetzt beschlösse, sich doch lieber eine Glatze rasieren zu lassen, würde sie nachziehen. Es ist ihr nicht wichtig genug, was andere von ihr denken.

Die meisten zumindest sind nicht wichtig.

Der Duft von Apfel

Carl guckt irritiert auf Zoes Kopf. »Solche billigen Strähnchen haben die Tussis bei uns im Block auch alle. Machst du das, um mir zu gefallen?«

Zoe guckt ihn kalt an. »Ich werde sicher niemals auch nur irgendetwas tun, um dir zu gefallen. Ich bin sogar sicher, ich mache nichts, was dir gefallen könnte.«

Carl ist da nicht so sicher, aber er sagt das nicht.

Zoe hat sich wieder neben Carl gesetzt. Die Trumm will heute mit ihrer finalen Show zur Weimarer Republik weitermachen. So wie sie das Thema liebt, befürchtet Zoe, dass das ein langer Abschied wird. Wie der Tod von Winnetou. So schnell lässt die Trumm ihren Liebling sicher nicht ziehen.

»Carl, trag doch mal vor, was du und Zoe herausgefunden habt«, fordert die Lehrerin auf.

Carl rattert die Liste runter. Einfluss der Wirtschaft, politische Intrigen, Massenarbeitslosigkeit, Inflation, Reparaturzahlungen, Stärke der NSDAP, fehlende Erfahrung mit einer Demokratie.

»Eigentlich glauben wir aber, dass die Menschen zu naiv waren. Mit dieser neuen Demokratie konnten sie nicht umgehen. Sie sehnten sich wieder danach, befehligt zu werden. Sie wollten regiert werden und nicht selber Verantwortung übernehmen. Deswegen war das Hitler-Regime eigentlich eine logische Konsequenz. Die Menschen hatten es nicht besser verdient.«

Zoe zuckt zusammen. So hätte sie das vielleicht nicht

formuliert. Aber tief in ihrem Innern gibt sie Carl recht.

Der Rest der Stunde geht an ihr vorbei. Sie weiß jetzt endlich, woran sie dieser Duft erinnert. An ihre Oma. Carl benutzt offenbar ein Apfel-Shampoo. Bei ihrer Großmutter roch es auch immer nach Apfel. Sie würde am liebsten die Augen geschlossen halten und sich von diesem Aroma in ihre Erinnerung tragen lassen. In eine Zeit, als noch alles hell und klar und fröhlich schien. Wo Schatten ein Abfallprodukt von Sonne war. Zoe taucht ein in eine Zeit, die unbefleckt ist.

Sie wird erst wieder richtig wach, als sie Leo hinter sich hört. Das Pult ist leer, die Stunde ist vorbei. Fünf Minuten Verschnaufpause.

»Carl und Zoe fühlen sich offenbar als auserwähltes neues Paar«, stichelt Leo. »Mir geht euer Gequatsche von den dummen Menschen und der blöden Masse ganz schön auf den Nerv. Erst gestern in Philo und jetzt schon wieder. Haltet ihr euch für was Besseres? Die Schöne und das Biest, oder was? Wollt ihr jetzt unsere Erlöser sein?«

Zoe kann mit diesem Vorwurf nicht umgehen. Sie ist noch nie so angefeindet worden. Carl guckt Leo an wie ein komisches Insekt. Als würde er überlegen, ob diese Schmeißfliege wohl eine Daseinsberechtigung hat. Er entscheidet wohl, dass von Leo keine Gefahr ausgeht.

»Kleiner, sprich mich wieder an, wenn du groß geworden bist.«

Als der Berg reinkommt und sein Mathebuch auf den Tisch knallt, lässt Leo sich mit rotem Kopf auf seinen Stuhl gleiten.

»Zoe, bleibst du da sitzen?« Der Lehrer stutzt kurz.

Zoe hatte ganz vergessen, ihre Sachen einzupacken und zu ihrem angestammten Platz neben Kim zu gehen. Sie nickt nur kurz. Leo soll nicht denken, sie würde vor ihm kuschen. Dem erstaunten Blick von Kim weicht sie aus. Und so sieht sie auch nicht, wie Carl ihrer Freundin frech ins Gesicht grinst und seinen kleinen Triumph feiert.

Als Zoe sich nach der großen Pause neben Kim auf den Stuhl fallen lässt, guckt die nur kurz auf. »Du kannst auch dahinten sitzen bleiben, wenn es dir besser gefällt.«

»Spinn nicht rum. Ich war vorhin einfach zu faul, um umzuziehen. Außerdem fand ich den Spruch von Leo so kacke gegenüber Carl. Da konnte ich den ja schlecht alleine lassen.«

»Du konntest den armen kleinen Carl nicht alleine lassen?«, fragt Kim scheinbar zuckersüß. »Ich fand den Spruch von Leo gar nicht so blöd«, fügt sie leise an.

Zoe tut so, als hätte sie das nicht gehört. Sie will da jetzt nicht drüber nachdenken.

Als Kim, Saskia und ein paar andere sich nach Schulschluss fürs Freibad verabreden, schüttelt Zoe nur den Kopf.

»Keine Zeit«, sagt sie knapp.

Keiner fragt, warum nicht. Was sie denn Wichtigeres vorhabe. So muss Zoe sich auch gar keine Ausrede einfallen lassen. »Keine Lust« wäre der richtige Grund gewesen. Aber das hätte nicht nett geklungen. Und sie möchte ja nett sein. Gemocht werden. Als sie die Tür öffnet, wird sie vom monotonen Geräusch der Nähmaschine empfangen.

»Musst du nicht arbeiten?«, fragt sie ihre Mutter erstaunt.

»Das ist hier auch harte Arbeit«, antwortet die schlecht gelaunt.

»Was wird das denn?«

»Ich bin mir nicht sicher. Es sollte eine Tischdecke für

die Terrasse werden. Ich weiß nur nicht, ob wir jemals einen Tisch finden, der eine solche Form hat.«

»Die Farben sind auf jeden Fall sehr schön«, kommentiert Zoe. Sie möchte jetzt endlich was Nettes sagen. »Wo ist Franzi?«

»Zur Musiktherapie. Um sechs wird sie zurückgebracht.«

Ihre Mutter hatte vor Kurzem gelesen, dass gerade Musik für Franziskas Probleme hilfreich sei. Jetzt wird die Siebenjährige einmal in der Woche abgeholt.

Zoe steht im Schatten auf der Terrasse. Die Sonne, die Schmetterlinge, die vielen Farben, Kinderlachen aus den Nachbargärten. Das ist ihr zu gut gelaunt. Das ist für sie zu viel Glückseligkeit. Sie könnte auf den Spielplatz gehen, wieder ein bisschen auf dem Wipptier balancieren. Aber dafür fehlt ihr die Energie. Sie schiebt *Greta* in den DVD-Player, sie schaut ihn jetzt zum vierten oder fünften Mal. Letzte Woche erst hat sie die DVD gekauft und kann eigentlich schon mitsprechen. Sie liebt Hillary Duff in der Rolle der Hauptdarstellerin. Sie liebt dieses rebellische, sarkastische Mädchen, das vor nichts Angst hat. Und sie liebt dieses schöne Ende. Zoe taucht in den Film wie in ein 25-Meter-Becken warmen Wassers. Als sie am Ende der neunzig Minuten auftaucht, ist sie atemlos. Es tut ein bisschen weh. So wie einem die Lunge schmerzt, wenn man tief und weit getaucht ist. Aber schön ist es doch.

Der Tag ist noch immer zu lang, um ihn ausklingen zu lassen. Hausaufgaben hat sie schon in der Freistunde erledigt. Kurz entschlossen setzt sie sich aufs Rad und fährt los. Am Einkaufszentrum stoppt sie. Sie stöbert durch die Boutique-Abteilung, probiert ein paar Jeans an. Sie könnte jetzt eine mitgehen lassen. Wie immer einfach unter die eigene Jeans anziehen, das Schild irgendwo in einem Stapel entsorgen. Vielleicht um mal eine andere Form der Schuld zu ergründen. Sie lässt es. Nicht aus Angst, entdeckt zu werden. Aber ihr gehen langsam die Ausreden aus, woher die ganzen neuen Klamotten kommen. Letztes Jahr konnte sie immer noch sagen, dass dies oder das von Saskia geliehen sei. Seitdem die so zugelegt hat, wirkt das unglaubwürdig. Sie stopft nur eine Modeschmuckkette und ein paar Ohrringe zwischen Schaumstoff und Fahrradhelm. Sie fährt nicht nach Hause, sondern Richtung Block. Sie kennt Carls Adresse, hat sie auf seiner Tasche gelesen. Kanalstraße vier. Die Gegend wird ein bisschen grauer. Die Häuser werden höher, die Mülltonnen schließen nicht mehr richtig. Und sie ist noch lange nicht da. Irgendwann liegt der Müll einfach auf der Straße. So hatte sie sich das nicht vorgestellt. Nicht so deprimierend, nicht so unheimlich. Dieser Teil der Stadt ist ihr völlig unbekannt.

»Geiler Arsch«, brüllt ein Junge, an dem sie vorbeifährt. Als sie direkt auf den Kiosk zufährt, sieht sie erst im letzten Moment die Clique davor. Sie spürt ein ungutes Gefühl in sich aufsteigen. Wie Sodbrennen im Kopf. Es gibt keine Gelegenheit mehr, um abzubiegen. Um umzudrehen ist es zu spät. Und dann passieren zwei Dinge zeitgleich. Drei Typen lösen sich aus dem Pulk, stoßen sich quasi wie im Schwimmbecken ab und kraulen auf sie zu. Zoe kann fast riechen, dass die es nicht auf ihr Rad abgesehen haben. Sie zieht beide Bremsen, gleichzeitig nimmt sie aus dem Augenwinkel eine Bewegung wahr und schon knallt eine Flasche neben den Dreien auf den Boden. Die Typen springen erschrocken zur Seite, drehen sich um und suchen den Werfer.

Zoe nutzt den Moment, dreht und schaltet runter. Sie weiß, dass sie schnell Strecke machen muss. Immer wieder lässt sie den kurzen Film vor ihrem inneren Auge abspulen. War das Carl da oben auf dem Dach? Hat er die

Flasche geworfen, um die drei Typen aufzuhalten? Sie glaubt seine Silhouette erkannt zu haben. Oder will sie das nur glauben?

Sie duscht lange, fühlt sich erschöpft. Sie hat wirklich fast so etwas wie Angst in dem Moment gespürt. Ganz ruhig legt sie sich zu Franzi und singt ihr Lieder vor. Seit sechs Jahren dasselbe Liederbuch. Zoe glaubt, dass Franziska den Bi-Ba-Butzemann am besten findet. Aber wissen kann man das nicht.

»Hast dich gestern ein bisschen weit raus gewagt«, hört sie eine Stimme hinter sich.

Carl ist wie immer ein paar Zentimeter zu nah. Zoe geht einfach weiter.

»Ich war auf dem Weg zu einer Freundin.«

Carl lacht laut. »Du bist echt süß. Die Mädels bei uns im Block haben keine Freundinnen. Die haben Konkurrentinnen.«

Zoe würde ihn gerne fragen, warum er da oben auf dem Dach war. Warum er die Flasche geworfen hat und ob er extra danebengezielt hat. Sie lässt es.

Auf neutralem Boden

Die Trumm kommt in die Klasse, wirft gut gelaunt ihre Tasche aufs Pult und verkündet: »Durch den Vortrag von Carl und Zoe bin ich gestern auf eine Idee gekommen.« Sie klingt dabei fast ein bisschen verwegen. So verwegen wie eine Frau klingen kann, die sich die Haare grau färbt, damit die besser zur Kleidung passen. »Wir haben gestern so viele unterschiedliche Gründe für das Ende der Weimarer Republik gehört, dass ich die noch näher beleuchten möchte. Das heißt, ich möchte, dass ihr das macht. Ihr werdet jeweils in Zweiergruppen ein Thema näher bearbeiten und die Ergebnisse kommende Woche in einem Referat vorstellen. Das ist auch schon mal eine gute Übung für die Oberstufe. Da wird eine solche Form des selbstständigen Arbeitens vermehrt von euch erwartet.«

Zoe lehnt sich zurück. Es war klar, dass die Lehrerin so schnell ihr Lieblingsthema nicht aufgeben würde. Wahrscheinlich hat die noch nie was anderes gemacht, wahrscheinlich hat die ansonsten von Geschichte null Ahnung und mogelt sich seit dreißig Jahren mit ihrem Scheiß-Weimar durch ihren Job. Die Trumm beginnt die Themen zu ver- und die Paare einzuteilen. Natürlich soll Zoe wieder mit Carl zusammenarbeiten, und zwar zum Thema »Demokratie-Unerfahrenheit der Bevölkerung«. Zoe holt gerade Luft, um zu widersprechen, als sie von Carl ein »Prima« hört. Sie funkelt ihn an. Was soll das?

»Da ist das Dreamteam ja wieder zusammen«, flüstert jemand hinter ihr.

»Wann sollen wir uns denn mal zusammensetzen?«, fragt Carl nach der Stunde. »Direkt jetzt am Wochenende?«

»Von mir aus.«

Dann hätte sie es wenigstens hinter sich.

»Du könntest ja zu mir kommen, dann kannst du gleich noch deine ominöse Freundin im Block besuchen. Hat die dir eigentlich diese billige Frisur gemacht? Wie heißt die eigentlich? Vielleicht hatte ich ja schon mal was mit der«, grinst er frech.

»Wohl kaum«, entgegnet Zoe nur knapp.

»Also, wann und wo?«

Nach dem Zwischenfall gestern hat Zoe wenig Lust, noch mal in den Block zu fahren. Nicht nur wegen der Typen. Da war alles so schmutzig und eklig. Es hat gestunken.

»Ich habe mir gestern noch einen Platten geholt. Da lag so ein blöder Nagel auf der Straße«, lügt sie schwach.

»Ist klar«, grinst Carl und wartet.

Beide wissen, er wartet jetzt darauf, dass Zoe ihn zu sich einlädt. Das möchte sie jedoch noch weniger, als Carl zu besuchen. Carl darf Franziska nicht sehen. Er müsste noch nicht mal einen blöden Spruch machen. Ein angewiderter Blick würde reichen. Nur wenige in der Klasse wissen überhaupt von Zoes kleiner Schwester. Kim hat mal versucht, mit Zoe darüber zu reden. Aus Neugierde und Anteilnahme. Sie hatte sich eine ziemlich rüde Abfuhr geholt.

»Bei mir ist auch schlecht«, sagt Zoe irgendwann.

»Natürlich. War mir klar«, nickt Carl. Seine Augen werden ein bisschen schmaler. Er hatte damit gerechnet. Aber jetzt trifft es ihn doch. Natürlich möchte Zoe ihn nicht in ihrem sauberen Prinzessinnenzimmer haben.

Er könnte ja was schmutzig machen. Und für ihren Ruf in der Nachbarschaft wäre es natürlich auch schlecht, wenn so ein Asozialer zu Besuch käme.

»Wir könnten uns im Starbucks am Markt treffen«, schlägt Zoe schließlich vor.

Beide wissen, dass das ein schlechter Ort ist, um in Ruhe ein Referat vorzubereiten. Es ist dort laut, hektisch, eng.

»Okay. Dann musst du mich aber einladen. Du weißt doch, wir leben von Harz IV, da ist gerade am Ende des Monats Starbucks eigentlich nicht mehr drin. Oder ich hole mir einfach ein Glas Wasser vom Klo«, sagt Carl hart. Für ihre Arroganz soll Zoe ruhig bezahlen.

Saskia braucht ewig in der Umkleide. Als sie endlich den Vorhang zur Seite schiebt, ist sie puterrot im Gesicht. Sie dreht sich vorm Spiegel, versucht ihren Po zu sehen. Kim und Zoe sehen ihn und werfen sich kurz einen Blick zu.

»Dreh dich mal«, sagt Zoe schnell.

»Also irgendwie«, fängt Kim an und Zoe fürchtet, dass Kim mal wieder etwas zu direkt sein wird.

»Irgendwie ist das nicht deine Farbe«, fällt Zoe ihr schnell ins Wort.

»Die gibt es auch noch in weiß«, räumt Saskia ein.

Warum auch immer, sie hat sich in diese Sommerhose verliebt. So verliebt, dass sie ignoriert, dass der Schnitt eher für schmale Hüften geeignet ist.

»Weiß ist kacke. Da hast du einen roten Slip an und jeder sieht es gleich«, lehnt Kim ab.

»Was hältst du hiervon?« Zoe hält ihrer Freundin einen bunten Rock hin. »Den kann ich mir an dir super vorstellen.«

Natürlich könnte sie Saskia jetzt sagen, dass diese Hose so aussieht, als würde sie gerade von ihrem Arsch eingesogen. Dass sich über dem Bund eine Speckfalte bildet, die schon leicht über den Knopf hängt. Und dass es so aussieht, als würde die Hose mit einem lauten Knall platzen, wenn Saskia auch nur *versuchen* würde sich hinzusetzen. Warum sollte sie das tun? Saskia wäre beleidigt, traurig, verletzt und dünner würde sie davon auch nicht.

Saskia hält den Rock zweifelnd in der Hand. »Der ist doch total omamäßig.«

»Quatsch. Das ist Retro. Der Renner in diesem Jahr. Wenn du ihn nicht nimmst, nehme ich ihn.« Zoe lehnt sich bewusst ziemlich weit aus dem Fenster.

»Ich kann ihn ja mal anziehen«, gibt Saskia nach.

Sie sieht zehn Kilo schlanker aus als sie aus der Umkleidekabine kommt. Hintern, fehlende Taille, Hüften – alles lässt sich unter dem weiten Rock nur erahnen.

»Super«, findet Kim. »Jetzt nimm den und fertig. Ich muss noch ins *Horse*. Die machen gleich zu«, drängelt sie weiter.

»Klasse, da können wir uns mal wieder striegeln«, lacht Zoe.

In dem Pferdefachgeschäft schnappen sich Saskia und Zoe gleich zwei Pferdebürsten und fangen an, ihre Haare zu bearbeiten.

»Wenn du willst, mache ich dir einen Pferdeschwanz«, prustet Saskia.

Kim verdreht die Augen. »Ich bin gleich wieder da, seid bitte nicht zu peinlich.«

Zoe und Saskia duellieren sich gerade mit zwei Gerten, als Kim sie aus dem Laden zieht.

»Was hast du denn da?«, fragt Saskia und zeigt auf Kims Tüte.

»Ich hatte versprochen, dass ich so ein Pflegezeug für die Mähnen mitbringe. Damit werden die glatter.«

Zoe lacht laut auf.

»Das kannst du bestimmt auch für deinen Pony nehmen«, kichert sie.

»Wenn ich deine Haarfarbe hätte, wäre ich ganz still«, stichelt Kim fröhlich zurück und hakt sich bei ihren Freundinnen ein.

Halb vier. Zoe wird langsam nervös. Sie hatte nicht erwartet, dass ihre Freundinnen mit einer solchen Ausdauer shoppen würden. Sie hatte gehofft, dass Kim schnell in den Stall und Saskia zum Ruderclub wollte. Natürlich hatte sie einen guten Grund, sich mit Carl zu treffen. Die Verabredung war ja nicht freiwillig. Und trotzdem hatte sie es eigentlich verschweigen wollen. Und jetzt? Saskia hatte plötzlich ihr Faible für Röcke entdeckt und für riesige bunte Tücher, die sie sich probeweise immer wieder neu um den Körper legt.

»Guck mal, das kann ich auch hier oben verknoten und als Strandkleid tragen«, demonstriert sie.

»Damit kannst du dich auch super verhüllen, wenn du zum Islam konvertierst«, antwortet Zoe genervt.

Kim lacht, Saskia nicht.

Sie legt es sich wie eine Stola um die Schultern, begutachtet sich im Spiegel.

»Damit kannst du bei einem Autounfall auch erste Hilfe leisten. Mit dem Teil kannst du einen Ganzkörperverband anlegen«, schlägt Kim vor.

Genervt wirft Saskia das Tuch zurück auf den Wühltisch.

»Ihr wisst wirklich, wie ihr mir was madig machen könnt.«

»Süße, wir wollen dich nur vor einem Fehler bewahren. Wenn es irgendwann mal wirklich eine Situation geben sollte, in der du diesen Fetzen brauchen könntest, ruf mich an. Ich fahre dann los und kaufe ihn dir«, lacht Kim und nimmt Saskia in den Arm.

Die gute Laune ist wiederhergestellt. Die drei kennen sich zu gut.

Viertel vor vier.

»Und jetzt noch in die Bahnhofspassage. Da soll so ein neuer Modeschmuckladen aufgemacht haben. In diesem Sommer sind angeblich Ringe für die Zehen der letzte Schrei«, befiehlt Kim.

»Ich muss leider los«, sagt Zoe leise.

»Wohin? Hast du noch Termine?«, fragt Kim erstaunt.

»Ich treffe mich um vier mit Carl. Wir wollen unser Referat vorbereiten.«

»Du triffst dich heute mit diesem Carl?«

»Irgendwann muss ich es ja wohl tun. Das lässt sich ja leider nicht telefonisch erledigen.«

»Und warum verdirbst du dir das Wochenende damit?«

»Ich wollte es schnell hinter mich bringen.«

»Aber du gehst nicht zu ihm nach Hause, oder?«, mischt Saskia sich erschrocken ein.

»Nein. Wir treffen uns bei Starbucks.«

»Gute Entscheidung. Mit dem sollte man sich nicht alleine treffen. Der hat irgendwie so was Brutales an sich«, findet Kim.

Carl ist schon da. Er sitzt am Fenster vor einem leeren Tisch.

»Was soll ich dir denn mitbringen?«, fragt Zoe knapp.

»Einen Kaffee«, antwortet er ebenso kurz.

»Und was für einen? Die haben hier nämlich sehr viele verschiedene Sorten. Das ist das Geheimnis dieses Ladens.«

Zoe ist jetzt schon genervt.

»Das ist kein Geheimnis. Das ist Verarsche. Ich will einen ganz normalen Kaffee. Meinst du, du kriegst das hin?«

Sie braucht eine Viertelstunde, bis sie mit Kaffee und Wasser wieder bei ihm ist. Sie stellt alles ab, kramt Heft und Kuli raus. Alles, ohne ihn anzusehen.

»Können wir anfangen?« Zoe klingt aggressiv und herausfordernd.

»Eigentlich haben wir doch schon angefangen«, sagt Carl ruhig. »Die Menschen damals hatten keine Ahnung von Demokratie. Ja und? Das war doch nicht wirklich der Grund dafür, dass plötzlich die Nazis das Sagen hatten. Die Menschen waren dumm und bequem und wollten geführt werden. So wie die Typen hier.«

Er macht eine ausladende Handbewegung. »Die Typen hier überlegen, ob sie einen Cappuccino oder einen Latte wollen, ob sie Sojamilch oder Carameldrops bevorzugen, ob large oder to-go und merken gar nicht, dass sie dabei total über den Tisch gezogen werden. Klassisches Ablenkungsmanöver. Was hast du jetzt für diese lauwarme Brühe bezahlt? Fünf Euro? Das ist heißes Wasser, das kurz in Kaffeeprütt gebadet hat. Die Tasse hat einen Sprung. Und für den Preis kriege ich das Ganze noch nicht mal gebracht. Ich muss es mir selber holen. Genau wie den Zucker – und vernünftige Löffel gibt es auch nicht. Das ist eine verdammte Kaffee-Diktatur.«

»Du findest also, wir sollten in unserem Referat einen Vergleich ziehen zwischen dem Aufflammen der NSDAP und der Starbucks-Kette?«, fragt Zoe höhnisch.

»Tu nicht so dumm. Das steht dir nicht. Es geht um die Menschen; um den menschlichen Wunsch, geführt und bevormundet zu werden. Wie wohl fühlen sich hier alle in der Masse.«

»Ich nicht.«

»Nein. Du nicht. Ich weiß, dass du anders bist. Deswegen sitzen wir beide ja hier«.

Carl hat sich vorgebeugt. Trotzdem weiß Zoe, dass das keine Anmache ist. Nur was es ist, weiß sie auch nicht.

»Hast du noch mehr lustige Beispiele für deine Blöde-Herde-Theorie? Ist McDonalds auch ein Beweis für den entmündigten Bürger?«, wechselt Zoe das Thema.

»War es mal. Was viel gefährlicher ist, ist dieser Facebook-Quatsch. Da sitzen die Leute stundenlang vor ihren Computern und schreiben sich sinnlosen Mist. Und dazu stellen sie unscharfe und langweilige Fotos. Dann nehmen sie Freundschaftsanfragen an von Leuten, die sie überhaupt nicht kennen. Was ist das für ein Mist? Ich glaube, das ist ein großer virtueller Spielplatz, auf dem wir rumtollen dürfen, damit wir nicht merken, was wirklich abgeht. Wir registrieren nicht, wie und von wem wir regiert werden. Was da für ein Scheiß läuft. Und wir werden auch gar nicht hellhörig, obwohl ja inzwischen bis zu jedem durchgesickert ist, dass wir total überwacht werden. Das Internet weiß alles über uns. Wer wir sind, wer unsere Freunde sind, was wir lesen, wohin wir in Urlaub fahren, was wir essen und sogar, wo wir gerade sind.«

»Kann es sein, dass du nur beleidigt bist, weil du niemals Freundschaftsanfragen bekommst?« Zoe ist wütend. Fühlt sich ertappt.

»Natürlich bekomme ich keine. Weil ich nicht auf Facebook bin. Hast du dir schon mal Gedanken darüber gemacht, warum das kostenlos ist? Ein geiles Netzwerk, wo du mit all deinen Freunden reden kannst, du kannst Gruppen ins Leben rufen, kriegst alle neuen Fotos deiner Leute, bist immer bestens informiert. Und zahlst nichts. Wo gibt es denn so was? Die Leute bei Facebook müssen ja große Menschenfreunde sein. Eine riesige karitative Einrichtung. Ich lache mich kaputt.«

»Bist du noch nicht drauf gekommen, dass das über Werbung finanziert wird? Bei so vielen Leuten ist das doch eine perfekte Werbeplattform«, kontert Zoe.

»Klar. Hast du da schon mal Werbung gesehen?«

Zoe zögert, klappt dann ihren Block auf. »Gut. Ich schreibe also, dass das Ende der Weimarer Republik noch heute bei Starbucks und auf Facebook beobachtet werden kann.«

Carl lacht. Nicht hochnäsig oder verächtlich. Er lacht ein echtes, kurzes Lachen.

Zoe zuckt. Einen ätzenden Carl kann sie noch gerade eben so ertragen. Einen gut gelaunten bestimmt nicht.

»Ich denke, wir sollten das etwas anders formulieren«, sagt er grinsend.

Zoe hat sich gefangen, lehnt sich zurück. »Kann mir schon vorstellen, warum du das hier so kacke findest. Weil es dir fremd ist. Normalerweise triffst du dich mit deinen Kumpels wohl eher an eurem Kiosk. Da hängt ihr dann stundenlang ab, macht Wettrülpsen und labert die Mädels doof an. Das geht auf Facebook ja schlecht.«

Aus Carls Gesicht ist das Lachen gewichen. Er verschränkt die Arme. »Genau, und die Bierflaschen mache ich mit den Zähnen auf. Ich bin eben so ein richtiger Voll-Asi. Einmal in der Woche gehe ich in die Kleiderkammer, um mir neue Klamotten zu holen und unser Mittagessen bekommen wir von der Tafel. Meine Mutter geht zwar anschaffen, aber in ihrem Alter bringt sie nicht mehr so viel Kohle nach Hause.«

Zoe fühlt, wie sie rot wird. Sie steht abrupt auf. »Ich muss mal eben auf die Toilette.«

Carl lehnt sich nach vorne. »Willst du wieder deinen Slip ausziehen? Vergiss es. Das zieht bei mir nicht.«

Mit rasendem Herzen schließt Zoe sich in eine Kabine ein, versucht sich abzuregen. Warum macht dieser Typ sie so nervös? Was provoziert sie so? Warum muss sie ausgerechnet mit diesem Kotzbrocken das Referat halten? Am Waschbecken lässt sie sich kaltes Wasser über die Hände und Handgelenke laufen.

Carl träumt aus dem Fenster als sie zurückkommt. Sie greift sich wieder ihren Block. »Ich habe mir was überlegt: Ich kann das Referat auch alleine schreiben, wenn du da keinen Bock drauf hast. Wäre vielleicht auch einfacher«, sagt sie ruhig.

»Ich habe da total Bock drauf. Ist doch ein super spannendes Thema.« Carl guckt ihr mit großen Unschuldsaugen ins Gesicht. »Lass uns doch einfach mal anfangen. Ich glaube auf jeden Fall, dass es Unsinn ist, dass die Menschen nicht wussten, wie Demokratie funktioniert. Natürlich wussten die das. Das war ihnen nur zu anstrengend. Die wollten gar nicht selber bestimmen, die wollten nichts selber machen, selber denken und selber entscheiden. Die wollten regiert werden. Das ist doch viel bequemer.«

»Schade, dass das beim Fernsehen nicht stimmt. Da wollen die Leute nicht sehen, was andere ihnen servieren. Da machen plötzlich alle selber mit und sitzen mit ihrem Fünfzig-Wort-Stammvokabular in einer Talk-Show. Grässlich«, stöhnt Zoe.

»Auch die Verarsche. Da zahlen die Leute Kohle fürs Fernsehen und machen es dann selber. Und den Sendern ist es noch nicht mal peinlich, einen Praktikanten als Moderator zu verkaufen. Die mieten für ein paar Euro eine Halle in der hinterletzten Gegend, stellen drei Scheinwerfer und eine Kamera hinein und schon kommen die hinterletzten Typen und quatschen dummes Zeug. Super Geschäftsmodell«, ereifert sich Carl. »Hast du eigentlich mal *Die Welle* gesehen? Das ist genau unser Thema«, fügt er an.

Zoe nickt. »Das war echt hammerhart. Haben wir letztes Jahr geguckt. Mir ist wirklich schlecht geworden.«

»Die Jugendlichen in dem Film waren alles andere als demokratie-unerfahren. Die sind alle in einer Demokratie aufgewachsen, kennen überhaupt kein anderes System. Und trotzdem sind sie zu einer gewalttätigen Masse geworden. Kann ich dir noch was mitbringen?« Carl ist während der letzten Worte aufgestanden, wendet sich Richtung Theke.

»Einen Kaffee, bitte«, sagt Zoe und muss fast ein bisschen lächeln. Sie beobachtet Carl wie er da in der Schlange steht. Sie hat den Eindruck, sie kann seine Präsenz bis zu ihrem Tisch hin fühlen.

Als er zurückkommt, stellt er einen Kaffee und einen Heidelbeermuffin vor Zoe. »Ist gerade frisch aus dem Ofen, müsste noch warm sein. Du magst die doch.«

Sie zuckt. Dass sie Heidelbeermuffins liebt, steht in ihrem Facebook-Profil. Hat er sie angelogen? Ist er da doch aktiv und hat sich über sie informiert? Ihr Profil ist offen, jeder kann es lesen.

»Danke, stimmt.« Sie fragt ihn nicht, woher er das weiß. Carl beißt in einen Brownie und studiert Zoe. Sie tut so, als merke sie das nicht. Ist damit so beschäftigt, dass sie zusammenzuckt, als von draußen jemand an die Scheibe klopft. Saskia und Kim stehen da und winken. Zoe winkt kurz zurück. Toll. Sie weiß jetzt schon, was ihr blüht. Warum sie erzähle, dass sie sich mit Carl fürs Referat treffen müsse und dann mit ihm nett bei Kaffee und Kuchen sitzen würde. Carl deutet auf die Freundinnen.

»Ist das ein kleiner Kontrollbesuch? Hast du denen gesagt, sie sollen hier mal nach einer Stunde vorbeigehen und gucken, ob alles in Ordnung ist? Was hast du erwartet? Dass ich dich hier begrabsche, oder was?« Er klingt wirklich wütend.

»Nein. Die sind hier zufällig vorbeigekommen.« Zoe merkt selber, dass das schwach klingt. Sie holt tief Luft. »Du möchtest gerne, dass ich Angst vor dir habe, oder? Das würde dir richtig gut gefallen.«

Er grinst. »Nein. Du musst keine Angst haben. Du nicht.«

Zoe will gerade nachfragen, was er damit meint, als ihr Telefon klingelt. Ihre Mutter ist dran und klingt halb verärgert, halb erstaunt. Wo Zoe denn bleibe. Die guckt hektisch auf ihre Uhr. Schon halb sechs. Mist. Um sechs kommt Julian mit seinen Eltern zum Grillen. Zoe hatte versprochen rechtzeitig zu Hause zu sein und sich während der Vorbereitungen um Franzi zu kümmern.

»Dein Vater meint, jetzt unbedingt noch den Rasen mähen zu müssen, ich versuche einen Salat zu machen, Fleisch zu panieren und gleichzeitig deine Schwester zu bespaßen und du bummelst vergnügt in der Gegend rum«, beschwert sich Sonja Kessler.

»Ich bummele nicht, ich arbeite mit Carl an einem Referat«, erklärt Zoe so leise wie möglich.

»Wenn das so wichtig ist, bring ihn mit, dann könnt ihr nachher weitermachen«, schlägt Zoes Mutter vor. Zoe guckt hektisch zu Carl. Hoffentlich hat er das nicht gehört. So wie sie ihn einschätzt, würde er mitkommen und sich über die Spießigkeit bei Kesslers bestens amüsieren. Und er wäre angewidert von Franziska, könnte nicht weggucken, wenn diese von ihrer Mutter oder gar von Zoe gefüttert wird. Allein bei der Vorstellung wird Zoe schlecht.

»Nein, nein. Wir sind eh fertig. Ich komme jetzt.«

»Wir sind fertig? Das ist doch nicht dein Ernst. Ich will der Trumm ein Referat hinlegen, von dem ihr schwindelig wird. Dir scheint das nicht ganz klar zu sein. Dass du super in der Schule bist, wissen alle. Du musst da nichts mehr beweisen. Aber ich bin der Junge aus der Gosse, der Quotenschüler.« Carl verstellt seine Stimme: »Was? So einer will bei uns Abi machen? Das schafft der doch nie. Kann doch froh sein, wenn er das kleine Einmaleins beherrscht, dann kann er im Getränkemarkt die Pfandflaschen annehmen.« Und mit seiner normalen Stimme fügt er hinzu: »Ich muss jetzt zeigen, was ich drauf habe. Und das ist eine Menge.«

Zoe weiß, dass er recht hat. Sie hat die Sprüche auch schon gehört. Was denn so ein Asozialer an ihrer Schule wolle. Ob der nicht Drogen nehmen würde. Oder gar verkaufen. Und überhaupt: Was so einer überhaupt mit dem Abitur wolle.

»Dann müssen wir uns wohl noch mal treffen«, sagt Zoe und räumt ihre Schreibsachen weg.

»Das müssen wir wohl«, bestätigt Carl.

Das *Wo?* schwebt über ihnen. Zoe weiß, sie muss ihn zu sich einladen. Sonst denkt er, sie würde genau so über ihn denken wie alle anderen. Am Dienstag hat Franzi einen Termin bei der Osteopathin. Das könnte gehen.

»Willst du am Dienstag zu mir kommen? Da hätte ich Zeit.«

»Geht doch«, lächelt Carl. Als sie Starbucks verlassen, hält er ihr sogar die Tür auf.

Auszeit

Zoe wacht früh auf. Für einen Sonntag zumindest früh. Nachdem sich Alice und Markus mit Julian verabschiedet hatten, war auch Zoe gleich ins Bett gegangen. Sie war vorher schon müde gewesen. Eigentlich von dem Moment an, als sie das Starbucks verließ. Sie hatte sich erschöpft gefühlt, als sei das Treffen mit Carl körperlich anstrengend gewesen. Sie hatte trotzdem mit Julian und den Vätern zwei Tischtennis-Doppel gespielt und Julian im Federball abgezogen. Irgendwann hatten sie alle rund um den Gartentisch gesessen. Auf den Tellern Ketchupreste, abgekaute Knochen, ein Rest Salat wurde in der Schüssel matschig, der Grill hatte jetzt, wo alles bereits gegrillt war, genau die richtige Hitze, da hatte sie sich einen Moment gut gefühlt. Dieser eine Moment war rund und richtig. Ein erschreckter Laut aus dem Babyfon hatte ihn beendet. Zoe war als erste aufgestanden, um zu gucken, was Franzi hatte. Als sie zurückkam, mit kleinen Augen, weil sie sich neben Franzi ins Bett gelegt hatte, um ihr wieder in den Schlaf zu helfen, hatten Julian und seine Eltern schon die Jacken an.

»Gute Nacht, Süße. Jedes Mal, wenn ich dich sehe, frage ich mich, wie hübsch du eigentlich noch werden möchtest. Du machst mir Angst«, lachte Alice, als sie Zoe zum Abschied umarmte.

»Du hast nur Angst, selbst nicht mehr die Schönste zu sein«, lachte Zoe zurück.

Zoe darf das sagen. Einfach, weil Alice erstens wirklich

schön und zweitens total uneitel ist. Sie hat so eine natürliche Schönheit, die sie nachlässig präsentiert. Sonja Kessler hatte Zoe mal erzählt, dass sie ihre Nachbarin im Studentenwohnheim am Anfang gehasst hat.

»Wer will so eine Nachbarin? Lange Beine, lange Locken, Perlweiß-Lachen und Körbchengröße C? Da stand ich mit Körbchen A und praktischem Kurzhaarschnitt ziemlich doof da«, hatte sie sich erinnert.

Auf irgendeiner Semester-Party hatte Alice sich ihre Zimmernachbarin dann vorgenommen. Und die musste irgendwann zugeben: leider nett. Das war der Beginn einer tiefen Freundschaft. Sie hatte einige Wohnsitzwechsel, Männer, Diäten überstanden. Jetzt war Alice Zoes Patentante.

Als die Haustür ins Schloss gefallen war, hatte Sonja sich zu Zoe umgedreht. »Gute Nacht. Schlaf gut.«

»Ich helfe noch eben«, hatte Zoe eingewandt.

Ihre Mutter schob sie Richtung Treppenhaus. »Du schläfst fast im Stehen. Papa und ich machen das schon. Geh mal.«

Das war um kurz nach zehn gewesen. Sie war sofort in einen schwarzen, schweren Schlaf gefallen. Und jetzt um halb acht war sie wach. Auf dem Weg in die Küche registriert sie, dass außer ihr noch niemand wach ist. Selbst aus Franzis Zimmer kommt das schnelle Ein- und Ausatmen der kindlichen Schlafphase. Zoe macht sich einen Kakao, geht wieder in ihr Zimmer und setzt sich auf die Fensterbank.

Sie guckt auf die stummen Fenster der umliegenden Häuser. Es sieht so aus, als würden überall noch die Menschen in ihren warmen Betten liegen, sich vielleicht aneinander kuscheln. Man kann sich schnell und ohne viel Fantasie vorstellen, wie Kinder mit ihrem Teddy im Arm schlummern, wie Frauen sich an ihre Männer schmiegen oder Singels ihr Kopfkissen umarmen. Wie wohlig sie alle daliegen, die letzten Träume zucken hinter den Augenlidern. Dann tapsen nackte Kinderfüße übers Parkett, suchen den Weg ins Elternschlafzimmer, Kaffee-Automaten werden angeschaltet. Der Himmel ist schon blau, es wird wieder ein schöner Tag. Zoe traut dieser Idylle nicht. Sie stellt sich andere Dinge vor. Da, hinter diesem Fenster mit dem lustigen Vorhang, weint vielleicht gerade ein Kind. Weil seine Eltern sich schon wieder zischend im Schlafzimmer streiten. Hinter diesen Rollladen stöhnt vielleicht gerade eine alte Frau. Weil die Schmerzen immer schlimmer werden, aber sie sich nicht zum Arzt traut. Zoe misstraut jedem schönen Schein. Sie mag es nicht, wenn es zu schön ist. Nebenan wird die Haustür geöffnet. Christian Schenk kommt raus. Mit Sportschuhen, Shorts und Shirt bekleidet. Er reckt sich kurz und ein Streifen behaarter Bauchspeck kommt zum Vorschein. Gemächlich setzt er sich in Bewegung. Zoe grinst. Das ist ja die perfekte Gelegenheit.

Mit dem Telefon in der Hand macht sie es sich wieder auf der Fensterbank gemütlich. Eine verschlafene Daniela Schenk meldet sich endlich nach dem vierten Klingeln.

»Hi. Kann ich bitte Chris haben?«, flötet Zoe.

»Wer ist denn da?«. Daniela Schenk klingt jetzt sehr wach.

»Jenny. Ich wollte den Chris sprechen.«

»Mein Mann ist nicht da. Soll ich ihm etwas ausrichten?«

»Ach, ist der schon los? Dann muss ich mich aber beeilen. Ciao.«

Zoe guckt auf die Uhr. Es dauert nur drei Minuten, ehe sich nebenan wieder die Tür öffnet. Zoe muss ein Kichern unterdrücken. Daniela Schenk trägt wirklich einen Ballonseide-Anzug in lila-pink. Sie rennt bis zum Gartentor und bleibt unschlüssig stehen.

»Tja, hättest du deinen lieben Mann mal gefragt, wohin er so joggt, dann hättest du jetzt nicht das Problem«, sagt Zoe gehässig. Daniela schafft es, sich für die falsche Alternative zu entscheiden. Sie wackelt rechts die Straße runter. Zoe hat Christian Schenk richtig eingeschätzt. Er hatte nicht sehr sportlich auf sie gewirkt. Es dauert keine zwanzig Minuten, da nähert er sich schon wieder. Er drückt auf die Klingel und wischt sich mit der Vorderseite des T-Shirts durchs Gesicht. Irgendwann merkt er, dass nichts passiert. Er klingelt noch mal. Und noch mal. Zoe beobachtet ihn wie unter dem Mikroskop. Was wird das überraschte Männchen jetzt tun? Er geht um das Haus rum. Wahrscheinlich guckt er durch die Terrassentür, um festzustellen, dass sein Frauchen nicht im Wohnzimmer ist. Er kommt wieder nach vorne. Klingelt noch mal. Schließlich setzt er sich genervt auf die Treppenstufe. Er sieht durstig aus. Zehn Minuten muss er warten. Dann kommt Frauchen. Zoe macht leise ihre Fenster ganz weit auf. Sie möchte auf jeden Fall auch akustisch mitkriegen, wie es jetzt weitergeht.

»Wo warst du?«, ruft Christian Schenk als Daniela keuchend am Gartentor stehen bleibt.

»War auch joggen«, jappst sie.

»Was? Was soll das denn? Hättest du mir das nicht sagen können? Dann hätte ich vielleicht einen Haustürschlüssel mitgenommen.«

»Warum sagst du nicht, dass wir dann auch zusammen hätten laufen können?«, fragt Daniela schnippisch zurück.

»Ich wusste doch gar nicht, dass du auch laufen willst.«

»Oder weil du dich dann nicht mit Jenny hättest treffen können?«

»Was? Wer ist Jenny?«

»Das wollte ich von dir hören.«

Den Schenks scheint nicht bewusst zu sein, dass sie diese unschöne Unterhaltung vor ihrer Haustür führen. Zoe hat sich ein Kissen genommen und drückt es sich vor den Mund. Sie findet es köstlich.

»Ich kenne keine Jenny«, behauptet Christian Schenk.

»Sie scheint dich aber zu kennen. Und deine Telefonnummer. Und sie wusste auch, dass du heute Morgen joggen warst.«

»Daniela, tut mir leid, aber ich glaube, du spinnst.«

»Ich spinne? Bilde ich mir etwa ein, dass neuerdings andauernd Frauen bei uns anrufen und nach dir fragen?«

Daniela Schenk ist ziemlich laut geworden. Zoe kichert. Dann hört sie nebenan die Tür ins Schloss fallen. Schenks streiten sich wohl lieber alleine weiter. Und schon sieht es von außen wieder idyllisch aus. Zoe kann zumindest sicher sein, dass ihre Nachbarn keinen schönen Tag haben werden. Dass sie selber einen Scheißtag vor sich hat, weiß sie schon seit Langem. Heute ist Sommerfest der Selbsthilfegruppe. Ihre Mutter hat schon Unmengen von Muffins und Törtchen gebacken. Kuchen, der von ungelenken und steifen Fingern zerbröselt wird, der alle Rollstühle vollkrümelt, die Hände klebrig macht.

Zoe kann sich noch gut an den ersten Besuch bei der Gruppe erinnern. Obwohl der schon Jahre zurückliegt. Die Bilder haben sich eingebrannt auf ihrer Festplatte. Sie saß da mit der kleinen Franziska auf dem Arm, selber noch ein kleines Mädchen und starrte die anderen Kinder um sich herum an. Kinder in Rollstühlen, teilweise angeschnallt, offene Münder aus denen Speichel floss. Unnatürliche Kopfhaltungen, Handbewegungen. Am schlimmsten fand sie die Laute. Die kehligen Laute, die den Kindern entfuhren. Und dazu das fröhliche Geplapper der Eltern als Gegensatz. Sie hatte Franziska fest im Arm gehalten, wollte sie beschützen, ihr am liebsten Ohren und Augen zu halten. Was sollte sie hier? Was hatte das alles mit ihrer kleinen süßen Schwester zu tun. Dass mit Franziska was nicht stimmen sollte, hatte sie schnell gemerkt. Alle, die nach der Geburt ins Krankenhaus kamen, strahlten so eine Mischung aus angespannter Fröhlichkeit aus. Ihre Oma brach in haltloses Weinen aus und versicherte Zoe, dass sie sich einfach so freue. Zoe wusste, dass das nicht wirklich der Grund war. Irgendwann schnappte sie das Wort »Nabelschnurbruch« auf. Offenbar war die Leitung zwischen ihrer Mama und dem kleinen Baby kaputtgegangen. Und Zoe wusste genau, wann. Als sie sich im Bad eingeschlossen hatte und sich geweigert hatte rauszukommen. Als ihre Mutter stöhnend im Bett gelegen hatte.

Zoe war schon mit ihren acht Jahren klar: Sie war schuld.

Wäre ihre Mutter rechtzeitig im Krankenhaus gewesen, wäre diese Schnur nicht kaputt gegangen. Franziska wäre gesund auf die Welt gekommen, wäre ein ganz normales Mädchen, das jetzt schon in die Schule ginge. Zoe fühlt es wieder heiß in sich hochsteigen. Sie sieht die Bilder wieder vor sich. Fühlt wieder, wie sie auf den kalten Badezimmerfliesen sitzt, hört ihren Vater erst wütend, dann bittend und flehend. Sie hört, wie ihre Mutter sich zur Badezimmertür schleppt. Sie hört sie leise schreien, dann ihren erstaunen Vater.

»Hast du jetzt hier hingepinkelt?«

Zoe sah wie ein bisschen Flüssigkeit unter der Tür herkam. Die arme Mama. Jetzt hatte sie noch nicht mal aufs Klo gehen können.

»Das ist das Fruchtwasser, Stefan«, hatte ihre Mutter geschrieen.

Zoe hatte eine Gänsehaut gekriegt. Dieses leicht grünliche Wasser da war Fruchtwasser? Sie hatte Angst gehabt, die Tür zu öffnen. Da war bestimmt noch viel mehr von diesem Wasser. Sie hatte Angst vor der Wut ihres Vaters. Und sie wollte verdammt noch mal einfach nicht, dass Mama und Papa wegfahren. Und dann war wohl diese Ader zwischen Mama und Franziska einfach kaputtgegangen. Sie hat sich schon oft vorgestellt, wie Franzi da in ihrer Mutter lag und die Verbindung zertrennt war. Ob sie wohl das Gefühl hatte, ersticken oder verhungern zu müssen? Sie hat sich früher oft gefragt, ob Franzi wohl Schmerzen gehabt hat. Mittlerweile hat sie genug darüber gelesen und weiß, dass das wohl nicht so war. An der Größe ihrer Schuld, an der Schwere ändert das gar nichts.

Das Sommerfest findet wie immer auf dem großen Abenteuerspielplatz statt. Es wird gegrillt und die Geschwisterkinder ohne Handicap können sich an den Geräten oder im Streichelzoo vergnügen. Zoe kennt ein paar von ihnen. Aber eigentlich bleibt sie distanziert. Die anderen können sich suhlen in dem Gedanken, dass sie ja Gott sei Dank gesund sind und so dankbar dafür sein. Sie können sich stark fühlen, weil sie mit der Last eines behinderten Bruders oder einer behinderten Schwester leben können. Zoe lebt mit der Last, für die Behinderung ihrer Schwester verantwortlich zu sein.

Das ist etwas ganz anderes. Und deswegen gehört sie nicht wirklich dazu. Sie macht sich lieber nützlich. Sammelt schmutziges Geschirr ein, hilft am Getränkestand und schiebt Franzi ein bisschen rum. Sie meint ein Lächeln auf dem Gesicht ihrer Schwester zu sehen, als sie bei den kleinen Ziegen am Streichelzoo stehen bleiben. Vielleicht hat sie aber auch nur gerade an etwas Schönes gedacht. Es hilft Zoe nicht, dass Franzi oft glücklich und fast fröhlich ist. Sie füttert sie und wickelt sie in einem Zelt, das der Verein eigens dafür aufgestellt hat. Und plötzlich merkt Zoe, dass ihr alles zu viel wird. Sie hat keine Lust, mit den anderen nicht-behinderten Kindern und Jugendlichen einen Hindernis- und Geschicklichkeitsparcours zu absolvieren, sie hat keine Lust, sich um die Kids in den überdimensionalen Rollstühlen zu kümmern und sie hat überhaupt keine Lust, sich zu den Eltern zu gesellen, wo es wieder einmal um die besten Therapien und Fördermöglichkeiten geht. Wieder entbrennt eine Diskussion um die Wissenschaftlichkeit der Delfin-Therapien, die nun auch in Deutschland und der Schweiz angeboten werden. Zoe kennt die Argumente schon in- und auswendig.

»Mama, ich müsste eigentlich noch was für die Schule machen. Ich wollte das eigentlich morgen Nachmittag tun, aber mir ist jetzt erst eingefallen, dass wir uns da ja schon wieder für diesen Schultanz treffen. Hast du was dagegen, wenn ich schon nach Hause fahre?«

Sonja Kessler guckt ihre Tochter prüfend an. »Hast du eigentlich was gegessen?«

»Klar. Ich habe sogar eines von den Würstchen abbekommen, die Papa nicht ganz hat verkohlen lassen«, lügt sie.

»Weißt du denn, wann ein Bus geht? Sonntags fahren die hier nicht so oft.«

Zoe hält ihr Smartphone hoch. »Habe ich gecheckt. In zehn Minuten.«

»Alles klar. Finde ich zwar schade, aber wir sehen uns dann nachher zu Hause.«

Zoe drückt ihrem Vater und Franziska noch einen schnellen Kuss auf die Wangen und wendet sich ab. In ihr ist wieder dieses hohe Pfeifen, das unbändige Verlangen etwas zu tun. Sich abzulenken. Am Anfang hat es gereicht, etwas Blödes zu tun. Dann mussten ihre Aktionen gemeiner werden, damit das Vibrieren in ihr nachließ. Auch diese Phase ist vorbei. So wie Süchtige immer mehr brauchen, die Dosis immer steigern müssen, wagt Zoe sich Schritt für Schritt auf eine unbekannte Grenze zu. Sie muss es tun.

Zu Hause geht sie direkt in ihr Zimmer und sucht. Konzentriert wühlt sie in ihrer Schmuckschatulle. Irgendwo müssen noch diese kitschigen Ohrstecker sein, die sie sich letztes Jahr auf dem Weihnachtsmarkt gekauft hat. Ungefähr drei Stunden lang fand sie die Blume mit funkelnden roten und grünen Steinen gut. Dann nur noch grässlich. Genau dieses blinkende Monster sucht sie jetzt. Eigentlich hatte sie die Ohrringe längst wegwerfen wollen. Nun ist sie froh, dass sie es nicht getan hat. Endlich findet sie das funkelnde Paar. Sie nimmt einen. Der reicht für ihr Vorhaben. Sie verlässt das Haus über die Terrassentür, lässt diese angelehnt. Wichtig ist jetzt nur, dass sie nicht von nebenan beobachtet wird. Aber Christian und Daniela sind trotz des guten Wetters nicht im Garten. Hoffentlich sind sie überhaupt zu Hause. Leise geht sie an der Garage vorbei auf die Straße und stellt dabei ihr Handy aus.

Erst nach dem zweiten Klingeln öffnet Christian Schenk ihr.

»Hallo, super, dass Sie da sind«, hechelt Zoe.

»Ich bin Ihre Nachbarin, Zoe. Könnte ich bei Ihnen mal kurz telefonieren. Meine Eltern sind nicht da und ich komme nicht rein.«

»Das Gefühl kenne ich«, brummt Christian Schenk und macht die Haustür weiter auf. Er weist mit dem Arm hinter sich.

»Das Telefon steht auf der Station im Wohnzimmer. Direkt neben dem Fernseher.«

»Vielen Dank«, flötet Zoe und wirft einen kurzen Blick

in die Küche. Dort hantiert Daniela Schenk am Herd. Schon ihrem Rücken ist anzusehen, dass ihr Gesicht nicht glücklich aussieht. Christian Schenk folgt Zoe nicht. Sie sieht einfach zu harmlos aus. Niemand kann sich bei ihrem offenen, hübschen Gesicht vorstellen, dass sie hässlich und gemein sein kann. Schnell wählt Zoe ihre eigene Telefonnummer. Dabei geht sie langsam Richtung Couch, den Blick fest auf den Türrahmen geheftet. Während sie ihre eigene Mailbox-Ansage abhört, steckt sie den Ohrring in die Couchritze. Ganz leicht nur. Er soll ja schließlich nicht für immer in den Tiefen des Sofas verschwinden.

Sie drückt auf den roten Hörer und stellt das Telefon wieder in die Ladestation. Sie bleibt im Türrahmen der Küche stehen.

»Danke fürs Telefonieren. Ich habe meine Eltern nicht erreicht.«

»Willst du hier warten?«, fragt Christian Schenk.

Zoe zieht Danielas Rücken zucken. Die hat auf Besuch jetzt wohl gar keinen Bock. Schon gar nicht auf Besuch mit langen schlanken Beinen.

»Nein, danke. Ich besuche einfach noch eine Freundin.«

Sie schleicht zurück an der Garage vorbei über die Terrasse ins Wohnzimmer. Zwar sind die Schenks so mit sich selber beschäftigt, dass die gar nicht mitbekommen hätten, wenn Zoe jetzt fröhlich mit dem Haustürschlüssel geöffnet hatte. Aber sicher ist sicher. Zufrieden lässt Zoe sich auf ihrem Bett nieder. Es tut ihr einfach gut, wenn es anderen auch schlecht geht. Plötzlich durchzuckt sie ein Gedanke. Was, wenn Christian Schenk jetzt aus Neugierde auf Wahlwiederholung drückt, um zu überprüfen, ob Zoe wirklich versucht hat, ihre Eltern auf dem Handy zu erreichen? Dann hört er die Ansage auf

Zoes Handy. Das wäre Mist. Doch Zoe hat eine Idee, die ihr wirklich gut gefällt. Sie spricht einen neuen Ansagetext auf ihr Mobilphone.

»Hi, wer immer was zu sagen hat, spreche jetzt oder schweige für immer«, flötet sie gut gelaunt.

Sollte Christian Schenk jetzt anrufen, denkt er, Zoe habe aus Spaß die Mailbox ihrer Eltern bequatscht. Sollte aber Daniela Schenk die Nummer überprüfen, hört sie einmal mehr die Stimme einer jungen Frau, die sie nicht kennt.

»Perfekt«, denkt Zoe noch und rollt sich ganz klein auf dem Bett zusammen.

Auf der Lauer

Sie hat natürlich nicht gesehen, dass Carl in dem Rohbau schräg gegenüber saß. Er hat beobachtet, wie sie ins Haus ging, über die Terrasse zurückkam, zu den Nachbarn ging. Er hatte gesehen, wie sie wieder über die Terrasse schlich und dann verstohlen im Haus verschwand. Und er registrierte, wie der Nachbar kurz danach wütend mit dem Auto wegfuhr. Carl wusste nicht, was das zu bedeuten hatte. Aber es bestätigte ihn in seiner Meinung: Zoe war nicht die, die sie vorgab zu sein. Sie hatte eine geheime, wahrscheinlich gemeine Seite. Und das machte sie für ihn noch ein bisschen interessanter.

Zoe ignorierte die Seitenstiche. Sie stampfte, hüpfte und drehte sich. Christa hatte zur Tanzsession heute Kerzen aufgestellt. Viele große und kleine Kerzen über den gesamten Tanzsaal verteilt. Die Vorhänge waren zugezogen, unwirkliche Schatten tanzten über die Wände. Zoe kannte die Choreografie in- und auswendig, sie beherrschte sie im Schlaf. Und so tanzte sie wie in Trance. Schüttelte ihren Körper, warf ihn nach vorne, marschierte zurück, lebte den Rhythmus mit jedem Muskel. Als Christa die Musik abstellte und die Vorhänge langsam aufzog, kam Zoe nur mühsam wieder zu sich. Sie brauchte ein bisschen, um in die Realität zurückzufinden. In der Garderobe rubbelte sie sich nur kurz die verschwitzten Haare, wischte sich den Schweiß im Gesicht ab und schnappte sich ihren CD-Player.

»Los, ab auf den Sportplatz.«

Kim stöhnte, legte ihren Kopf auf Saskias Schulter. »Du hast es gut, du darfst jetzt nach Hause.«

»Komm, Kim, das bisschen Hopsen ist doch die perfekte Cool-down-Phase«, spornte Zoe ihre Freundin an. Sie hatte kein Mitleid. Auch nicht mit sich selbst. Nie.

Warum sie auf dem Sportplatz kurz nach oben guckt, kann sie selber nicht sagen. Vielleicht ist es eine innere Stimme, vielleicht einfach Zufall. Aber sie sieht ihn da oben. Carl sitzt auf dem Flachdach. Er hat die Knie angezogen und wartet. Zoe weiß worauf. Er will zusehen. Und sie spürt seine Blicke bei jeder Bewegung. Ihr wird bewusst, wie sehr ihr verschwitztes T-Shirt an ihr klebt, ihren Körper fast ordinär preisgibt. Sie fühlt, wie seine Augen sie abtasten, einweben. Und sie reckt sich unter diesen Blicken. Die Muskeln und Sehnen schmerzen schon, so angespannt sind sie.

Immer und immer wieder geht sie mit den drei Mädels und den beiden Jungen die Schritte durch. Sie guckt kein einziges Mal mehr nach oben. Sie will nicht, dass er weiß, dass sie weiß, dass er da sitzt.

»Habt ihr geübt?«, fragt sie Leo und Nils nach einer Stunde. Sie ist überrascht von den Mitschülern. Sie stellen sich gar nicht so doof an, wie sie befürchtet hatte. Nils wird rot.

»Ihr habt wirklich geübt«, lacht Kim. »Wie süß.«

»Wir wollen uns halt nicht blamieren«, blafft Leo.

»Hauptsache, ihr blamiert uns nicht«, findet Sarah.

Zoe ist zufrieden mit der Probe. Der Tanz erzählt eine Geschichte. Da sind die beiden Jungs, die Basketball spielen und da kommen die vier Mädchen, die das Duo angreifen wollen. Sie umrunden, umtanzen Leo und Nils. Die laufen auf das Quartett zu, ziehen sich dann zurück. Am Ende stehen jeweils ein Junge und zwei Mädchen auf einer Seite, es haben sich neue Fronten gebildet, bis alle irgendwann zusammen zu einer Gruppe verschmelzen.

»Jetzt müssen wir das nur noch mit der Farbe richtig hinkriegen. Darum geht es ja schließlich. Dass wir mit unseren Bewegungen, Händen, Füßen und den Bällen die Leinwände künstlerisch beschmieren. Das sollten wir auch üben«, findet Zoe.

»Ich bringe das nächste Mal Mehl mit. Damit können wir das ja mal austesten«, schlägt Caro vor.

»Gute Idee. Das ist dann nicht gleich so eine Sauerei«, lobt Zoe sie. »Los kommt, ein letzter Durchgang.«

Noch einmal übt die Gruppe den Tanz. Als Zoe den CD-Spieler ausschaltet, guckt sie durch die Haare kurz hoch. Er ist weg. Aber sie spürt, dass er noch nicht lange fort ist. Sie spürt es in der Luft.

Ihr Körper liegt tonnenschwer im Bett. Aber der Kopf will nicht schlafen. Vor ihren Augen läuft ein Dia-Projektor Amok. Schnell und abgehackt tauchen immer wieder neue Bilder vor ihr auf. Carl ist oft drauf. Sie spürt, wie ihr Herz schneller schlägt. Wie sie die Augen verschließen will, doch das hilft beim Kopfkino einfach nicht. Da gibt es keinen Off-Knopf, noch nicht mal Werbepausen. Sie dreht sich auf den Bauch, fühlt ihr Herz noch stärker, dreht sich auf die Seite, zieht die Beine an. Vor ein paar Jahren hatte sie mal kurz gedacht, dass sie verliebt sei. Natürlich in Julian. Sie war einfach gerne mit ihm zusammen, fand ihn witzig, auch ganz hübsch. Es war in einem gemeinsamen Urlaub gewesen. Sie hatten Tischtennis gespielt, waren viel schwimmen, hatten gegenseitig von ihrem Eis probiert. Zoe war sich sicher, so musste sich wohl Verliebtsein anfühlen. Sie fand es nicht so schlimm. Irgendwann war sie in Julians Zimmer gekommen. Er zog gerade seine Badehose an. Das heißt: Er wollte gerade seine Badehose anziehen. Er stand nackt vor ihr. Da wusste sie, sie war nicht verliebt. Sie fand ihn so nackt peinlich. Es war ihr nicht peinlich, dass sie da reingerauscht war. Sie fand seinen Penis peinlich. Also war sie wohl doch nicht verliebt. Danach konnte sie befreiter mit ihm schwimmen und Tischtennis spielen.

Sie schafft es nun die Frage zu vermeiden, ob sie in Carl verliebt ist. Sie spürt, dass es irgendwas anderes ist. Etwas Größeres.

Die Neue

Sie verquatscht die Pause mit Kim. Die erzählt irgendeine Geschichte aus dem Reitstall, die sie besonders spannend findet. Zoe hört brav und unaufmerksam zu, nickt aber an den richtigen Stellen. Durch den Redeschwall schafft Zoe es nicht mehr auf die Toilette. Sie hatte eigentlich vorgehabt, Herrn Böker heute mal wieder ins Schwitzen zu bringen. Sie trägt den kürzesten Rock, den sie hat. Aber sie weiß auch, dass sie eigentlich den Slip gar nicht mehr ausziehen muss. Der Böker ist auch so schon völlig verunsichert. Er weiß ja nie, was er zu sehen bekommt. Und deswegen versucht er immer, nicht zu gucken. Und er schafft es nie. Zoe beobachtet jedes Mal, wie er sich verzweifelt drückt, wie er unruhig in der Klasse auf- und abgeht. Wie er fahrig was an die Tafel schreibt. Immer mit dem Rücken zu ihr. Sie registriert amüsiert, wie er jedes Mal zuckt, wenn sie die Sitzposition ändert. Sie sieht gegen Ende jeder Stunde die Schweißränder unter seinen Achseln größer werden.

Sie ist irritiert, als nicht der Englischlehrer im Klassenzimmer erscheint. Alle sind es natürlich. Der Jürgens kommt mit einem fröhlichen »Guten Morgen«. Im Schlepptau hat er eine junge Frau, die dicht neben ihm stehen bleibt.

»Wie ihr seht, ist das nicht Herr Böker«, sagt der Klassenlehrer grinsend und zeigt auf die Frau neben sich.

»Herr Böker ist leider erkrankt. Dafür wird euch nun

Frau Alt unterrichten. Wie ihr seht, ist Frau Alt noch ziemlich jung und hat noch keine Hornhaut auf ihrer Lehrerseele. Seid also ein bisschen nett zu ihr.«

»Gilt das für heute oder für länger?«, fragt Kim.

»Frau Alt wird euch für den Rest des Schuljahrs unterrichten. Wir sind froh, dass wir sie als Referendarin verpflichten konnten. Sie hat aber schon bei mehreren Unterrichtsbesuchen bewiesen, dass wir euch getrost mit ihr alleine lassen können«, verkündet der Klassenlehrer.

»Was hat der Böker denn?«, fragt Carl und guckt Zoe an.

Sein Blick sagt: Du weißt genau, warum der krank ist. Und ich weiß es auch.

»Du meinst wohl: Herr Böker. Das kann ich euch aus datenschutzrechtlichen Gründen nicht sagen. Wir sind aber froh, dass wir mit Frau Alt Ersatz haben«, verkündet Jürgens. Er legt seine Hand auf die Schulter der jungen Lehrerin und wünscht ihr viel Glück.

Als er raus ist, setzt die Alt sich auf das Pult.

»Ich hoffe, das brauche ich nicht. Also: Ich bin Enya Alt, ziemlich frisch von der Uni und freue mich total, dass ich nun endlich wirklich als Lehrerin arbeiten darf. Ich habe ehrlich gesagt genug vom Lernen.«

»Wir auch«, kommt es von hinten.

»Dann stellt euch einfach vor, dass ihr nicht hier sein müsst, sondern dass ihr gerne hier seid. Dass es einfach Spaß macht, sich mit Texten und Büchern zu befassen.«

»Was hat die denn geraucht?«, fragt Saskia leise und Zoe muss kichern.

Was diese Enya Alt gesagt hat, ist an ihr vorüber gegangen.

Sie hat gesehen, wie Carl die neue Lehrerin gescannt hat. Wie sein Blick diese Frau von oben bis unten abgetastet hat – Zoe war leicht schlecht geworden. Carls

Augen, die ein bisschen schmaler, ein bisschen wachsamer geworden sind. Nur mühsam kann Zoe den Blick von Carl wenden. Sie sieht die Lehrerin an. Enya Alt ist klein. Keine eins siebzig. Sie ist sehr schmal. Höchstens Größe 34, wahrscheinlich Kindergröße 164. Sie hat große dunkle Locken, die leider echt aussehen. Zoe registriert alles. Die unlackierten Fingernägel, die schmalen Füße in den Ledersandalen. Die glatten Beine. Lange Finger, ein großer modischer Ring. Kein Ehering. Ein Haargummi am Handgelenk. Die Bluse, die wahrscheinlich von H&M ist.

Zoe muss zugeben: Enya Alt ist attraktiv. Zu attraktiv für eine Lehrerin. Zu jung, zu offen. Zu unverbraucht. Ganz plötzlich bekommt Zoe Angst. Sie hat Angst um Enya Alt. In der Pause würde sie am liebsten zu ihr gehen. Ihr sagen, dass sie sich besser eine andere Klasse suchen soll. Natürlich macht Zoe das nicht. Wie sollte die Lehrerin auch darauf reagieren? Pech für sie. Denn Zoe kennt sich. Und sie hat eine Ahnung davon, zu was Carl in der Lage ist. Und sie hat in seinem Blick gelesen. Er hat die junge Lehrerin angesehen wie eine Katze eine Maus. Und gleichzeitig wie ein Mann eine Frau. Und das macht Zoe fast noch mehr Angst. Sie spürt ein Kribbeln in sich, das schön ist und dreckig und neu.

»Er will mit mir in den Zirkus«, flüstert Saskia Zoe aufgeregt zu.

»Als was sollst du denn auftreten?«, fragt Zoe zurück und gibt nicht zu erkennen, ob sie das witzig meint.

»Blöde Kuh. Er hat mich eingeladen, mit ihm in die Abendvorstellung zu gehen.«

»Lass mich raten. *Er* ist Fynn, oder?«

»Wer sonst? Der Papst?«

»Und?«

»Wie und? Ich weiß nicht, ob ich gehen soll.«

»Findest du Zirkus denn gut? Mir tun da immer die Tiere leid.«

»Wie ich Zirkus finde? Das ist doch scheißegal. Die Frage ist, ob ich mit Fynn dahin will.«

»Und? Willst du?«

»Ich weiß es nicht. Was meinst du denn?«

Zoe guckt Saskia fast neidisch an. Wie schön muss es sein, solche Probleme zu haben.

»Ich würde gehen an deiner Stelle.«

»Echt? Warum?«

»Wenn du nicht gehst, wirst du den ganzen Abend überlegen, ob du nicht besser doch gegangen wärst, und mich die ganze Zeit mit SMS nerven. Wenn du gehst, wirst du hinterher wissen, ob es richtig war. Wenn es gut wird, ist gut. Wenn es kacke wird, ist das Thema Fynn damit durch.«

Saskia überlegt. Die Stelle mit den nervenden SMS hat sie wohl überhört. Sie drückt Zoe einen Kuss auf die Wange.

»Du hast recht. Perfekt. Genauso mache ich es.«

Zoe grinst. Sie wird das Gefühl nicht los, dass Saskia nur von jemand anderem hören wollte, dass sie gehen darf. Manche Probleme sind so schnell gelöst, dass sie den Titel eigentlich gar nicht verdienen.

Sie versucht, das Haus durch seine Augen zu sehen. Sie geht von Raum zu Raum. Sie räumt die neueste Ausgabe »Behinderung – kein Hindernis« weg. Am intensivsten inspiziert sie ihr Zimmer. Sie räumt alle Klamotten in den Schrank, sammelt CD-Hüllen ein, stellt Bücher ins Regal. Das Zimmer soll so wenig wie möglich über sie verraten. Sie holt sogar eine graue Wolldecke aus dem Wohnzimmer. Carl soll nicht wissen, wie ihre Bettwäsche aussieht. Das ist ihr zu intim. Sie fragt sich, was er wohl denkt, wenn er in den Raum kommt. Findet er ihn kitschig? Zu mädchenmäßig? Zu kindisch? Wird er sich still und heimlich lustig machen über ihre Poster? Oder wird er es gar nicht still und heimlich machen, sondern laut loslachen? Sie holt Cola, die sie extra gekauft hat, aus der Küche und stellt die Flasche mit zwei Gläsern auf den kleinen Tisch vor der Couch. Bis gerade fand sie die Couch gut. Sie hat ihre Eltern zwei Monate bequatscht, bis die endlich das knallrote Sofa in Form eines Mundes gekauft haben. Jetzt plötzlich findet sie die riesigen Lippen obszön. Mit der Cola und den Gläsern davor sieht es aus wie in einer billigen Absteige. Sie bringt die Flasche wieder runter, stellt sie wieder in den Kühlschrank. Im Wäscheschrank im Keller findet sie nach viel Wühlen, was sie sucht. Die großen Tischdecken für besondere Feste, sprich für lange Tafeln. Die Decken sind wirklich groß. Das müssen sie auch sein, um all den roten Plüsch zu bedecken. Zoe zupft und zieht, bis ihre Couch ganz unter dem Stoff verschwunden ist. Es sieht cool aus. Sie hat das in Filmen gesehen, bei Häusern, die lange leer stehen. Gefällt ihr ganz gut. Das Weiß ist schön neutral, sehr distanziert, angenehm kühl. Sie riecht sich plötzlich. Säuerlicher Geruch steigt unter ihrem T-Shirt hoch. Sie fühlt sich fies. Zehn vor drei. Sie kann nicht in diesem Film aus Schweiß unter Carls Augen und Nase treten. Im Bad zieht sie gleichzeitig Rock und Oberteil aus, stellt sich schon unter den Strahl, obwohl der noch eiskalt ist.

Sie macht gerade den Reißverschluss der Jeans zu, als es klingelt.

»Hi. Oh, hast du extra für mich geduscht? Das ist ja fast zu viel Aufmerksamkeit«, begrüßt Carl sie und fasst für eine Millisekunde in ihre noch feuchten Haare.

»Aber der Rock hat mir eigentlich besser gefallen«, fährt er fort.

»Ich wollte dir die Möglichkeit geben, dass du dich

wirklich auf unser Referat konzentrieren kannst und nicht durch Nebensächlichkeiten abgelenkt wirst«, antwortet Zoe kühl.

»Deine Beine sind für mich alles andere als eine Nebensächlichkeit«, kontert Carl ganz ruhig. Zoe fühlt wie sie schon wieder zu schwitzen beginnt.

»Mein Zimmer ist oben. Komm mit.«

»Sind deine Eltern gar nicht da?«

»Nein, wieso? Wolltest du dich vorstellen?«

»Nein, nein. Kann ich beim nächsten Mal ja auch noch machen.«

Beim nächsten Mal?

»Wir müssen kein Buch verfassen. Ich denke, dass wir heute fertig werden«, sagt Zoe schnell.

»Vielleicht kann ich ja auch mal aus einem anderen Grund kommen.«

Sie ignoriert diese Bemerkung und öffnet die Zimmertür.

»Setz dich. Ich hole eben mein Heft.«

Er guckt sich sehr langsam um. Als müsse er gleich mit geschlossenen Augen alles aufzählen, was in dem Raum zu sehen ist.

»Cool«, sagt er irgendwann und Zoe freut sich. Sie ist stolz. Sie merkt erst jetzt, dass sie wollte, dass es ihm gefällt. Sie wundert sich über sich selbst. Sie hat sich sonst doch nie wirklich gefragt, ob oder was jemand an ihr gut findet. Alle fanden sie immer gut. Alle mögen sie. Das ist schon immer so gewesen. Und es ist ihr noch nie so wichtig gewesen. Dieser Carl ist plötzlich wichtig. Sie spürt seine Anwesenheit, auch wenn sie ihn nicht sieht. Sie registriert jede Bewegung. Seines Körpers, seiner Mimik. Und sie ist sich ihrer selbst bewusst. Anders als sonst bewusst. Carl streckt sich, ein Stückchen Bauch blitzt kurz auf. Die Haut ist braun, glatt, fest. Er sieht, dass sie es sieht und zeigt eine kurze Andeutung eines Lächelns.

»Lass uns doch mal kurz zusammenfassen, was wir bis jetzt haben«, fängt Zoe sich schnell. Glaubt er wirklich, dass sie von drei Quadratzentimeter Bauch beeindruckt sein wird?

»Ich habe mir überlegt, dass wir unsere Argumente wechselweise vortragen. Und dass wir Schlagwörter aufs Flipchart schreiben«, schlägt Carl vor.

Schnell sind sie in einer Diskussion über das Referat. Und über Menschen.

»Man kann das den Leuten von damals nur bedingt vorwerfen. Der Mensch ist einfach ein Herdentier, das nur zu gerne mit der Meute läuft«, sagt Carl. »Vielleicht sollten wir das auch erwähnen.«

»Du hast keine sehr hohe Meinung von den Menschen, was?«, fragt Zoe vorsichtig.

»Wenn du dort aufgewachsen wärst, wo ich lebe, hättest du das auch nicht. Auf der einen Seite sind die Menschen da wie Tiere. Jeder denkt nur an sich, das perfekte Beispiel für das berühmte *survival of the fittest*. Auf der anderen Seite sind sie kaum in der Lage, einen eigenen Gedanken zu bilden. Geschweige denn eine eigene Meinung. Wenn sich da jetzt einer als Führer aufspielen würde und allen Arbeit versprechen würde, wäre der der neue Held. Der Superstar des Blocks«, erklärt Carl kühl.

»Und du bist anders?«

»Ist das eine Frage? Das denke ich schon. Ansonsten wäre ich nicht da, wo ich bin. Nicht auf dem Gymnasium, nicht in deinem Zimmer. Aber ich bin auch hier, weil du auch anders bist. Das interessiert mich.«

Sie will eigentlich nicht fragen, aber die Neugier ist einfach zu groß. »Was ist anders an mir?«

»Du hast Abgründe. Wie ich. Du bist nicht das fröhliche, stets gut gelaunte Partygirl, das du allen vorspielst. Da ist nicht nur Licht. Du hast Schattenseiten.«

»Meinst du, eine dunkle Macht wohnt in mir?«, versucht Zoe sich mit einem Witz aus der Ecke zu befreien.

»Du kannst ruhig ironisch werden. Wenn es dir hilft. Du weißt, dass ich recht habe. Du spürst genau wie ich, dass wir zwei Magneten sind. Ich kann das akzeptieren. Du bestimmt auch irgendwann.«

Zoe wird kalt. Als bekäme ihr Körper von innen eine Gänsehaut. Und dann hört sie die Haustür. Ihre Mutter ist schon mit Franziska zurück. Viel zu früh. Sie muss jetzt irgendwie Carl hier raus befördern, ohne dass der ihre kleine Schwester sieht. Zoe ist gerade viel zu verletzlich, als dass sie einen überraschten, gar angewiderten Blick von Carl erträgt.

»Ich gehe mal eben auf Toilette«, sagt sie schnell.

Im Treppenhaus bleibt sie stehen und lauscht. Ihre Mutter kommt gerade aus Franziskas Zimmer, schließt leise die Tür. Perfekt. Franzi schläft anscheinend.

»Eigentlich haben wir ja jetzt alles«, sagt Zoe als sie ins Zimmer zurückkommt.

»Meinst du wirklich? Und was machen wir dann mit dem angebrochenen Nachmittag?«, hatte Carl gefragt.

»Ich muss noch was für Mathe machen.«

Er hatte genickt, fünf Minuten später auf der Straße gestanden. Zoe hofft, dass er nicht gemerkt hat wie sie ihn schnell – und ohne dass ihre Mutter ihn sieht und womöglich noch in ein Gespräch verwickelt – loswerden wollte. Doch sein Blick verriet etwas anderes. Kalt hatte er sie angeguckt, fast ein bisschen gekränkt. Sie hatte die Tür schnell hinter ihm geschlossen.

Als sie in ihr Zimmer kommt, riecht es noch nach ihm. Nach dem Apfelshampoo. Es liegt noch mehr in der Luft, aber Zoe kann es nicht fassen. Sie fängt unkoordiniert an aufzuräumen, kippt dabei die Cola um und ärgert sich maßlos. Sie ist unruhig. Das ärgert sie noch mehr. Als ihre Mutter sie zum Abendessen ruft, ist sie froh über eine Ablenkung. Doch die Geschichten von Sonja Kessler lenken Zoe nur kurz ab. Sie hat einfach gerade kein Ohr für den Stress im Büro, für die Ignoranz gegenüber einer berufstätigen Mutter, für unnötigen bürokratischen Aufwand. Während Sonja Kessler sich aufregt, knabbert Zoe eine Scheibe Schwarzbrot mit Frischkäse.

»Ich muss jetzt hoch. Noch Mathe machen«, fällt sie ihrer Mutter ins Wort.

Die stutzt. »Du hast mir noch gar nicht erzählt, was du heute gemacht hast«, beschwert sie sich.

Zoe könnte jetzt mit einem beleidigten »Wann denn?« kontern, tut sie aber nicht. Ihre Mutter hätte sofort ein schlechtes Gewissen.

»Ich habe mich mit der Weimarer Republik im Allgemeinen und der Naivität der Menschen im Besonderen befasst. Glaub mir, das willst du nicht hören.«

Sonja Kessler grinst, ist beruhigt. »Wahrscheinlich nicht.«

Natürlich hat Zoe gelogen. Die Mathehausaufgaben hat sie längst. Sie fängt wieder an ihr Zimmer aufzuräumen, das eigentlich schon ordentlich war. Sie schiebt Bücherstapel über den Schreibtisch, ordnet Hefte neu, platziert den Laptop um. Am liebsten würde sie jetzt raus, sich Johnny schnappen und ihn wieder ins Gartenhaus sperren. Sie würde durchs Fenster zuschauen, was er macht.

Ob er sich vor die Tür legt, um gleich zu entwischen, wenn die aufgeht?

Ob er sich ängstlich unter der Bank versteckt mit eingezogenem Schwanz?

Ob er an der Tür kratzt, um sich selber zu befreien?

Sie war lange nicht mehr so erschrocken über ihre Gedanken. An die meisten hat sie sich im Laufe der Jahre gewöhnt. Die Heftigkeit, mit der sie ihre bösen Ideen überfallen, ist neu.

Sie fährt den Rechner hoch. Sie muss jetzt etwas tun. Als sie sich im Chat anmeldet, wird sie von Kim gleich stürmisch begrüßt.

Da bist du ja, schreibt sie.

Stimmt. Da bin ich. Was geht?

Hier geht nichts. Saskia und ich schreiben an unserem Referat, aber irgendwie kommen wir nicht weiter.

Ihr schreibt am Referat? Komisch, ich hatte gerade den Eindruck, ihr chattet, schreibt Zoe zurück und hängt schnell noch einen Smiley dran.

Wir haben einfach gehofft, dass wir hier irgendjemanden finden, der uns weiterhelfen kann, erklärt Kim.

Klar, der Chatroom hier heißt ja auch Weimarer-Fans.

Wir hatten eigentlich gehofft, dass wir dich hier treffen.

Aha.

Wir brauchen nur ein paar Tipps. Da wären wir schon super dankbar.

Was ist denn euer Thema und was habt ihr schon?

Nachdem die beiden das berichtet haben, überlegt Zoe kurz. *Passt auf, ich schicke euch was. Wird aber ein bisschen dauern. Dafür habe ich was bei euch gut.*

Müssen wir dafür dein Zimmer putzen? Oder willst du eine Woche jeden Tag ein Eis?

Weder noch. Vielleicht brauche ich irgendwann mal eine kleine Ausrede. So was wie ein Alibi. Das müsstet ihr mir dann geben.

Es kommt nichts.

Zoe ahnt, wie Saskia und Kim jetzt diskutieren. Was denn wohl dahinter steckt, was das soll? Doch beiden fällt kein einziger Grund ein abzulehnen. Dafür ist ihre Notlage zu groß.

Perfekt. Danke, schreibt Kim endlich und Zoe stürzt sich ins Internet. Fast zwei Stunden recherchiert sie, findet immer neue Quellen, kopiert alles in ein Dokument. Als sie endlich fertig ist, hat sie fünf Seiten zusammen.

Sie schickt es Kim mit dem Kommentar: *Bitte formuliert wenigstens ein ganz kleines bisschen um.*

Sofort kommt *Du bist ein Schatz. Küsschen* zurück.

Zoe fühlt sich müde. Doch in ihrem Kopf ist immer noch keine Ruhe. Sie schiebt sich die Ohrstöpsel rein, versucht die Gedanken mit Bässen zu verjagen. Doch dieses Kribbeln bleibt. Wie ein Jucken unter der Schädeldecke.

Als sie an der Wohnzimmertür vorbeikommt, hält ihre Mutter gerade die zweite Version des bereits gehörten Monologs. Immerhin ist ihr Mann ein besserer Zuhörer als Zoe. Er streut verständnisvolle Laute ein, nickt interessiert. Zoe geht weiter in den Keller, steigt aufs Fitnessrad. Fünfundvierzig Minuten später ist sie klatschnass, sie wackelt leicht, als sie absteigt. Ihren Beinen ist vom Trampeln schon ganz schwindelig. Nach einer heiß-eiskalten Dusche hat sie das Gefühl, wieder Herr im eigenen Körper, im eigenen Kopf zu sein. Sie hat Carl ausgeschwitzt, abgewaschen.

Vorerst zumindest.

Ein Date?

Die anderen klopfen anerkennend mit den Händen auf die Tische. Carl zwinkert Zoe zu. Die Trumm kommt auf die beiden zu mit einem faszinierten Gesichtsausdruck. Als hätte ihr gerade jemand gesagt: ›Grau steht Ihnen wirklich sehr gut.‹ Es ist einfach super gelaufen. Zoe und Carl hatten sich – auf Carls ausdrücklichen Wunsch – schon um sieben auf dem unteren Schulhof getroffen, um einen Probelauf des Referats zu halten. Nach der Generalprobe war Zoe so aufgeregt wie noch nie vor einem Referat gewesen. Dieser Kacktyp machte einen Aufstand als ginge es hier um einen Doktortitel. Jetzt lächelt Zoe kurz Carl an, schnappt sich ihre Zettel und geht zu ihrem Platz.

»Ihr seid echt ein gutes Team«, sagt Saskia und Zoe weiß nicht, ob sie das höhnisch meint. Direkt danach sind Saskia und Kim dran. Sie holpern durch ihren Text, können einzelne Begriffe nicht aussprechen, fallen sich gegenseitig ins Wort.

»Ihr habt zumindest viel zusammengetragen. Wenn auch nicht gut vorgetragen«, ist der Trummsche Kommentar danach. Damit sind Saskia und Kim vollauf zufrieden.

»Kannst du mir eigentlich mal verraten, wofür du mal ein sogenanntes Alibi brauchst?«, will Kim wissen, als sie nach der Schule zu den Fahrrädern schlendern.

»Keine Ahnung. Weiß ich doch jetzt noch nicht«, lacht Zoe zurück.

»Heute wäre auf jeden Fall schlecht bei mir. Heute Abend habe ich nämlich schon was vor«, mischt Saskia sich ein.

Zoe und Kim grinsen sich an. Keine von beiden sagt etwas. Saskia hält es keine zehn Sekunden aus.

»Wollt ihr nicht wissen, was ich vorhabe?«

»Doch natürlich. Aber wir wollten nicht so indiskret sein und fragen«, sagt Zoe und grinst.

Saskia imitiert kurz einen Schmollmund. »Ich gehe in den Zirkus.«

»Warum? Da laufen alte Männer mit Schminke im Gesicht rum und tun so als seien sie ein Clown, Osteuropäerinnen werden da wie im modernen Sklavenhandel zu Trapeznummern gezwungen und im schlimmsten Fall kackt so ein Pferd direkt vor dir aufs Sägemehl. Warum tust du dir denn so was an?«, will Kim entgeistert wissen.

»Fynn hat mich eingeladen.«

»Und das wiegt alles auf, was ich vorher gesagt habe?«

»Ehrlich gesagt: Ja.«

»Bist du jetzt scharf auf den oder was?«

»Die Alternative wäre, den fünften Abend in Folge im Chatroom abzuhängen oder mit meinen Eltern vor der Glotze. Im schlimmsten Fall nutzen die die Gelegenheit, mal in Ruhe mit mir zu reden. Das wollen die andauernd in letzter Zeit. Kaum sind wir länger als fünf Minuten zusammen in einem Raum, wollen sie in Ruhe mit mir reden. Eigentlich müsste ich schon aussehen wie ein Sieb, so wie die mich dauernd löchern.«

Zoe hat sich aus dem Gespräch rausgehalten. Sie drückt Saskia nur kurz: »Viel Spaß. Und denk dran: Hinterher bist du schlauer.«

Der Fahrradmarathon am Abend, das frühe Aufstehen, das Lampenfieber vor dem Referat. Alles hat an Zoe gezerrt. Sie legt sich zu Hause direkt ins Bett. Sie versucht, die Rollläden ganz zu schließen. Doch durch ein paar Ritzen dringt die Sommersonne in ihr Zimmer. Sie rollt sich unter der Decke zusammen, hat kurz das Gefühl als würde sie trudeln und fällt so in einen Schlaf. Eigentlich weiß sie, dass es nicht gut ist, wenn sie sich mittags hinlegt. Dass dann oft die Bilder sich zwischen Wachsein und Schlaf schieben. Sie quälen, sie weder richtig aufwachen noch abtauchen lassen. Sie hatte gedacht, dass sie heute müde genug ist. Doch sie hat sich getäuscht. Ihre Gedanken sind fast stumm, das Licht in ihrem Kopf ist fast aus, da kommen die Bilder. Sie sieht sich selber als fremde Person. Sieht das Mädchen wütend, ängstlich im Badezimmer hocken. Es hält sich die Ohren zu. Unter der Tür kommt Flüssigkeit rein. Sie wird in ihrer Vorstellung zu Blut. Alles ist plötzlich voller Blut. Zoe sieht das verzerrte Gesicht des Vaters vor der Tür. Sie sieht auch Franzi. Klein wie ein Baby, mit dem Gesicht von heute. In ihrem Traum spricht sie. Immer nur ein: »Du.«

Irgendwann schafft Zoe es, sich an die Oberfläche zu kämpfen, wird wach in einem kalten Schweißfilm. Sie trinkt eine alte Flasche Wasser, die noch neben dem Bett stand auf ex, zieht angewidert ihre Klamotten aus, zieht das stinkende Bettzeug ab und duscht lange. Sie hat das Hupen der SMS nicht gehört, sieht die Nachricht nur durch Zufall, weil sie auf dem Handy die Uhrzeit ablesen will.

Will mich bedanken. Um vier vorm Capitol? C.

Woher hat Carl ihre Handynummer? Was ist das Capitol? Was soll das? Nur in ein Handtuch gehüllt fährt sie den Rechner hoch. Das Capitol scheint ein uraltes Kino in der Altstadt zu sein. Da, wo die Stadt nicht nur alt, sondern auch hässlich ist.

Ist doch blöd, bei dem schönen Wetter im dunklen Kino zu sitzen, redet sie sich ein und zieht die Rollläden hoch. Dabei fällt das Handtuch. Und ganz plötzlich mag sie den Gedanken. Sie denkt an das Gefühl heute Morgen. Wie Carl vor der Klasse stand. Die alte Jeans wie immer. Ein verblichenes T-Shirt. Die Haare nachlässig. Aber er hatte so eine Aura. Als sie neben ihm da vorne stand, war ihr zum ersten Mal aufgefallen, dass Carl größer war als sie eigentlich dachte. Sicher einen halben Kopf größer als Zoe mit ihren fast 1,75 Meter. Sie hatte gesehen, wie eng die Ärmel seines Shirts sich um seine Oberarmmuskeln legten. Sie hatte die schmalen Hüften gesehen, auf denen die Hose locker lag. Sie hatte seine Präsenz gefühlt, auch die Kühle, die von ihm ausging.

Was läuft?, fragt Zoe zurück.

Four Rooms, kommt sofort zurück.

Kenn ich nicht, antwortet Zoe unentschlossen. Dann klingelt ihr Telefon. Carl ist dran.

»Diese Tipperei nervt. Wenn du den Film kennen würdest, wäre es auch langweilig. Bis gleich.«

Dann legt er auf. Er hat sie nicht gebeten, mit ihm ins Kino zu gehen. Er hat es eher angeordnet. Zoe ist wütend. Und gereizt. Im wahrsten Sinne. Sie erinnert sich an den Geruch von Carl heute Morgen. Auch ganz nah neben ihm hat er nicht nach Lampenfieber oder Aufregung gerochen. Nur nach sich und Apfelbaum.

Sie simst Kim an. *Manchmal geht es schneller als man denkt. Falls jemand fragt, ich war heute Nachmittag bei dir.*

Und wo bist du wirklich?, will Kim wissen.

Mit Carl im Kino.

Haha.

Natürlich glaubt sie Zoe nicht. Zoe glaubt es ja selber nicht wirklich. Aber um fünf vor vier ist sie am Capitol. Sie trägt Jeans, die Haare offen. Sie hat sie fast immer nachlässig hochgesteckt oder locker zusammengebunden. Jetzt fallen sie einfach lang und strack herunter.

»Das steht dir gut«, sagt Carl anstelle einer Begrüßung. Er hält sich nie lange mit Vorreden auf.

»Wofür willst du dich eigentlich bei mir bedanken?«

»Ich hätte keine Bessere finden können«, sagt Carl ohne zu grinsen und fügt an: »keine bessere Referatspartnerin.«

Sie hat sich die Haare ins Gesicht fallen lassen, will ihn nicht ansehen.

»Komm. Ich habe die Karten schon. Die machen hier keine Werbung, geht gleich los.«

Auf dem Weg in den dunklen Saal guckt Zoe kurz auf die Filmplakate und sieht deutlich »FSK 16«. Ihr wird mulmig. Wie viel Gewalt, wie viel Sex kann sich dahinter verstecken? Nach drei, vier Minuten hat Zoe Carl vergessen. Der Film reißt sie mit. Es geht um vier Zimmer in einem Hotel. Vier Zimmer, in denen skurrile, verrückte, brutale Dinge passieren. Verbindendes Element ist der Page, der seine erste Nacht im Job ist. Als der von einer Hobby-Hexe um Sperma für einen Zaubertrunk gebeten wird, wird Zoe leicht übel. Auch danach geht es um Sex – aber so abstrus, dass Zoe fasziniert ist. Richtig kichern muss sie über die beiden Geschwister, deren Eltern ausgegangen sind. Die beiden fangen irgendwann an zu schnuppern. Irgendwas stinkt. Sie riechen an allem, auch an ihren Füßen. Dann finden sie die Leiche einer Prostituierten. Zoes Lachen erstirbt. Sie lässt wieder ihre Haare vors Gesicht fallen, sodass Carl nicht sieht, dass sie den Blick von der Leinwand abgewendet hat. Und so hört sie auch nur, wie ein Hackebeil durch die Luft saust und einen Finger abtrennt. Zwei Männer in einem weiteren Hotelzimer hatten ihn zu einem Wetteinsatz bestimmt.

Sie ist verwirrt als das Licht im Capitol angeht. Erst jetzt merkt sie, dass außer ihr und Carl niemand im Zuschauerraum sitzt. Sie bleiben sitzen, bis auch der gesamte Abspann über die Leinwand geflimmert ist.

»Hat's dir gefallen?«, will Carl draußen wissen.

Zoe ist geblendet von der Sonne, findet sich nur mit Mühe in der Realität ein.

»War ziemlich heftig. Aber nicht schlecht«, urteilt sie.

»Der Film erinnert mich an dich«, sagt Carl.

Zoe fragt nicht nach dem Warum. Das wird Carl ihr schon sagen.

»Der Film ist witzig und dunkel, brutal und überraschend. Wie du eben.«

Er fragt nicht, ob sie noch was trinken gehen. Er bringt sie noch nicht mal zur Bahn.

»Bis morgen«, sagt Carl und dreht sich um.

Zoe dreht sich auch schnell weg, weiß im ersten Moment gar nicht, in welche Richtung sie muss. Sie hatte schon in ihrem Kopf nach Ausreden gewühlt, um schnell nach Hause zu müssen.

Jeder andere aus der Klasse, jeder andere überhaupt, hätte sie noch auf eine Cola, ein Eis, eine Pizza eingeladen. Carl ist nicht jeder. Und deswegen denkt sie die ganze Fahrt über ihn nach. Immer, wenn es ihr auffällt, zwingt sie andere Gedanken in den Vordergrund. Sie überlegt, ob der Mann ihr gegenüber wohl seine Frau schlägt oder ob er wohl fremdgeht. Sie fragt sich, ob der Typ daneben wohl weiß, dass er einen fetten Pickel am Hals hat. Einen, der außen rot leuchtet und innen einen gelben Punkt hat. Sie fragt sich, ob die Frau zwei Reihen vor ihr wohl ahnt, dass ihre Haare hinten schlecht getönt und überall graue Haare zu sehen sind. Und zwischen diesen Gedanken taucht immer wieder Carl auf. Wie ein Fisch, der immer wieder an die Oberfläche schwimmt, um dann wieder ins dunkle Wasser abzutauchen. Wie einen Fisch kann Zoe Carl nicht packen. Er entwischt ihren Urteilen, ist immer wieder anders als erwartet. Zoe denkt an die feinen Haare auf seinen Oberarmen, an seine Brust, die sich durch das T-Shirt abmalte. An die ganz kleine Narbe in seinem linken Mundwinkel. Was da wohl passiert ist? Er sieht nicht aus wie jemand, der sich prügelt. Er sieht aus wie jemand, der einmal zuschlägt und das war's dann.

Mist. Sie hat vergessen ihn zu fragen, woher er ihre Handynummer hat. Und sie rätselt, was er wohl noch alles von ihr weiß.

Sie schreckt fast zusammen, als ihre Mutter ins Zimmer kommt.

»Zoe, Telefon. Saskia ist dran.«

Zoe hat so vertieft mit Franzi Bilderbücher angesehen, dass sie das Telefon gar nicht gehört hat.

»Du glaubst es nicht«, stöhnt Saskia und Zoe geht mit dem Hörer am Ohr in ihr Zimmer. So klingt der Auftakt zu einem längeren Gespräch.

»Was glaube ich nicht?«

»Fynn ist mit so einer Lena zu unserer Verabredung gekommen.«

»Vielleicht steht er auf Dreier«, sagt Zoe gedankenverloren.

»Spinnst du? Was denkt der Typ sich eigentlich? Das ist echt das Allerletzte«, faucht Saskia.

»Vielleicht hat der die Lena zufällig getroffen und die wollte auch gerade in den Zirkus und hat sich einfach eingeklinkt«, schlägt Zoe vor.

»Vergiss es. Er hat sie zu Hause abgeholt. Hat sie mir noch erzählt.«

»War die denn nett?«

»Ist doch scheißegal. Was ist das denn für eine Art, mit einem Mädel zu einem Date zu kommen.«

»Vielleicht war es für ihn ja kein richtiges Date«, überlegt Zoe und beginnt ihre Nägel zu feilen.

»Was denn? Beschäftigungstherapie? Oder die neue Sportart ›Saskia-Verarschen‹?«

»Immerhin weißt du jetzt, dass der Typ nicht infrage kommt. Ist doch schon mal was.«

»Das sieht doch jetzt so aus, als hätte er mich gegen eine andere eingetauscht. Wie stehe ich denn jetzt da?«

Zoe verpasst ihren Einsatz. Sie sagt einfach nichts.

»Bist du noch dran? Oder bist du schon eingeschlafen, weil dich meine Probleme so langweilen?«, keift Saskia.

»Nein, ich bin noch dran. Ich überlege nur gerade, was du jetzt machen kannst«, lügt Zoe und sie merkt, dass ihr Saskias Probleme wirklich egal sind. Dass sie an ihr abperlen.

»Du, meine Mutter ruft. Ich muss schnell runter. Aber ich denke mir was aus«, sagt sie schnell und drückt Saskia weg. Sie hat noch nie ihre Freundin so abgewürgt.

Als später am Abend eine SMS ankommt, stolpert Zoes Herz kurz. Es ist aber Lilly.

Bringst du die Brötchen mit? Du kommst doch am Bäcker vorbei. Danke.

Brötchen?

Zoe muss kurz überlegen, dann taucht der Gedanke ganz langsam auf. Morgen ist Feiertag. Einer dieser freien Donnerstage, deren Anlass sie sich nie merken kann. Wie konnte sie das vergessen? Hätte Lilly sich nicht gemeldet, sie hätte um kurz vor acht vor der Schule gestanden und sich gewundert. Vielleicht hätte ihre Mutter sie aber auch rechzeitig zurückgehalten. Morgen ist wieder Brunch bei Lilly. Mit anschließender Planscherei irgendwo.

Klar, antwortet sie schnell.

Abtauchen

Lilly hat wieder üppig aufgetragen. Saskia schleckt schon einen Teelöffel Honig ab, während sie ihr schnell die Brötchentüte aus der Hand nimmt. Lillys Ma macht sogar Pancakes mit Ahornsirup und öffnet lautstark eine Flasche Prosecco. Jedes Mädel bekommt zwar nur ein halbes Glas zum Anstoßen, aber es kribbelt. Als der Boden unter einer Schicht von Brötchenkrümeln fast nicht mehr zu sehen ist, steht Lilly auf, hält sich ihren nicht vorhandenen Bauch und stöhnt: »Los, aufs Rad. Schnell! Sonst wandern diese Kalorien sofort an unangenehm sichtbare Stellen.«

Zoe würde sich jetzt lieber in einen abgedunkelten Raum legen und zwei bis vier DVDs gucken, aber sie fügt sich. Lustlos geht sie hinter Kim, Saskia, Lilly, deren neuer Freundin Jenny und Daniel samt Tim in die Einfahrt, wo die Räder parken.

»Wohin?«, wirft Kim in die Runde.

»Na, zum See runter, oder? Im Freibad trampeln die uns jetzt tot. Im Kinderbecken ist das Wasser bestimmt schon gelb und im großen Becken kriegt man entweder einen Ball an den Kopf oder wird von einer Badehauben-Oma angepflaumt«, meint Lilly.

»Ich fahre auf gar keinen Fall zum See«, giftet Saskia.

Das Seebad ist direkt neben dem Gelände vom Ruderclub.

»Wieso? Bis dahin geht es doch fast nur bergab«, mischt Daniel sich ein.

»Halt den Mund. Das ist hier eigentlich eine Mädels-Veranstaltung. Tim und du, ihr seid nur geduldet, weil eure so kurz sind«, kontert Saskia.

»Süße, beruhig dich«, sagt Zoe leise zu ihrer Freundin. »Jetzt ganz cool am See aufzulaufen, ist das Beste, was du machen kannst. Da merkt der gute Fynn sofort, dass er sicher nicht das Zeug dazu hat, dich zu verletzen. Dass du einfach eine Nummer zu groß für ihn bist.«

»Zu groß? Wie meinst du das?«, fragt Saskia misstrauisch nach.

»Meine Güte. Zu groß im Sinne von zu cool, zu erfahren, zu tough. Nicht im Sinne von zu dick«, fügt Zoe schnell hinzu und verdreht die Augen.

Saskia kaut kurz an ihrem Daumennagel, nickt dann endlich.

Sie lassen sich unter einem riesigen Baum bei Julian und Leo nieder. Ein paar fangen an, eine Art Beachvolleyball ohne Beach und ohne Netz zu spielen. Lilly lackiert ihre Zehennägel nach. Saskia sitzt in Bluse auf der Decke und starrt Richtung Ruderclub.

Zoe versucht Gegenstände oder Tiere in den wenigen Wolken zu deuten. Sie identifiziert ein Autowrack, einen toten Wal und ein brennendes Haus. Dann ist ihr langweilig.

»Wer geht mit Schwimmen?«, fragt sie in die Runde.

Die anderen Mädels gucken sie gequält an. Der See ist sehr schnell sehr tief. Also auch sehr schnell sehr kalt.

Zoe ist schon am Ufer, dreht sich noch mal um. »Was ist jetzt? Nur Memmen hier?«

Das lassen zumindest Julian und Daniel sich nicht vorwerfen und veranstalten einen Wettlauf zum See. Zoe schmeißt sich hinter ihnen in das Wasser, ihr Atem bleibt ihr kurz weg, so kalt ist es. Doch schon nach einer Weile hat sie sich an die Temperatur gewöhnt und schwimmt mit ruhigen Zügen eine große Runde. Ihre Haut ist krebsrot, als sie wieder rauskommt. Julian und Daniel liegen schon lange wieder auf ihren Handtüchern. Zoe schüttelt sich über Kim, der sehr sichtbar kalt wird. Ihre Brustwarzen stellen sich auf.

»Mach ich dich so an?«, lacht Daniel und versucht verführerisch zu klingen.

»Pass mal auf, Kindermilchschnitte. Meld dich wieder bei mir, wenn du durch den Stimmbruch bist«, kontert Kim.

Sie bleiben bis zum späten Nachmittag da liegen.

»Ist es nicht schön hier?«, fragt Lilly in den Himmel.

»Die Idylle pur. Fehlt nur noch, dass wir ein Lagerfeuer und Stockbrot machen«, stöhnt Zoe.

»Du kannst es echt nicht haben, wenn es einfach mal nur gut ist, was?«, fragt Lilly erstaunt, dreht sich auf den Rücken und schließt genießerisch die Augen.

Erst eine kleine Ewigkeit später flüstert Zoe ein »Stimmt« in die Sommerluft.

Auftauchen

Morgen schon was vor?«
Zoe hatte gar nicht gemerkt, dass Carl in der Schlange am Schulkiosk hinter ihr steht.

»Warum?« Zoe dreht sich noch nicht mal um.

»Willst du eine Frage mit einer Frage beantworten?«

»Ich brauche mehr Infos, ehe ich antworte.«

»Okay. Wenn du also nichts Besseres vorhast, möchte ich dich gerne zu einem Ausflug einladen. Zu einem abenteuerlichen Ausflug.«

»Wohin?«

»Mehr Infos gibt es nicht. Wir treffen uns um vier am Denkmal. Du bist dran.«

Sie zuckt. Merkt dann, dass er mit dem letzten Satz meinte, dass sie jetzt an der Reihe ist und bestellen kann. Sie kauft ihr Mineralwasser, vergisst die Waffel, die sie Kim mitbringen sollte, und geht schnell.

Soll sie sich darauf einlassen? Ausgerechnet am Denkmal will er sich treffen. Das vermooste Monument am Waldrand ist ein berüchtigter Treffpunkt für Alk-Gelage. Wobei: Das beginnt immer erst in der Dämmerung. Was versteht Carl wohl unter einem ›abenteuerlichen Ausflug‹? Sie hat keine Angst. Aber sie weiß nicht, wie weit sie ihm trauen kann. Und sich selber.

Sie ist unkonzentriert in Mathe, kritzelt ein Kästchen nach dem anderen in ihrem Heft voll. Eigentlich weiß sie jetzt schon, dass sie hingehen wird. Sie braucht nur noch eine gute Erklärung für sich selbst.

»Carl wird mich für feige halten, wenn ich nicht komme«, sagt sie sich. »Kim wird im Stall abhängen und Saskia ist am Wochenende mit ihren Eltern auf Besuch bei Oma im Westerwald. Da hat sonst eh keiner Zeit«, redet sie sich ein.

Was sie sich nicht eingesteht, ist, dass sie Carl einfach sehen will. Und beeindrucken will. Mit ihrem Mut, ihrer Coolness.

Immerhin schafft sie es, ein bisschen zu spät zu sein. Den winzigen Triumph, ihn einige Minuten im Ungewissen zu lassen, gönnt sie sich. Er kommentiert es nicht, sitzt scheinbar gelassen am Fuße des Denkmals. Sie lehnt ihr Rad gegen einen Baum, geht auf ihn zu und lässt sich neben ihn in den Schatten fallen.

»Und nun?«, fragt sie nach einigen Minuten.

»Jetzt beginnt das Abenteuer. Du hast doch keine Angst, oder?«

Sie zieht nur spöttisch die Augenbrauen hoch.

»Okay. Dann verbinde ich dir jetzt die Augen.« Er zückt ein Halstuch aus der Hosentasche.

Zoe wird es trotz der Sommerhitze kalt. »Gut.«

Er zieht das Tuch fest. Es ziept an den Haaren, doch Zoe sagt keinen Mucks.

»Ich führe dich jetzt zu meinem Rad. Du setzt dich hinten auf den Gepäckträger«, befiehlt Carl. Er nimmt ihre Hand. Sie hatte sie vorher schnell an der Jeans abgewischt, sodass die nicht mehr feucht ist. Sie fühlt das kühle Metall des Gepäckträgers, schafft es, sich mit verbundenen Augen daraufzusetzen,

»Wir fahren jetzt los«, verkündet Carl.

Sie muss sich an seiner Hüfte festhalten. Ob sie will oder nicht.

Es holpert und Zoe hört die Steine eines Schotterwegs unter den Reifen knirschen. Sie versucht sich den Weg vorzustellen, den Carl einschlägt. Jetzt müssten sie an der Straße sein. Aber sie hört keine Autos. Der Untergrund fühlt sich inzwischen weich an. Waldboden vielleicht. Gibt es einen anderen Weg – als den zur Straße – vom Denkmal weg? Einen anderen Schotterweg? Dann müssten sie Richtung Tennisplätze fahren. Sie versucht sich zu konzentrieren, ob sie Menschen hört oder Bälle ploppen. Fehlanzeige. Es wird kühler, sie hört einen Traktor. Dann Rauschen. Ist hier irgendwo ein Fluss? Oder sind das Autos auf der Autobahn? Carl hat das Tuch halb über ihre Ohren nach hinten geführt. Alles ist dumpf. Sie kann das Tuch nicht hochschieben, muss sich mit beiden Händen festhalten. Ihr Po schmerzt schon von den harten Stößen des Metallträgers. Sie hätte zählen sollen. Dann wüsste sie jetzt, wie lange sie unterwegs sind. Zehn Minuten vielleicht? Sie muss gleich als erstes auf ihr Handy gucken. Carl wird schneller, der Untergrund ist glatt. Vielleicht sogar ein Radweg. Dann wird es wieder holpriger. Zoe merkt, wie Carl Mühe hat, die Balance zu halten. Als er plötzlich anhält, stößt sie hart mit dem Kopf gegen seinen Rücken.

»Du hast es geschafft. Wir sind da.«

Mit wackeligen Beinen steigt sie ab, hält sich unsicher am Rad fest.

»Kann ich das Tuch jetzt abnehmen?« Sie wundert sich über sich selber, dass sie um Erlaubnis fragt.

»Darfst du.«

Sie blinzelt. Ihre Augen sind das Licht nicht gewöhnt. Sie steht mitten auf einer Lichtung. Um sie herum ist Wald. Zoe hat keine Ahnung, wo sie ist.

»Zeig mir mal dein Handy«, fordert Carl sie auf.

Sie gehorcht. Er untersucht es.

»Hast du kein Navi oder GPS drauf?«

»Nein, wieso?«

»Dann kannst du es behalten.« Er reicht es ihr zurück.

»Danke.«

Er grinst sie an. »So, das war der Ausflug. Jetzt beginnt das Abenteuer.«

Er setzt sich auf sein Rad. »Wir treffen uns am Denkmal.«

»Und wie soll ich da jetzt hinkommen?«

Zoe ist fassungslos. Will er sie jetzt hier mitten im Nichts stehen lassen? Was soll das?

»Du wirst einen Weg finden«, sagt er ruhig. Er lächelt abgründig. »Mach dir keine Sorgen. Ich bin immer in deiner Nähe. Wahrscheinlich.«

Dann ist er weg. Zoe schaut ihm hinterher. Starrt noch eine ganze Weile auf die Kurve, hinter der er verschwunden ist.

Und jetzt?

Sie geht langsam den Weg rauf, den auch Carl genommen hat.

Oder wollte er sie damit in die Irre führen? Ist das vielleicht genau die falsche Richtung?

Sie geht trotzdem weiter. Der Weg führt steil bergauf, wieder um eine Kurve. Plötzlich kann sie die langen Antennen vom Funkturm sehen. Dann müsste die Stadt eigentlich direkt dahinter liegen. Oder auch nicht, wenn sie rechts oder links vom Turm gelandet ist. Sie guckt sich um, versucht noch andere markante Punkte zu erkennen.

Sie lebt schon immer in dieser Stadt, aber wie sieht die Gegend jenseits der City eigentlich aus? Diese Hügelkette da – hat sie die schon mal wahrgenommen? Sie folgt dem Weg und bekommt Durst. Natürlich bekommt sie Durst. Es ist auch im Wald warm, die Luft ist trocken. Als ihr bewusst wird, dass sie nichts zu trinken dabei hat und nichts in der Nähe zu kaufen ist, wird ihr Mund noch ein bisschen trockner. Sie schließt die Augen, versucht sich vorzustellen, sie würde in eine Zitrone beißen. Das klappt sonst immer. Sonst läuft ihr sofort das Wasser im Mund zusammen. Heute nicht. Vielleicht trocknet dieses ungewisse Gefühl in ihr zusätzlich die Schleimhäute aus. Sie hat zurzeit oft eine Wasserflasche dabei. Wasser trinken ist gesund. Doch insgeheim hatte sie eigentlich damit gerechnet, dass Carl sie zu einer Art Picknick einlädt. Ein bisschen was zum Knabbern, kühle Getränke und vor allem gute Musik. Jeder andere, der sie auf einem Ausflug überraschen wollte, hätte das wohl gemacht.

Carl ist nicht jeder. Aber das wusste sie ja eigentlich. Sie lacht höhnisch über ihre Naivität.

Der Weg gabelt sich. Links geht es steil bergauf, rechts fällt der Weg leicht ab. Sie entscheidet sich für links. Das führt sie zwar weiter weg von der Richtung, die sie eigentlich einschlagen will, aber sie hofft, oben von dem Hügel noch mehr sehen zu können.

Das T-Shirt klebt mittlerweile am Rücken. In ihrer Jeanstasche spürt sie bei jedem Schritt das Handy. Natürlich könnte sie jetzt jemanden anrufen. Ihren Vater zum Beispiel.

Hallo, ich bin hier mitten im Wald, keine Ahnung wo genau. Kannst du mich bitte abholen?

Der würde wahrscheinlich gleich einen Suchtrupp organisieren. Und wenn sie Zoe dann gefunden hätten, würden die Fragen kommen. Nein, darauf hat sie gar keine Lust. Und überhaupt, diese Blöße wird sie sich nicht geben. Sie ist ja nicht im Dschungel. Es lauern keine gefährlichen Tiere im Dickicht, es kreisen keine Aasgeier in der Luft, die nur darauf warten, dass sie erschöpft oder verletzt zusammenbricht.

Der Weg wird flacher. Und sie sieht weiterhin nur Wald. Sie hat das Gefühl, dass er dunkler wird, geheimnisvoller. Zwischen den Büschen schimmern riesige Spinnweben. Es ist nichts zu hören. Selbst ihre eigenen Schritte werden von dem Waldboden abgefedert. Sie ist alleine auf der ganzen Welt. Oder? Oder ist Carl wirklich in ihrer Nähe? Pirscht er die ganze Zeit unsichtbar neben ihr her? Beobachtet er sie?

Sie dreht sich abrupt um, schaut, ob sich irgendwo verräterisch Äste oder Zweige bewegen. Nichts. Der Weg führt bergab und weiter unten sieht sie einen kleinen Bach. Sie muss dahin. Sie muss da was trinken. Es ist steiler, als sie gedacht hatte. Sie hält sich beim Abstieg an Zweigen fest, um nicht abzurutschen. Als sie mit dem Fuß an einer Wurzel hängenbleibt, fällt sie und schürft sich den Handballen auf. Sie guckt irritiert auf die leicht blutende Wunde. Wie immer, wenn sie sich verletzt, fühlt sie nichts. Keinen Schmerz. Nur Erstaunen. Sie schliddert weiter. Als sie endlich bei dem Rinnsaal ankommt, schöpft sie mit beiden Händen das Wasser und trinkt gierig. Sie fühlt sich, als sei sie seit Stunden in sengender Hitze unterwegs. Sie wäscht auch ihr Gesicht, achtet nur darauf, die Augen auszulassen. Sie weiß nicht sicher, ob ihre Wimperntusche wasserfest ist.

Danach macht sie sich wieder an den Aufstieg. Sie hangelt sich wieder von Ast zu Ast, ist fast schon wieder durstig, als sie oben auf dem Weg ankommt. Sie geht weiter. Und fragt sich, was das eigentlich für ein Spiel ist. Was bezweckt Carl damit? Was gibt ihm das? Sie weiß, dass das kein Klein-Jungen-Quatsch ist. Sie spürt, dass das hier ein Kampf ist, eine Herausforderung. Will er sie klein kriegen? Will er, dass sie sich heulend auf den Boden wirft, zitternd vor Angst? Will er sie demütigen?

Was es auch ist, Zoe will gewinnen. Sie kennt den Einsatz nicht, aber sie ist sich sicher, dass er nicht zu hoch ist.

Der Weg macht eine Kurve. Zoe hat das Gefühl im Kreis gegangen zu sein. Soll sie jetzt umkehren? Den ganzen Weg bis zu der Weggabelung zurückgehen? Oder einfach sich rechts durch den Wald schlagen, fernab vom Weg? Instinktiv glaubt sie, dass das die richtige Richtung wäre, aber sie traut sich nicht. Was, wenn sie dann völlig die Orientierung verliert? Dann wird sie nie gefunden. Zum ersten Mal hat sie ganz kurz das Gefühl, dass es hier um etwas Existenzielles geht. Sie verscheucht den Gedanken, bleibt auf dem Weg.

Und ganz plötzlich liegt eine riesige Wiese rechts neben ihr. Sie ist nicht umzäunt, fällt nach unten ab. Vielleicht sieht sie ja was, wenn sie an den gegenüberliegenden Rand dieser Wiese geht. Zoe taucht aus dem Dunkel des Weges in der Sonne auf, fühlt das Licht. Unterhalb der Wiese fängt wieder Wald an. Und plötzlich will sie nicht mehr. Sie will sich nicht an Carls blöde Spielregeln halten. Zoe lässt sich fallen, blinzelt in die Sonne.

Jetzt beginnt ihr Spiel.

Die Karten sind neu gemischt. Was macht er jetzt wohl? Wird er sie suchen? Oder hockt er jetzt da irgendwo im Wald, starrt sie an? Wird er irgendwann einfach nach Hause fahren?

Wie lange wird er am Denkmal auf sie warten?

Sie hat keine Angst, ist eher neugierig. Sogar den Durst spürt sie nicht mehr so dringend. Plötzlich fühlt sie keinen Druck mehr. Warum soll sie sich hetzen? Nur, weil Carl das will? Sie spürt die Grashalme, die sie im Nacken kitzeln. Und selbst wenn die Sonne jetzt langsam unterginge. Sie hätte keine Angst, lässt sich einfach in das Gefühl fallen.

Sie hat ihn nicht kommen hören, aber sie erschrickt auch nicht, als ihr plötzlich eine Wasserflasche gereicht wird. Sie nimmt sie, trinkt sie aus. Ihr doch egal, wenn er auch Durst hat. Sein Problem. Carl lässt sich wortlos neben sie ins Gras fallen. So liegen sie da. Zwanzig Minuten. Eine halbe Stunde.

»Du bist stark«, sagt Carl irgendwann.

»Ich weiß«, antwortet Zoe in den Himmel.

Sie will nicht reden. Sie will weiter das Gefühl auskosten, dass es außer ihr und dem Gras und der Sonne nichts gibt. Keine Schuld, keine Zwänge, keine Fragen.

Na ja. Carl gehört zu dem neuen Gefühl auch irgendwie dazu.

Irgendwann steht er auf, reicht ihr die Hand. Er sagt nur »komm«. Wortlos setzt sie sich auf seinen Gepäckträger, ganz selbstverständlich hält sie sich wieder an seinen Hüften fest. Sie schließt die Augen. Wieder sieht sie nicht, wo der Weg her geht. Sie ist fast ein bisschen enttäuscht, dass sie schon nach wenigen Minuten wieder am Denkmal sind. Wieder fragt er sie nicht, ob sie noch etwas zusammen machen wollen. Aber dieses Mal hatte sie auch gar nicht damit gerechnet.

Am Abend ist sie zu müde, zu sehr in ihren Gedanken verloren, um sich eine Ausrede einfallen zu lassen. Als ihre Eltern fragen, was sie am Nachmittag gemacht hat, antwortet sie »Fahrradtour mit Carl«. Irgendwie stimmt das ja auch. Sie sieht den kurzen Blick, den Sonja und Stefan Kessler wechseln. In diesem kurzen Augenblick liegen sämtliche Fragen: Ist es jetzt so weit? Ist Zoe verliebt? Müssen wir jetzt über Verhütung reden? Wer ist dieser Carl?

All diese Fragen werden nicht gestellt. Erst wenige Minuten später will Sonja Kessler fast beiläufig mit einer Tomate im Mund wissen: »Ist der nett, dieser Carl?«

Zoe schafft es, ein Grinsen zu unterdrücken. Nein, nett ist Carl ganz sicher nicht. Man kann ihm Vieles nachsagen, aber Nettsein gehört sicher nicht dazu.

»Geht so.«

Sonja und Stefan gucken sich wieder an. In ihren

Augen glüht ein bisschen Hoffnung. Sie glauben, ihre Tochter lässt sich noch ein bisschen Zeit mit dem Verlieben und den ganzen dazugehörigen Problemen.

Abends im Bett schafft Zoe es nicht mehr, der Klarheit der Gedanken auszuweichen. Nein, sie ist nicht verliebt in Carl. Wenn es das nur wäre. Damit käme sie klar. Sie spürt, dass es mehr ist zwischen ihnen. Tiefer, mächtiger, bedrohlicher, intensiver.

Sie hat dieses unsichtbare Band zwischen ihr und Carl im allerersten Moment gespürt, als sie ihn vorm Lehrerzimmer hat stehen sehen. Alles, was danach gekommen ist, war fast zwangsläufig. Und das, was kommen wird, ist es leider auch. Zoe schläft schnell und erschöpft ein. Sie kann sich nicht vorstellen, was noch auf sie wartet.

Sich spüren

Die Salami schwitzt schon und glänzt ölig. Der Käse auch. Irgendwann steht Sonja Kessler auf und bringt zumindest den Aufschnitt ins Haus. Mit einer Tasse Kaffee in der Hand kommt sie zurück, lässt sich wieder in den Stuhl fallen.

»Ich könnte den ganzen Tag hier sitzen und dem Gras beim Wachsen zusehen«, verkündet sie. Zoe nippt an ihrem Orangensaft. Sie weiß, dass sie nicht den ganzen Tag hier rumsitzen kann. Sie muss was tun. Ihr Vater hat sich zurückgelehnt und die Augen geschlossen. Franzi spielt mit einem achtarmigen Kuscheltier, das eher für Zweijährige ist.

»Eigentlich ist unser Garten groß genug für einen kleinen Teich«, sagt Zoe in die Stille des Gartens.

Stefan Kessler hebt die Augenbrauen, öffnet die Augen aber nicht. Das macht er erst, als er ein »Stimmt eigentlich« von seiner Frau hört.

»Aber so ein Teich ist auch gefährlich. Ich habe schon so oft von kleinen Kindern gelesen, die in ganz flachen Teichen ertrunken sind. Da reichen manchmal ein paar Zentimeter«, fällt Sonja Kessler ein.

»Mama, hier im Umkreis wohnen keine kleinen Kinder mehr. Unsere merkwürdigen neuen Nachbarn haben gar keine und so wie die sich angiften, wird das auch nichts mehr.«

»Die giften sich an?«, fragt ihre Mutter neugierig nach.

»Sagen wir mal, die haben eine lautstarke Art kontroverse Diskussionen zu führen«, mildert Zoe ab. Welche Rolle sie bei diesen Auseinandersetzungen gespielt hat, vergisst sie zu erwähnen.

»Wisst ihr eigentlich, wie viel Arbeit so ein Gartenteich macht?«, mischt Zoes Vater sich jetzt ein.

»Man muss ab und zu mal das Laub rausfischen. Ich denke, das ist machbar«, erklärt ihm seine Frau.

»Das meine ich nicht. Der muss ja erstmal gegraben werden. Es reicht nicht, einfach den Gartenschlauch auf eine Stelle zu halten und zu warten, bis sich so eine Pfütze von alleine bildet.«

»Ja, aber so ein Teich hat was ganz Beruhigendes«, findet Zoe.

»Bis gerade war ich auch ohne Teich total ruhig«, lacht Stefan Kessler.

»Außerdem findet Franzi das bestimmt auch schön. Da kann sie die Fische beobachten – und Frösche und Kröten werden sich bestimmt auch bald ansiedeln«, erklärt Zoe.

»Super. Ich sehe schon eine Froschwanderung aus dem gesamten Viertel in unseren Garten ziehen. Wir werden vor Gequake nicht in den Schlaf kommen«, versucht Stefan Kessler sich weiter zu wehren. Aber er spürt schon die Aussichtslosigkeit, dieses Projekt abzuwenden. Denn Zoe hat den einen Satz gesagt und er hat gesehen, wie seine Frau daraufhin zusammengezuckt ist. *Franzi wird es gefallen.* Jetzt gibt es wohl kein Zurück mehr.

»Stefan, Franziska wird es lieben, den Fischen zuzusehen. Zoe hat recht«, bestätigt sie jetzt seine Vermutung.

»Wir können uns ja mal verschiedene Teichformen ansehen«, räumt ihr Mann ein.

»Wenn wir erst groß die Form diskutieren, dann wird das die nächsten fünf Jahre nichts«, kontert Zoe.

»Soll ich etwa jetzt aufstehen, den Spaten holen und anfangen zu buddeln?«, fragt er erstaunt und mürrisch.

»Ich mache das schon«, verkündet Zoe. Sie freut sich. Sie muss sich bewegen. Sie muss diese Unruhe in sich bekämpfen. Sie weiß, sonst geht sie auf den Spielplatz und *vergisst* da wieder eine Schachtel Streichhölzer. Beim letzten Mal hat eine halbe Stunde später der Mülleimer gebrannt und ein Junge musste mit leichten Verbrennungen ins Krankenhaus. Das hat sie am nächsten Tag in der Zeitung gelesen. Sie will das eigentlich nicht. Sie muss ihre Unruhe anders abstellen. Und deswegen muss sie jetzt was tun.

»Du?«

Beide Eltern gucken sie überrascht an.

»Ja, ich. War ja auch meine Idee. Du kannst dafür unsere zänkischen Nachbarn fragen, ob wir die Erde in ihren Bauschuttcontainer tun dürfen. Hässlich genug, dass der da immer noch rumsteht«, gibt Zoe genaue Anweisungen.

»Unsere Tochter weiß, was sie will. Das hat sie von mir«, freut sich Sonja Kessler.

»Wieso? Ich weiß auch immer, was du willst«, brummt Stefan Kessler.

Nach einer Stunde ist Zoe klatschnass. Ihr Top klebt am Rücken. Ihre Schulter schmerzt und trotzdem treibt sie den Spaten immer wieder in die Erde. Der Nachbar hat Kesslers sogar eine Schubkarre geliehen, um die Erde abzutransportieren. Er hatte sofort zugestimmt, dass Kesslers den Container befüllen könnten. Seine Frau hat dann was von Kosten genuschelt, sodass Stefan Kessler ihnen dreißig Euro auf den Tisch gelegt hat. Zoe genießt den Schmerz. Als ihre Mutter ihr ein Glas Eistee bringt, hat sie kaum Zeit, es zu trinken. Sie will den Rausch nicht unterbrechen. Bloß nicht.

Ihre Eltern nutzen die Zeit und gucken sich im Internet Gartenteiche an. Sie entscheiden sich für eine Technik, bei der das Loch einfach mit Vlies und Folie ausgelegt wird. In zwei Tagen soll die geliefert werden. Stefan Kessler steckt genau die Maße ab, damit Zoe nicht zu viel ausbuddelt. Er ist ein bisschen irritiert von der Arbeitswut seiner Tochter, sagt aber nichts.

Als Zoe sich am Abend ins Gras fallen lässt, spürt sie nichts mehr. Nicht ihre Gedanken, nicht ihre müden Arme, nicht den beginnenden Muskelkater im Rücken. Sie ist ganz ruhig.

»Soll ich dir das Würstchen dorthin bringen oder schaffst du es noch bis zum Tisch?«, fragt Stefan Kessler vom Grill. Sie würde gerne einfach liegen bleiben. Am liebsten die ganze Nacht, würde sich einhüllen lassen von der Dunkelheit, der Schwärze. Doch sie schaltet wieder um.

»Wenn du es schaffst, das Würstchen nicht ganz verbrennen zu lassen, komme ich sogar zum Tisch«, tut sie fröhlich.

»Wieso hast du schon wieder diese Bollerhose an? Weißt du, wie dein Po von hinten darin aussieht?«, fragt Zoe erstaunt und sieht in Saskias Gesicht sofort, wie verletzt die ist.

»Weißt du, wie mein Arsch in der neuen Hose aussieht? Wie eine gepresste Fleischwurst mit Dellen. Das Wochenende bei meiner Oma war ein Kaloriendesaster. Es gab fetten Braten mit fiesen Klößen, Schwarzwälderkirsch und schon zum Frühstück so komische Waffeln mit klebriger Soße«, antwortet Saskia gereizt, während sie ein XL-Shirt überstreift.

»Wieso isst du so was?«, mischt Kim sich ein.

»Weil meine Oma sonst total beleidigt ist und an meiner Mutter rummäkelt, dann zickt die zurück und die Stimmung ist hin. Dann fängt meine Oma an zu heulen, dass wir ja ruhig mal netter zu ihr sein könnten. Wir wüssten ja alle nicht, wie lange sie es noch machen würde. Das sagt sie seit Jahren. Ich könnte kotzen.«

»Vielleicht solltest du das mal tun. Am besten direkt nach dem Essen«, schlägt Zoe gedankenverloren vor.

»Ist das dein Mittel, um schön schlank zu bleiben? Interessant«, kommentiert Kim.

Zoe schüttelt den Kopf: »Quatsch.«

Sie ärgert sich über sich selber und ihren blöden Kommentar. Sie ist gereizt. Carl war heute nicht in der Schule. Sie hat sich bei dem Gedanken ertappt, ihn anzurufen und zu fragen, ob er krank ist.

Vor der Spiegelwand schafft Zoe es, nicht weiter nachzudenken. Für eine Stunde konzentriert sie sich ganz auf den Rhythmus, die Bässe und ihre schmerzenden Muskeln. Direkt danach steht die nächste Probe für die Schulaufführung an und Zoe eilt mit Kim auf den Sportplatz. Nils und Leo lassen auf sich warten.

»Wir dachten schon, ihr kommt gar nicht mehr. Wäre vielleicht auch besser gewesen«, empfängt sie die beiden, als sie mit zehnminütiger Verspätung um die Ecke biegen.

»Hast du deine Tage oder was?«, giftet Leo zurück.

Zoe bringt die Probe ohne weitere Anfeindungen hinter sich. Sie will doch gar keinen Ärger, sie will nicht provozieren. Sie konzentriert sich auf die Schritte, übt mit den Jungs deren Part. Lobt übermäßig, um die Stimmung zu retten, und versprüht plötzlich wieder gute Laune. So will sie sein. Die Idee, mit Mehl zu üben, erweist sich als Mist. Das Pulver fliegt überall rum, staubt alle ein.

»Wir nehmen das nächste Mal einfach Wasser. Das klappt bestimmt besser«, bestimmt Zoe.

»Könntest du dann bitte lediglich ein weißes T-Shirt anziehen?«, fragt Nils neckisch.

Carl verzieht bei der Frage das Gesicht. Das sieht dem kleinen Nils ähnlich, sich an Zoe im Wet-Shirt-Look aufzugeilen. Wahrscheinlich schläft der abends mit dem Bild im Kopf und roten Ohren ein, denkt er sich. Carl sitzt wieder auf dem Dach. Er ist nicht krank. Er hat den ganzen Vormittag seinen Bruder gesucht und ihn schließlich in der Spielothek gefunden.

Theo war das ganze Wochenende nicht zu Hause gewesen. Samstagabend hatte er angeblich bei einem Freund geschlafen. Als Carl ihn da am Sonntag abholen sollte, wusste der Freund von nichts. Die Mutter hatte Carl durch sämtliche Kneipen in der Gegend geschickt. Er hatte außerdem alle anderen Kumpels von Theo abgeklappert. Überall Fehlanzeige. Aus Angst vor dem Jugendamt hatte die Mutter auch am Sonntagabend noch nicht die Polizei informiert. Die ganze Nacht hatte sie am Küchentisch gesessen und gewartet. Am Montagmorgen war Carl gleich wieder los. Hatte zum fünften Mal am Kiosk gefragt, war zum Busbahnhof, wo Theo sich – wie Carl wusste – eine Zeitlang rumgetrieben hatte. Er hatte in sämtlichen Fritten- und Dönerbuden mit einem verwackelten Foto seines Bruders gestanden und gefragt. In der Spielothek in der Nordstadt hatte er ihn endlich gefunden. Theo war mit zwei Typen unterwegs, die Carl nicht kannte. Und auch nicht kennenlernen wollte. Fiese Typen mit schlechtem Deutsch und schlechtem Atem. Er zerrte Theo wortlos zu dem Mann in der Aufsichtskabine.

»Dieser Junge ist vierzehn. Wenn du ihn noch einmal hier rein lässt, ist der Laden dicht«, hatte Carl nur gesagt. »Wenn du in dreißig Minuten nicht zu Hause bist, finde ich dich, nehme dir deinen Schlüssel ab und du brauchst nie wiederzukommen«, sagte er einen Augenblick später vor der Tür zu Theo, setzte sich auf sein Rad und war weg.

»Wie soll ich das denn schaffen?«, hatte er den Bruder hinter sich herbrüllen hören. Doch das hatte Carl nicht interessiert. Und Theo hatte es geschafft. Er wusste, dass Carl seine Drohung ernst gemacht hätte. Dass er es sogar geschafft hätte, der Mutter einzureden, das sei jetzt das Beste. Als Theo die Wohnungstür aufschloss, wartete Carl in der Küche auf ihn. Er schubste den Bruder in dessen Zimmer, sagte der Mutter kühl, dass er mit Theo reden werde. Carl drohte seinem Bruder nicht mit Gewalt. Er ließ ihn aufschreiben, wie er sich demnächst zu verhalten habe. Theo protestierte, aber erfolglos.

»Halt dich einfach dran oder verschwinde für immer. Ein Ausrutscher und es gibt für dich hier noch nicht mal mehr ein Glas Wasser.«

Dann ließ er Theo da sitzen, legte sich auf sein Bett. Er war so angewidert von seinem Bruder. Von diesem Mitläufer ohne eigene Meinung, der sich blenden ließ von dummen Sprüchen. Von ihm aus könnte Theo einfach verschwinden, er würde ihn keine Sekunde vermissen. In seinen Augen war sein Bruder ein Verlierertyp. Aber er wusste, wie die Mutter an ihm hing. Wie sie immer noch den kleinen Jungen in ihm sehen will, der im schlimmsten Fall mal einen Schokoriegel klaut. Seitdem ihr Mann weg war, ist sie noch ein bisschen sentimentaler geworden, naiver. Sie hat nicht mitbekommen, dass Theo schon lange nicht mehr auf Schokolade abfährt.

Es tut Carl gut, Zoe zu sehen. Auch auf die Entfernung nimmt er ihre Aura wahr. Vom ersten Moment war er fasziniert von ihrer Präsenz, ihrer Härte. Er liebt es, ihr unbemerkt zuzuschauen. Er fühlt sich wie ein Marionettenspieler, der nur noch nicht die Fäden gefunden hat.

Abgründe

Zoe freut sich als sie in die Klasse kommt. Carl sitzt an seinem Tisch. Sie registriert, dass er auf sein Handy eintippt. Als ihr Telefon kurz darauf vibriert, weiß sie schon, wem er gerade gesimst hat.

Lust auf ein kleines, dunkles Abenteuer heute Nachmittag?

Er hat noch nicht mal unterschrieben. Sie stutzt. Das ›Dunkle‹ in der Frage gefällt ihr nicht. Aber sie weiß auch, wenn sie jetzt kneift, fragt Carl sie nie wieder. Und: Was kann ihr schon passieren?

Sie schreibt ihm nicht zurück. Das würde auffallen, sie hat keinen Bock auf Gequatsche à la »Zoe und Carl«. Sie nickt ihm nur kurz zu. In der kurzen Pause geht Carl hinter Zoe vorbei und sagt nur: »Um vier an der Skateboard-Rampe«.

Sie reagiert nicht darauf. Nicht äußerlich. Dass ihr Herz bis in ihren Hals schlägt, sieht ja niemand.

Die Skateboard-Rampe im Park. Fast muss Zoe ein bisschen grinsen. Vor ein paar Jahren sind da ein paar Rampen und Hindernisse für Skater gebaut worden. Ein verzweifelter Versuch, den Platz unter der Autobahn sinnvoll zu gestalten. Die Bierdosen dort, die Kippen, leere Chipstüten, Altglas in Grün, Braun und Weiß erzählen von dem Scheitern. Will Carl dort mit ihr fahren? Will er, dass sie sich bei ihm an den Hüften festhält, während er lenkt? Hat ihm das vielleicht so gut gefallen bei der Radtour? Ihr Herz pendelt sich wieder im normalen Rhythmus ein. Sollte Carl doch genauso sein wie alle anderen? So leicht zu durchschauen? Zoe würde es begrüßen. Doch natürlich täuscht sie sich. Carl hat alles andere mit ihr vor, als mit ihr über die Rampe zu rollen oder gar sich bei waghalsigen Manövern beklatschen zu lassen. Er sitzt auf einer kleinen Mauer, als Zoe wieder extra ein paar Minuten zu spät kommt.

Sie lehnt sich neben ihn, guckt den Jungs auf den Rollbrettern zu.

»Sollen wir?«, fragt Carl endlich.

Eine Begrüßung schenken sie sich.

»Ich bin bereit«, sagt Zoe kühl.

»Wir müssen da hoch.«

Carl zeigt auf die Schräge, die direkt unter die Autobahnbrücke führt. Zoe runzelt die Stirn. Was will er da? Will er auf die Bahn? Über die Standspur spazieren? Zoe folgt ihm die steile Treppe hoch, die auf einer kleinen Empore endet. Über ihnen rauschen die Autos und Lkw.

»Willst du da hoch und die Zeit messen, bis wir im Verkehrsfunk kommen, oder was?«, fragt Zoe leicht mürrisch. Auf so eine Kleine-Jungen-Mutprobe hat sie keine Lust.

»Besser«, sagt Carl nur, faltet die Hände und hält sie ihr als Aufstiegshilfe hin.

»Räuberleiter? Warum nicht gleich Räuber und Gendarm?«, macht Zoe sich lustig.

»Quatsch nicht. Du musst da hoch.«

Zoe zuckt nur mit den Schultern, dann stellt sie ihren Fuß in Carls Hände und lässt sich auf einen Vorsprung hieven, der ihr vorher gar nicht aufgefallen war. Auch Carl zieht sich auf den Vorsprung hoch, schiebt sich an ihr vorbei und stößt ein rundes Metalltor auf, das in den Brückenpfeiler führt. Dahinter liegt ein Gang. Er geht genau unter der Brücke durch.

»Das Abenteuer beginnt«, lacht Carl.

Zoe guckt in den dunklen Schlund und in Carls grinsendes Gesicht. Da soll sie jetzt durch? Sie werden auf allen Vieren kriechen müssen. Die Röhre ist höchstens 1,20 Meter hoch. Es wird stockdunkel sein. Kühle strömt ihr entgegen. Was will er darin?

»Willst du vorgehen oder soll ich?«, fragt Carl.

Zoe ignoriert alle unguten Gedanken in ihrem Kopf, in ihren Adern.

»Geh du voran. Dann kannst du die Spinnen aus dem Weg räumen, auf die wir da sicher treffen werden.«

»Alles klar.«

Carl macht seine Jacke zu und klettert in das Loch. Er wusste ja, wohin es geht und hat vorgesorgt. Zoe weiß jetzt schon, dass sie das T-Shirt, das sie trägt, nach der Aktion wegwerfen kann. Carl kriecht direkt los, Zoe muss sich beeilen, um hinter ihm herzukommen. Nach und nach gewöhnen sich ihre Augen an die Finsternis. Über ihnen ist nur das Rollen der Autos zu hören, sonst ist Stille.

Zoe hatte gesehen, dass die Tür zur Röhre mit einem Vorhängeschloss gesichert gewesen war. Ehe es irgendjemand – vielleicht sogar Carl – geöffnet hatte. Ist das Schloss auf der anderen Seite der Röhre auch offen? Oder müssen sie nachher den ganzen Weg zurück? Und was ist, wenn das nur tagsüber für irgendwelche Arbeiter geöffnet ist und gleich wieder abgeschlossen wird? Zoe versucht, nicht darüber nachzudenken. Sie hat plötzlich das Gefühl mehr zu sehen. Als würde es heller. Das ist keine Täuschung. Plötzlich taucht nämlich ein Loch vor ihnen auf. Ein großes rundes Loch, das direkt nach unten führt. Da ist kein Netz, keine Absicherung. Wer dadurch fällt, fällt sehr tief direkt auf einen großen Parkplatz. Auf harten Asphalt. Keine Überlebenschance. Neben dem Loch sind nur einige Zentimeter Untergrund. Carl hangelt sich seitwärts über den Schlund. Die Hände auf der einen Seite, die Füße auf der anderen schiebt er sich hinüber. Zoe starrt ihn an. Erwartet er jetzt ernsthaft, dass sie das nachmacht? Er dreht sich zu ihr um, studiert ihr Gesicht. Sie starrt in das Loch. Fast fühlt sie einen Sog. Eine magische Anziehungskraft. Nein, sie will da nicht runterfallen. Sie will nicht mit aufgeplatztem Schädel, verwinkelten Armen und Beinen da unten in einer Blutlache liegen. Sie atmet tief ein. Dann macht sie es einfach, ohne weiter nachzudenken. Ihre Füße und Hände tasten sich millimeterweise weiter, sie spürt wie ihre Arme anfangen zu zittern. Ohne dieses klaffende Loch unter ihr wäre diese Übung lächerlich. Auf allen Vieren seitwärts gehen. Ein Kinderspiel. Wenn unter der Körpermitte der Tod lacht, sieht es anders aus. Wenn ihre Arme jetzt einknicken, ist sie verloren. Plötzlich spürt sie eine Hand. Carl hat ihren Oberarm umfasst, zieht behutsam an ihr. Ihr wird schlagartig heiß. Von seiner Hand geht so eine Kraft aus, so eine Sicherheit. Als könnte Carl sie mit einem Arm festhalten, wenn sie jetzt fiele. Sie ist fast euphorisch, als sie auf der anderen Seite ankommt. Kurz schließt sie die Augen, lässt das gute Gefühl durch den Körper strömen.

Doch Zoe hat sich zu früh gefreut. Es gibt ein weiteres Loch in der Röhre. Ihr wird leicht übel als sie registriert, dass die schwarze Finsternis, durch die sie weiter kriechen, wieder erhellt wird. Als sie den Rand erreichen, setzt Carl sich. Er lässt die Beine durch das Loch baumeln, hält sich mit den Händen noch nicht mal fest. Aus seiner Jackentasche holt er eine Tüte und eine Flasche Bionade.

»Komm. Picknick«, sagt er zu Zoe, die hinter ihm hockt.

»Keinen Hunger.«

»Ich habe dir extra ein Schoko-Croissant und dein Lieblingsgetränk besorgt.«

Woher weiß er, was sie gerne mag? Wie genau hat er sie beobachtet?

»Komm, setz dich neben mich. Der Ausblick ist irre.«

Sie versucht über seine Schulter nach unten zu gucken, sieht, dass sie jetzt über dem Kleingartenverein sind.

»Guck mal, die Alte da. Die sonnt ihre Fettrollen. Echt eklig«, lacht Carl.

Er klopft mit der Hand neben sich auf den schmutzigen Beton.

»Jetzt setz dich endlich hin. Hast du immer noch nicht kapiert, dass ich dich beschütze?«

Sie lässt sich auf den Po fallen, schiebt ihn ganz langsam Richtung Rand.

Er will sie beschützen. Der Satz schmeckt komisch für sie.

Sie sitzen Schulter an Schulter.

»Ich könnte dich natürlich jetzt auch hier runterschubsen«, sagt Carl ohne den Blick von der dicken Frau zu wenden.

»Ich wette, du hast niemandem erzählt, dass du dich mit mir triffst. Alle würden sich fragen, was hat die liebe hübsche Zoe wohl in dieser dunklen, schmutzigen Röhre gemacht. Nie käme irgendjemand auch nur im Traum auf die Idee, dass ich was damit zu tun haben könnte.«

Zoe hat das Gefühl, dass ihre Haut hart und kalt wird.

»Und die Skater unten an der Rampe? Die haben uns zusammen gesehen«, hält sie dagegen und ist stolz, dass ihre Stimme nicht zittert.

Carl lacht, als habe Zoe einen guten, zotigen Witz gemacht.

»Die Skater? Für eine ordentliche Dröhnung erzählen die den Bullen alles, was ich will.«

Zoe atmet ganz langsam aus. Jetzt ist nur eins wichtig: keine Regung zeigen, keine Angst, kein Gefühl.

»Können wir jetzt weiter?«, fragt sie. »Mir ist langweilig.«

»Genau deswegen mag ich dich so«, antwortet Carl darauf.

Wie selbstverständlich hilft er ihr wieder über das Loch.

Zehn Minuten später haben sie das Ende des Tunnels erreicht. Das Schloss ist auch hier geöffnet. Geknackt.

Carl springt raus und hält Zoe eine Hand hin. Die guckt an sich runter. Hose und Shirt sind dreckig bis in die letzte Faser.

»Bin ich schmutzig«, stöhnt sie.

»So wie deine Gedanken manchmal, was?«, sagt Carl leise.

Und deswegen mag ich dich so. Dieser Satz wandert durch Zoes Kopf, hält sie vom Schlaf ab. Sie hatte sich schnell verabschiedet am Nachmittag. Sie musste alleine sein. War zu aufgewühlt, um noch irgendwo was zu trinken. Aber Carl hatte sie ja auch gar nicht gefragt.

Er mag mich.

Der Satz strahlt wie in großen Leuchtbuchstaben in ihrem Kopf. Der Satz macht sie glücklich, er macht ihr Angst. Ob sie Carl auch mag, fragt sie sich nicht. Noch nicht.

Eiszeit

Saskia stürzt sich sofort auf Zoe, als die ins Klassenzimmer kommt. Zoe hat Mühe zu verstehen, was die Freundin ihr halb-hysterisch ins Ohr zischt. Irgendwann wird Zoe klar, dass Fynn sich erdreistet hat, Saskia noch mal einzuladen. In der Nachbarstadt soll die größte Eisdiele des ganzen Landes eröffnet worden sein. Man kann wählen zwischen ungefähr sieben Millionen Sorten und dann noch ungefähr sieben Millionen Dekorationen; zwischen Liebesperlen, weißer Schokolade oder auch Cornflakes. Die Bedienungen sind auf Rollerblades unterwegs und man kann im Strandkorb oder auch in ausrangierten Autoscooter-Fahrzeugen sitzen. Einmal in der Woche finden Wettbewerbe für Eisskulpturen statt. Saskia kann gar nicht so schnell reden wie sie wütend ist. Sie glaubt, dass es eine ganz gemeine Attacke von diesem Fynn ist. Dass er sie ausgerechnet in so einen Kalorientempel einlädt, wo sie doch ohnehin schon nur mit Ekel ihre Oberschenkel ansehen könnte. Und überhaupt, was das denn solle? Ob er wieder dieses andere Tussi mitbringen wird? Saskia ist zutiefst empört. Zoe liest in ihren Augen, dass Saskia auch zutiefst verletzt ist. Da hat sie alle Bedenken ignoriert und sich mit einem jüngeren Typen getroffen. Sie ist das Risiko eingegangen, von anderen dafür gehänselt zu werden. Und es ist wohl nicht nur das. Zoe wird jetzt erst klar, dass Saskia diesen Welpen wohl richtig gut fand. Oder im schlimmsten Fall noch findet. Sie hat all ihren Mut zusammengenommen und sich mit diesem Fynn verabredet. Und was macht der? Schleppt ein anderes Mädel mit zu einer Verabredung. Saskia muss zutiefst gekränkt und enttäuscht sein. Wenn schon so ein junger Typ so ein fieses Spiel mit ihr spielt, was blüht ihr dann noch? Zoe sieht die Verzweiflung ihrer Freundin.

»Süße, das ist doch super. Du hast die allerbeste Gelegenheit, es diesem Arsch zu zeigen.«

»Und wie? Soll ich mir eine Eistorte bestellen und die ihm dann ins Gesicht drücken? Oder gleich zwei, damit ich für dieses Girlie auch noch eine habe?«

»Quatsch, sei ganz cool. Du gehst einfach mit Julian dorthin. Falls dieser Fynn nämlich in dieses Girlie verknallt ist und dich verarschen will, kann er zusehen, wie die sich ganz langsam in Julian verliebt.«

Saskia starrt sie an.

»Meinst du, Julian kommt mit mir mit?«

»Klar, ich sage ihm einfach, dass sei total wichtig und dass er essen könne, so viel er will, du würdest bezahlen.«

Die Konturen von den roten Flecken auf Saskias Hals werden blasser. Sie nickt langsam. Die Vorstellung von einem Treffen mit Julian an ihrer Seite und einem verstörten Fynn scheint ihr zu gefallen. Sie umarmt Zoe stürmisch und drückt ihr einen dicken Kuss auf die Wange. »Du bist einfach die Beste.«

Zoe lächelt sie an. Manchmal ist es so einfach.

Julian verzieht das Gesicht. »Meinst du, wir finden da so kurzfristig einen freien Tisch mit drei Stühlen?«, stöhnt er.

Zoe stutzt. Wieso drei Stühle? Sie hatte ihm bislang nur mitgeteilt, dass er heute Nachmittag mit Saskia ins Eisland müsse.

»Drei Stühle?«

»Einen für mich und zwei für Saskia. Hast du mal gesehen, wie ihr Hintern auf dem Schulstuhl überlappt? Horror.«

»Ich denke, Saskia wird es schaffen, sich mit einem Stuhl zu begnügen.«

»Hauptsache, sie setzt sich nicht in so einen Autoscooter. Da kommt die nie wieder raus«, grinst Julian.

»Halt die Klappe. Saskia ist meine Freundin. Geh einfach mit ihr da hin und sei nett. Schließlich lädt sie dich ein.«

»Ist das alles?«

»Könnte sein, dass da ein Typ aufkreuzt, den Saskia kennt. Zu dem bist du bitte höflich und eingebildet. Falls der Typ mit einem Mädel aufkreuzt, kannst du zu der ruhig ein bisschen charmant sein«, weist Zoe an.

»Ich weiß nicht, was das für ein Kasperletheater wird, aber langsam werde ich neugierig«, gibt Julian zu.

Immer, wenn Zoe zu Carl rüber sieht, was sie so selten wie möglich macht, spürt sie wieder dieses Gefühl von Nähe mitten in der Gefahr. Wie sie Seite an Seite am Abgrund saßen. Ihre Schultern hatten sich nur ganz leicht berührt. Wahrscheinlich hatte Carl es durch die dicke Jacke gar nicht bemerkt. Zoe hatte seine Jacke, seine Haut durch den dünnen Stoff ihres Shirts wie Feuer gefühlt. Es war von der Schulter aus über ihren ganzen Körper gelaufen. Aber vielleicht kam dieses Kribbeln auch von der Tiefe des Lochs, das sie anlachte.

Saskias Anruf kommt um kurz nach sieben. Sie schreit so in den Hörer, dass Zoe das Telefon auf Abstand halten muss. Offenbar war die Aktion ein voller Erfolg.

»Du hättest seinen Blick sehen sollen. Einfach super.« Offenbar spricht sie von Fynn.

»Er war total irritiert. Irgendwann ist Julian aufs Klo

gegangen, da hat er mich allen Ernstes gefragt, warum ich in Begleitung gekommen bin. Der hat's nötig. Da habe ich ihn mal ganz kurz an den Zirkusbesuch erinnert und ihm mitgeteilt, dass das zwischen uns ja keine richtigen Verabredungen sind, weil er eh viel zu jung ist. Der hat mich angeguckt wie ein Hund, dem man das Frolic wegnimmt.«

»Und dann ist er mit eingezogenem Schwanz gegangen?«

»Er hat erst noch rumgefaselt. Dass die Nachbarin einfach von alleine mit in den Zirkus gekommen sei. Und er sie nur abgeholt hätte, weil die abends alleine immer Angst hätte. Er hätte das auch doof gefunden und so weiter. Ich habe ihm dann sehr kühl mitgeteilt, dass es mir ziemlich egal ist, was er so mit seiner Nachbarin macht.«

»Und dann hast du dir zur Feier des Tages den großen Erdbeerbecher gegönnt, oder?«

»Spinnst du? Ich habe brav ein Wasser getrunken. Den Erdbeerbecher hätte ich mir gar nicht leisten können, bei dem was Julian verspeist hat. Aber mach dir keine Sorgen, das war es wert.«

Zoe hatte eigentlich nicht vorgehabt, sich Sorgen um Saskias Geld zu machen, sagte aber nichts dazu. Ihre Freundin war glücklich, hatte ihr Selbstwertgefühl wieder in den positiven Bereich gebracht. Allein das zählte.

Ein bisschen zu gut gelaunt

Ihr Kopf schmerzt, als sie in den Schulbus einsteigt. Die Nacht war fürchterlich. Franzi war gestürzt, als die Mutter sie ins Bett heben wollte. Sie hatte sich offenbar den Fuß verstaucht. Außerdem hatte sie einen dicken blauen Fleck auf dem Oberschenkel. Sie hatte die ganze Nacht geweint, war immer wieder kurz eingenickt, um dann brüllend aufzuwachen. Immer wieder war Zoe von dem Geschrei und den hin- und herlaufenden Eltern wach geworden, hatte die Schuld wie eine tonnenschwere Decke auf sich gefühlt, war wieder eingenickt, hatte fürchterliche Träume. Um fünf Uhr war sie aufgestanden, hatte versucht die nagenden Gedanken mit Musik zum Schweigen zu bringen. Es war ihr nicht gelungen.

Vielleicht hätte Enya Alt sie an diesem Morgen weniger genervt, wenn sie ausgeschlafen gewesen wäre.

Wahrscheinlich aber nicht.

Die neue Englischlehrerin kommt wie ein gut gelaunter Flummi in die Klasse. Sie federt so in den Schritten, dass es fast aussieht, als würde sie hüpfen. Sie setzt sich auf das Pult und lässt die Beine baumeln. Ganz still wartet sie, bis alle ruhig sind. Zoe kennt diesen Typ Lehrer. Das sind die Frischlinge von der Uni, die alle noch voller guter Vorsätze sind. Die sich alle vorgenommen haben, dass sie nie so werden wie ihre Lehrer früher waren. Sie wollen die Schüler verstehen, partnerschaftlich auf sie zugehen. Zoe guckt nach unten. Sie kann den Anblick der Lehrerin nicht ertragen. Sie mag Lehrer, bei denen man weiß, woran man ist. Eher die strengen Typen. Die sind klar und eindeutig. Die sind Chef. Diese Enya Alt will eine von ihnen sein und irgendwann wird sie dann trotzdem die Fünfen verteilen. Irgendwann wird sie plötzlich doch Chef sein, aber ganz partnerschaftlich. Haha.

Die Neue stellt sich erstmal vor. Erzählt, wo sie geboren wurde, wo sie zur Schule gegangen ist. Warum sie Lehrerin geworden ist (ich wollte einfach immer viele Ferien haben. Noch mal: Haha), wo sie studiert hat, dass sie gerne Volleyball spielt und italienisches Essen liebt.

»Wenn sie uns gleich ihre Lieblingsstellung verrät, muss ich brechen«, raunt Zoe Kim zu. Die zuckt bei dem Satz zusammen. So ordinär ist Zoe nur selten.

Zoe lässt den Blick schweifen und bleibt an Carl hängen. Ihr wird eiskalt. Die Art, wie er die neue Lehrerin anschaut, ist wie ein Faustschlag in ihren Magen. Sie sieht es in seinen Augen blitzen. Zoe ballt die Hände ganz fest. Bis die Knochen schmerzen. Sie starrt Enya Alt an. Was sieht er in ihr?

Was gefällt ihm so?

Sie nimmt wahr, wie seine Blicke den Körper der Lehrerin abtasten, umgarnen.

»Ich kenne übrigens einen guten Italiener. Kann ich Ihnen ja mal zeigen«, hört sie plötzlich Carls Stimme wie durch eine Nebelwolke.

»Danke. Du kannst mir ja vielleicht einfach den Namen und die Adresse nennen«, weicht Enya Alt aus.

»Klar. Carl Neumann. Kanalstraße 4.«

Enya Alt lächelt. Sie sieht geschmeichelt aus.

»Ich kriege gleich Herpes«, zischt Zoe.

»Ich meinte eigentlich den Namen des Italieners«, hört sie die Lehrerin.

»Schade«, grinst Carl und Zoe riecht fast, wie die Neue ihn anmacht.

Sie kann nicht anders. In der Pause zieht es sie in die hintere Ecke vom Schulhof. Da, wo Carl oft abhängt. Sie tut so, als schreibe sie sehr konzentriert eine SMS. Sie zuckt scheinbar überrascht zusammen, als er sie anspricht.

»Und wie findest du die Neue?«

»Nicht so scharf wie du, glaube ich«, zischt sie.

»Du meinst, nicht so scharf wie dich. Oder?«

Sie dreht sich weg, tippt weiter sinnloses Zeug in ihr Handy. Irgendwas in ihr springt, hüpft, überschlägt sich.

Hat er gerade gesagt, dass er sie scharf findet?

Zoe ärgert sich maßlos. Mal wieder über sich selber. Wie konnte sie auf die blöde Nummer von Carl reinfallen? Als ob er tatsächlich diese Alt gut finden könnte.

Carl schaut ihr hinterher. Dem geraden Rücken, dem hoch erhobenen Kopf – und er spürt, wie sie sich freut. Er weiß auch, dass sie das niemals zugeben würde. Letztens, am Abgrund, da hat er sich getäuscht. Er hatte auch die Nähe gefühlt. Als er Zoe zum ersten Mal sah, hatte er gewusst, dass sie die Richtige ist. Seine Prinzessin. Sie ist so rein, so kalt, so hell und schön. Sie wird ihm helfen, zu seinem Ziel zu kommen. Er will Macht. Und er weiß: Geld ist Macht. Alles und alle sind käuflich. Wenn der Preis stimmt.

Irgendwann wird er nicht mehr Carl aus dem Block sein. Er wird nicht den ganzen Tag den Uringestank aus dem Treppenhaus in der Nase haben. Er muss nicht mehr die peinlichen Kik-Aufnäher von den Klamotten schneiden, den Geruch des Vorgängers bei den Jacken aus der Kleiderkammer auf seiner Haut ertragen. Er wird in Läden essen gehen, in denen man sich hinsetzen kann.

Und wenn Zoe dann noch will, wird sie mitkommen.

Er will sie, weil er sie braucht.

Er hat einen Plan. Er wünscht sich jemanden, der größer denkt.

Zoe eben.

Fast ganz normal

Du musst über die Terrasse reinkommen«, brüllt Sonja Kessler.

»Warum? Wieso machst du mir nicht einfach die Tür auf?«, brüllt Zoe zurück. Was ist das jetzt wieder für ein Mist? Hat ihre Mutter sich beide Hände gebrochen?

»Ich habe die Finger voll mit Teig«, schreit die zurück.

Zoe seufzt und geht durch den Garten über die Terrasse ins Wohnzimmer.

»Da kann ich ja froh sein, dass wir Sommer haben und hier offen ist«, müffelt sie ihre Mutter an, die sie in der Küche findet. Sonja Kessler hat an allen zehn Fingern Teig kleben und versucht verzweifelt, daraus einen großen Klumpen zu machen.

»Ist das eine neue Form von Finger-Gymnastik? Oder ist das eine Anti-Age-Hand-Übung?«, grinst Zoe und nimmt sich einen Joghurt aus dem Kühlschrank.

»Ich backe Brot.«

»Warum?«

»Weil ich es leid bin, für ein blödes Brötchen mit ein paar Körnern drin fast siebzig Cent zu bezahlen. Oder für ein schlichtes Brot fast einen Schein zücken zu müssen. Weißt du, wie viel Brot hier über den Tisch geht? Das ist unverschämt teuer. Wenn man das selber backt, ist das nicht nur viel günstiger, sondern schmeckt auch viel besser.«

»Vorausgesetzt man bekommt den Teig irgendwann von den Fingern und in den Ofen, oder?«

»Wie schön, dass ich so eine intelligente Tochter habe«, lacht Sonja Kessler.

Sie meint das nicht böse, aber Zoe fühlt einen Stich in der Magengrube. Ja, ihre Mutter hat eine intelligente Tochter. Und eine behinderte.

»Vielleicht hättest du mal die Güte, mir das Mehl zu geben.« Ihre Mutter hat nicht mitbekommen, wie Zoe zusammengezuckt ist.

Zoe hält ihr die Dose hin.

»Haha. Vielleicht kannst du mir das mal großflächig über die Hände streuen. Sonst wird das nie was.«

Sonja Kessler schafft es irgendwann, aus dem klebrigen Matsch einen Klumpen zu formen. Zoe studiert die Brotbackmischung.

»Da kann man auch noch Oliven rein tun«, sagt sie. »Das hört sich doch gut an.«

Eine halbe Stunde später haben sie die ganze Backmischung verarbeitet. Auch Zoes Finger kleben jetzt. Dafür liegen vier Laibe im Ofen. Eins mit Oliven, eins mit getrockneten Tomaten, eins mit Schinkenwürfeln und eins pur.

Lange hat sich Zoe ihrer Mutter nicht mehr so nah gefühlt. Sie haben gewitzelt, sich mit Mehl eingepudert, überlegt, was sie demnächst noch alles backen wollen. Croissants und gefüllte Blätterteigtaschen, Rosinenbrötchen, Hefezöpfe. Wirklich mögen tut Zoe das alles nicht. Aber das ist nicht wichtig. Seite an Seite in der heißen Küche mit Mama naive Normalität spielen. Das fühlt sich einfach gut an.

Zu viel Harmonie kann Zoe dann aber doch nicht ertragen, sie verabschiedet sich und macht sich auf den Weg zu Saskia. Irgendwie haben sie lange nicht mehr zusammengesessen und gequatscht. Saskia hat die Rollos unten und ungefähr zwanzig Teelichter an.

»Feierst du hier eine schwarze Messe?«, fragt Zoe und lässt sich aufs Bett fallen.

»In dem Licht sehe ich weniger fett aus«, erklärt Saskia.

»In dem Licht siehst du aus wie ein Gespenst. Und hör endlich auf, über deine Taille nachzudenken.«

»Welche Taille? Meinst du, ich habe nicht gesehen, wie Julian immer versucht hat, nicht auf meine fetten Oberschenkel zu starren?«

»Wow, du kannst sehen, wo jemand extra *nicht* hinguckt? Damit kannst du bei *Wetten-dass?* auftreten.«

»Mach dich nur lustig. Wenn ich 34 tragen würde, würde ich auch ganz tolle Witze machen.«

Sie weiß nicht, dass Zoe schon länger keine 34 mehr trägt. Ist einfach zu weit geworden.

Zoe kontert: »Überleg doch mal, du kaufst eine Hose und ich kaufe eine Hose. Wir zahlen beide das Gleiche, du bekommst dafür aber mehr Stoff. Das ist total ungerecht. Und? Beschwere ich mich?«

Saskia grinst schief und versucht im Spiegel zu sehen, wie ihr Po bei Kerzenlicht aussieht.

Zoe setzt sich auf. »Wie findest du Beth Dito?«

»Super. Das weißt du.«

»DIE ist dick. Und macht sich da einen Scheiß draus.«

»Bin ich so fett wie Beth Dito?«

»Natürlich nicht. Aber wenn die darauf scheißt, kannst du doch wohl auf zwei Kilo zuviel erst recht kacken, oder?«

Beide wissen natürlich, dass es um mehr als zwei Kilo geht. Trotzdem tut es Saskia gut, das zu hören. Sie hebt ihr T-Shirt und guckt auf die Speckrolle. Zoe hält es nicht länger aus, wie die Freundin sich quält. Sie steht auf, umarmt Saskia und flüstert ihr ins Ohr: »Du bist die beste, witzigste, treuste, verlässlichste Freundin, die man sich nur vorstellen kann.«

Saskia kuschelt sich an Zoe. Irgendwann kichert sie: »Klar, wir sind echt *dicke* Freundinnen.«

Damit ist das Thema vom Tisch. Sie quatschen noch eine Stunde, gucken bei YouTube vorbei. Als Zoe geht, fühlt Saskia sich nicht dünner, aber besser.

Die Luft wird dünner

Carl kniet vor ihr und hält den Gurt. Sie bemüht sich, ihn nicht zu berühren.

»Ich mach den selber zu«, sagt sie schnell, nachdem sie mit beiden Beinen reingestiegen ist. Das fehlt noch, dass Carl jetzt untenrum an ihr rumfummelt. Ihr ist ohnehin schon heiß genug.

Du willst doch hoch hinaus. Dann komm um vier zum Funpark, lautete die SMS am Vormittag. Sie hatte gleich eine Ahnung gehabt. Die trifft zu. Carl hat stumm zwei Mal den Eintritt für die Kletterhalle bezahlt. Sie hatte auf die SMS nicht geantwortet, er war trotzdem ganz selbstverständlich davon ausgegangen, dass Zoe kommt. Die Mädels waren ein bisschen enttäuscht, als Zoe ihnen vor ein paar Minuten eine SMS geschickt hatte. *Kann nicht mit. Muss mich um Franzi kümmern*. Sie hatte eigentlich vorgehabt, mit Lilly und Saskia zum Powershoppen in die Stadt zu fahren. Als die SMS kam, hatte sie allerdings keine Sekunde darüber nachgedacht, Carl abzusagen.

»Nimm für den Anfang mal die blaue Route«, befiehlt Carl ihr.

Er hält das Seil in der Hand. Zoe fragt nicht, ob er sie wirklich sichern kann. Ob er das schon mal gemacht hat. Sie hofft es nur.

Sie ist schnell oben. Wenn er sie sichern kann, könnte sie sich jetzt fallen lassen. Sie müsste sich einfach nur mit den Füßen von der Wand abstoßen. Sie war schon mal in der Halle. Was, wenn er das Seil nicht wirklich hält? Sie nimmt die gleiche Route nach unten, die sie hochgestiegen ist.

»Vertraust du mir nicht?«, lacht Carl nur.

»Ich vertraue niemandem außer mir«, sagt Zoe ernst.

»Das ist eine weise Entscheidung. Versuch jetzt mal die braune Route.«

Zoe merkt gleich, dass sie an ihre Grenzen stößt. Die Griffe und Tritte sind klein und in großem Abstand in die Wand geschraubt. Sie spürt, wie ihre Arme anfangen zu zittern. Selbst, wenn sie es bis nach oben schafft – schafft sie es auch wieder runter? Sie guckt nach unten, guckt Carl in die Augen. Die Spannung zwischen ihnen vibriert in der Luft. Gedanken jagen durch ihren Kopf. Würde er sie wirklich fallen lassen? Was hätte er davon? Will er den Triumph, dass sie ihm vertrauen muss? Dass sie von ihm abhängig ist? Sie ist es doch längst. Auch ihre Oberschenkel zittern nun, sie versucht gleichmäßig zu atmen. Es ist nicht die Anstrengung, die in ihren Muskeln brennt. Kurzfristig wechselt sie auf die grüne Route. Blitzschnell ist sie oben und beginnt mit dem Abstieg. Erst auf halbem Weg wechselt sie wieder die Farbe der Griffe.

Carl guckt sie fragend an, als sie verschwitzt wieder neben ihm steht.

»Ich lasse mir einfach ungern den Weg vorschreiben«, sagt Zoe nur und geht Richtung Umkleidekabine.

Er kommentiert es nicht. Mit keinem Wort.

Sie hatte eine viertel oder halbe Sekunde darüber nachgedacht. Hatte für den Hauch eines Moments gedanklich gecheckt, wie hoch die Gefahr ist, Lilly und Saskia über den Weg zu laufen. Doch die Versuchung ist zu groß. Zum ersten Mal hat Carl sie gefragt, ob sie noch etwas zusammen trinken wollen. Die Stadt ist groß. Die Wahrscheinlichkeit, den Freundinnen zu begegnen, ist einfach winzig. Ihr Bauchgefühl behauptet das zumindest. Sie nickt also und geht stumm neben Carl her. Er geht in den nächsten Supermarkt, bleibt vor den Getränken stehen.

»Was willst du?«

Zoe schluckt. Wie hatte sie annehmen können, Carl würde mit ihr in ein Café oder ähnliches gehen? Sie entscheidet sich für einen Eiskaffee. Auf dem Weg zur Kasse stoppt Carl plötzlich. »Warte hier.«

Als er zurückkommt hat er tatsächlich eine Tüte mit Weintrauben, ein Baguette und eine Packung Käsewürfel in der Hand. Sie folgt ihm einfach stumm. Er geht quer durch den Stadtpark, öffnet ein kleines schwarzes Tor.

»Das ist ein Friedhof«, sagt Zoe entsetzt.

»Und? Das ist ein alter jüdischer Friedhof. Hier wird niemand mehr beerdigt, wir werden also kaum stören. Oder ist dir das zu gruselig?«

»Ist es mit dir nicht überall ein bisschen gruselig?«

»Du meinst, du bekommst eine Gänsehaut, wenn du mich siehst?«

Zoe wird rot, bückt sich blitzschnell zu ihrem Schuh, bindet ihn neu, damit er es nicht sieht. Immerhin ist die Wahrscheinlichkeit, ihren Freundinnen über den Weg zu laufen, auf null gesunken. Sie lässt sich neben Carl auf eine Bank fallen, schlürft ihren kalten Kaffee. Es geht eine merkwürdige Ruhe von dem Ort aus. Schweigend essen sie die Trauben, die Käsewürfel, brechen sich abwechselnd Brot ab. Sie achtet sorgfältig darauf, dass ihre Hände sich nicht aus Versehen berühren, Carl bemerkt es. Er weiß auch, man meidet nur, was man fürchtet. Als Zoe irgendwann entspannt die Augen schließt, das Gesicht in die Sonne hält, fährt er ganz sacht mit seinem Finger über ihren nackten Oberarm. Sie zuckt, öffnet aber nicht die Augen, nimmt den Arm nicht weg.

Er fährt mit dem Finger leicht über die Armbeuge bis zum Handgelenk. Wenn er jetzt die Handinnenfläche berührt hätte, wäre es billig geworden. Aber dazu ist er zu schlau. Er nimmt die Hand einfach weg. Zoe könnte die Spur der Berührung nachzeichnen. Sie fühlt noch den Weg des Fingers auf der Haut. Sie fand es zart und kühl. Ein stummes Wort zwischen ihnen. Sie hält die Augen geschlossen, fühlt diesem Moment nach. Und ganz plötzlich wünscht sie sich, Carl würde seine Hand auf ihre Augen legen. Sie könnte sich verstecken unter seiner großen Hand. Die Hand würde sie beschützen. Schnell macht sie die Augen auf. »Ich muss los.«

Carl nickt, wirft eine Traube hoch, fängt sie mit dem Mund. »Bis morgen«, sagt er und zerbeißt sie.

Zoe ist wie berauscht. Als hätte jemand einen Wasserwerfer in ihren Kopf gehalten. Alle Gedanken und Gefühle wirbeln umher. Die innere Ordnung ist zerstört.

»Saskia und Lilly waren hier.« Ihre Mutter guckt sie nach der Mitteilung auffordernd an. Zoe sagt nichts.

»Sie wollten dir Gesellschaft leisten, weil du dich doch mal wieder um deine kleine Schwester kümmern musstest«, fügt Sonja Kessler an.

Zoe holt sich eine Flasche Sprudel aus dem Kühlschrank. »Muss wohl irgendwie ein Missverständnis gewesen sein.« Sie hört selber, wie schwach das klingt.

»Warum lügst du deine Freundinnen an? Wo warst du?« Der Ton der Mutter wird kühler. Anklagender.

»Ich hatte einfach keine Lust auf Shoppen. Ist das schlimm oder was?«

»Nein. Gar nicht. Schlimm finde ich, dass du deine Freundinnen anlügst und dich hinter deiner kleinen Schwester versteckst.«

»Ich verstecke mich hinter Franziska? Das ist wohl das Letzte. Ich kann mich seit Jahren nicht verstecken. Jeden

Tag muss ich es doch sehen. Du wunderst dich, dass ich lüge? Komisch. Ich habe doch schon viel schlimmere Dinge getan. Dagegen ist eine kleine Lüge doch ein Kinderpups.«

Ihre Mutter sieht sie überrascht, verwundert an. Sie versteht Zoe nicht. Sie weiß nicht, wovon ihre Tochter redet. »Was meinst du mit schlimmeren Dingen?«

»Das weißt du doch genau. Aber darüber wird hier ja nicht gesprochen. Kein einziges Wort in all den Jahren. Das ist fast noch gemeiner als der offene Vorwurf. Diese vielen unausgesprochenen Sätze geistern hier durchs Haus, durch mich durch. Kannst du dir vorstellen, dass sie mich zerfressen wie Maden?«

Zoe rauscht raus. Sonja Kessler sieht ihr hinterher. Sie hatte gehofft, dass Zoe die Pubertät irgendwie auslässt, einfach überspringt. Nun glaubt sie, dass das wohl nicht der Fall ist.

Von Lilly hat Zoe schon eine wütende SMS auf dem Handy. Von Saskia kommt nichts. Sie schreibt Lilly schnell zurück. Dass sie mies drauf gewesen wäre, den Freundinnen nicht den Spaß verderben wollte. Saskia wird nicht so schnell zu besänftigen sein. Die ist sensibler. Sie wartet bis die Freundin am Abend im Chat auftaucht.

He, Süße. Sorry für heute Nachmittag. Aber du warst neulich so traurig wegen deiner Figur. Hast dich geärgert, dass ich kleinere Größen trage, da dachte ich, du hast mehr Spaß, wenn du ohne mich Klamotten kaufst. Deswegen habe ich zu der kleinen Notlüge gegriffen. Ich wollte dir eigentlich was Gutes. :-)

Zoe wartet. Sie kann fast spüren, wie Saskia die Worte abwägt, überlegt, ob sie Zoe glauben soll. Sie tut es.

Du bist so süß! Habe mir eine tolle Jeans gekauft. Zieh ich morgen an – erscheint schließlich auf dem Monitor.

Freu mich, schließt Zoe und kann sich endlich diesem Gefühl wieder hingeben. Carls Finger auf ihrem Arm, den Geschmack der süßen Trauben im Mund. Die Sonne auf dem Gesicht. Sie versucht, es immer wieder nachzufühlen, bis die Erinnerungen an diesen einen Moment schon ganz wund sind.

»Sie sieht echt super aus.«

Zoe hätte das in jedem Fall gesagt, aber die Jeans von Saskia ist echt okay. Weit geschnitten. Eine kluge Entscheidung. Nur mit Mühe kann Zoe dem Unterricht folgen. Immer wieder gehen die Gedanken einen Tag zurück oder ihre Blicke Richtung Carl. Der tut erst gar nicht so, als ob er es nicht bemerken würde. Er guckt ganz gerade, fast provokant zurück. Zoe flieht fast nach Hause. Als ihre Mutter mit der großen Reisetasche aus dem Keller kommt, fällt es ihr ein. Sie hatte es echt vergessen. Am Donnerstag und Freitag sind ihre Eltern mit Franzi in Hamburg. Weitere Untersuchungen sollen zeigen, ob nicht eine andere Therapie geeignet ist. Sonja Kessler fängt Zoes Blick auf.

»Willst du wirklich nicht am Donnerstag bei Kim oder Saskia schlafen?«

»Warum?«

»Ich habe irgendwie kein gutes Gefühl, wenn du hier alleine bist.«

»Mama, das haben wir doch besprochen. Ich habe Donnerstag Schule, am Freitag Schule, am Donnerstagnachmittag werde ich mir Heroin spritzen, dann komme ich abends nicht auf dumme Gedanken.«

Ihre Mutter lächelt schief.

»Mama, ihr habt gesagt, dass ihr mir vertraut.«

»Da hattest du auch noch nicht gelogen.«

»Du willst mich hier nicht alleine lassen, weil ich nicht mit meinen Freundinnen Esprit oder H&M gestürmt habe? Das ist nicht dein Ernst, oder?«

»Du weißt genau, dass es darum nicht geht.«

»Es geht darum, dass ich nicht wie ein kleines Kind behandelt werden möchte.«

Sonja Kessler hat kein gutes Gefühl, als sie sich mit Tochter und Mann am frühen Donnerstagmorgen ins Auto setzt. Am liebsten würde sie Zoe mitnehmen. Am liebsten würde sie gar nicht fahren müssen, am liebsten hätte sie nämlich zwei gesunde Töchter. Aber diesen Gedanken traut sie sich nicht zu denken. Eigentlich hätte sie ja auch noch gerne mit Zoe über ihren Ausbruch gesprochen. Sie will sie fragen, was sie mit den unausgesprochenen Worten meint. Gestern Abend war sie schon auf dem Weg zu ihrer Tochter, als Franzi plötzlich weinte. Später musste Stefan ihr noch irgendwas erzählen. Sie nimmt sich ganz fest vor, direkt nach der Rückkehr mit Zoe zu reden. Sie weiß nicht, ob sie ihrer Tochter helfen kann. Vielleicht hat es ja was mit diesem Carl zu tun, der plötzlich aufgetaucht ist. Auf jeden Fall soll Zoe das Gefühl haben, dass sie mit allen Problemen zu ihrer Mutter kommen kann.

Zoe schließt die Haustür, als das Auto um die Ecke gebogen ist. Sie grinst ihr Spiegelbild an. Sie weiß genau, was sie jetzt vorhat.

Es klappt schon in der ersten kurzen Pause. Sie schlendert zu Leo, lässt sich auf dessen Tisch nieder.

»Du bist doch so ein Filmfreak. Kann ich mir bei dir heute Nachmittag was Gutes abholen? Ich habe bis morgen sturmfreie Bude.«

»Ich könnte auch kommen und wir gucken uns zusammen was an«, grinst Leo.

Zoe lächelt zurück. »Ich darf doch niemanden reinlassen, wenn ich alleine zu Hause bin. Also? Hast du was?«

Leo wühlt in seiner Tasche. »Hier, hat Nils mir gerade wiedergegeben. Ist aber brutal.«

Zoe sieht schon an den kaputten Karren auf dem Cover, dass das sicher nicht ihr Film ist. Aber das ist ja nicht wichtig.

Sie nimmt den Film und spürt auf dem Weg zu ihrem Platz Carls Blicke auf ihrem Rücken.

Ein kurzer Blick in die Wolken

Sie ist überrascht, als er da liegt.

Sie hatte gehofft, dass er kommt, es auch geahnt. Sie hatte aber gedacht, dass er sich ankündigt. Jetzt liegt Carl da im Garten auf der Wiese. Sie fragt sich, wie lange schon. Zoe behält ihren Schritt bei, geht langsam auf ihn zu und fühlt sich von Sekunde zu Sekunde nackter. Sie hat alte Jeans-Shorts an, dazu ein Bikini-Oberteil. Die Hand mit dem angebissenen Apfel hängt runter. Er guckt sie ruhig an, wartet, bis sie bei ihm ist.

»Lässt du mich mal beißen?«

Sie reicht ihm den Apfel. »Hier Adam.«

Er grinst. »Bist du wohl Eva oder doch die Schlange?«

Sie setzt sich im Schneidersitz neben ihn, verschränkt die Arme vor der Brust, versucht so viel Haut wie möglich mit sich selbst zu verstecken. »Vielleicht ernähre ich mich einfach nur gesund. Sorry, dass ich in dein kitschiges Bild nicht passe.«

Er kaut genüsslich, isst den Apfel mit Kernen und Gehäuse einfach auf. Ganz langsam legt er sich wieder hin, verschränkt die Arme hinter dem Kopf. Das T-Shirt rutscht dabei hoch. Zoe kann nicht anders. Sie guckt auf den Bauch, sieht die Muskeln, die feinen Haare.

»So hat der Böker auch immer geguckt.«

Sie zuckt kurz. »Ja, aber ich habe tiefer blicken lassen.«

Sie fühlt, wie sie sich aus dem Fenster lehnt. Wie nah sie ans Feuer geht. Aber was soll ihr passieren? Sie weiß, sie kann fallen, verbrennen, ertrinken – es täte nicht weher.

»Guck mal, das sieht aus wie ein U-Boot.« Carl zeigt auf eine lang gestreckte Wolke.

»Es sieht aus wie eine Wolke. Finde ich.«

»Es könnte auch eine nackte liegende Frau sein.«

Zoe verdreht die Augen. »Und der Berg in der Mitte? Ist die Schwanger oder hat die einen Darmverschluss?«

Carl lacht trocken. »Vielleicht hat sie beim Oral-Sex den Dildo verschluckt.«

Zoe lehnt sich zurück. Carl wird gerade billig. Sie fühlt, wie ihre Macht wächst. Er wird kleiner. Das gefällt ihr.

»Was machst du wohl in zwanzig Jahren?«, will er plötzlich wissen.

Sie starrt ihn an. Was soll das jetzt? »Keine Ahnung. Leben im besten Fall.«

»Nein, im Ernst. Was willst du werden? Was oder wer möchtest du in zwanzig Jahren sein?«

»Ich werde noch immer Zoe sein und der Rest ist mir scheißegal.«

»Willst du mal Kinder? Oder machst du Karriere? Was meinst du?«

Sie fängt an, über die Frage nachzudenken. Das erste Mal. Es fällt ihr nichts ein. Es ist ihr wirklich egal. »Vielleicht Kinder, vielleicht auch Karriere. Es ist nicht wichtig.«

»Nicht wichtig?«

Carl zieht die Augenbrauen hoch. Die Augen darunter sind mittlerweile geschlossen.

»Ich werde Abi machen, irgendwas studieren und dann Geld verdienen. Am besten viel.« Sie lässt den Blick schweifen. Können die Nachbarn sie jetzt hier mit Carl im Garten liegen sehen? Bei den hohen Bäumen eher unwahrscheinlich. Die Gedanken werden langsamer, zäher. Sie kehren zurück zu dem Geld. Viel Geld wäre wirklich gut. Sie fröstelt plötzlich. Hatte sie gerade gesagt, dass sie vielleicht Kinder wolle?

»Kinder will ich auf gar keinen Fall. Ich habe es mir anders überlegt.« Ihre Stimme klingt härter als gewollt.

»Weil sie so werden könnten wie du?« Carl klingt sehr spöttisch.

Weil sie so sein könnten wie Franziska. Und im allerschlimmsten Fall wie sie selber. Natürlich sagt sie das nicht.

»Weil sie unfrei machen«, hört sie sich.

Sie sieht wie Carl zufrieden grinst. Als hätte sie in einem Quiz die richtige Antwort gegeben. Sie studiert sein Gesicht. Nein, sie fühlt sich nicht angezogen von ihm. Nicht so wie von einem Magneten. Er ist eher das schwarze Loch im Universum, das sie verschlingen will. Aber sie will bestehen. Sie will seinen Respekt, seine Achtung. Noch nie hat sie jemanden getroffen, der mehr Stärke gezeigt hat als sie selber. Carl ist stärker. Furchtloser. Tabuloser. Er ist ein Grenzgänger wie sie. Aber sie spürt, dass er immer noch einen Schritt weiter gehen wird. Das macht sie neidisch und ihn begehrenswert. Nein, sie will ihn nicht als Freund. Keinen Sex mit ihm. Auch in den längsten Nächten taucht dieser Gedanke nicht auf. Sie will ihn beeindrucken.

Sie hat nicht gemerkt, wie lange sie geschwiegen haben. Sie sieht wie Carls Bauch sich langsam hebt und senkt. Seine Gesichtszüge sehen weicher als sonst aus. Sie ist versucht, ihn im Schlaf zu berühren. Ihr Blick wandert an ihm runter.

»Am Bauch bin ich kitzelig«, hört sie ihn plötzlich.

Hat er ihre Gedanken erraten? Hat er sich extra schlafend gestellt?

»Ich nicht«, sagt Zoe kühl und legt sich entspannt auf den Rücken. Sie wünscht sich, dass er ihren Bauch berührt. Weil sie es vielleicht eine halbe Sekunde genießen könnte und ihn dann mit einem scharfen »Fass mich nicht an« abduschen könnte. Natürlich berührt er sie nicht. Schläfrig schließt er wieder die Augen. Auch Zoe macht die Augen zu und ist fasziniert, wie sie trotzdem seine Nähe fühlt. Wie Sandpapier auf der Haut. Als stünden alle Poren auf Empfang, alle Härchen steil im Wind. Sie kann sich nicht erinnern, sich jemals so sehr gefühlt zu haben.

»Ich habe Hunger.«

Sie war gerade ein bisschen abgedriftet. Ihr Bewusstsein hatte kurz die Brücke verlassen. Sie war abgerudert, leicht geschaukelt auf wirren Gedanken.

Sie ist sofort wieder an Deck.

Was soll das jetzt? Er hat Hunger. Und? Soll sie ihm jetzt was kochen? Vielleicht noch ein Bier bringen?

»Ich auch«, sagt sie nur.

Sie spürt, wie er aufsteht und weggeht. Sie zwingt sich, die Augen nicht zu öffnen. Geht er jetzt und kommt nicht wieder? Geht er und holt irgendwo Pommes? Sie bleibt einfach auf dem Rasen liegen, spürt die Grashalme auf dem Rücken, die Sonne auf dem Gesicht brennen. Das nächste, was sie spürt ist feucht und kalt und auf ihrem Bauch. Carl war offenbar am Kühlschrank, wo er Sprühsahne gefunden hat. Er hat ihr einen dicken Klecks direkt auf den Bauchnabel gesprüht.

»Wenn du da nicht kitzelig bist, kann ich das ja ablecken«, sagt er ruhig.

Ehe er sich auch nur bewegen kann, hat Zoe den weißen Schaum mit der Hand abgewischt. Sie hält ihn Carl hin. »Hier, friss mir aus der Hand.«

Er lacht trocken. »Vergiss es. Es gibt Besseres.«

Zoe sieht, dass er noch viel mehr aus der Küche mitgebracht hat. Neben ihm steht ein Tablett im Gras. Käse, Tomaten, Brot, eine Dose Scheibenananas, Salzstangen, Oliven, Vollmilch-Nuss-Schoko und eine große Flasche

Wasser. Zoe lässt sich einen Schwall über die Hände fließen, um die Sahne abzuspülen. Sie essen schweigend. Doch die Stille ist nicht kalt.

»Warum hast du das Haargummi rausgenommen?«, fragt er irgendwann.

Er hat es also doch gemerkt. Zoe ist sich sicher, dass er offene Haare besser findet und das Gummi entfernt, als er die Augen geschlossen hatte.

»Weil ich es wollte.«

Er nickt kurz. »Und wen wolltest du da beerdigen?« Er zeigt auf das große Loch im Garten.

»Da lege ich einen Gartenteich an.«

»Also eine Seebestattung?« Er lacht wieder trocken.

»Für einen Hamster oder eine kleine Katze müsste es reichen«, erwidert sie ruhig.

»Dann müsste die Katze aber suizidgefährdet sein. So flach wie dein Teich da ist.«

»Du darfst gerne noch ein bisschen tiefer buddeln.«

Sie sieht ihm gelassen zu, wie er Spaten um Spaten Erde aus dem Loch holt. Irgendwann steht sie langsam auf, geht in die Garage und kommt mit zwei Rollen zurück.

»Zuerst muss das Vlies da rein, dann die Folie drauf.«

»Zuerst brauche ich eine Rückenmassage.«

»Leg dich ruhig wieder ins Gras, wenn du nicht mehr kannst. Den Rest schaff ich auch alleine.«

Er grinst richtig fröhlich. »Du bist echt ein Eisklotz. Bei dem Wetter genau das Richtige.«

Sie spannen schließlich zusammen Vlies und Folie auf. Sie arbeiten schweigend und genau. Irgendwann können sie endlich die überschüssige Folie am Rand abschneiden. Zoe hat dafür extra ein scharfes Teppichmesser aus der Werkzeugkiste ihres Vaters geholt. Sie zupft noch die Folie zurecht. Über die Schulter sagt sie knapp: »Gib mir mal schnell das Messer.«

Carl legt es ihr in die Hand. Mit der Klinge zu ihr. Sie schaut auf ihre Hand. Schaut ihm in die Augen und drückt dann fest zu. Drückt sich die rasiermesserscharfe Klinge in den Handballen. Sie sagt keinen Ton, öffnet langsam die Hand.

»Du hast mich geschnitten«, sagt sie ganz ruhig und schaut interessiert auf das Blut, das aus ihrer Hand fließt. Carl starrt sie an. Ungläubig, erstaunt. Ganz langsam nimmt er ihre Hand, legt seinen Mund auf die Wunde.

Abrudern

Es dauert, bis der Gartenschlauch endlich den Teich gefüllt hat. Sie haben sich im Internet schlau gemacht und einen kleinen Graben rund um das Ufer ausgehoben und das Ufer mit Steinen beschwert. Zoe ignoriert das Pochen in ihrer Hand. Sie ist fast glücklich. Dieser Tag ist irreal und fremd und schön und soll nicht enden. Nichts hier hat mit ihrer eigentlichen Realität zu tun und das genießt sie jede Sekunde.

Sie legen sich wieder in das Gras, dicht neben das Wasser.

Immer wieder kommt der Gedanke: Er muss jetzt gehen. Ich muss jetzt schlafen. Immer wieder die Frage darauf: warum?

Es ist längst dunkel. Sie glaubt, dass er längst schläft, aber sie vertraut nicht mehr darauf. Vor ein, zwei Stunden hat sie Shorts und Bikini-Oberteil gegen Jeans und Shirt getauscht. Sie starrt in die Sterne, sieht minütlich mehr davon.

»Wie findest du eigentlich die Alt?«, fragt Carl plötzlich in die Schwärze.

»Jung«, kontert sie sofort.

Wie kommt er jetzt auf die neue Lehrerin? Sie spürt kurz ein Stechen in der Seite wie nach einem Achthundert-Meter-Lauf.

Die Nacht verschwimmt. Irgendwann kann sie gar nicht mehr sagen, wann sie wacht und wann träumt. Sie sieht die Silhouette Carls, fühlt sich eingelullt und eingehüllt von den sanften Geräuschen um sich. Immer wieder fallen ihre Augen zu, dann kommen wilde Träume zu ihr. Dann schreckt sie wieder hoch, denkt weiterzuträumen. Gegen Morgen erst, als es hinter den Bäumen schon leicht grau-blau wird, schläft sie ein. Gegen sechs Uhr wacht sie verwirrt auf. Sie liegt alleine im Gras.

Hat sie alles nur geträumt?

Hat er sich heimlich weggeschlichen?

Das Haus war die ganze Nacht offen? Sie will gar nicht dran denken, was sich für ein böser Gedanke in ihre Gehirnwindungen schleicht. Müde bindet sie die Haare wieder zum Zopf.

»Guten Morgen, Schöne. Auch schon wach?«

Carl kommt über die Terrasse. Er hat nasse Haare und zwei Becher in der Hand.

»Kaffee?« Er drückt ihr einen Becher in der Hand und sie riecht, dass er sich mit ihrem Shampoo die Haare gewaschen hat. Er setzt sich neben sie ins Gras.

»Guck mal.« Er holt ein Papierschiffchen aus der Hosentasche, setzt es in den Teich. Es fährt ein paar Zentimeter, kippt dann um.

Zoe nippt an ihrem Kaffee, zuckt die Schultern.

»Umfallen ist nicht schlimm. Nur untergehen.«

»Untergehen ist nur schlimm, wenn man nicht wieder auftauchen kann«, kontert er.

Zoe steht auf, streckt sich. »Ich gehe jetzt auch duschen. Und danach werde ich wieder hier auftauchen«, grinst sie.

Sie frühstücken schweigend im Stehen in der Küche.

»Soll ich einen Bus *nach* dir nehmen?«

Zoe ist dankbar für seine Frage. Doch auf dem Weg zur Bushaltestelle ändert sie plötzlich ihre Meinung. Es ist ihr doch eigentlich völlig egal, was andere von ihr denken. Andere als Carl.

»Wir nehmen denselben Bus«, teilt sie ihm nur mit. Er hebt kurz eine Augenbraue, fragt aber nicht. Kim fragt auch nicht. Sie traut sich nicht. Zoe hat wieder diesen Blick. Dieser Blick, der sagt: Komm mir nicht zu nahe.

»Du hast recht. Sie ist jung. Aber irgendwie auch süß.«

Carl hat es sich nach Englisch auf ihrem Tisch bequem gemacht.

»Süß? Stimmt, süß wie Zuckerwatte. Eigentlich nur heiße Luft.« Zoe klingt schärfer als sie will.

»Heiße Luft? Stimmt. Heiß ist sie auch irgendwie.«

Sie blitzt ihn an. »Hättest du was dagegen, deine schwülen Phantasien anderen mitzuteilen?«

Er steht auf. Er hat erreicht, was er wollte.

Flucht

Ihre Eltern sind frustriert. Das sagen sie natürlich nicht. Sie erzählen wortgewaltig von den netten Ärzten, der modernen Klinik, von Franzi, die alles ganz toll mitgemacht habe. Nur das Ergebnis bleibt deprimierend: Franzi wird niemals viel mehr können als jetzt. Ganz hinten in ihrem Herzen hatte Sonja Kessler immer diese Hoffnung. Dass ihre jüngere Tochter doch selbstständiger werden, mehr Reaktionen zeigen könne. Sie hat nächtelang im Internet recherchiert, mit anderen betroffenen Eltern gesprochen und gemailt. Alle traurigen Krankengeschichten hat sie ausgeblendet, sie hat sich an den mutmachenden Lebensgeschichten entlanggehangelt. Sie hat erzählt von Kindern, die in der Lage waren, eine Art eigene Sprache zu entwickeln. Die sitzen, ihren Kopf halten konnten. Sie hat Aktenordner angelegt, sich selber Mut angelesen, zugeredet. Die Ärzte haben ihrem Mut die Flügel gestutzt. Ja, sie solle an Franzi glauben, aber nicht an Illusionen. Sie solle Franzi so nehmen, wie sie ist. Das fällt Sonja Kessler schwer. Sie möchte so sehr, dass es ihrer Tochter gut geht. Dass es ihr selber dann auch besser ginge, wissen alle.

Zoe unterbricht ihre Eltern fast rüde. Sie kann es nicht mehr ertragen. Sie spürt die Worte, die traurigen Blicke ihrer Mutter wie Schläge.

»Ihr könnt nachher mehr erzählen. Ich muss jetzt noch mal los.«

Sie schnappt sich nur ihren Hausschlüssel, geht ziellos davon. Immer wieder gräbt sie die Fingernägel in die Handwunde. Es schmerzt nicht genug. Sie geht rechts rum, links, immer weiter. Steht plötzlich in einem Neubaugebiet. Manche Häuser sind schon bewohnt, viele noch im Rohbau. Sie schiebt einen klapprigen Metallzaun zur Seite, geht in einen Ziegelbau. Das Treppenhaus ist hoch, wohl ein Mehrfamilienhaus. Sie geht ganz nach oben. Die Treppe schwebt. Von oben hat sie einen herrlichen Blick. Alles ist kleiner. Sieht so schön irreal aus. Natürlich sieht sie die vier Jungs, die gerade noch mit ihren Bobbycars auf der Straße gefahren sind. Sie sind dem fremden Mädchen ins Haus gefolgt. Noch haben sie sich nicht auf die Treppe getraut. Wieso lassen die Eltern diese Knirpse hier alleine spielen? Wissen die nicht, wie dankbar man für ein gesundes Kind sein sollte? Was das für ein Wunder ist? Sie steht ganz oben an der Kante. Offenbar soll hier mal eine riesige Fensterfront rein. Jetzt klafft hier ein Loch. Das Perverse ist: Selbst dieser kleine Schritt wäre keine Lösung. Sie wäre nicht mehr da. Das Ergebnis ihres Egoismus' aber doch noch. Sie denkt nicht darüber nach, dass ihre Eltern ihren Tod betrauern würden. Das kommt ihr gar nicht in den Sinn. Sie weiß nur, dass er ihnen auch nicht helfen würde. Allein deswegen geht sie einen Schritt zurück. Das Schlimmste, was sie selber tun kann, ist immer noch zu klein gegen das, was sie angerichtet hat. Sie fühlt sich klein, machtlos, überflüssig. Im Erdgeschoss gucken die vier Jungs sie mit großen Augen an.

»Tolle Aussicht oben«, sagt sie nur.

In der Nacht zieht es sie seit ewigen Zeiten mal wieder zu Franzi ins Bett. Früher hat sie sich oft nachts an ihre Schwester gekuschelt. Wollte sofort zur Stelle sein, wenn diese was brauchte, anders liegen wollte, Durst hatte, gestreichelt werden wollte. Ganz vorsichtig hebt sie die

Decke, schlüpft darunter und schmiegt sich an den warmen Körper. Wie früher erzählt sie ihrer Schwester flüsternd Geschichten. Alles Mögliche, was ihr gerade in den Sinn kommt. Doch Franziska wird unruhiger. Sie wälzt sich, stöhnt leise. Die Untersuchungen haben sie verstört. Zoe versucht es mit Liedern. Sie singt, bis sie Tränen in den Augen hat. Es wirkt nicht. Nicht heute. Oder nicht mehr. Seufzend lässt Zoe sich aus dem Bett gleiten. Doch sie geht nicht in ihr eigenes. Sie schleicht sich zu ihrer Mutter, legt sich neben sie. Es ist kühl im Elternschlafzimmer. Die Balkontür ist weit geöffnet. Zoe hat nur einen Slip und ein Hemdchen an, sie fröstelt. Aber sie legt sich nicht unter die Decke. Sie liegt nur da und friert. Immer wieder sagt sie in Gedanken *Entschuldigung* in das schlafende Gesicht von Sonja Kessler. Aber die kann nichts hören.

Carl weiß, dass er jetzt nicht nachlassen darf. Schon am Samstag simst er Zoe. *Lust auf ein kleines Foto-Shooting? Um 12 am Bahnhof.*

Klingt nach einem schlechten Western, antwortet Zoe und lässt offen, ob sie kommt. Er weiß trotzdem, dass sie da sein wird.

Zoe verzieht das Gesicht. Das hatte sie ganz vergessen. Um halb zwölf teilt Saskia ihr ebenfalls per SMS mit, dass sie Zoe um zwei abholen würde. *Dann sind wir rechtzeitig da.*

Zoe hat es vergessen. Vielleicht auch verdrängt. Kim hat heute Nachmittag ihre Reitprüfung. Der wichtigste Termin weltweit schlechthin – für Kim. Zoe will nicht wieder Franzi vorschieben. Ist schon mal schief gegangen.

Vielleicht komm ich nach. Habe mir wohl einen Virus eingefangen. Komme nicht vom Klo runter, antwortet sie stattdessen.

Und wenn Saskia anruft, sich bei Zoes Mutter nach deren Gesundheitszustand erkundigt? Zwieback bringen will? Zoe zögert nicht. Ihr wird dann eben die nächste Lüge einfallen.

Verstecken

Carl sitzt auf der Stufe zu dem alten Bahnhofslokal. Der Bahnhof ist vor Jahren stillgelegt worden. Das Haus verwittert, die Gleise wachsen zu.

Zoe lässt ihr Rad ins Gras fallen. »Um was geht's?«

Carl spielt an den Knöpfen seiner Kamera. »Ich bin in so einer Projektgruppe bei uns im Jugendzentrum«, sagt er. »Wir wollen eine Fotoausstellung machen zum Thema ›Verstecken‹. Und da brauche ich noch ein paar Motive. Hübsche Gesichter machen sich da immer ganz gut. Und so alte Gemäuer wie hier. Die Alt habe ich auch gefragt. Aber die hatte keine Zeit.«

»Du hast unsere Lehrerin gefragt, ob sie für dich das Model macht?« Zoe ist echt erstaunt. Und gekränkt.

»Warum denn nicht? Die hat doch ein hübsches Gesicht. Aber sie hat irgendwie rumgezickt.«

»Und da hast du mich als Notnagel gefragt?« Zoe hat sich nicht im Griff, nicht unter Kontrolle. Das passiert selten. Carl merkt es sofort.

»Dich hätte ich so oder so gefragt.«

»Mit oder ohne Klamotten?« Ihre Stimme klingt gleichgültig. Zoe hat sich wieder gefangen. Sie beherrscht sich wieder.

»Wenn du unbedingt willst, kannst du dich ausziehen. Muss aber nicht.«

Sie ist erleichtert, enttäuscht, immer noch gekränkt. Sie will sich eigentlich nicht vor ihm ausziehen. Alleine bei dem Gedanken wird ihr leicht übel. Er hat schon zu viel von ihr gesehen. Zu tief in sie geschaut. Aber dass er noch nicht mal versucht, sie dazu zu bringen, kränkt sie. Er hat einfach kein Interesse an ihr.

»Sag mir, was ich machen soll.« Sie gaukelt Routine vor.

»Versuch dich einfach vor mir zu verstecken.«

Carl stellt irgendwas an seiner Kamera ein. Die sieht erstaunlich professionell und sehr teuer aus.

»Woher hast du die?«, will Zoe wissen.

»Geklaut natürlich. Was erwartest du von einem Typen aus der Bronx?«

Sie schämt sich kurz. Sie weiß nicht, dass er recht hat. Die Digital-Spiegelreflex ist geklaut. Allerdings nicht von Carl selber. Er würde nie das Risiko eingehen. Er lässt klauen.

»Versteck dich jetzt. Oder willst du warten, bis es dunkel ist?«

Sie geht unschlüssig zu einer Baumgruppe, versteckt sich spielerisch. Womit sie nicht gerechnet hat: Carl versteckt sich auch. Sie weiß nie, von wo das Objektiv auf sie gerichtet wird. Carl schießt ein paar Fotos zwischen den Bäumen, die toten Gleise im Hintergrund. In der baufälligen Garage, hinter einem Autowrack. Nach einer Weile huscht Zoe in das leer stehende Haus. Ist hier überhaupt genug Licht? Doch Carl folgt ihr. Das Spiel beginnt Zoe Spaß zu machen. Sie schleicht die morsche Treppe hoch, geht durch den dunklen Flur, versteckt sich im letzten Raum hinter der Tür. Sie atmet flach und leise und lauscht in die Stille. Sie lauscht lange. Außer dem eigenen Herzschlag hört sie nichts. Will Carl sie verarschen? Ist der abgehauen? Sie hat das Gefühl, schon eine Viertelstunde zwischen Spinnweben zu stehen. Als sie gerade beschließt, einfach zu gehen, hört sie eine Stimme direkt neben ihrem Ohr. Carl muss die ganze Zeit auf der anderen Seite der Tür gestanden haben. Wahrscheinlich hat er sie durch den Schlitz beobachtet.

»Hast du eigentlich gar keine Angst mit mir hier alleine?«, hört sie ihn.

Zoe zuckt zusammen.

»Weiß irgendjemand, wo du bist? Mit wem du hier bist?«, fragt er weiter und kennt natürlich die Antwort.

»Du machst mir keine Angst. Vergiss es.«

»Ich nicht. Aber vielleicht schaffen das ein paar Kumpels von mir.«

Zoe stockt der Atem.

»Du hast schon recht. So eine Kamera kostet. So viel Kohle habe ich natürlich nicht. Zwei Freunde von mir haben die besorgt. Dafür musste ich denen allerdings was anbieten.«

Und das soll sie sein? Zoe spürt, wie sich eine Schlinge um ihren Hals legt, sich zusammenzieht und ihr fast die Luft nimmt. Das ist doch wieder Show von Carl, oder? Oder zeigt er jetzt sein wahres Gesicht? Wieso ist sie freiwillig in diese Falle getappt? Wieso hat sie sich ausgerechnet in das letzte Zimmer zurückgezogen? Sie sitzt hier in der absoluten Sackgasse. Sie würde gerne zum Fenster schleichen. Vielleicht hat sie ja Glück und darunter steht irgendwas, auf das sie springen könnte. Aber sie traut sich nicht aus ihrer Ecke raus. Sie hört Carls Telefon klingeln. Er meldet sich nur mit einem knappen »Ja«. Dann hört sie Schritte. Offenbar geht er den Flur entlang. Ihre Chance. Sie schleicht zum Fenster. Darunter ist nichts. Außer blankem Asphalt. Sie wird sich mindestens beide Beine brechen, wenn sie rausspringt. Auf welcher Seite ist die Garage? Sie macht die Augen zu, versucht sich das verfallene Haus von außen vorzustellen. Die Garage ist rechts vom Haus. Das muss auf der anderen Seite des Flurs sein. Sie hat vorhin gesehen, dass die Räume fast alle miteinander verbunden sind. Das heißt, sie muss nicht über den Flur. Sie muss es nur in einen der anderen Räume schaffen.

Sie sieht Carl am Ende des Flurs stehen, er schaut aus dem Fenster. Sie nimmt all ihren Mut zusammen, schiebt sich mit dem Rücken an der Wand in das nächste Zimmer. Plötzlich blitzt es auf. Was war das? Fotografiert Carl? Fotografiert er sie? Sie kriecht unter einen alten Holztisch, der da noch steht. Wieder blitzt was. Sie muss hier raus. Dann hört sie wieder Carls Stimme. »Ihr könnt jetzt kommen.« Sie kriecht auf allen Vieren Richtung Nebenraum. Wieder blitzt es. Sie ist an der Tür, zieht die Klinke runter. Nichts passiert. Die Tür ist abgeschlossen.

»He Süße«, klingt es von der anderen Seite.

Sie schaut sich panisch um, presst sich in den Türrahmen, guckt direkt in eine Kamera. Es blitzt wieder. In dem Moment weiß sie es. Es war alles Fake. Es gibt keine Kumpels. Er wollte ihr Angst machen. Wollte, dass sie sich wirklich versteckt, nicht nur so tut als ob.

»Und wie war ich?«, fragt sie und unterdrückt das Zittern in ihrer Stimme.

»Ganz gut. Ich hatte fast den Eindruck, du hattest wirklich Angst.«

»Es sind schon einige auf mich reingefallen.«

»Das kann ich mir gut vorstellen.«

Sie steht auf, klopft Dreck von der Hose. »Willst du noch ein paar Portraits machen oder hast du genug?«

»Genug von dir?«

»Genug für dein Vorstadt-Projekt für vernachlässigte Jugendliche.«

»Ich denke, mir reicht's«, grinst er feist. »Für die Porträts frage ich dann doch mal unsere süße Englisch-Lehrerin. So schnell geb ich nicht auf.«

Der Stich sitzt.

»Dann sieh nur zu, dass sie auf den Bildern nicht lacht. Hast du gesehen, dass die oben rechts einen fiesen Goldzahn hat? Naja, so hat sie wenigstens ein paar innere

Werte«, giftet Zoe. Sie will sich nicht vorstellen, wie Carl und Enya Alt zusammen sind und tut es trotzdem.

»Ja, sie ist wirklich goldig«, stimmt Carl zu und lässt sich an der Wand runtergleiten. Er guckt zu Zoe hoch und greift wieder nach der Kamera.

»Wütend bist du auch nicht schlecht.«

»Wütend? Ich bin höchstens genervt. Ich gehe jetzt.«

»Willst du nicht mal gucken?« Carl schwenkt die Kamera.

Zoe zögert, kann aber nicht widerstehen. Sie setzt sich neben ihn auf den Boden, lehnt sich an. »Zeig mal.«

Sie erschrickt. Auf den Bildern sieht sie gehetzt aus. Sie sieht die Panik, riecht fast den Angstschweiß, der ihr aus den Poren gekrochen ist, auf dem Display.

»Nicht schlecht«, sagt sie nur.

»Stimmt, das kriegt die Alt bestimmt nicht hin.«

»Sicher nicht. Die hätte sich in die Hose gemacht. Da hättest du Fotos für eine Inkontinenz-Kampagne schießen können.«

»Täusche ich mich, oder magst du Frau Alt nicht?«

Zoe merkt, dass das Eis dünner wird. Sie möchte schließlich nicht eifersüchtig wirken. Sie braucht schon vernünftige Gründe.

»Eigentlich ist mir egal, ob ich sie mag oder nicht. Ich möchte einfach eine kompetente Lehrerin in Englisch. Und alleine ihr Akzent verrät schon, dass sie nicht kompetent ist. Am meisten nervt mich ihre Ich-bin-eine-von-euch-Tour. Dieser Kleine-Mädchen-Augenaufschlag, dieses Gekicher und der Young-Fashion-Look. Ich finde es peinlich, wenn eine Lehrerin die gleichen Klamotten wie ihre Schülerinnen trägt. Und zwar peinlich für die Lehrerin.«

»Du meinst, sie soll erwachsen werden?«

Sie guckt ihn erstaunt an. »Genau. Das wollte ich sagen.«

»Aber da können wir doch nachhelfen.«

Es ist dieses »wir«, das sie auf dem Heimweg berauscht. Die drei Buchstaben klingen in ihr nach. Auf der einen Seite sie und Carl. Auf der anderen Seite Enya Alt. Genau diese Konstellation, diese Konfrontation gefällt ihr. Sie versucht zu vergessen, wie Carl die neue Lehrerin mit seinen Blicken gestreichelt hat. Wie er sie in sich aufgesogen hat.

In dieser Nacht schläft Zoe wieder bei Franzi. Doch sie kriecht nicht unter die Decke der Schwester. Sie schiebt leise einen Sessel an das Bett, kniet sich rein und legt ihren Kopf auf die Matratze. Ganz vorsichtig zieht sie die steife Hand von Franzi zu sich runter und hält sie ganz fest. Ihr Handy piept um fünf Uhr – natürlich ganz leise. Auf Zehenspitzen schleicht sie in ihr Zimmer, legt sich in das kalte Bett. Sie wäre gerne geblieben, aber sie hat keine Lust auf Fragen und keine Lust, sich schon wieder doofe Antworten ausdenken zu müssen. Und sie spürt selber, wie es sie gerade zerreißt. Die Liebe, die Nähe, die Kälte, der Kampf. Sie weiß nicht, wohin es führen wird. Aber sie weiß auch, dass sie diesen Weg gehen muss. Es gibt keine Ausfahrt, keine Alternativroute. Noch nicht mal einen Parkplatz für eine Pinkelpause.

Zwischen den Seiten

Direkt nach dem Frühstück wühlt sie sich durch ihre Schultasche, nimmt sich nach und nach alle Aufgaben vor. Sie fängt mit Bio an, macht Mathehausaufgaben, übt die Vokabeln der nächsten Kapitel in Französisch, ärgert sich noch mal über das blöde Höhlengleichnis. Sie findet die Geschichte so kacke, dass sie sie am liebsten aus dem Buch reißen würde. Oder jedes einzelne Wort mit Edding schwärzen. Mit welcher Berechtigung wurden die Menschen gefesselt in der Höhle gehalten? Das hat ihr bis jetzt noch niemand erklären können. Wenn sie den Zwang ihrer eigenen persönlichen Geschichte ablegen könnte, sie würde jede Minute in Freiheit genießen. Sie würde jeden Augenblick aufsaugen. Um sich abzureagieren, ruft sie Kim an. Da meldet sich die Mailbox. Zoe ist irritiert. Kim geht immer an ihr Handy. In den unmöglichsten Momenten. Manchmal auch nur, um zu sagen: »Sitz gerade auf dem Klo, versuch es in fünf Minuten noch mal.« Das macht sie erstens, weil sie permanent Angst hat, sie könnte was verpassen. Zweitens ist es natürlich billiger für sie.

Auch Saskia geht nicht ran. Vielleicht haben ihre Eltern mal wieder das Handy einkassiert, weil Saskia gestern Abend zu spät war oder so. Gestern. Zoe fühlt sich, als würde ihr ein Wort nicht einfallen. Als würde ihr etwas auf der Zunge liegen. Sie macht weiter mit Englisch. Das ist ihr besonders wichtig. Zwei Stunden übersetzt sie Texte und übt Zeitformen. Sie hat keine Lust darauf, dass die blöde Alt sie bei einem Fehler erwischt und mit ihrem pseudo-freundschaftlichen Lächeln bedenkt. Wenn einer einen Fehler macht, guckt sie immer so wie »Ich sag's keinem weiter.« Natürlich nicht. Wem auch? Aber irgendwann wird sie Noten verteilen. Dann ist wahrscheinlich Schluss mit Freundschaft. Der gedankliche Weg von Enya Alt zu Carl ist kurz. Und verlockend. Sie lässt sich aufs Bett fallen, denkt an den gestrigen Nachmittag. An das Kribbeln der Furcht in ihrem Bauch, an die Anspannung. Sie genießt jedes Gefühl noch in Zeitlupe. Sie sieht sich selber wie durch fremde Augen, sieht sich und Carl wie ferngesteuert durch die Räume schleichen. Sie lässt sich langsam in den Schlaf gleiten. Die Nacht war kurz.

Als sie aufwacht, fällt ihr das Wort ein. *Reitprüfung*. Das war ihr vorhin bei dem Gedanken an gestern nicht in den Sinn gekommen. Mist. Kim hatte ihre Prüfung. Und Zoe ist weder hingefahren, noch hat sie sich erkundigt. Am liebsten würde Zoe direkt zu ihr düsen, sich jede einzelne Sekunde erzählen lassen. Kim will das bestimmt loswerden. Detailliert bis ins letzte Schweifhaar. Doch gestern noch Magen-Darm-Virus, der sie ans Klo gefesselt hat, und heute fit auf dem Rad? Das würde komisch aussehen. Sie ruft noch mal an. Wieder nur die Mailbox. Sie tippt die Festnetznummer ein. Kims Mutter ist gestresst und teilt Zoe nur kurz mit, dass Kim weg sei. Als Zoe nachfragen will, wann sie zurückkommt, ist die Verbindung schon unterbrochen. Wahrscheinlich hat Kim gestern bestanden, will nun einen eigenen Gaul und hat deshalb Zoff. Zoe schlendert durchs Haus, legt sich bäuchlings vor ihren neuen Teich ins Gras.

»Den hast du echt super hingekriegt«, ertönt plötzlich die Stimme des Vaters. »Hast du das wirklich alleine geschafft?«

»Ein Mitschüler hat mir geholfen«, antwortet Zoe, ohne aufzublicken. Er soll gehen. Sie möchte noch mal an die Nacht im Garten denken.

»Wer denn?« Stefan Kessler lässt nicht locker.

»Bob, der Baumeister«, grinst Zoe.

Stefan Kessler gibt sich geschlagen. »Wenn du so gute Kontakte hast, lad mal Meister Proper ein. Der hätte drinnen einiges zu tun«, lacht er.

Manchmal wundert Zoe sich.

Vertrauen ihre Eltern ihr wirklich so blind? Oder sind sie so naiv? Interessiert es sie doch nicht so sehr? Oder glauben sie wirklich so vorbehaltlos an ihre Tochter?

Zoe weiß, dass ihre Eltern das besser nicht tun sollten. Aber um Misstrauen bitten, will sie auch nicht.

Sie müsste wahrscheinlich lachen, zynisch lachen, wenn sie die Gedanken ihrer Mutter lesen könnte. Sonja Kessler guckt ihre Tochter stolz und zärtlich an. Eigentlich wollte sie ja mit ihr über den Ausbruch noch reden. Über die unausgesprochenen Worte. Doch sie lässt es. Zoe sieht so entspannt, so stark, so optimistisch aus. Sonja Kessler erinnert sich an ihre eigene Pubertät, an die Stürme, die manchmal in ihr getobt haben. An die Ungerechtigkeit, die sie permanent empfunden hat. Das ist einfach eine schwierige Zeit.

Zoe versucht es noch drei Mal am Abend. Bei Kim und bei Saskia. Sie erreicht beide nicht. Im Chat guckt sie nicht nach. Dann hätte sie den Grund gewusst.

Noch eine Lüge, noch ein Verrat

Am nächsten Morgen ist Kim nicht im Bus. Doch sie hat den nicht verpasst, wie Zoe vermutet, sondern extra einen Bus früher genommen. Zoe ist völlig überrascht, als Kim schon auf ihrem Platz sitzt.

»He. Wie war die Prüfung? Hast du bestanden?«

»Habe ich. Obwohl ich vor Lampenfieber total Durchfall hatte. Du weißt ja, wie das ist.«

Zoe hört den zynischen Unterton nicht. Sie will ihrer Freundin um den Hals fallen, sie beglückwünschen. Doch die wehrt ab:«Du, ich muss noch Mathe machen.«

»Willst du mein Heft?«

»Ich habe schon das von Saskia.«

Zoe zuckt die Schultern, fühlt die Kälte, die von Kim ausgeht. Auch bei Saskia stößt sie auf Eis. Sie legt von hinten den Arm um die Freundin, die sich gerade mit Leo unterhält, und merkt, wie Saskia sofort alle Muskeln anspannt. Zoe fragt sich, ob sie wohl stört. Ganz langsam zieht sie sich zurück, setzt sich stumm auf ihren Platz.

»Das Foto sieht echt stark aus, oder?« Carl ist in der kurzen Pause zu ihr gekommen.

»Welches Foto?«

»Was ich gestern noch ins Netz gestellt habe. Noch nicht gesehen?«

Jetzt wird es Zoe auch von innen kalt.

»Welches Foto? Wovon verdammt sprichst du?«, fragt sie jetzt lauter.

Carl zückt sein Smartphone, hält es ihr hin. Zoe sieht darauf fast sinnlich aus. Zart, ein bisschen verträumt.

»Das ist auch von Samstag. Du siehst gar nicht so schlecht aus, oder?«

»Und das stellst du einfach so ins Netz. Ohne mich zu fragen?«

Er grinst. »Klar. Wäre doch Verschwendung, wenn nur ich das sehe.«

Langsam schlendert er zurück zu seinem Platz. Zoe geht mit schnellen Schritten hinter ihm her. »Hast du zufällig auch noch dazugeschrieben, wann das Foto gemacht wurde?«

»Klar. Das passiert doch automatisch.«

Zoe geht langsam wieder zurück.

Kim und Saskia haben es gesehen. Sie wissen, dass Zoe am Samstag nicht kackend auf dem Klo gehangen hat, sondern sich mit Carl getroffen hat. Sie fühlt sich müde. Und Zorn in sich aufsteigen. Sie grübelt fieberhaft nach Ausreden. Nach einer sinnvollen Erklärung. Sie möchte nicht, dass Kim sich vor den Kopf gestoßen fühlt. Ihr fällt nichts ein. Und plötzlich wird sie wütend. Wieso muss sie sich entschuldigen? Sie findet doch Reiten eh blöd. Sie hatte doch eigentlich sowieso keine Lust, den Gäulen beim Im-Kreis-Laufen zuzusehen. Wieso ist das jetzt so ein Drama? Kim hat ja auch bestanden, ohne dass Zoe mit gedrückten Daumen neben dem Platz stand. Also! Sie lässt Saskia und Kim in der großen Pause ziehen. Die beruhigen sich auch wieder. Das Klassenzimmer ist fast leer. Nur sie und Carl sind noch da.

»Komm, ich spendier einen Drink«, sagt er kühl. Sie nickt.

Als sie am Getränkeautomaten stehen, lehnt er sich leicht vor.

»Ich habe mir was Hübsches für unsere liebe Enya einfallen lassen.«

Zoe zieht nur eine Augenbraue hoch.

»Dafür müsstest du allerdings ein bisschen nett zu ihr sein. Wenn du das schaffst.«

»Ich kann zu allen nett sein. Das weißt du doch.« Sie schenkt ihm auf Kommando ein strahlendes Lächeln.

»Am allerbesten freundest du dich mit ihr an«, fährt Carl fort.

»Und dann?«

»Das verrate ich dir dann.«

Er nimmt ihr den leeren Plastikbecher aus der Hand, zerknüllt ihn knirschend und wirft ihn in die Tonne.

Saskia und Kim kommen spät in den Tanzraum. Sie stellen sich hinten rechts auf. Zoe beobachtet es fassungslos über die Spiegelwand. Sie drückt ihren Rücken noch ein bisschen gerader durch. Saskia und Kim standen immer vorne links bei Zoe. Immer. Das ist der Platz des Trios seit jeher. Sie versucht nicht zu den beiden Freundinnen zu gucken. Es gelingt ihr eher schlecht. Als Christa mit einem Klatschen die Stunde beendet, sind Saskia und Kim sofort raus. Zoe spürt wieder die Wut hochkommen. Sie hat sie als schlechten Geschmack auf der Zunge liegen. Als sie selber in die Umkleidekabine kommt, sind die Freundinnen schon weg. Sie findet es albern, kindisch. Auch gemein. Sie packt betont langsam ihre Sachen, lässt sich Zeit. Ganz gemächlich schlendert sie zu der nächsten Tanzprobe auf dem Schulhof.

»Aufstellen«, sagt sie kühl.

Kim grinst sie abfällig an, geht in Zeitlupe auf ihre Position. Sie bewegt sich betont langsam. Sie versucht, Zoe mit jeder Faser zu provozieren. Die hält zwanzig Minuten durch. Sie bemüht sich Kim zu ignorieren. In Minute einundzwanzig reicht es ihr. Sie geht zu Kim, stellt sich ganz nah vor sie hin: »Entweder du machst jetzt richtig mit oder du gehst.«

Aus dem Lautsprecher wird »Time is now« ausgespuckt. Jetzt ist die Zeit gekommen. Zoe fühlt es, und es graut ihr.

Kim drückt auch den Rücken durch. »Das bestimmst du?«

»Ja.«

Zoe wendet sich ab, geht wieder auf ihren Platz. Als sie sich umdreht, ist Kim weg.

Sie schluckt hart. »Aufstellen. Wir fangen noch mal von vorne an.«

»Aber das passt doch jetzt gar nicht mehr«, meckert Leo.

»Dann wird das jetzt einfach eine asynchrone Vorstellung. Ich habe jetzt keine Zeit für eine Gesprächstherapie mit Kim.«

Keiner sagt was dazu.

Carl auf dem Dach gegenüber muss sich beherrschen, nicht laut aufzulachen. Das läuft ja noch geiler als er gehofft hatte. Er kann es kaum glauben. Er sitzt noch lange auf dem Dach, nachdem die Tanztruppe gegangen ist. Er hat Zoe zugesehen, wie sie alleine noch fünf Runden auf dem Sportplatz gedreht hatte. Er hatte fasziniert beobachtet, wie sie danach gekotzt hatte, weil sie so ausgepowert war. Sie hatte danach nur kurz mit Wasser den Mund ausgespült und war noch eine Runde langsam ausgelaufen. Er konnte fast sehen, wie unter ihrer braunen Haut eine silberne Metallschicht glänzte. Undurchdringbar. Hart. Kalt. Sie war einfach perfekt.

Dünnes Eis

Für Zoe war der Ärger noch nicht vorbei. Ihre Mutter hatte bis zum Ende des Abendbrots gewartet, bis sie wie beiläufig sagt: »Ich habe Kims Mutter heute beim Arzt getroffen. Ihr habt offenbar Streit. Warum?«

»Wieso warst du denn beim Arzt?«, weicht Zoe aus.

»Routine beim Gyn. Warum habt ihr euch gestritten?«

»Bist du schon in den Wechseljahren?«, fragt Zoe sehr direkt.

Sonja Kessler kriegt diese unerfreuliche Falte zwischen den Augenbrauen, die immer verrät, dass sie tief gekränkt ist. »Nee. Schwangerschaftstest«, zischt sie.

»Willst du etwa noch ein Kind? Glaubst du, dass ich jetzt groß genug bin, um mich nicht wieder im Klo einzuschließen?«

»Wie bitte?«

»Na ja, noch so eine Kreatur wie Franziska wäre ja wohl eine Katastrophe. Aber keine Sorge. Dieses Mal funktioniere ich.«

Sonja Kessler starrt ihre Tochter an.

»Kreatur?«

»Soll ich Missgeburt sagen?«

»Es reicht. Du gehst auf dein Zimmer.«

»Willst du mich nicht lieber im Keller einsperren? Wäre doch eigentlich angebracht, oder?«

»Geh.«

Zoe heult nicht. Sie setzt sich einfach nur auf das Bett,

mit dem Rücken an der Wand und schlägt mit dem Kopf immer wieder nach hinten. So lange, bis sie nichts mehr spürt. Das dauert.

Sie wusste schon vorher, dass in dieser Nacht die Träume kommen. Da sind wieder die Schreie, da ist viel Blut. In den Nachtfantasien hat sie plötzlich das verschmierte Baby im Arm. Es sieht ihr direkt in die Augen. Traurig und vorwurfsvoll.

Sie ist nicht gewappnet für das Gespräch mit ihrer Mutter. Sie ist ein Ritter, der die Rüstung noch nicht anhat.

»Warum hast Du das gestern Abend gesagt?«, fragt Sonja Kessler, als sie Zoe das Müsli hinstellt.

»Du wolltest doch wissen, warum ich mich mit Kim gestritten habe.«

»Und?«

»Weil ich am Samstag nicht zugeguckt habe, wie sie sich ihren breiten Arsch auf einem Gaul noch etwas breiter sitzt. Schlimm, was?«

»Wenn du ihr das so gesagt hast, ist es schlimm. Was ist mir dir los, Kleine?«

»Nenn mich nicht Kleine.«

»Also: Was ist mir dir los?«

Zoe hat den Mund voller Müsli. Und sie hat das Gefühl, dass es immer mehr wird, dass es aufquillt, ihren Hals verschließt.

Manchmal, ja manchmal, möchte sie alles ausspucken, alle Worte, die sich zu einer harten Kugel in ihr geformt haben. Aber die Kugel ist zu groß geworden im Laufe der Zeit. Sie passt nicht mehr durch ihren Hals. Glaubt sie.

Einmal mehr schafft sie es, das Gespräch abzubrechen, den Fragen auszuweichen. Sonja Kessler nimmt sich vor, mal in Ruhe mit Kims Mutter zu reden. Ob Kim wohl auch so unberechenbar, so hasserfüllt ist? Ob in ihr auch die Stürme toben, die die Grenze zwischen Jugend und Erwachsensein kennzeichnen? Sonja Kessler möchte ihrer Tochter so gerne helfen. Aber noch nie war sie ihr so fremd.

Erste Schritte

Der Vormittag perlt an Zoe ab. Die Wortlosigkeit von Saskia und Kim. Die Stille in den Pausen. Sie konzentriert sich auf den Unterricht, versucht bei der Alt besonders aufmerksam und freundlich auszusehen. Nach der Stunde guckt Carl kurz zu ihr rüber und simuliert kurz Beifall. Sie lügt ihre Mutter an, dass sie schon in der Stadt gegessen habe und setzt sich gleich ans Laptop. Eine Viertelstunde später weiß sie fast alles über Enya Alt. Dass sie Griechenland und Südamerika mag, italienisches Essen, sonntags Tatort guckt, DSDS hasst, Techno kacke, dafür französische Chansons super findet und gerne Salsa tanzt. Dazu lacht Enya Alt sie von sechs verschiedenen Fotos an. Alle im Urlaub aufgenommen. Sie ist auf allen alleine zu sehen. Zoe schlüpft in ihre Joggingklamotten und läuft Richtung Berliner Straße. Die Gegend ist gesichtslos. Einige ältere Einfamilienhäuser, daneben Appartmentbauten. Eine Straße, in der man den Nachbarn wohl grüßt, aber eigentlich nichts über ihn weiß. Vier Mal nur muss Zoe die Straße hoch und runter traben, bis sie die Alt aus ihrem Golf aussteigen sieht. Sie spurtet die letzten Meter. Wäre ja total bescheuert, wenn die jetzt ins Haus ginge, ohne sie zu sehen. Doch die Lehrerin sieht sie, winkt ihr sogar freundlich zu.

»He, Zoe. Was machst du denn hier? Wohnst du hier irgendwo?«

»Nee. Ich laufe nur. Ich suche mir immer andere Strecken aus, damit es nicht so langweilig ist. Heute hat es mich hierher verschlagen.« Zoe keucht laut. »War aber doch weiter, als ich dachte.«

»Möchtest du mit hochkommen und was trinken?«

Zoe tut so, als müsse sie kurz überlegen.

»Das wäre ehrlich gesagt total nett. Ich stehe kurz vorm Verdursten.«

»Kein Problem. Komm.«

Zoe schüttet ein Glas Wasser in sich rein, saugt jedes Detail in sich auf. Die Wohnung ist eine Mischung aus Oma, Studentenleben, Ikea und Designer-Trödel. Eigentlich ganz witzig. Vor einem Foto im Wohnzimmer bleibt Zoe stehen. »Das ist ja traumhaft. Ist das in Griechenland gemacht?«

Das Bild zeigt die typische griechische Idylle. Viel Blau, viel Weiß, eine träge Katze, eine faltige Frau. Alle Vorurteile in einem Foto vereint. Kitschiger geht es nicht.

»Stimmt. Das habe ich auf Naxos gemacht. Witzig, dass du das gleich gesehen hast.«

»Ich finde, das Licht in Griechenland ist irgendwie besonders.«

»Da hast du recht. Warst du schon mal in Griechenland?«

»Leider nein. Aber sobald ich alleine in Urlaub darf, werde ich dahinfliegen. Am liebsten mit Rucksack, und dann von Insel zu Insel hüpfen.«

Enya Alt strahlt sie an. »Das habe ich während des Studiums mal gemacht. Mit zwei Kommilitoninnen. Das war super. So frei und so ungezwungen.«

Zoe kann sich schon vorstellen, wie die drei Mädels frei und ungezwungen in typischen Hafenlokalen gesessen und horrende Preise für frittierte Fischabfälle bezahlt haben. Dazu gab es billigen Wein mit Kopfschmerzgarantie für zwanzig Euro die Flasche. Dann haben die sich bestimmt Retro-Schmuck am Strand gekauft und abends mit anderen deutschen Studenten Kicker gespielt. Vielleicht wurde sogar geknutscht. Am auffälligsten findet Zoe aber, dass Enya Alt nicht von Freundinnen gesprochen hat. Nur von KommilitonInnen. Klingt irgendwie nach Zwangsgemeinschaft.

»Das klingt super«. Zoe tut schwärmerisch. »Kann ich noch ein Glas haben?«

»Klar.«

Zoe schafft es, fast eine Stunde bei der jungen Lehrerin zu bleiben. Dafür muss sie noch nicht mal alle Trümpfe ausspielen und braucht nicht das Gespräch auf Chansons oder so einen Mist bringen. Als sie geht, hat sie den Eindruck, dass Enya Alt fast ein bisschen traurig ist.

»Ich muss echt los. Muss schließlich noch Englischhausaufgaben machen«, grinst Zoe sie verschwörerisch an.

Sie ist sehr zufrieden mit sich.

Ganz kurz kommt ihr der Gedanke, bei Kim vorbeizufahren. Sie weiß noch nicht, welche Lüge und Ausrede sie Kim anbieten kann, aber sie fühlt sich gerade großherzig genug, um auf sie zuzugehen. Eine SMS durchkreuzt ihren Plan.

In einer halben Stunde auf dem Spielplatz im Park. C.

Zoe stört sich nicht an dem Befehlston. Sie merkt es gar nicht und bremst, um die Richtung zu ändern. Vielleicht ist es sogar besser, Kim noch etwas Zeit zu geben, um sich zu beruhigen, redet sie sich ein. Carl liegt auf einer überdimensionalen Hängematte und zieht böse Blicke einiger Mütter auf sich. Immer wieder müssen sie ihre brüllenden Kleinkinder wegziehen, die auch auf der Matte schaukeln wollen.

Zoe lehnt ihr Rad gegen einen Baum. »Hi«, grüßt sie knapp.

»Setz dich doch«, fordert Carl sie auf.

Eigentlich ist ihr das zu nah, aber sie will auch nicht kneifen. Es ist gar nicht so einfach, zu zweit zu schaukeln, ohne sich zu berühren. Zoe schafft es unter Anspannung aller Muskeln.

»Und bist du schon dicke mit der Alt?«

»Ich arbeite dran. Willst du mir nicht ein bisschen was von deinem tollen Plan verraten?«

»Nein. Wäre nur gut, wenn sie dir wirklich vertraut.«

»Erwartest du, dass sie mir irgendwann gesteht, lesbisch oder gefangen im falschen Körper zu sein? Willst du sie dann damit erpressen, oder was?«

Carl guckt sie überrascht an. »Du bist erstaunlich nahe dran. Aber mach dir einfach keine Gedanken. Dafür bin ich ja da. Du kannst aber beruhigt sein. Bis jetzt läuft alles nach Plan.«

Stumm schaukeln sie weiter. Beruhigt fühlt Zoe sich nicht. Irgendwann nimmt eine der erbosten Mütter ihren Mut zusammen und nähert sich den Jugendlichen: »Das ist hier ein Spielplatz. Für Kinder. Vielleicht könntet ihr woanders kuscheln«, giftet sie.

Carl schaut sie ganz ruhig an, holt dann Luft. »Was wir hier machen, ist Bestandteil einer Therapie. Wir sollen das innere Kind in uns finden, es befreien, vielleicht sogar die Hand nach ihm ausstrecken. Das versuchen wir gerade. Ich glaube nicht, dass Sie wissen wollen, warum wir eigentlich in stationärer psychiatrischer Behandlung sind und nur für dieses Experiment kurz raus durften. Oder möchten Sie es doch wissen?«

Die Frau ist krebsrot geworden, setzt sich wieder zu ihren Freundinnen.

Gibt es mehr als unendlich?

Zoe lässt sich Zeit mit dem Heimweg. Sie ahnt, dass ihre Mutter nicht locker lassen wird. Sie wieder nerven wird mit Fragen, Vorhaltungen. Sie wird bohren, bis sie auf diese metallene Schicht stößt. Die Frage ist, ob sie dann weiterbohrt und wie dick die Schicht ist. Als Zoe die Tür aufschließt, hört sie schon die aufgebrachte Stimme Sonja Kesslers: »Den Fall kann ich unmöglich zusätzlich übernehmen. Ich arbeite jetzt schon am Limit.« Sie hebt kurz abwesend die Hand zum Gruß, presst sich weiter das Telefon ans Ohr. »Dann muss eben mehr Personal her. Wann soll ich diese Überstunden jemals abbauen?«, hört Zoe sie sagen.

Zoe geht ins Wohnzimmer, wo Franzi in ihrem Spezialstuhl vorm Fernseher liegt. Geparkt ist. Zoe holt sich einen Stuhl, setzt sich neben sie. Doch sie guckt nicht auf den Bildschirm. Sie guckt nur auf Franziskas Gesicht, wo sich Stimmungen abwechseln. Wo die Augen größer werden, die Mundwinkel auf dem Weg nach oben erstarren, ein Glucksen sabbernd aus dem schiefen Mund kommt. Franzi lacht nicht an den Stellen, die eigentlich witzig sein sollen. Sie sieht ihre eigenen Bilder, malt sich ihre eigene Geschichte aus. Die scheint ihr zu gefallen.

Zoe hört eine Tür mit viel Schwung zufallen. Das war nicht der Wind. Das war Wut. Zoe weiß es. Sonja Kessler sitzt jetzt auf dem Trimm-dich-Rad und versucht ihren

Zorn in Kilometer umzuwandeln. Zoe guckt weiter Franzi an und bemerkt es. An dem angestrengten Gesichtsausdruck. Dann riecht sie es. Ihre Schwester hat in die Windel gekackt. Seufzend erhebt sie sich, geht in Franziskas Zimmer, um das Nötige zu holen. Sie lässt die Lehne des Stuhls zurückgleiten, zieht der Schwester die Hose aus und sieht es. Franziska hat Durchfall. Die Windel hat nicht gehalten. An den Beinen, am Rücken, überall dünnflüssige Scheiße. Es hat keinen Sinn. Mit den Feuchttüchern wird es nicht gehen. Franzi muss in die Wanne, abgeduscht werden. Das hat Zoe noch nie alleine gemacht. Aber sie will jetzt nicht ihrer Mutter Bescheid sagen. Sie will sie nicht stören, sie will sie nicht sehen, sie will einfach nicht um Hilfe bitten.

Sie redet sich ein, dass sie es alleine schafft. Dass sie stark genug ist. Sie schiebt Franzi ins Bad, lässt ein bisschen Wasser ein. Franziska hasst es, in die eiskalte leere Wanne zu kommen. Zoe gibt jede Menge Badeschaum dazu. Die kleinen feinen Bläschen faszinieren Franzi immer. Sie greift so gerne danach, spielt mit dem Schaum und manchmal ertönt ihr tiefes kehliges Lachen dabei. Zoe schafft es, die kleine Schwester auszuziehen. Sie nimmt sie wie ein Baby auf den Arm, schwankt unter dem Gewicht, lässt sie etwas unsanft ins Wasser gleiten. Sie hat vergessen, ihr eigenes Shirt auszuziehen, überall sind Kacke-Spuren. Zoe unterdrückt den Ekel, greift nach dem Duschkopf. Genau in dem Moment gleitet Franzi nach hinten. Ihr Kopf gerät unter Wasser. Sie wird hektisch. Arme und Beine zappeln unkontrolliert. Zoe schafft es, den glitschigen Körper nach oben zu ziehen. Franzi holt hustend Luft, wehrt sich, versteht nicht, was passiert, hustet. Zoe kämpft. Versucht, die Schwester zu halten, gleichzeitig zu duschen. Franziska lässt sich zur Seite fallen, Zoe kämpft jetzt mit den Tränen. Sie ist wütend, verzweifelt.

Was wäre, wenn sie jetzt losließe?

Könnte es noch schlimmer kommen? Könnte die Schuld noch größer werden? Ist nicht sowieso irgendwann ein Maximum erfüllt? Untilgbar ist untilgbar. Gibt es mehr als unendlich? Gibt es unendlich plus eins? Ihre Muskeln zittern, ihre Hände auch, ihre Gedanken jagen sich im Kreis, überholen sich gegenseitig.

Sie sieht Franzi vor sich. Wie ihr Gesicht unter Wasser ist. Die Haare wie Algen um sie herumschwimmen. Sie stellt sich vor, dass Franzi sie bis zum Ende ansehen würde. Ungläubig, überrascht. Danach würde sie sich dazulegen. Kann man absichtlich ertrinken? Wäre der Wille stärker als der Überlebenstrieb? Sie starrt Franziska an.

Plötzlich hat sie Angst. Fieberhafte, fürchterliche Angst.

Vor sich selber.

Vor dem, was sie gerade gedacht hat.

Mit einem Ruck zieht sie den Stöpsel aus der Wanne. Sie stellt sich vor, wie mit dem Dreck ihre schmutzigen Gedanken abfließen. In die Kanalisation. Vielleicht ins Klärwerk. Ob man sich da irgendwann wieder saubere Gedanken abholen kann?

Sie rubbelt Franzi trocken, ölt sie lange ein. Das liebt die Schwester, sie windet sich wohlig unter Zoes Händen. Behutsam legt sie ihr eine neue Windel an, zieht ihr einen geblümten Schlafanzug an.

»Ach, hier seid ihr?«

Völlig verschwitzt steht Sonja Kessler in der Tür.

»Hast du sie alleine gebadet?«

»Ja, sie hatte sich eingekackt.«

Die Mutter staunt, sagt aber nichts dazu. Keinen Dank. »Ich mache ihr mal schnell ihren Abendbrei.«

Zoe schiebt die glänzende Franzi ins Esszimmer. Dann

beeilt sie sich. Sie will im Bett sein, ehe Sonja Kessler mit Franziska fertig ist. Und sie schafft es. Als ihre Mutter leise die Tür zu ihrem Zimmer öffnet und ein »Schläfst du schon?« in die dunkle Luft flüstert, atmet sie nur gleichmäßig.

Sonja Kessler macht die Tür von außen wieder zu. Sie wird Zoe morgen fragen. Jetzt muss sie eh an den Schreibtisch. Der zusätzliche Fall wird mindestens drei Nachtschichten verursachen.

Ausgeschlossen

Zoe ist nicht überrascht, dass Kim auch am nächsten Morgen nicht im Bus sitzt. Sie versucht aber, ihre Enttäuschung umzuwandeln. Sie will nicht traurig, gekränkt sein. Das sind unerwünschte Bereiche auf ihrer Gefühlsskala. Das gehört nicht zu der Zoe, die sie sein will.

Sie packt einen kleinen Jungen am Arm, zerrt ihn von einer Sitzbank. »Hier sitze ich«, stellt sie fest, lässt sich fallen und drückt ihren Rücken fest in den Sitz. Sie versucht ein Grinsen. Der Junge ist viel zu überrascht und ängstlich, um etwas zu sagen. Zoe registriert das nicht. Sie guckt aus dem Fenster. Will Kim sie etwa bestrafen? Zoe lächelt höhnisch. Als ob sie Kim und Saskia bräuchte. Sie ist hübscher, intelligenter und beliebter als beide zusammen. Was soll das also? Sie braucht die beiden nicht. Sie sieht die Gedanken vor sich. Will sich die Buchstaben einprägen. Wie ein Mantra. Sollen die beiden sich doch zusammentun und gegenseitig ihre falschen Mathehausaufgaben voneinander abschreiben. Nicht ihr Problem. Außerdem muss sie sich endlich nicht mehr mit Saskias Figurproblemen rumärgern und immer neue Scheinargumente finden, warum zehn Kilo Übergewicht an extrem sichtbaren Stellen überhaupt nicht schlimm seien.

Und dann auch noch diese Geschichte mit Fynn! Wie peinlich war das denn? Dieses Milchschnitten-Gesicht. Der hätte prima Werbung für porentief reine Haut machen können, weil er NOCH keine Pickel hatte. Zoe kichert kurz. Der Junge, den sie verscheucht hat, guckt irritiert zu ihr hin. Sie merkt es wieder nicht. Sie steigert sich jetzt in ihre Verachtung für Kim. Dieses Getue rund um die Gäule. Wie peinlich. Alleine diese ganzen Ponyhofbücher, die Kim im Regal hat. Zoe hat noch nie verstanden, warum es Spaß machen soll, angetrockneten Dreck aus dem Fell zu bürsten oder Schlamm aus Hufeisen zu kratzen. Zoe hat rein gar nichts übrig für Pferde. Einmal hat das Pflegepferd von Kim einen fetten Speichelfaden auf ihrer Jacke hinterlassen und sie hatte fast Herpes bekommen. Außerdem fragt sie sich, ob die Mädels im Stall wissen, wie sie von hinten in diesen Reiterhosen aussehen.

Es geht ihr gut, als der Bus vor der Schule hält. Die Gedanken haben sich Stein für Stein um sie gelegt, eine feste Mauer gebaut. Sie fühlt sich unangreifbar. Sie ist sicher in ihrem Gefängnis, da kann ihr niemand etwas.

Als sie lächelnd ins Klassenzimmer kommt, verschwindet das gute Gefühl von jetzt auf gleich. Es fühlt sich an, als ob ein sehr dünner, sehr spitzer Pfeil direkt ihren Bauch trifft. Ihn durchsticht, irgendwo zwischen Milz und Magen oder was da sonst noch so ist.

Sie sieht Kim und Saskia auf der Fensterbank sitzen. Sie quatschen, lachen, sitzen sehr eng beieinander.

Sie fehlen ihr.

Ein Stein scheint weggebrochen. Da ist eine Lücke in ihrer Rüstung.

Sie möchte dabei sein. Mitlachen. Mitreden. Mittendrin sein. Niemand sonst kann ihr das Gefühl der Leichtigkeit geben. Niemand sonst macht diese Last ertragbar. Zumindest zeitweise. Nur diese beiden Mädchen simulieren ihr einen Hauch von Normalität. Nur mit ihnen, unter ihnen kann sie manchmal vergessen.

Carl sieht den Blick, den Schmerz, den Verlust und er weiß, er muss sofort reagieren. Er muss Zoe jetzt auf seine Seite ziehen. Ganz. Jetzt ist gerade Ebbe. Jetzt kann er es schaffen. Er schlendert zu ihr, berührt für eine hundertstel Sekunde ihren Arm. Lang genug, dass die Freundinnen es sehen.

»Was machst du morgen Nachmittag? Schon was vor?«

Zoe verzieht das Gesicht. »Morgen Nachmittag ist unsere Erdbeer-Schlacht«, antwortet sie. »Ist so eine diffuse Familientradition. Zwischen meinen Eltern und denen von Julian. Da darf ich nicht fehlen, wenn ich nicht enterbt werden will.«

Einmal im Jahr feiern Zoes und Julians Eltern dieses Fest. Mit Erdbeertorte, Erdbeerbowle, Erdbeer-Shakes, Erdbeer-Lampions. Es wird von Jahr zu Jahr mehr. Immer extremer. Zoe fragt sich, wann ihr Vater vorschlagen wird, auch mal Erdbeeren zu grillen.

»Das heißt, Julian kommt zu dir?« Carl starrt Zoe an.

»Ja. Und? Wo ist das Problem? Unsere Mütter sind total dicke. Ich kenne den ewig.«

»Schon gut. Alles okay.«

Carl klingt so, als sei das überhaupt nicht gut und schon gar nicht okay.

»Warum sagst du das so komisch?« Zoe versteht wirklich nicht, was die Frage soll.

Carl windet sich, guckt ihr plötzlich sehr gerade in die Augen. »Na ja. Nach allem, was Julian über dich erzählt«, bringt er irgendwann stockend raus. Zoe fällt nicht auf, dass Carl sonst nie etwas nur stockend rausbringt.

Zoe friert. »Was erzählt Julian denn über mich? Dass ich eine Niete in Trivial-Pursuit bin?«

»So ungefähr. Dass du eine Niete im Bett bist. Ehrlich gesagt, hat er neulich behauptet, dass Sex mit einem Sitzsack spannender wäre als mit dir.«

Zoe lacht laut. »Ach so. Das ist so ein blöder Spaß von

ihm. Andauernd lässt er Kim und Saskia gegenüber so blöde Bemerkungen fallen. Die beiden vermuten schon ewig, dass zwischen uns was läuft. Julian findet das witzig.«

»Kim und Saskia waren gar nicht dabei«, kontert Carl.

»Dann hat Julian das gesagt, damit irgendjemand den beiden das erzählt.«

»Klar. Genau deswegen hat Julian auch gesagt, dass das auf gar keinen Fall jemand ausplaudern soll«, antwortet Carl ruhig.

Zoe denkt plötzlich an die Berührung. Als Julian mit seinem Arm ihre Brustwarze gestreift hat. War das kein Zufall? Versucht er vielleicht wirklich schon länger sie anzumachen und sie rafft es nicht?

In ihrem Kopf ist kein Gedanke mehr an seinem Stammplatz. Zoe zwingt sich dazu, weiterzuatmen. Sie kramt in ihrem Rucksack, holt wahllos irgendwelche Bücher raus.

»Hat er das? Komisch, ich kann mich gar nicht daran erinnern, was mit Julian gehabt zu haben. Aber wahrscheinlich bin ich vorher eingeschlafen.«

»Damit hast du dir bestimmt üble Erinnerungen erspart«, grinst Carl und geht zu seinem Platz.

Die Bemerkung frisst sich durch Zoe. Sie ist sich eigentlich sicher. Der Spruch war einer der blöden Sprüche von Julian. Oder einer der üblen Scherze von Carl. Eine seiner Provokationen.

Sie ist sich fast sicher.

Vielleicht aber hat Julian das wirklich gesagt. Der Gedanke bohrt sich wie eine ganz feine, ganz spitze Nadel in ihren Kopf.

Alle wissen, dass sie miteinander befreundet sind.

Viele haben das schon mit doofen Bemerkungen kommentiert.

Hat Julian sich vielleicht wirklich irgendwann gebrüstet? Hat er behauptet, er habe sie rumgekriegt? Sie flachgelegt? Hat Julian es nötig, so eine Bums-Geschichte zu erzählen?

Und wenn ja: Wie kann er erklären, dass sie kein Paar sind? Klar. Nur, indem er sagt, er wolle sie nicht. Weil sie so eine Niete sei. Ein Sitzsack.

Sie guckt zu Julian rüber. Hält sich mit beiden Händen am Stuhl fest. Am liebsten würde sie genau jetzt gerne aufstehen, zu ihm gehen, sich sehr nah vor ihn hinstellen und ihn fragen: *Du findest also, dass Sex mit mir so spannend ist wie mit einem Sitzsack? Woher weißt du das? Wie oft hast du denn deinen Sitzsack schon gevögelt? Legst du dazu auch eine CD mit heißem Gestöhne auf? Darf der Sack auch mal oben liegen oder hast du Angst dann zu ersticken? Und wie kriegst du hinterher die Flecken wieder raus? Rubbelst du mit der Hand? Das passt ja.*

»Zoe, kommst du bitte nach vorne.«

Sie starrt den Berg an. Was will er? Was soll sie machen? Sie sieht, dass der Mathelehrer ihr erwartungsvoll ein Stück Kreide hinhält. Langsam erhebt sie sich von ihrem Stuhl, geht nach vorne. Die Finger tun ihr weh, so fest hatte sie sich an ihren Stuhl gekrallt. An der Tafel stehen Zahlen. Zoe hatte überhaupt nicht mitbekommen, dass der Unterricht schon angefangen hat. Geschweige denn, um was es gerade konkret geht.

»Zoe? Alles in Ordnung? Ich habe dich gebeten, das vorzurechnen.« Der Berg klingt überrascht. Das müsste doch ein Leichtes für Zoe sein.

Die Zahlen verschwimmen vor ihren Augen. Nicht, weil da Tränen drin sind. Die Wut flackert in ihr. Sie wischt sich mit der Hand kurz übers Gesicht, versucht, die Zahlen zu verstehen. Es scheint um Potenzen zu gehen.

Um Potenz. Ihr wird leicht übel. Der Gedanke an Julian ist wieder da.

»Zoe?« Der Berg geht einen Schritt auf sie zu.

»Mir ist schwindelig. Kann ich kurz rausgehen?«

Der Lehrer nickt kurz, guckt ihr besorgt nach. »Soll jemand mitkommen?«, fragt er, als sie in der Tür ist.

»Geht schon«, flüstert sie und verschwindet schnell.

Auf der Toilette trinkt sie gierig kaltes Wasser. Sie muss einen klaren Kopf bekommen. Sie muss Carls Stimme aus ihren Ohren bekommen. Sie muss jegliches Gefühl zur Seite schieben, kühl analysieren.

Sie kann und will sich nicht vorstellen, dass Julian das wirklich gesagt hat. Aber Zoe traut niemandem. Noch nicht mal sich selber. Es hat längst geklingelt und sie hält sich immer noch am Waschbecken fest. Als die Tür aufgeht und Kim reinkommt, freut Zoe sich kurz. Die Freundin hat sie wohl gesucht. Vielleicht kann sie sogar mit Kim darüber reden. Den blöden Streit vergessen. Doch sie sieht sofort, dass Kim sie nicht gesucht hat, eher überrascht ist, Zoe hier zu treffen. Kim geht wortlos weiter, schließt sich in einer Kabine ein. Zoe hört sie pinkeln.

Zoe geht raus, setzt sich wieder auf ihren Platz, holt das Deutschbuch aus der Tasche. Den Vormittag überstehen. Das ist jetzt das oberste Ziel. Sie schafft es irgendwie, ist am Mittag völlig erschöpft davon, die ganze Zeit über niemanden angeguckt zu haben.

Nicht Kim, nicht Saskia. Nicht Carl. Erst recht nicht Julian. Sie hat auf ihre Bücher geguckt, die Haare rechts und links wie einen Vorhang nach unten fallen lassen. In letzter Zeit trägt sie die Haare immer offen. Es nervt sie ein bisschen.

Aber sie weiß, dass Carl das gut findet. Jetzt merkt sie, dass sie auf diese Weise auch ein gutes Versteck hat.

Zuhause setzt sie sich an den Schreibtisch. Macht eine Liste.

1. Ich glaube Carl nicht. Ist Schwachsinn. Julian ist und bleibt mein Freund.
2. Ich glaube Carl und stelle Julian zur Rede.
3. Ich glaube Carl und ignoriere Julian ab sofort.

Sie starrt auf ihre Möglichkeiten. Eigentlich glaubt sie Carl nicht. Eigentlich. Und dieses »Eigentlich« zerstört ihre Freundschaft zu Julian. Sie weiß, dass sie diesen Funken Misstrauen niemals ersticken kann. Aber wenn sie also Carl glaubt, kann sie Julian dann zur Rede stellen? Was wird er sagen? Dass es stimmt? Wenn er einmal so feist gelogen hat, wird er sie auch anlügen und alles abstreiten. Was soll er auch sagen? Sorry, dass ich so einen Mist erzählt habe, aber ich habe mir Sex mit dir so oft vorgestellt, dass ich schon dachte, es sei wirklich passiert? Oder: Wollte einen auf dicke Hose machen, weil Nils so mit seinem neuen Rennrad angegeben hat. Aber gegen eine Nummer mit dir ist sogar sein Bike Schrott?

Wohl kaum.

Also bleibt nur Möglichkeit Nummer drei. Sie muss Julian ab sofort ignorieren. Ende. Aus. Sie überlegt, ob sie traurig ist und spürt nichts. Es war manchmal witzig mit ihm. Mehr auch nicht. Es war manchmal praktisch, mit ihm befreundet zu sein. Aber sie braucht ihn nicht. Zoe ist sich sicher, dass sie niemanden braucht. Also ist es auch nicht wichtig, dass Julian ab sofort für sie gestorben ist. Besser keine Freunde als schlechte. Man kann nicht gekränkt, benutzt, belogen werden. Sie streicht die ersten beiden Sätze auf ihrer Liste fett durch und lehnt sich zufrieden zurück.

So löst man Probleme.

Nicht mit Brüllen oder Heulen. Bringt doch nichts.

Annäherung

Sie plant ihr Vorgehen genau. Um zehn vor drei geht sie runter. Ihre Mutter ist dabei, Sahne zu schlagen, holt mit der anderen Hand Quark aus dem Kühlschrank. Der Tisch ist auch noch nicht gedeckt. Sonja Kessler wirkt gehetzt. Genau so hat Zoe sich das vorgestellt. Ihre Mutter hat jetzt definitiv keine Zeit für eine Auseinandersetzung.

»Du Mami, ich habe ganz vergessen, dass heute noch mal eine kurze Probe für das Schulfest ist. Ich muss da hin, so leid es mir tut. Aber ich beeile mich, ja?«

Sonja Kessler guckt sie gestresst an. »Muss das sein? Ich dachte, du hilfst mir. Außerdem ist das eine lang geplante Familiensache.«

»Ich weiß. Ich finde es ja auch kacke. Ich hatte mich so gefreut. Ich versuche, in einer Stunde wieder da zu sein.«

Damit ist sie raus. Natürlich wird sie nicht in einer Stunde zurück sein. Was sie vorhat, dauert eh länger. Sie hat sich alle Salsa-Angebote der Stadt notiert. Alle Kurse, alle Tanzschulen. Die wird sie jetzt abklappern.

Drei Mal muss sie ihr Sprüchlein aufsagen. »Hi, ich interessiere mich für Salsa-Kurse. Ein Freundin von mir, Enya Alt, tanzt glaube ich auch hier und hat Sie empfohlen.«

In den ersten beiden Tanzschulen sprang niemand auf den Namen an, sie bekam aber reichlich Informationsangebote. In dem dritten Tanzcenter lacht die Frau gegenüber gleich freundlich. »Klar, die Enya, die ist ja total begeistert, macht gleich zwei Anfängerkurse auf einmal.«

Zoe verdreht die Augen. Da ist die bescheuerte Lehrerin absolute Anfängerin und vermerkt »Salsa« gleich als ihr Hobby im Netz. Angeberin.

Auch hier packt sie Broschüren ein.

Die Anfängerkurse sind dienstags, donnerstags und freitags. Den Kursus am Donnerstag kann die Alt nicht belegt haben, weil sie da die Theater-AG betreut. Also wird sie am Dienstag und Freitag ihre Hüften schwingen. Zoe meldet sich spontan für den Freitagkursus an.

»Der beginnt dann direkt am ersten Freitag nach den Ferien«, sagt die freundliche Frau.

»Nein, nein. Ich will jetzt anfangen. Diesen Freitag.«

»Das geht nicht. Vor allem nicht ohne Vorkenntnisse, der Kurs hat ja schon vor Wochen angefangen«, beharrt die Frau ihr gegenüber.

»Ich habe ja schon Vorkenntnisse. Ich bezahle auch die gesamte Gebühr.«

»Aber der Kursus dauert doch nur noch ein paar Stunden.«

»Das ist mir egal.«

Die Frau zuckt mit den Schultern. »Okay, wenn du unbedingt willst.«

Plötzlich grinst sie Zoe an. Fast verschwörerisch. »Verstehe. Ist wohl jemand in dem Kursus, mit dem du unbedingt tanzen willst? Alles klar. Zahl einfach die Hälfte der Kursgebühr. Das geht schon in Ordnung.«

Zoe schafft es, nicht genervt die Augen zu verdrehen. Soll die Alte doch denken, dass Zoe auf einen Tanz-Typen scharf ist und ihr Becken an ihn pressen will.

Zwanzig Minuten später verlässt Zoe mit ihrem Anmeldeformular das Tanzcenter. Den Abend verbringt sie vor YouTube und übt, bis ihr die Hüften wehtun. Dabei vergisst sie auch den nervigen Streit mit ihren Eltern. Sie hatte natürlich damit gerechnet, dass ihre Eltern sauer sein würden, weil sie erst so spät zurückkam. Julian und seine Eltern waren schon wieder gegangen, so wie Zoe es gehofft hatte. Sie stand in der Küche, löffelte den Rest Erdbeerquark direkt aus der großen Schüssel, als Stefan Kessler sie ins Wohnzimmer bat. Unsicher folgte sie ihrem Vater, blieb im Türrahmen stehen.

»Setz dich zu uns«, forderte er sie auf.

Ihre Mutter saß bereits am Tisch, hatte wieder diese Falte zwischen den Augenbrauen.

Der Vater ergriff das Wort. »Was ist los, Zoe? Und sei bitte ehrlich. Das ist in letzter Zeit ja offenbar keine Selbstverständlichkeit.« Seine Stimme klang ruhig, aber nicht freundlich.

»Was soll los sein?« Zoe ging zögernd zum Tisch, setzte sich ganz vorne auf die Stuhlkante. Sie wollte jederzeit wieder aufspringen können.

»In letzter Zeit lügst du. Du hast deine Freundinnen angelogen. Und jetzt auch uns. Wir kennen dich überhaupt nicht wieder. Du warst doch sonst immer ehrlich.«

»Jetzt setz dich verdammt noch mal richtig hin«, zischte ihre Mutter.

»Sonja. Wir haben gesagt, dass wir ganz ruhig miteinander reden«, wandte sich Stefan Kessler an seine Frau.

»Wann habe ich euch angelogen?«

»Das letzte Mal heute Nachmittag. Wir haben bei Saskia angerufen. Wir dachten, dass diese außerordentliche Probe wohl kaum so lange dauern kann. Wir dachten, du hast vielleicht einfach vergessen, dass wir hier auf dich warten. Überraschenderweise wusste Saskia gar nichts von einem Treffen.«

Zoe atmete erleichtert ein. »Natürlich nicht. Sie ist leider ein bisschen zu übergewichtig für unsere Tanzgruppe. Deswegen ist sie nicht dabei und wusste dementsprechend auch nichts von dem Treffen. Kann ich jetzt hochgehen?«

»Nein«, brüllte Sonja Kessler.

Stefan Kessler legte seine Hand auf ihre. Er wandte sich an Zoe, guckte ihr direkt in die Augen. »Wohl kaum. Saskia hat uns das nämlich auch gesagt. Sie hat behauptet, dass sie nicht mittanze und dass wir uns keine Gedanken machen sollten. Du seiest bestimmt noch auf dem Sportplatz und würdest bald kommen.« Stefan Kessler ist immer noch ruhig. Als wäre er in einer Zeugenbefragung.

»Wir haben uns aber Gedanken gemacht und deswegen auch noch bei Kim angerufen.«

Zoe lehnte sich zurück. Das Eis würde dünner. Aber sie hatte keine Angst einzubrechen. Sie wusste, dass es einfach nichts gibt, mit dem ihre Eltern drohen könnten. Keine Strafe, kein Verbot. Sie fühlte sich unwohl. Mehr nicht.

Sonja Kessler konnte nun nicht mehr an sich halten: »Zoe, wir lieben dich. Aber wir lassen nicht zu, dass du uns an der Nase herumführst. Ich will einfach nicht verarscht werden von dir.«

»Sonja bitte.«

Stefan Kesslers Versuche, die Stimmung ruhig zu halten, waren gescheitert.

Zoe sprang auf. Diese Worte, die ihre Mutter gerade ausgesprochen hat, öffneten ein Ventil. Das Eis war gebrochen, und sie war ganz kurz eingetaucht. Hatte das Gefühl, keine Luft zu kriegen. Sie schoss wieder an die Oberfläche.

»Ihr liebt mich? Du behauptest wirklich, du liebst mich? Hör doch auf mit dem Mist. Mit dieser verlogenen Kacke. Du musst das nicht sagen. Ich kann doch verstehen, wenn du es nicht tust. Wie solltest du auch? Es ist okay für mich. Ich erwarte das nicht von euch. Ich tue es selber ja auch nicht.«

Ihre Stimme überschlägt sich.

Sonja und Stefan wechselten einen überraschten Blick. Stefan Kessler versuchte, den Arm um Zoe zu legen. Sie stieß ihn weg.

»Lass mich. Okay? Ich habe gelogen. Ich habe dafür Gründe. Ich tue es nicht mehr. Ich möchte nicht mehr reden. Ich möchte jetzt bitte gerne ins Bett. Darf ich?«

Sie musste weg. Sie musste gehen. Sie ertrug es nicht.

Sonja Kessler starrte immer noch ihre Tochter an. Fassungslos. Stefan Kessler nickte müde.

Es dauerte lange, bis Sonja Kessler etwas sagen konnte. Mit Tränen in den Augen schaute sie ihren Mann an. »Glaubt sie wirklich, wir lieben sie nicht? Wie kann sie das denken? Das tut mir so weh.«

Endlich durfte Stefan Kessler den Arm um jemanden legen. »Gehört das nicht zur Pubertät? Dass man sich ungeliebt fühlt? Sich selber nicht mag? Wir haben immer nur auf Franzi geguckt, weil Zoe ja immer so perfekt war. Vielleicht haben wir nicht mitbekommen, wie sich die Hormone in ihr aufgestaut haben und sich nun entladen«, beruhigte er seine Frau.

»Vielleicht hat es auch was mit diesem Carl zu tun. Vielleicht ist sie verliebt und er lehnt sie ab«, vermutete Sonja Kessler.

Beide wollten einfach nur zu gerne glauben, dass es ein pubertärer Sturm war, der über sie hinweg gefegt ist. Die Wahrheit hätte ihnen den Boden unter den Füßen weggezogen.

Mitten in der Nacht wacht Zoe auf. Ihre Mutter schreit, ihr Vater rennt nach unten, stolpert hörbar auf der Treppe. Franzi hat einen Krampfanfall. Zoe hört ihren Vater bis oben fluchen, offenbar findet er die Notfalltropfen nicht sofort. Zoe springt aus dem Bett, hilft ihrer Mutter, die kleine Schwester zu beruhigen. Endlich kommt Stefan Kessler ins Zimmer. Mit Mühe können sie Franzi ein paar Tropfen auf die Zunge träufeln. Es dauert nicht lange, bis sich die Muskeln wieder entspannen, die Atmung wieder gleichmäßig einsetzt. Wortlos geht Zoe raus, legt sich wieder in ihr Bett. Früher hatte Franziska fast wöchentlich solche Anfälle, in letzter Zeit nicht mehr so oft. Wahrscheinlich war der laute Streit heute Abend der Auslöser. Sie hatte schon als Baby ganz sensibel auf Stimmungsschwankungen reagiert. Warum, konnte keiner sagen. So wie eigentlich überhaupt niemand sagen kann, was in Franziskas Gehirn passiert. Durch die Sauerstoffunterbrechung vor der Geburt sind manche Regionen in ihrem Kopf abgestorben, ausgetrocknet. Zoe windet sich fast wie unter Schlägen in ihrem Bett. Sie glaubt, in ihrem Schuldsumpf zu versinken. Und plötzlich taucht vor ihrem Auge Enya Alt auf. Zoe spürt, wie sich der Hass formiert, konzentriert. Es ist nicht nur, dass Carl offenbar auf die Lehrerin abfährt. Vom ersten Moment an hat Zoe gespürt, dass Enya Alt – außer vielleicht einem Pickel beim ersten Date – nie ein ernsthaftes Problem hatte. Die stand immer auf der Sonnenseite des Lebens. Zoe hasst sie auch dafür. Und für ihre gute Laune, ihr strahlendes Lächeln, ihre Unbefangenheit, ihre schlanken Beine, ihren tiefen Schlaf.

Traurig fährt sie hoch.

Kim und Saskia fehlen ihr.

Kim und Saskia, die wenigstens auch kleine Päckchen mit sich rumtragen müssen. Kim, die sich schwer tut, sich mehr als drei Vokabeln oder eine mathematische Formel zu merken. Saskia mit ihrer Tannenbaumfigur. Zoe hatte sich die beiden nicht deswegen als Freundinnen ausgesucht, aber es beruhigte sie, dass auch sie ihren

Makel mitbrachten. Zoe guckt auf ihr Handy. Irgendwie hat sie gehofft, dass eine von beiden sich melden würde. Sie ist nicht überrascht, dass keine Nachricht auf sie wartet. Es ist nur ein klitzekleiner Stich.

Vom Schulhof aus beobachtet sie, wie Kim von ihrer Mutter mit dem Auto zur Schule gebracht wird. Offenbar ist auch Kims Mutter der Meinung, es sei eine Zumutung für ihre Tochter, mit Zoe in einem Schulbus zu sitzen. Sie sieht, wie Kim sofort zu Saskia geht. Zwischen den drei Mädchen sind nur wenige Meter und doch andere Klimazonen. Zoe hat das Gefühl, dass sie von den Freundinnen – oder muss sie schon Ex-Freundinnen denken? – weggetrieben wird. Dass sich minütlich die Entfernung zwischen ihnen vergrößert. So lange hat ein Streit noch nie gedauert. In all den Jahren nicht. Soll sie jetzt hingehen und sich entschuldigen? Sie würde gerne hingehen. Aber entschuldigen kann sie sich nicht. Sie hasst dieses Wort. Ent-Schuld-igung. Als ob andere Schuld von einem nehmen oder man selber die Schuld einfach abgeben könnte. So ein Quatsch.

Carl schiebt sich in das Bild. »Guten Morgen, Eisprinzessin. Wie läuft's?«.

»Gut. Am Freitag tanze ich mit unserer Lieblingslehrerin Salsa.«

Er pfeift durch die Zähne.

»Du bist echt noch besser als ich dachte. Und das ist eigentlich kaum möglich.«

Sie freut sich über das Kompliment. Fühlt sich wie ein Straßenköter, der kurz gestreichelt wird.

Nur ein bisschen gemein sein

Daniela Schenk öffnet erst nach dem zweiten Klingeln. Der Abdruck eines Kissens auf ihrer Wange zeigt, dass sie offenbar ein kleines Mittagsschläfchen gemacht hat. Zoe verachtet sie für ihre Faulheit, strahlt sie aber mit ihrem freundlichsten Lächeln an. »Darf ich wohl mal kurz in Ihren Garten? Uns ist gestern Nachmittag ein Federball rübergeflogen.«

Während sie das sagt, spielt sie mit ihrem Ohrring. Zoe hat extra die Haare hochgesteckt, damit die Nachbarin ihn auch sieht. Und die sieht ihn sofort. Schließlich kennt sie diesen Ohrring, hat das Gegenstück dazu erst vor einigen Wochen auf ihrer eigenen Couch gefunden. Sie starrt Zoe an.

»Darf ich?«, flötet diese.

Daniela Schenk sagt immer noch nichts, öffnet nur die Haustür ein bisschen weiter und Zoe schlüpft in ihrem Top und der knappsten Hotpants, die sie hat, an ihr vorbei.

Sie kann Daniela Schenks Gedanken fast hören.

Sie fühlt deren Blicke auf ihrem Po, auf ihren schlanken Beinen.

Zoe geht bewusst langsam Richtung Terrasse.

Bislang war da bei Daniela Schenk nur der Verdacht, dass ihr Mann eine Geliebte hat. Jetzt stellt sich heraus, dass es die fünfzehnjährige Nachbarstochter ist. Diese Gewissheit fühlt sich bestimmt fies an. Zoe angelt sich grazil den Federball, den sie vorher im Nachbarbeet platziert hat, streckt ihre Hotpants gen Himmel, als sie sich bückt. Ein perfektes Schauspiel für eine kleine befriedigende Gemeinheit.

»Da ist er ja. Vielen Dank.«

Sie stolziert an Daniela Schenk vorbei zur Tür hinaus und merkt erleichtert, dass zumindest ein bisschen Druck aus ihrem Kopf entwichen ist. Sie weiß, dass das pervers ist. Dass es krank ist. Aber wenn es ihr schlecht geht, ganz schlecht, tut es ihr ein bisschen gut, wenn es anderen auch schlecht geht. Und Daniela Schenk geht es jetzt sehr schlecht.

Den Rest des Nachmittags tanzt Zoe. Für Franzi. Die gluckst sabbernd vor sich hin, während Zoe sich verrenkt und hüpft und mit dem Popo wackelt. Als Franziska selig einschläft, legt Zoe nach. Wird wilder und schneller, stampft und dreht sich und lässt sich endlich erschöpft auf den Boden fallen. Das sind die Momente, die sie gut erträgt. Zu erschöpft zu sein, um noch irgendein anderes Gefühl daneben wahrnehmen zu können. Das ist gut.

Fast zu nah

Zoe unterhält sich angeregt mit ein paar Mädels. Sie weiß, sie darf jetzt nicht alleine hier rumstehen. Das könnte Enya Alt merkwürdig vorkommen. Es muss so aussehen, als sei sie mit ein paar Freundinnen hier. Als sei es wirklich absoluter Zufall, dass sie denselben Salsa-Kursus besucht wie ihre Lehrerin. Die kommt fast als letzte in den Raum, wirft schwungvoll ihre Tasche auf eine Bank, guckt sich neugierig um und erblickt ihre Schülerin.

»Zoe, was machst du hier? So ein Zufall.«

»Frau Alt? Machen Sie hier auch Salsa? Das ist ja witzig.« Zoe hat die Augen erstaunt aufgerissen. Heuchelt Überraschung.

»Steigst du jetzt mittendrin in den Kursus ein?«, will die Lehrerin jetzt wissen.

Mist. Daran hatte Zoe gar nicht gedacht. Sie bindet sich die Haare zum Knoten, denkt fieberhaft nach. »Ich war eigentlich in dem anderen Kursus am Donnerstag. Aber das ging jetzt zeitlich nicht mehr«, sagt sie schnell. Die Alt scheint es zu schlucken.

Die Tanzlehrerin klatscht zwei Mal in die Hände. »So, jeder sucht sich seinen Partner.«

Zoe registriert, wie sich Paare formieren. Ein paar junge Frauen haben ihren Freund dabei, zwei Jungs sind wohl solo, hoffen aber, dass nicht mehr lange zu sein. Viele Mädels tanzen zusammen. Enya Alt schaut Zoe auffordernd an. »Wollen wir?«

Wie bitte? Hat ihre Lehrerin keinen festen Tanzpartner? Noch nicht mal eine feste Tanzpartnerin? Wie traurig ist das denn? Zoe wischt schnell ihre feuchten Hände an der Jeans ab.

Sie findet es peinlich, wenn Frauen oder Mädchen zusammen tanzen. Und sie findet es fast unerträglich peinlich, dass sie jetzt ihre Lehrerin anfassen soll.

»Ja, super gerne.«

Sie muss sich auf den Rhythmus konzentrieren, auf den Takt, der so ganz anders ist als in der normalen Popmusik.

»Das sieht schon ganz gut aus. Ihr müsst nur beide die Hüften mehr schwingen. Da muss Leidenschaft drin sein, Sinnlichkeit.«

Die Tanzlehrerin korrigiert die Haltung und schlägt dann vor: »Am besten legt ihre eure Hände auf die Hüften der Partnerin. Ihr müsst dann gegen den Druck antanzen.«

Zoe schluckt. Nickt. Tanzt weiter. Lang, kurz-kurz, lang. Sie ist randvoll mit Scham. Die ganze Situation ist ihr zuwider.

»Du machst das echt super«, urteilt Enya Alt, deren Hüften offenbar eingegipst sind.

Zoe nickt wieder. Sie will nicht so nah in dieses offene Gesicht gucken, nicht das Sommerparfum ihrer Lehrerin riechen. Sie will nicht im Ausschnitt den vollen Brustansatz sehen. Das ist ihr zu eng. Zu viel Körperlichkeit. Sie zwingt sich dazu, weiterzumachen. Wenn sie morgen Carl erzählen müsste, dass sie gekniffen hat, würde er sie auslachen. Sie wäre gestorben für ihn. Schlimmer: Er würde sich selber an die Lehrerin ranmachen.

Irgendwann ist es geschafft.

Die Stunde, die sich wie zwei Tage gezogen hat, ist vorbei. Der letzte Song ist verklungen.

»Komm, ich lade dich noch auf eine Cola ein.«

Zoe wollte sich nach dem Kursus eigentlich aus dem Staub machen. Die Frage ihrer Lehrerin ekelt sie fast an. Aber wieder nickt sie nur. Sie soll sich an sie ranmachen, sich einschleimen. Das ist der Job.

Zoe registriert, dass sich niemand von Enya verabschiedet. Alle scheinen sich untereinander zu kennen, werfen sich Händchen zu, quatschen noch. Enya scheint unsichtbar. Sie gehen in ein Café um die Ecke. Zoe hatte schon befürchtet, die Lehrerin würde sie nach Hause einladen. Die Wohnung ist nur zwei Straßen entfernt. Doch wahrscheinlich ist die »Wunder-Bar« ihr Stammcafé. Enya Alt bestellt zwei Cola. Erstaunt stellt Zoe fest, dass auch hier niemand die Lehrerin grüßt. Selbst die Bedienung scheint sie nicht zu kennen.

»Sind Sie öfter hier?«

»Schon. Der Biergarten hier ist einfach traumhaft. Außerdem haben die hier gute Salate und Suppen. Ich kann nicht so gut kochen.«

Zoe legt den Kopf schief. Ist Enya Alt einsam? Hat die überhaupt Freundinnen? Einen Freund? Redet die in ihrer Freizeit? Oder muss die sich in der Schule leer quatschen?

Nur ein Mal Luft holen

Lilly.
Sie wacht mit dem Namen im Kopf auf. Wie große Leuchtbuchstaben einer Reklametafel leuchtet der Name in ihr.

Wieso hat sie nicht vorher an sie gedacht? Sie guckt auf die Uhr. Zehn nach acht. Für einen Samstag zu früh. Lilly wird sicher noch nicht wach sein. Zoe bleibt noch liegen. Dass sie nicht mehr schlafen wird, weiß sie. Aber wozu aufstehen? Im schlimmsten Fall wollen ihre Eltern ein weiteres ernstes Gespräch mit ihr führen. Sie steckt sich die Knöpfe in die Ohren, dreht auf. Es ist immer ein Drahtseilakt den Punkt zu finden, an dem die Musik laut genug ist und noch nicht weh tut. Bis neun Uhr lässt sie sich die Bässe durch den Kopf hämmern. Dann wagt sie es.

Lilly geht nach dem sechsten oder siebten Klingeln völlig verschlafen dran.

»Morgen, hier ist Zoe. Schläfst du noch?«

»Eigentlich ja«, stöhnt Lilly.

»Kannst dich gleich wieder umdrehen. Ich wollte nur fragen, ob du Lust hast, gleich mit in die City zu kommen. Oder wie wäre es mit Freibad?«

Zoe würde auch anbieten, Lilly beim Unkraut zupfen oder Badezimmer putzen zu helfen. Sie will mit jemandem reden, sich ablenken lassen, sich gemocht fühlen. Sie will verdammt noch mal nicht alleine mit sich sein.

Lilly gähnt laut. »Eigentlich gerne, aber ich bin schon

ausgebucht. Ein paar Mädels aus meiner neuen Klasse kommen gleich. Wir haben uns zusammen ein Set für French-Nail-Design gekauft und wollen das ausprobieren.«

Sie fragt nicht, ob Zoe vielleicht dazukommen will.

»Dann feilt mal schön. Bis bald.«

Zoe schafft es aufzulegen, ehe die Tränen ihre Stimme aufweichen, brüchig machen. Sie kann sie jetzt nicht mehr aufhalten. Wenn sie einmal tropfen, ist es zu spät. Dann gibt es kein Zurück mehr. Wie beim Pipimachen.

Sie umarmt ihr Kopfkissen, presst es sich dicht vors Gesicht. Die Tränen kommen von ganz unten, von ganz innen. Sie sind früher und jetzt. Sie sind heiß und kalt. Bitter und salzig. Und sie waschen sie nie rein. Nichts wird rausgewaschen. Es ist der Moment, in dem keine Worte mehr da sind, in dem der Schmerz das Sagen hat, in dem sie ihre Trauer fühlt wie eine alles verschlingende Dunkelheit. In der sogar die hellste Sonne aufgesogen würde.

Sie hasst diese Momente. Weil sie dann schwach ist. Klein.

Und sie liebt sie, weil sie ihr erlauben, sich endlich fallen zu lassen. Weil ihre Seele mal kurz Luft holen darf, um bald wieder Stärke zu simulieren.

Als ihre Eltern sie zum Frühstück rufen, ist davon nichts mehr in ihrem Gesicht zu lesen. Ein Peeling, eine Schaummaske, Tagescreme und Wimperntusche haben die gewohnte Zoe erscheinen lassen. Sie schiebt Franziska auf die Terrasse. Füttert sie mit eingeweichten Croissantstücken. Danach schiebt die den Rollstuhl über den Rasen zu ihrem Teich. Stefan Kessler hat das Ufer noch mal befestigt, ein paar Falten geradegezogen. Zoe platscht mit der Hand ins Wasser. »Guck mal, Franzi, Wasser«, lacht sie.

Franziska sieht in den Himmel, fixiert etwas Unsichtbares.

»Hier, für dich. Da schwimmen bald Fische drin. Fisch. Blubb. Blubb.« Zoe macht mit der Hand Wellen.

Franzi quietscht. Sie hat einen Vogel gesehen.

»Hier Franzi. Schau mal. Wasser.«

Zoe lässt ihre Hand auf das Wasser klatschen. Es spritzt. Sie klatscht fester. Es spritzt höher. Franzi erschrickt sich. Sie hat ein paar Tropfen abgekriegt. Sie wirft sich zurück, stößt mit dem Kopf gegen die Lehne. Zoe haut ein letztes Mal auf die Wasseroberfläche. »Das habe ich für dich gemacht. Ein kleiner See. Nur für dich«, brüllt sie.

Franziska brüllt auch.

Zoe rennt ins Haus. Nein, sie weint nicht mehr. Sie ist leer. Alles in ihr ist taub. Mit zwei Griffen hat sie Buch, Heft und Etui aus der Tasche geholt. Sie fängt an zu rechnen. Die nächsten zwölf Aufgaben im Mathe-Buch. Das kann sie. Darin ist sie gut. Das fühlt sich gut an. Die Welt der Zahlen ist so klar. Richtig oder falsch. Kein dazwischen. Kein: ja, aber.

Spinnweben

Sie erschrickt, als sie plötzlich die Stimme von Alice hört. Sie kennt das rollende, laute Lachen. Was macht die denn hier? Und vor allem: Ist Julian auch dabei?

»Zoe, komm runter. Wir grillen«, hört sie ihre Mutter rufen.

Vorsichtig geht sie die Treppe runter.

Julian, seine Eltern und ihre Eltern stehen im Garten. Ihr wird leicht übel, trotzdem zwingt sie sich weiterzugehen.

Markus dreht sich um: »He, Zoe. Den hast wirklich du gemacht? Ganz alleine?« Er zeigt beeindruckt auf den kleinen Teich.

Sie nickt nur.

Julian kommt zu ihr, legt den Arm um sie. »Hut ab, wenn ich irgendwann mal baue, weiß ich ja, wer mir das Fundament aushebt.«

»Finger weg.« Ihre Stimme ist zu laut. Zu schneidend. Alle sehen sie an.

»Ich habe hier einen Sonnenbrand«, schiebt sie schnell hinterher und zeigt auf ihre Schulter. Sonja Kesslers Blick bleibt an ihr haften. Immer wieder gehen ihre Augen prüfend zu ihrer Tochter. Was stimmt nicht mit ihr? Sie spürt eine Veränderung, kann sie nicht greifen, nicht packen. Ganz tief in ihr ist da eine Ahnung, dass da mehr ist als ein ausdauerndes Pubertätsgewitter. Aber diese Ahnung ist zu scheu, um sich in den Vordergrund zu spielen.

Direkt nach dem Essen hält Zoe es nicht mehr aus. Unter dem Vorwand, sie habe Franzi schreien gehört, geht sie rein. Sie nimmt sich das Handy ihres Vaters, schleicht in ihr Zimmer. Ihr Vater hat eine Rufnummerunterdrückung. Sie weiß genau, wenn ihre Nummer bei Saskia auf dem Display leuchtet, wird die niemals rangehen. Jetzt meldet sie sich nach dem zweiten Klingeln.

»He. Hier ist Zoe.«

»Hallo.«

»Ich dachte, wir quatschen ein bisschen.«

Zoe fühlt sich klein, verzagt. Sonst hat sie immer kiloweise Worte zur Hand. Jetzt sind alle weg. Wieso ist ihre Freundin so fremd?

»Über was denn?«

»Ist mir egal. Über irgendwas.«

»Lass uns doch über deinen neuen Lover reden.«

»Über wen?«

»Über den coolen Carl. Scheint ja ganz schön abzugehen bei euch, wenn man ihm so zuhört.«

»Carl ist nicht mein Freund. Spinnst du?«

»Wir könnten auch darüber reden, dass du wohl gesagt hast, meine Oberschenkel sähen aus wie eine Marslandschaft.«

»Das habe ich nicht. Was soll das?«

»Eine Freundin von Lilly hat es gehört. Lüg mich also nicht an. Und wie war das? Du warst zu krank, um zu Kims Prüfung zu kommen? Auch gelogen. Weißt du was? Ich weiß nicht, über was ich mit dir jetzt reden sollte.«

Saskia legt auf. Legt einfach auf. Zoe ist wie betäubt. Fünf Minuten später hat sie Lilly am Telefon.

»Eine Freundin von dir behauptet, ich hätte über Saskia gelästert. Was soll das? Wer ist das?«

»Das ist keine Freundin von mir. Sondern die Schwester von einer Mitschülerin glaube ich. Die hat das irgendwo gehört. Und dann hat sie das wohl einer Freundin gepostet, weil sie die Formulierung so witzig fand.«

»Wie heißt diese ominöse Schwester?«

»Ich weiß es nicht. Ehrlich gesagt habe ich auch zu der Fabienne, das ist die aus meiner Klasse, kaum Kontakt. Die wohnt in dem Block am Kanal. Weißt du?«

Zoe legt auf. Es ist zu viel. Julian, der unten auf der Terrasse hockt, Saskia, die sie gemein beschuldigt. Lilly mit ihrem unschuldigen Geplapper. Diese ganzen Lügen um sie herum, die wie feine Spinnweben gesponnen werden.

Im Strandbad

Wenn Carl wüsste, wie perfekt sein Plan funktioniert, er käme vor Lachen nicht in den Schlaf. Er hatte es als Versuchsballon gestartet. Als stille Post, die versandet oder den Empfänger erreicht. Er hatte aus Langeweile mit der Gang aus seinem Block am Bahnhof abgehangen. Als auf der anderen Straßenseite Lilly und Saskia an der Bushaltestelle ausstiegen.

»Guck mal die«, hatte die kleine Vivienne gequiekt. »Die Große mit der komischen Haarfarbe geht mit meiner Schwester in eine Klasse.«

Er hatte so gehofft, dass das Gift über Vivienne, Fabienne und Lilly schließlich Saskia erreichen würde. Es war angekommen. Saskia hatte es geschluckt. Und natürlich fühlte sie sich verraten, verletzt, gekränkt, wütend. Sie entfernte sich einen weiteren Schritt von Zoe, um die herum es immer einsamer wurde. So sollte es sein. Genau da wollte er sie haben. Für seinen Plan musste sie verzweifelt genug sein.

Aber Carl ist auch so glücklich. Sowohl Samstag als auch am Sonntag ist er Enya Alt gefolgt und hat festgestellt, dass sie eine treue Seele zu sein scheint. Andere würden wohl langweilig sagen. Beide Tage hat sie im Strandbad verbracht – das Freibad für Alternative. Kein Chlor, keine Pommesbude, kein vollgepinkeltes Babybecken, kein Fünf-Meter-Turm für geile Arschbomben, keine Liegestühle. Nur Gras und See. Bis in den späten Nachmittag hat sich die Lehrerin in der Sonne geaalt, hat seitenweise ein Buch verschlungen, sich außerdem einen Fruchtriegel, einen Joghurt und jede Menge Obst einverleibt. Am Sonntag hat sie sich außerdem ein Eis gegönnt und zwei Mal kurz per Handy telefoniert. Ansonsten hat sie mit niemandem gesprochen. Hat sich noch nicht mal die anderen Leute angesehen. Den Stundenplan der Englischlehrerin weiß Carl längst auswendig. Und so weiß er, dass sie am Montag schon ab halb zwölf frei hat. Er ist sich sicher, dass sie auch am Montag an ihrer Bräune arbeiten wird, und zwar im Strandbad.

Zoe ist schon fast eingeschlafen, als die SMS sie hochschrecken lässt.

Pack morgen deinen Bikini ein, wir gehen direkt nach der Schule schwimmen. C.

Morgen ist schlecht. Erst Tanzen, dann letzte Probe auf dem Schulhof für Samstag. Da muss ich hin. Z.

Zehn Minuten später klingelt ihr Telefon. Carl hält sich nicht lange mit Vorreden auf. »Was soll das heißen? Ist dir tatsächlich so ein Gehopse wichtiger? Sag mir einfach, dass du aussteigst. Dann suche ich mir eine andere.«

Zoe ist müde. Der Tag hat so an ihr gezehrt, ihre Kraft ausgesaugt. Sie sagt einfach nichts.

»Bist du noch dran? Pass auf, wenn du glaubst, ich versuche dich jetzt zu überreden, vergiss es. Entweder du bist dabei. Oder du lässt es.«

Immerhin. Jemand möchte sie sehen.

Bilder tauchen vor ihr auf. Kim und Saskia, die sie in der Umkleide schneiden, die sie keines Blickes würdigen. Kim, die sie bei der Probe provozieren will.

»Ich bin dabei.«

»Geht doch. Bis morgen.«

Sie schläft nicht gut. Franzi schleicht sich wieder in ihre Träume. Klammert sich an sie, guckt ihr durch die Augen bis auf den Grund ihrer klammen Seele. Nach dem Aufwachen noch spürt sie die Stelle, an der die Schwester sich im Traum an ihr festgekrallt hat. Sie duscht lange und heiß. Noch vor der ersten Stunde geht sie zu Herrn Jürgens und erklärt dem Klassenlehrer, dass die Stellprobe ohne sie stattfinden müsse. Sie murmelt was von familiären Gründen und dass die Choreographie aber stünde. Er nickt abwesend, notiert weiter was in sein rotes Notizbuch. Auf dem Weg zum Klassenzimmer muss sie fast grinsen. Zumindest kann sie sich die Lüge für Saskia und Kim sparen. Bei denen muss sie sich nicht mehr entschuldigen. Hat der Streit also doch was Gutes.

Carl wartet schon ungeduldig am Fahrradkeller. »Komm, schwing deinen Popo.«

»Wohin geht es?«

»Strandbad. Beeil dich.«

»Strandbad? Scheiße. Da treffen sich doch all die, die jegliche Körperrasur ablehnen, oder?«

Carl grinst mit einem Mundwinkel. »Wir sind da nicht, weil wir schöne, glatte Menschen sehen wollen.«

Als sie auf die Liegewiese kommen, sieht Zoe sie sofort. Enya Alt liegt auf der Seite, blättert in einer Zeitschrift.

Carl zieht Zoe zur anderen Seite der Wiese.

Sie runzelt die Stirn. »Ich dachte, wir machen uns an sie ran?«, raunt sie

»Ja, aber doch nicht so, dass sie es merkt.«

Sie breiten zwanzig Meter weit entfernt ihre Handtücher aus. Als Carl seine Jeans öffnet, abstreift und das Shirt über den Kopf zieht, steht Zoe steif daneben. Sei hat ihren Bikini unter den Klamotten. Aber sie fühlt sich jetzt schon zu nackt.

»Ich gehe erstmal aufs Klo«, sagt sie schnell.

»Ich dachte, wir gehen eh gleich ins Wasser«, lacht Carl.

Als sie wiederkommt, scheint Carl schon eingeschlafen. Sie zieht Shorts und Shirt aus, legt sich auch schnell hin.

Es passiert nichts. Carl liegt einfach da. Zoe linst vorsichtig zu Enya Alt rüber. Die erhebt sich, bindet ihr Haar zusammen und geht ins Wasser.

»Sie geht schwimmen«, flüstert Zoe zu Carl.

»Mmh.«

Zoe lehnt sich zurück, guckt unter ihren Augenlidern weiter zu Enya Alt.

»Sie schwimmt in unsere Richtung.«

»Mmh.«

Zoe platzt langsam der Kragen. »Was soll das? Das ist ja wohl das unauffälligste Ranmachen, das ich je erlebt habe«, zischt sie ihn an.

»Bleib cool«, antwortet Carl schläfrig.

Zoe steigt plötzlich wieder der Apfelgeruch in die Nase. Sie schließt die Augen. Versucht an nichts zu denken und ignoriert auch, dass sie am Oberarm wieder die klammernde Hand Franzis spürt.

»Komm.« Carl ist schon aufgestanden. Sie rappelt sich überrascht hoch, sieht, dass die Alt schon wieder auf ihrem Handtuch liegt. Sie gehen ins Wasser, Zoe taucht ganz unter. Als sie wieder hoch kommt, drückt Carl gleich wieder ihren Kopf runter. Ungewöhnlich fest. Kurz denkt sie an die Situation neulich im Bad. Sie und Franzi und die bösen Gedanken. Mit aller Kraft befreit sich Zoe, schnappt nach Luft.

»Willst du mich ertränken?«, keift sie ihn an und wischt sich das Wasser aus dem Gesicht.

»Ja, schrei nur. Sie muss auf uns aufmerksam werden. Sie muss denken, dass sie uns zufällig gesehen hat. Es wäre doof, wenn wir es sind, die sie finden. Also müssen wir ein bisschen Action bieten.«

Zoe dreht sich weg, streicht ihre Haare nach hinten, dreht sich abrupt um und schleudert Carl mit beiden Händen eine Welle ins Gesicht. Der wirft sich mit Gebrüll ins Wasser, taucht ab, fasst nach ihrem Bein und zieht sie runter. Zoe weiß gar nicht, ob sie lachen oder brüllen soll. Sie fühlt diese Wut in sich, aber auch die Nähe von Carl. Spürt seine Hände auf ihrem Körper. Sie quietscht laut und lässt sich rückwärts fallen. Als sie wieder hochkommt, sieht sie, dass Enya Alt auf sie aufmerksam geworden ist. Sie hat ihr Buch zur Seite gelegt. Zoe liest in Carls Augen, dass er es auch registriert hat.

»Weitermachen«, flüstert er tonlos.

Sie albern noch ein bisschen herum. Einmal fährt Carls Hand gefährlich an ihrem Oberschenkel hoch. Auf der Innenseite, wo die Haut ganz dünn ist. Zoe weiß nicht, ob es zufällig passiert oder nicht. Sie will es auch nicht wissen, dann müsste sie es beurteilen. Plötzlich befiehlt Carl »Abmarsch«. Sie gehen triefend ans Ufer, ungefähr auf der Höhe, auf der Enya Alt liegt. Sie gehen langsam, schütteln sich das Wasser ab. Carl guckt scheinbar beiläufig in der Gegend rum, sieht plötzlich die Lehrerin, die ihren Schülern zuwinkt.

»Ach, guck mal, Frau Alt«, sagt Carl wie in einem Schülertheater.

Sie schlendern zu der Lehrerin. Sie small-talken. Irgendwann ist es der Lehrerin zu anstrengend, die ganze Zeit nach oben zu gucken, mitten in die Sonne.

»Wollt ihr euch nicht setzen?«, fragt sie unentschlossen.

»Wir wollen Sie nicht stören«, sagt Carl devot und dreht sich leicht ab.

»Ihr stört mich nicht. So habe ich außerdem länger was von meinem Buch«, lacht Enya Alt. Carl holt ihre

Handtücher und Taschen und fragt gar nicht, ob die Einladung so gemeint war.

Er verwickelt Enya Alt geschickt in ein Gespräch, quatscht mit ihr über englische Songtexte und Dialekte. Als die Alt irgendwann aufsteht, um drei Wasser am Kiosk zu holen, rollt Carl sich zu Zoe.

»Du steckst jetzt meine Kamera in deine Tasche und gehst gleich weg, weil du dich umziehen willst. Und dann legst du dich da oben ins Gebüsch und machst ein paar hübsche Fotos. Du verstehst, oder? Enya und ich. Schön nah. Schön intim. Nur wir. Viel Haut. Es muss privat aussehen. Am besten verliebt. Nicht wie zufällig im Freibad getroffen, alles klar?«

Die Sonne ist immer noch heiß. Zoe wird kalt. Sie spürt, dass sie gerade eine Grenze hinter sich lässt. Eine, die sie noch nie übertreten hat.

Zoe nimmt ein paar Schlucke, als Enya Alt zurück ist, steht dann auf. »Ich muss mich mal umziehen.«

Carl nickt kurz. »Wahrscheinlich brauchst du wieder ewig«, grinst er.

Zoe geht Richtung Umkleide, schwenkt erst ab, als sie nicht mehr zu sehen ist. Zwischen zwei Büschen hockt sie sich hin, holt die schwere Kamera mit dem riesigen Objektiv raus. Sie richtet sie auf die Lehrerin und Carl – und erschrickt. Die Beiden sind total nah. Sie kann sie sogar noch näher zoomen. Carl unterhält sich weiter mit Enya Alt. Zoe drückt ab, registriert, dass Carl sich weiter nach vorne lehnt. Es sieht vertraulich aus. Mehr aber auch nicht. Irgendwann lacht Enya Alt laut auf, legt kurz die Hand auf Carls nackten Oberarm. Zoe grinst. Und dann lässt Carl sich einfach nach hinten fallen. Liegt flach auf seinem Handtuch. Was soll das? Glaubt er, die Alt schmeißt sich jetzt auf ihn, oder was? Zoe lässt kurz die schwere Kamera sinken. Ihr Arm tut ihr schon weh.

Plötzlich rollt Carl sich auf den Bauch, fasst an seine Schulter. Er setzt sich auf, sieht beunruhigt aus. Auch Enya Alt schaut besorgt auf seinen Rücken. Und dann zückt sie Sonnencreme. Zoe versteht, bringt das Objektiv wieder in den Anschlag. Perfekt. Enya Alts Gesicht ganz nahe an Carls. Ein paar Fingerspitzen, die über den Rücken streichen. Carl geht ins Profil, ahnt wohl, wo Zoe hockt und schließt genüsslich die Augen. Zoe hat schon rund fünfzig Aufnahmen gemacht. Es kommt zum Wortwechsel. Enya Alt wehrt irgendwie ab, Carl nimmt ihr mit sanfter Gewalt die Flasche aus der Hand. Klar. Jetzt will er ihren Rücken eincremen. Sie legt sich auf den Bauch, er beginnt und setzt einen verträumten Gesichtsausdruck auf. Leider bringt das gar nichts, weil Enya ihr Gesicht abgewandt hat. So ist das irgendein Rücken, den er da bearbeitet. Da nützt ihm auch die beste Technik, die er bei den Mädels im Block trainiert hat, nichts. Zoe flucht leise. Sie tastet am Boden, findet ein paar kleine Steine und zielt auf drei Kinder, die in ihrer Nähe spielen. Sie scheint eins getroffen zu haben. Ein Schrei und Enya Alt wendet natürlich sofort den Kopf. Die ersten Bilder sind kacke. Die Lehrerin sieht viel zu panisch und erschrocken aus. Dann aber lässt sie den Kopf auf der richtigen Seite sinken und schließt die Augen. Carl guckt suchend Richtung Gebüsch, lehnt sich dann ganz weit runter. Sein Mund ist nur wenige Zentimeter von dem Ohr entfernt. Er weiß, dass er das nur ganz kurz andeuten kann, aber es reicht. Zoe hat Enya Alts entspanntes Gesicht, ihren bloßen Nacken, Carl über sie gebeugt mit nacktem Oberkörper. Mit wenigen Bewegungen zieht Zoe ihre Klamotten über den Bikini, schmeißt die Kamera in die Tasche und geht zu ihrem Platz.

»Habe ich es nicht gesagt, die braucht ewig. Wenn die sich auch noch schminken muss, kann ich in der Zeit ein ganzes Buch lesen. Seien Sie froh, dass Sie kein Make-up und so einen Mist brauchen. Das verschlingt nur Lebenszeit.«

Zoe atmet gepresst ein. Sie findet, dass das nun nicht nötig war. Als wäre sie ein vernarbtes Monster, das sich die Fresse zuspachteln muss und Enya Alt die strahlende Naturschönheit. Enya Alt zieht nur kurz eine Augenbraue hoch. Das sieht cool aus. Leider ist sie auch puterrot im Gesicht, was weniger cool wirkt. Zoe verkneift sich, der Lehrerin zum Abschied zu raten, sich auch mal im Gesicht einzucremen.

Salz in der Wunde

Wie ich mein Glück zurzeit kenne, läuft mir jetzt gleich Saskia über den Weg«, sagt Zoe, während sie ihr Rad aufschließt.

»Willst du ihr nicht begegnen? Ich dachte, ihr seid die besten Freundinnen?« Carl klingt fast richtig besorgt.

»Eigentlich ja. Zurzeit gibt es gerade Stress.«

»Und sie soll nicht wissen, dass du mit mir unterwegs bist?« Carl klingt ein bisschen verzagt. Er macht seine Sache einfach gut.

»Sagen wir mal so. Es würde den Stress nicht mildern.«

»Mist.«

Carl wirkt jetzt wirklich zerknirscht.

»Was ist Mist?« Zoe hat sich aufgerichtet, guckt ihn irritiert an.

»Ich habe vorhin ein paar Typen aus der Schule für heute Nachmittag abgesagt und erwähnt, dass ich mit dir unterwegs bin.«

»Und?«

»Saskia und Kim standen daneben. Ich hatte mich schon gewundert, warum die dabei so komisch gegrinst haben.«

Zoe stützt sich auf den Lenker, lässt den Kopf hängen. So sieht sie auch nicht, wie Carl grinst.

Als würde er den Streit zwischen Zoe und ihren Gefolginnen dem Zufall überlassen! Er weiß doch genau, dass er immer wieder Salz in die Wunden streuen muss, damit die nicht zusammenwachsen. Er kann an Zoes Gesicht sehen, wie sehr das Salz brennt. »Komm, wir gucken uns mal an, was du da geknipst hast.«

Zoe folgt ihm stumm.

Natürlich fährt Carl nicht nach Hause. Er würde sich eher den linken Arm abhacken, als Zoe zu sich nach Hause zu bringen. Er steuert einen winzigen Elektroladen an.

»Hier arbeitet Mike, ein Kumpel von mir. Der kann die Fotos gleich bearbeiten und uns alles auf CD brennen.«

Mike würde nur zu gerne mit auf den Monitor gucken, sehen, was Carl da so Wichtiges fotografiert hat. Aber Carl schickt ihn weg. »Wir rufen dich, wenn wir dich brauchen«, sagt er brüsk und Mike verlässt artig das Büro.

Überraschung

Zoe ist fast erschrocken, so gut sind die Fotos. Immer wieder Carl und Enya. Wenn sie es nicht besser wüsste, würde sie eifersüchtig werden. Die Bilder strahlen eine solche Intimität aus, so viel Nähe. Da ist viel nackte Haut. Dann die Bilder mit der Sonnencreme. Als würden sie sich, kurz bevor sie übereinander herfallen, noch einölen. Einfach nur traumhaft.

»Wie hast du es eigentlich geschafft, dass dieses Kind plötzlich so losgebrüllt und die Alt endlich den Kopf gedreht hat?«, will Carl plötzlich wissen.

»Betriebsgeheimnis. Aber hat ja geklappt.«

»Du bist echt der Hammer.«

Sie suchen zusammen zwanzig Fotos aus. Bilder, die das sofortige Ende von Enya Alts Lehrerdasein bedeuten.

»Komm, darauf stoßen wir an.« Carl holt eine Flasche Sekt aus seinem Rucksack.

»Wieso hast du Sekt dabei?«

»Wenn die Alt hätte rumzicken wollen, hätte ich den ins Spiel gebracht, um sie ein bisschen locker zu machen. Aber mit dir trinke ich ihn natürlich lieber.«

Carl nimmt zwei kalkige Gläser aus dem Regal, schenkt ein.

Das Zeug ist süß und warm und Zoe merkt nicht, dass Carl eigentlich kaum trinkt. Sie mag eigentlich auch keinen Sekt, aber will jetzt nicht kneifen. Artig schüttet sie das klebrige Zeug runter.

Erst auf dem Rad merkt sie, dass ihr der Sekt in den

Kopf und die Beine geflossen ist. Sie ist so froh, heil zu Hause anzukommen. Als sie das Rad an die Hauswand lehnen will, fällt es mit lautem Scheppern hin. Wenige Sekunden später öffnet sich die Haustür, Sonja Kessler guckt Zoe erschrocken an. »Was ist los?«

»Das Rad ist hingefallen.«

»Warum hebst du es nicht auf?«

»Dann könnte es wieder hinfallen. Ich lass es einfach so liegen. Das will bestimmt auch pennen«, kontert Zoe.

Sie will an ihrer Mutter vorbei ins Haus gehen. Als sie auf einer Höhe sind, hält Sonja Kessler sie fest, schnuppert kurz. »Hast du getrunken?«

»Ja.«

»Was?«

»Heute Morgen Kaffee, in der Schule Tee, dann Wasser.«

»Du riechst nach Alkohol.«

»Vielleicht riechst du deinen eigenen Atem, der dir aus dem Mund in die Nase steigt.«

Sonja Kessler zuckt wie nach einem Schlag. Sie lässt Zoe los, die geht regungslos weiter nach oben.

Zehn Minuten später spürt sie eine Hand auf ihrer Schulter und schreckt herum. Sie hatte die Kopfhörer auf, hat schnellen, harten, schmerzenden Rhythmus in ihren Kopf geblasen. Stefan Kessler zieht ihr die Stöpsel raus. »Komm bitte runter.«

Sie schlendert hinter ihm her. Jetzt gibt es wieder so ein Eltern-Tochter-Gespräch. Fast wünscht sie sich, dass Franzi wieder einen epileptischen Anfall bekommt.

»Setz dich.« Stefan Kessler drückt seine Tochter auf einen Stuhl am Esstisch. Ihre Mutter sitzt schon da.

»Ich fühle mich wie bei *Täglich grüßt das Murmeltier*. Das kennt ihr doch, oder?«, kichert Zoe plötzlich.

Stefan Kessler reagiert nicht darauf.

»Wir möchten jetzt endlich gerne wissen, was mit dir

los ist. Was in dir vorgeht. Wir kennen dich nicht mehr. Du fängst nicht nur an zu lügen, zerstreitest dich mit deinen Freundinnen, sondern kommst jetzt plötzlich auch noch angetrunken nach Hause. Was soll das? Willst du uns provozieren? Dann kann ich dich nur beglückwünschen. Das hast du geschafft.«

Zoe lehnt sich zurück. »Eigentlich müsstet ihr doch total happy sein. Jetzt dürft ihr endlich offiziell und amtlich wütend auf mich sein. Muss sich doch geil anfühlen.«

Ihre Stimme könnte altes Brot schneiden. »Warum sollen wir gerne wütend auf dich sein?«

»Als ihr wirklich wütend wart, habt ihr euch ja nicht getraut. Da wart ihr so scheißenett zu mir. Kein Vorwurf. Nichts. Ihr habt einfach so getan, als hätte ich nichts gemacht. Das war das Schlimmste.«

»Was hast du denn gemacht?« Sonja Kessler mischt sich ein, guckt Zoe überrascht an.

»Jetzt tu doch nicht so. Das kotzt mich an. Seit Jahren kotzt mich das an. Wenn ihr mich damals in ein Heim gegeben hättet, ich hätte es verstanden. Es wäre okay für mich gewesen. Manchmal habe ich mir gewünscht, dass es so gekommen wäre. Damit ich sie nicht mehr sehen muss.«

»Sie?«

»Franzi, verdammte Scheiße. Ihr müsst mich doch gehasst haben. Wahrscheinlich tut ihr es immer noch. Aber in eurer Vorstadt-Mittelschicht-Idylle kommt so was ja nicht vor. Da hasst man sein Kind nicht. Auch nicht, wenn es die eigene Schwester zum Krüppel gemacht hat.«

Sonja und Stefan gucken sich an. Erschrocken, überrascht, ratlos.

Zoe lacht höhnisch.

»Jetzt überlegt ihr, was? Wie könnt ihr mir jetzt erklären, dass ihr mich ja trotzdem liebt? Dass ihr mir verzeiht. Vergesst es. Ich verstehe, wenn ihr es nicht tut. Es ist in Ordnung.«

»Wieso hast du Franziska zum Krüppel gemacht?« Stefan versucht ruhig und sachlich zu klingen.

»Für wie blöd haltet ihr mich eigentlich? Wenn ich mich damals nicht im Bad eingeschlossen hätte, wärt ihr rechtzeitig im Krankenhaus gewesen, dann hätte es keine Unterversorgung gegeben und nebenan würde nicht ein Wesen liegen, das Zeit seines Lebens in Windeln kacken wird. Ich weiß, dass es so ist. Und ich weiß auch, dass ihr es wisst. Also lasst den Scheiß.«

Der Raum wird fast aufgefressen von der folgenden Stille.

Auch Zoe ist ganz ruhig. Endlich ist es raus. Sie fühlt sich fast ein bisschen erleichtert. Als hätte sie was Schlechtes gegessen – und das nun ausgekotzt.

Stefan und Sonja sind wie betäubt. Erstarrt. Es ist Sonja, die sich als Erste fängt.

»Du bist nicht schuldig«, flüstert sie.

»Nee, klar«, lacht Zoe zynisch.

»Die Nabelschnur hatte sich schon vorher von der Plazenta gelöst. Das hat die spätere Untersuchung ergeben. Deine Angstattacke und dein hysterischer Anfall damals haben überhaupt nichts mit Franzis Behinderung zu tun. Sie ist nicht wegen dir so wie sie ist. Sie wäre so oder so behindert auf die Welt gekommen. Wir haben auch lange gebraucht, das einfach zu akzeptieren. Das ist die Natur. Niemand hat ein Recht auf ein gesundes Kind. Und wer definiert eigentlich, was gesund oder was normal ist? Aus irgendeinem Grund hat mein Körper kurz vor der Geburt die Verbindung gekappt. Ich habe mich lange dafür geschämt. Irgendwann musste ich damit aufhören. Sonst wäre ich kaputt gegangen«, erklärt Sonja Kessler ihren Händen, die sie auf der Tischplatte knetet.

Jetzt frisst die Stille Zoe auf. Von allen Seiten hackt das Gefühl seine Zähne in sie. Sie muss an dieses Pacman-Spiel denken. Dieses gefräßige kleine Monster. Sie fühlt Hunderte Monster an sich knabbern.

Sie starrt ihre Mutter an, ihren Vater. Sie möchte was sagen, aber da sind keine Worte mehr. Nichts ist mehr, wie es vor drei Minuten war. Nichts hat mehr einen Grund.

»Warst du deswegen immer so lieb zu Franzi? Weil du dachtest, du seiest schuldig?« Stefan Kessler redet auch mit seinen Händen.

Keiner hier will jetzt dem anderen in die Augen sehen.

Nein, denkt Zoe sofort. Sie war lieb zu ihr, weil sie Franzi zum Glucksen bringen wollte, in den verträumten Schlaf. Weil sie sie mag, weil sie ihren Eltern helfen wollte.

Ja, denkt sie danach. Weil es doch das Mindeste war. Und das war ja doch nur so wenig.

Sie hat es gemacht, weil ein zufriedener Gesichtsausdruck ihrer kleinen Schwester das Einzige war, das den Schmerz der Schuld zumindest gedrosselt hat. Das alles kann Zoe nicht sagen. Sie sieht an sich runter. Ist sich fremd.

Bis gerade war sie Zoe, die Vogelfreie. Nichts konnte ihr passieren. Weil nichts schlimmer sein konnte als die Schuld. Und jetzt? Wer ist sie jetzt, wenn nicht das Mädchen mit den Kreuzen aus Lammblut auf der Seele?

Sie steht abrupt auf, der Stuhl fällt dabei um. »Ich gehe nach oben.«

Sie muss weg aus diesem Triumvirat. Fast so lange sie denken kann, hat sie die Macht der Schuld gefühlt. Sie war Motor, Betäubung, Herausforderung, Stigma.

Und was ist da jetzt?

Wer ist sie jetzt?

Wie fremd steht sie mitten in ihrem Zimmer, weiß nicht, wohin mit sich. Mit ihrer Fassungslosigkeit, ihrer Leere. Ihr erster Impuls ist: weg hier. Wie betäubt holt sie ihre große Tasche aus dem Kleiderschrank, fängt wie blind an, Klamotten reinzustopfen. Sie muss hier raus. Sie fühlt eh keinen Boden mehr unter den Füßen. Sie möchte sich gerne in einem anderen Leben anschwemmen lassen. Irgendwo ganz neu beginnen. Plötzlich hält sie inne, lehnt sich an die Wand und lässt sich langsam runtergleiten. Sie hat plötzlich das Gefühl, noch nicht mal mehr die Kraft zu haben, um zu stehen. Wenn sie all die Jahre nicht gegangen ist, warum sollte sie jetzt gehen? Wo sie doch gerade die Absolution erhalten hat. Wo doch plötzlich die Sonne aufgehen müsste. Sie müsste spüren, wie die Ketten um sie gesprengt werden wie beim »eisernen Heinrich«. Zoe windet sich unter ihren Gedanken. Sie soll plötzlich ein ganz normales Mädchen sein? Das schafft sie nicht. Wenn jetzt jemand käme und sagte: »Toll, wie du das mit deiner Schwester machst«, dann dürfte sie ein bisschen stolz sein? Sie dürfte auf sich stolz sein? Sie weiß gar nicht, wie das geht. Sie weiß gar nicht, wie es sich anfühlt. Sie dürfte vor dem Spiegel stehen und finden, dass sie gut aussieht. Und es käme keine Stimme, die flüsterte: Und nebenan liegt eine verstümmelte Kreatur und du bist schuld.

Sie dürfte richtig glücklich sein.

Sie könnte nach dem Abi irgendwohin zum Studieren gehen. Nach Berlin, Hamburg, München. Sie müsste nicht aus schlechtem Gewissen dableiben, um Mama und Papa zu helfen. Sie steht ungläubig vor ihrer neuen Welt und ihr wird übel. Sie hat keine Orientierung mehr.

Kennt sich nicht mehr aus.

Kennt sich nicht mehr.

Irgendwann stopft sie die halb gepackte Tasche wieder unten in den Kleiderschrank, legt sich ungewaschen ins

Bett. Bloß niemanden mehr sehen heute Abend. Sich auch nicht in den schwarzen Knopfaugen des Teddys spiegeln. Einfach nur abtauchen.

Nach drei Stunden gibt sie es auf. Sie wird nicht mehr einschlafen. Sie weiß es. Leise schleicht sie zu Franziska. Sie setzt sich auf einen Stuhl an ihr Bett, redet leise, ganz leise mit ihr. Irgendwann spürt sie, wie der Schlaf doch noch gnädig um die Ecke kommt und sie legt ihren Kopf auf die Matratze. Die Hand ihrer kleinen Schwester lässt sie auch dabei nicht los.

Der Morgen danach

Sonja Kessler muss weinen, als sie am frühen Morgen in Franzis Zimmer kommt. Vorsichtig legt sie die Hand auf Zoes Rücken. Die schreckt hoch, guckt sich verwirrt um. Sieht ihre Mutter an und sofort wieder weg.

»Leg dich ins Bett. Ruh dich aus«, sagt die Mutter.

Aber Zoe will sich nicht ausruhen. Dann beginnt nur wieder das Gedankenkarussell in ihrem Kopf. Sie geht unter die Dusche, lässt heißes und dann eiskaltes Wasser über sich laufen. Sie trocknet ihren Körper ab. Cremt ihn ein, föhnt die Haare, tuscht die Wimpern. Alles wie jeden Morgen und natürlich ist nichts wie noch gestern. Da war sie klar. Jetzt ist sie ein weißes Blatt Papier.

»Lass uns heute Abend noch mal reden«, schlägt Stefan Kessler vor.

»Warum? Da gab es wohl ein Missverständnis und das ist jetzt geklärt«, sagt Zoe und löffelt weiter ihren Joghurt. »Ich muss los.«

Sie will nicht reden. Sie muss erst mal wieder denken lernen. Sie läuft zur Schule, hofft, dass die Bewegung ihr guttut.

Mitten in der ersten Stunde überrollt es sie.

»Ich muss mal zur Toilette«, sagt sie und ist schon raus. Sie hat keine Lust, dass irgendjemand die Tränen sieht. Sie spürt, wie eine Welle des Mitleids, des Selbstmitleids ihr den Boden unter den Füßen wegzieht. All die Jahre hatte sie die Last getragen wie einen schweren Rucksack mit Steinen drin. Sie hatte es am Anfang kaum ertragen, Franziska anzusehen. Sie hat sich geschämt, später gehasst. Sie hatte fast die Menschen verachtet, die sie mochten. Sie innerlich verhöhnt. Wie konnten sie ein Mädchen mögen, das so etwas getan hatte? All die Jahre hatten ihre Eltern sie in dem Glauben gelassen. Sie müssen es gewusst haben. Sie weint nicht mehr, sie schluchzt. Die Tränen, die Laute kommen ganz tief aus ihrer Kehle. Sie sieht den Rotz auf ihre Knie tropfen, hockt ewig auf der Toilette. Als sie sich Klopapier abreißt, sieht sie in der silbernen Halterung ihr verzerrtes Gesicht. Sie starrt sich an. Was und wer soll sie jetzt sein? Sie fragt sich ganz kurz, ob sie dieses Gesicht da, sich selber, mögen kann. Sie glaubt es nicht.

Der Tag, an dem sie sich zuletzt gemocht hat, ist so lange her wie Franziska alt ist. Sie kann sich nicht mehr erinnern, wie Unbeschwertheit geht.

Mit viel kaltem Wasser spült sie die Tränen in den Abfluss, atmet tief, um den Puls wieder runter zu bekommen. Als sie zwanzig Minuten später wieder in die Klasse kommt, ist sie wieder Zoe. Die alte Zoe. Ihr fällt einfach keine andere ein. Als Kim in der großen Pause auf sie zukommt, macht sich ein leichtes Lächeln in ihr breit. Jetzt. Jetzt wird alles gut. Sie werden diesen blöden Streit beenden, von dem Zoe schon gar nicht mehr weiß, wie er begonnen hat. Sie werden gleich darüber lachen, wie sie sich aus dem Weg gegangen sind. Sie spürt, dass sie ihre Freundinnen jetzt mehr denn je braucht. Nein, sie wird ihnen niemals alles erzählen können. Sie könnte es noch nicht mal alleine in die Dunkelheit flüstern. Aber zusammen mit Kim und Saskia wäre zumindest ein Stück so wie früher. Ein gutes Stück.

»Die Probe gestern war übrigens super«, sagt Kim.

Zoe nickt nur.

»Und wir fanden irgendwie, dass das mit einer ungeraden Zahl noch besser aussieht. Das war vorher irgendwie so statisch. Fast zu symmetrisch. Jetzt ist das viel dynamischer.«

Zoe versteht nicht, was Kim ihr sagen will. Das, was sie denkt, kann ja wohl nicht wahr sein.

»Willst du aussteigen?«, fragt Zoe ruhig.

»Nö. Wir fanden alle, dass es besser ist, wenn du nicht mehr dabei bist. Schließlich hast du ja auch die letzte Probe verpasst.«

Zoe ist fassungslos. Aber Kim legt noch nach.

»Wahrscheinlich willst du ja am Wochenende eh lieber was mit Carl machen und nicht mit uns rumhopsen. Ist für dich ja wohl nur noch Kinderkacke.«

Damit wendet sie sich ab, lässt Zoe stehen.

Zoe hört das Klingeln, aber reagiert nicht. Die anderen Schüler strömen an ihr vorbei in ihre Klassenräume. Sie bewegt sich nicht. Noch nicht mal, als ein Knirps aus der Fünften sie anrempelt. Sie versucht sich zu erinnern, wann alles angefangen hat. Wo ist der Riss? Wann war der Moment, in dem alles kippte? Es fällt ihr nicht ein. Carl geht langsam auf sie zu. Er hat das Gespräch zwischen Zoe und Kim beobachtet. Er konnte nichts hören, aber es war offensichtlich, dass es kein gutes Gespräch war. Für Zoe zumindest nicht. Für ihn schon. Er legt von hinten ganz sacht eine Hand auf ihre Hüfte.

»Na, schöne Frau. Keine Lust auf Schule?«

Sie guckt ihn an, sieht aber irgendwie durch ihn durch.

»Wenn ich jetzt ein Auto hätte, würde ich durchfahren bis ans Meer«, sagt sie nach einer Pause.

»Und ich würde dann für dich die Seesterne vom Grund holen«, lacht er leise.

Er weiß, dass Mädchen so was gerne hören. Und er sieht, dass Zoe wie eine kleine, kranke Katze Streicheleinheiten braucht.

Räuberleiter

Sie spürt nicht, wie Carl sie immer und überall beobachtet, aufmerksam dafür sorgt, dass Zoes Isolation keine Löcher bekommt. Er braucht sie. Sie ist der Türöffner für eine neue Welt, für sein neues Leben. Zoe soll für ihn die Räuberleiter auf die nächste Stufe machen. Er will weg aus dem Schmutz, erträgt es nicht länger. Nicht die Typen in seiner Gegend, die nach dumpfer Aggression riechen, die nur die Zeit totschlagen und wenn es sein müsste, sich auch gegenseitig. Die so klein sind wie die Ziele, die sie sich gesteckt haben. Er ekelt sich vor den Mädchen, die ihr weißes Fleisch zu Markte tragen, sich benutzen lassen, die jedes Mal neu an Liebe glauben, wenn sie sich flachlegen lassen. Er glaubt, diese Welt nicht länger aushalten zu können. Die Zeit bis zum Abitur ist zu lang. Und er weiß doch jetzt schon: Auch mit dem Abizeugnis wird er immer nur »der aus der Gosse« bleiben. Die Schule will sich wahrscheinlich noch mit ihm schmücken und behaupten, dass Herkunft und Bildungschancen nichts miteinander zu tun haben. Dass – bei Talent und Fleiß – jeder die Chance hätte. Carl sieht eine andere Chance für sich. Sie hat sich zufällig aufgetan. Vor ein paar Wochen hatte er eine Unterhaltung mitbekommen – eigentlich ungewollt. Zwei Lehrer hatten Enya Alt zugewunken, als die vom Parkplatz fuhr. Bei dem Satz »Dass die es überhaupt nötig hat zu arbeiten« war Carl hellhörig geworden. Warum sollte die Alt das nicht nötig haben? Das wollte der zweite Lehrer auch wissen.

»Die hat doch gerade fett geerbt. Der Alte von der ist mit Aktien reich geworden. Außerdem hat der Software-Programme entwickelt, die ihm die Chinesen aus den Händen gerissen haben. Vor ein paar Wochen habe ich einen Artikel über den gelesen. Das war so ein richtiger Macher. Und jetzt ist er tot und die gute Enya Alt ist die Alleinerbin. Die wäre 'ne gute Partie.«

Die beiden Lehrer waren lachend in ihre Opel mit Kindersitzen auf der Rückbank gestiegen und sind in ihre Reiheneckhäuser gefahren. Carl hatte Enya Alt grinsend hinterhergesehen. In dem Moment wurde ihm klar, wie sein Lebensplan aussehen könnte. Er würde Enya Alt einen Grund geben zu zahlen. Wenn sie doch eh weiter arbeiten wollte und das Geld ohnehin nicht brauchte? Kein Problem. Er würde die Kohle gerne nehmen. Und dann würde er ein Schiff besteigen, die alte Welt hinter sich lassen und in Australien oder Neuseeland neu anfangen. Er war sich sicher, dass Enya Alt zahlen würde. Carl ist nicht nur kalt, gerissen, zielstrebig und intelligent. Er kann Einsamkeit riechen und er hat sie bei der neuen Lehrerin sofort gerochen. Er weiß, dass sie niemanden zum Reden hat. Niemanden, bei dem sie Hilfe oder Stärke findet. Sie würde zahlen, um die neue Pseudo-Familie des Kollegiums nicht verlassen zu müssen. Und Zoe? Er ist sicher, dass auch sie ihren Weg gehen wird – danach. Aber eigentlich ist es ihm auch egal. Er respektiert sie, weil er vom ersten Moment seine eigene Skrupellosigkeit in ihren Augen gesehen hat. Aber wichtig ist sie für ihn nur bis zum Tag X. Bis zum Zahltag. Vielleicht will sie mitkommen. Weg von dem Fluch, der offenbar auf ihr liegt. Er weiß nicht, was sie treibt. Er spürt nur, dass Zoe sich selber zutiefst egal ist. Wenn er es verlangen würde, würde sie sich mit einem Teppichmesser ritzen. Und sie würde dabei noch nicht mal zucken.

Carl weiß nicht, wie sehr er mit dieser Vorstellung recht hat.

Zoe hat es versucht. Ein paar Jahre ist es her, als sie angefangen hatte, sich zu ritzen. Ihr Vater hatte von Kollegen zum Geburtstag einen »Hornhauthobel« bekommen. Er sei jetzt in dem Alter, hatten die gelacht, als sie ihn ihm überreichten. In dem silbernen Teil waren feine Klingen. Unscheinbar und teuflisch scharf. Damit war Zoe sich immer wieder über die Innenseite der Oberschenkel gefahren. Weil es mehr kitzelte, weil es unsichtbarer war, weil es mehr quälte. Irgendwann hatte sie fest zugedrückt. Kurz Entspannung gefunden. Ein paar Wochen hatte es gedauert. Narbe neben Narbe entstand und plötzlich die Erkenntnis: Es wäre nie genug. Sie fand sich albern. Als könnte sie so die Schuld ausbluten. Als könnte sie sich so auf eine Stufe mit Franziska stellen. Die Narben waren mittlerweile nicht mehr zu sehen. Sie denkt kaum noch dran.

Sonja Kessler öffnet nach einem vorsichtigen Klopfen die Tür. »Kommst du zum Essen runter?«, fragt sie Zoes Rücken.

Die dreht sich noch nicht mal um.

»Mir ist irgendwie nicht nach essen. Ich hatte in der Stadt einen Fischburger, seitdem ist mir irgendwie übel«, lügt sie und starrt weiter auf ein aufgeschlagenes Buch.

»Wir würden aber gerne mit dir reden.«

Zoe fährt herum, taxiert ihre Mutter kühl. »Mama, es gibt da nichts mehr zu reden. Ich bin jahrelang mit dem Gefühl klargekommen, dass ich der Grund für Franzis Behinderung bin. Da werde ich wohl auch das Gefühl ertragen, es nicht zu sein, oder?«

»Aber es muss doch schrecklich für dich gewesen sein.«

»Das war es.«

»Wieso hast du nie was gesagt?«, fragt Sonja leise.

Zoe lacht. Es klingt fast richtig lustig.

»Was hätte ich denn sagen sollen? *Übrigens, sorry, dass euer zweites Kind bescheuert ist. Das habe ich nicht gewollt.* So etwas in der Art?«

Sonja Kessler hat die Tür schon fast wieder geschlossen, als Zoe noch etwas leise hinterherschiebt. »Hättet ihr nicht mal was sagen können? Hättet ihr mich nicht befreien können ehe der Zement in mir hart wurde?«

»Wir waren so mit Franzi beschäftigt. Es hat uns blind gemacht. Du wirktest immer so stark, so lebenslustig. Wir haben uns eingeredet, du brauchst uns nicht.«

»Mama, ich muss lernen.«

Sonja Kessler geht raus und Zoe starrt noch auf die Stelle, wo gerade noch ihre Mutter stand.

»Stimmt. Ich brauche euch nicht. Ich brauche niemanden. Nicht mehr.«

»Was hast du mit der Kamera da im Gebüsch gemacht? Einen Baum gefällt oder was? Das Objektiv ist total zerkratzt, ein Ring ist sogar gebrochen.«

Carl hat noch nie so mit Zoe gesprochen. Sie starrt ihn an. Wenn er sich jetzt auch noch von ihr abwendet, muss sie kotzen.

»Einmal ist sie kurz gegen so einen Baumstamm gestoßen. Weißt du wie schweineschwer die wird, wenn man die ewig vorm Gesicht hat? Mir haben schon die Arme gezittert. Du hast aber auch ewig gebraucht. Tut mir leid, wenn da was kaputt ist«, räumt Zoe ein.

»Die Reparatur zahlst du auf jeden Fall«, knurrt Carl.

Zoe nickt nur. Wenn es mehr nicht ist.

»Ich habe übrigens noch ein Geschenk für dich. Bring ich dir heute Nachmittag vorbei. Du wirst staunen.«

Damit dreht Carl sich weg. Zoe überlegt. Heute Nachmittag ist Franziska zu Hause. Vielleicht kann sie ihre kleine Schwester zum Schlafen bringen, ehe Carl kommt. Dann sieht er sie nicht. Er hat nicht gesagt, wann er kommt. Sie will ihn nicht fragen. Das wäre uncool, als könnte sie es nicht erwarten. Und Carl sagen, dass sie keine Zeit hat? Das schafft sie nicht. Sie will nicht den letzten Besucher in ihrem inneren Gefängnis vergraulen.

Ein Fisch an Land

Zuhause wieder die Tour durch fast alle Räume. Alles, was auch nur annähernd nach Behinderung riecht, lässt sie nebenbei verschwinden. Die Massagebälle, die Bücher, die Schnabeltassen. Mit einer Bürste rubbelt sie sogar alle Spuren der Rollstuhlreifen vom Boden. Im letzten Moment denkt sie auch daran, die Familienfotos in eine Schublade zu verfrachten. Sie hofft nur, dass ihrer Mutter das nicht zu früh auffällt. Wenn doch, hat sie sich schon einen Grund ausgedacht. Sie wird behaupten, dass sie die Bilder immer nur mit Schuldgefühlen betrachten konnte und dass sie sie deswegen erstmal nicht sehen möchte.

Direkt nach dem Essen beginnt Zoe mit dem ultimativen Bespaßungsprogramm für Franzi. Sie legt laut Musik auf, tanzt hektisch hin und her. Franzi beginnt mit dem Kopf zu wackeln, ihre Augen flackern. Zoe ignoriert das, hofft dass Franziska sich fängt. Tut sie aber nicht. Sie beginnt zu wimmern. Zoe wechselt die CD, hüpft auf und ab. Franzi hat draußen irgendwas entdeckt, guckt gar nicht hin.

»He, Süße, hier bin«, brüllt Zoe. Franzi erschrickt, fängt an zu weinen.

Sofort tröstet sie kleine Schwester, drückt ihr ein Kuscheltier in die Hand, wechselt erneut die CD. Jetzt bewegt sie sich langsam hin und her. Doch Franzi spürt, dass es nicht darum geht, ihr eine Freude zu machen. Zoe atmet den Stress fast aus jeder Pore aus. Sie fängt an zu singen, horcht völlig panisch, ob es an der Tür läutet. Wenn Franzi wach sein sollte, wird Sonja Kessler sie nicht verstecken. Zoe weiß das. Sonja Kessler hat immer und überall zu ihrer behinderten Tochter gestanden. Und jeder, der in ihr Haus kommt, wird mit Franzi konfrontiert. Außer sie schläft. Und genau das will sie jetzt nicht. Sie wirkt noch nicht mal müde, nur irritiert. Zoe legt eine CD mit Schlafliedern ein, versucht den Rollstuhl schon mal etwas flacher zu stellen. Franzi beschwert sich. Heimlich holt Zoe Kuchen aus der Küche. Franzi liebt Süßes. Nachdem sie zwei Stücke an ihre Schwester verfüttert hat, vielleicht etwas zu hektisch, dreht sie wieder auf. Sie tanzt und tanzt und kümmert sich nicht um Franzi. Die hat sich erst gewunden, etwas gejammert, war dann doch gebannt und schläft um kurz vor vier endlich ein. Zoe duscht schnell, zieht extra alte Klamotten an und lässt die Haare an der Luft trocknen. Carl soll nicht denken, sie würde sich für ihn anhübschen. Als es um kurz nach halb sechs endlich klingelt, ist Zoe schon wieder verschwitzt. Jede Sekunde hatte sie Angst, dass Franzi wieder wach wird. Sie ist bestimmt fünfzehn Mal an ihrer Zimmertür vorbeigeschlichen und hat gelauscht.

»Hier für dich.« Carl hält eine durchsichtige Tüte hoch. Darin schwimmt ein fetter Fisch.

»Abendessen?«

»Quatsch. Das ist ein Karpfen. Für deinen Teich.«

Genau in dem Moment hört Zoe das Weinen. Franzi ist offenbar von der Klingel oder auch von Bauchschmerzen – sie kriegt sonst nie zwei Stücke Kuchen auf einmal – wach geworden.

»Komm, lass uns hochgehen«, schlägt Zoe scheinbar lässig vor.

»Hoch? Du spinnst wohl. Der Kerl hier kommt jetzt in sein neues Heim.«

Carl geht ganz entspannt quer durch den Flur Richtung Terrasse. Sonja Kessler kommt gerade durch die Terrassentür, sie ist auf dem Weg, Franzi aus ihrem Zimmer zu holen. Sie begrüßt Carl im Vorbeigehen, ruft über die Schulter, dass sie gleich mehr Zeit hat, jetzt aber erst einmal ihre Tochter aus dem Bett holen muss. Zoe steht nur da und läuft innerlich Amok. So war nicht ihr Plan. Hier läuft etwas total aus dem Ruder. Die Gedanken jagen durch ihren Kopf.

Sie überlegt, ob sie Carl anbrüllen soll, damit er einfach abhaut. Jetzt. Sofort. Am besten direkt durch den Garten.

Sie überlegt, ob sie einfach gehen soll. Einfach die Tür hinter sich zuziehen und alles hinter sich lassen.

Sie überlegt, ob sie die Zimmertür hinter ihrer Mutter abschließen soll.

Langsam folgt sie Carl in den Garten. Er hat den Fisch schon in den Teich gesetzt.

»Das ist übrigens ein Koi-Karpfen. Die sind total wertvoll. Pass gut drauf auf.«

»Und wie kommst du an so was?«

»Ist mir zugelaufen.«

Sie grinst und hört im selben Moment den Rollstuhl. Dieses summende Geräusch, wenn das Gummi über das Parkett rollt.

Die nächsten Minuten dauern Stunden.

Sonja Kessler redet begeistert auf Franziska ein, zeigt immer wieder auf den dicken Fisch. Franzi gibt peinliche Laute von sich. Zoe tut so als wäre sie nicht da und Carl scannt die Situation, glaubt plötzlich Zusammenhänge zu verstehen. Er guckt Zoe nicht an. Muss er nicht. Er weiß auch so, dass sie seinem Blick nicht standhalten könnte.

»Ich muss jetzt gehen. Meine Eltern warten sicher schon mit dem Essen«, sagt er wie ein gut erzogener Junge in Richtung Sonja Kessler.

Am Tor dreht er sich noch mal um. »Bis Morgen dann.«

Zoe hebt nur die Hand, guckt noch nicht mal auf.

»Ganz netter Typ«, findet Sonja Kessler irgendwann.

Zoe würde am liebsten den Fisch eigenhändig aus dem Wasser holen und zusehen, wie er an Land erstickt. Aber wahrscheinlich würde das auch nicht helfen.

Wenn Saskia oder Kim auf die Message geantwortet hätten, wäre sie am Freitagabend wahrscheinlich nicht zum Salsakursus gegangen. Das wäre die letzte Ausfahrt gewesen. Sie hätte den Plan hingeschmissen, Carls Enttäuschung ertragen. Stundenlang hatte sie an den Worten für ihre ehemals besten Freundinnen gefeilt. Sie wollte keinen Roman schreiben. Wollte nicht unterwürfig klingen. Schon gar nicht vorwurfsvoll oder beleidigt. Sie wollte einen Hauch von Vertrauen wieder spüren, ein bisschen Nähe. Verbundenheit. Die Nachricht sollte leicht klingen. An etwas anknüpfen, das so gut gewesen war. So richtig und wichtig. Sie stellt sich vor, wie Saskia und Kim leicht grinsen, wenn sie es lesen.

Beide Nachrichten kommen sofort zurück. Mit dem Vermerk *Ungelesen*. Saskia und Kim haben Zoe auf die PNG-Liste gesetzt. Auf die Persona-Non-Grata-Liste. Das heißt: Alle Nachrichten von Zoe kommen postwendend zurück. Sie ist unerwünscht. Zoe löscht die Mailadressen der ehemaligen Freundinnen, ihre Handynummern und ist am Freitag pünktlich beim Salsa. Enya Alt freut sich offensichtlich, sie zu sehen. Wieder tanzen sie zusammen. Kommen sich nahe. Und wie geplant schafft Zoe es, mit der Lehrerin danach wieder in die »Wunder-Bar« zu gehen. Sie muss Enya Alt gar nicht groß überreden. Wie verabredet sitzt Carl schon da. Er tut ein bisschen zerknirscht.

»He Zoe, ich wollte dich einfach noch sehen heute Abend.«

Enya Alt soll nicht eine Sekunde lang denken, er sei wegen ihr hier.

»Das sollte eigentlich ein Mädelsabend werden«, zickt Zoe, guckt Enya an und verdreht die Augen.

»Vielleicht hat Carl ja genug weibliche Anteile, um sich zu unserem Mädelsabend zu gesellen«, sagt diese schließlich und lächelt Zoe zu. Ihr Blick sagt: Sei nicht so. Wenn er halt so verliebt in dich ist. Ist doch süß.

Das Trio sucht sich einen Tisch im Garten. Carl achtet darauf, dass es nicht unter einem Baum ist. Zoe braucht gleich jeden Lichtstrahl, den es noch gibt. Schließlich wird sie nicht blitzen können, das würde die Lehrerin wohl merken. Er hat ihr extra erklärt, wie sie die Belichtungszeiten einstellen muss, um trotz der anbrechenden Dunkelheit noch gute Bilder zu schießen. Zoe wartet bis das Essen da ist. Alle drei haben sich noch einen Salat bestellt.

»Bin gleich wieder da«, sagt Zoe schnell und steht auf.

Wie besprochen ist die Kamera in einer Tasche an der Garderobe. Sie schnappt sie sich, verlässt die Wunder-Bar und schleicht sich in den Nachbargarten. Von da hat sie den besten Blick auf Carl und die Lehrerin. Zoe grinst, Carl macht es super. Er hat sich weit vorgelehnt, durch das Objektiv sieht es sogar aus, als sei der Abstand der beiden Gesichter minimal. Als Carl etwas mit der Gabel aufpiekst und Enya Alt hinhält, entfährt Zoe ein leises Lachen. Die perfekte Verführung. Der zärtliche Blick von Carl, der leicht geöffnete Mund der Lehrerin, das schummrige Licht.

Als Zoe zurückkommt, meckert Carl sie spielerisch an. »Dein Essen kann zwar nicht kalt werden, aber welk.«

Sie stopft lustlos die Blätter in sich rein. Der Job ist getan. Sie will jetzt nach Hause. Die Luft ist raus, das Kribbeln hat sich Schlafen gelegt.

»Ich kriege übrigens noch 68 Euro von dir. Das hat die

Reparatur der Kamera gekostet«, sagt Carl kühl. Enya Alt hat sich bereits vorher verabschiedet und sich sogar noch für den netten Abend bedankt. Als sei es nett, dass ihre Schüler sie in der Freizeit ausführen.

»Bring ich dir morgen mit«, sagt Zoe müde. Ein bisschen hatte sie gehofft, dass er irgendwas Nettes sagen würde. Sie hat so lange nichts in der Richtung gehört. Geächtet von den Freundinnen, von den Eltern in einen Abgrund gestoßen, fremd in sich selber. Sie steht unentschlossen vor ihm, spürt, wie gerne sie einfach ihren Kopf gegen seine Brust lehnen würde. Sie will ihn nicht küssen, nicht seinen Speichel schmecken. Sie will nicht, dass er seinen Körper gegen ihren presst. Sie will sich nur mal kurz anlehnen, eingraben. Im besten Fall legt er ihr die Hand über die Augen. So wie sie das manchmal bei sich selber macht, wenn sie sich zu verloren fühlt. Natürlich untersagt sie sich die Annäherung. Niemals würde sie ihm diese Schwäche zeigen. Schlimm genug, dass sie so fühlt. Sie hebt die Hand zum Abschied und geht. Sie vergräbt die Hände tief in den Taschen, hat die Schultern hochgezogen. Sie versucht, so wenig wie möglich da zu sein. Mit der Zoe, die mit geradem Rücken, schwingenden Armen und erhobenem Kopf durchs Leben schritt, hat sie nichts mehr zu tun.

Aus der Vogelperspektive

Eigentlich wollte sie nicht zum Schulfest gehen. Nachdem sie vom Dance-Akt ausgeschlossen wurde, gibt es für sie keinen Grund mehr, da aufzukreuzen. Es zieht sie trotzdem hin. Sie schlendert über den Schulhof, quatscht ein bisschen Nichtssagendes mit Nichtssagenden, holt sich einen Milch-Shake und trifft in der großen Pausenhalle auf Carl. Nicht zufällig, aber das weiß sie nicht.

»Musst du dich nicht umziehen für dieses Gehopse?«

»Ich hopse nicht mit.«

Er tut überrascht. »Dann komm mit.«

Zoe folgt ihm auf das Flachdach.

»Von hier oben hast du einen guten Blick.«

»Warst du schon mal hier?«

»Klar. Ich habe mir eure Proben angesehen. Die weißen Shorts stehen dir gut. Hattest du ja leider nur ein Mal an.«

Sie dreht sich erstaunt zu ihm um.

Er geht noch einen Schritt weiter. »Wie geht es eigentlich deinem Nachbarn?«

Ihre Augen werden schmal.

Was weiß er alles? Wie tief hat er sich in ihr Leben gebohrt? Ist sie wirklich seine Komplizin? Oder hat er sie genauso fotografiert wie sie Enya Alt? Sie setzt sich auf den heißen Beton, guckt auf das Gewusel unter ihr. Sie fühlt die Distanz. Als der Akt ihrer Klasse kommt, bleibt alles in ihr tot. Sie sieht die Fehler in den Schrittfolgen, registriert aber auch, dass die Performance gut wirkt. Die Tänzer in den weißen Anzügen, die Farben, der harte Rhythmus. Es gibt viel Beifall. Sie ist nicht wütend oder neidisch. Alle Gefühle perlen an ihrer harten Haut ab.

»Heute brenne ich die CD mit den besten Fotos. Wann wollen wir unsere Überraschung überbringen?«

»Mir egal. Was willst du überhaupt von der Alt dafür? Oder willst du sie nur ein bisschen erschrecken?«

»Ich will 50 Mille.«

Zoe traut sich nicht, sich zu ihm umzudrehen. Sie hat Angst, dass er das ernst meint. Dass er für die Fotos allen Ernstes 50 000 Euro haben möchte.

»Verlang doch gleich eine Million. Hat die bestimmt mit ihrem horrenden Lehrereinkommen schon gespart.«

»Die Alt hat geerbt. Die hat die 50 Mille.«

Zoe schließt die Augen. »Woher weißt du das?«

»Ich weiß es. Das reicht.«

»Und das Geld soll sie dir zur nächsten Englischstunde mitbringen?«

»Ich dachte, sie könnte es in eurem Kleingarten deponieren. Da ist doch nie jemand, oder?«

Sie möchte ihn spontan fragen, woher er von dem verwilderten Garten weiß, doch er wird es eh nicht sagen. Zoe überlegt. Wann war sie das letzte Mal in dem alten Garten von Opa Walter? Das muss Wochen her sein. Schon damals ist er ihr also gefolgt. Sie hat eine dunkle Vorahnung. Sie dachte immer, Carl und sie spielen ein Spiel. Jetzt dämmert ihr, dass er ein Spiel mit ihr spielt. Ein Spiel, dessen Regeln sie nicht kennt. Gelten für Carl überhaupt Regeln?

»Ich muss los.« Sie steht abrupt auf. Carl sieht, dass sie leicht schwankt. Zoe hat noch nie geschwankt. Er hat einen winzigen Moment der Unkontrolliertheit gesehen und blickt sie prüfend an.

»Meine Beine sind eingeschlafen. Ihnen war wohl die

Gesellschaft zu langweilig«, sagt Zoe kalt. Carl ist beruhigt. Sie ist wieder die Alte.

Von ihrem Fenster aus sieht sie die Nachbarn im Garten. Es wäre ein Leichtes, ein bisschen Salz in die Wunde zu streuen. Normalerweise hätte sie sofort eine hübsche kleine Idee. Doch nichts ist mehr normal. Sie spürt keine Versuchung mehr, Schmerz zu verbreiten. Sie guckt nur raus. Sieht ein paar Kinder auf der Straße mit Bobbycars und Rädern Rennen fahren. Am liebsten würde sie runter gehen, sich flach auf die Straße legen und sich immer wieder überrollen lassen, bis sie endlich irgendwas spüren würde.

Sonja und Stefan Kessler sagen nichts, als Zoe später am Abend ins Wohnzimmer kommt, sich wortlos mit auf die Couch setzt und in den Fernseher starrt. Sie gucken sich kurz an, heben die Augenbrauen. Irgendwann hält die Mutter ihr die Schale mit Erdnüssen hin, Zoe schüttelt nur kurz den Kopf. Sie will nichts essen, sie will auch nicht diesen albernen Til-Schweiger-Film gucken, aber sie will noch weniger alleine sein. Sie rollt sich immer kleiner auf der Couch zusammen und lässt es zu, dass Sonja Kessler irgendwann einen Teil ihrer Wolldecke über sie breitet.

Tote Augen

Hammerhart. Um vier am Denkmal.
Das ist die ganze SMS.

»Guck mal, Papi schreibt.« Sie hält ihr Handy dem Karpfen hin. Seine Augen gucken blind in den Himmel. Seit einer Stunde sitzt Zoe am Teich und guckt den Fisch im Gras an. Irgendwann schiebt sie ihn mit einem Stock zurück ins Wasser, wo er wie Treibgut umherschwimmt. Franzi hat sich eh nicht für ihn interessiert und Zoe fand dieses glitschige große Tier irgendwie obszön. So wie die Bilder, die ihr Carl am Denkmal zeigt. Er hat fünf Fotos ausgesucht. Sie sprechen eine fiese Sprache, triefen vor Körperlichkeit. Carl und Enya, geöffnete Münder, viel Haut, seine Hände auf ihrem Körper, Carls gieriger Blick, als er Enya die Gabel in den Mund schiebt. Zoe könnte stolz sein. Sie hat perfekte Bilder gemacht. Die richtigen Ausschnitte gewählt. Alles drumherum, das die Intimität aufheben könnte, ausgeblendet.

»Ich habe schon fast das Gefühl, ich hätte wirklich was mir ihr gehabt. Aber es gibt schlimmere Gefühle«, sagt Carl und zum allerersten Mal ekelt sich Zoe vor ihm. Oder ekelt sie sich vor der Vorstellung, wie Enya und Carl zusammen sind?

»Wie viel bekomme ich eigentlich von der Kohle«, fragt Zoe geschäftsmäßig.

»Wie viel willst du?«

»Nichts. Nimm du es. Mir geht es nur um den Spaß«,

hört sie sich sagen und fragt sich im selben Moment, wie viel Spaß ihr das eigentlich noch macht. Aber selbst, wenn sie jetzt das Gefühl wahrnähme, dass der Spaß schon lange auf der Strecke geblieben ist, würde sie nicht aufhören. Aufgeben – das wäre nicht sie. Es gab den einen kurzen Moment, in dem sie sich auf die andere Seite geschlagen hätte. In dem sie den Weg verlassen hätte. Sie hatte die Hand ausgestreckt. Saskia und Kim hatten sie nicht gegriffen. Jetzt kennt sie gar keine Skrupel mehr. Sie geht ihren Weg zu Ende. So mag sie sich. Zumindest ein bisschen.

»Und jetzt schneidest du Buchstaben aus Zeitschriften aus und klebst deinen Erpresserbrief zusammen?«, lacht Zoe.

»Meinen Brief? Süße, das ist unser Ding. Unser Brief. Sie bekommt heute Abend diese hübschen Fotos von sich mit einem lieben Vermerk, dass sie am Mittwoch die Kohle in den Briefkasten eurer Laube werfen soll. Dafür bekommt sie das Ehrenwort, dass wir die Originale löschen.«

»Und du glaubst, sie ist so doof, das zu glauben, und gleichzeitig verzweifelt genug, um zu zahlen?«

»Das glaube ich allerdings. Sie hat die Kohle, sie hat jede Menge geerbt und sie sieht echt nicht so aus, als hätte sie alles schon verprasst. Und meinst du, sie will jetzt von der Schule gejagt werden, weil sie einen unverdorbenen Jungen verführt hat? Einen armen Jungen, der aus der Bronx kommt und dessen Naivität sie schamlos ausgenutzt hat? Niemals. Sie wird hoffen, dass die Original-Aufnahmen gelöscht sind. Sie wird es jeden Tag hoffen und es nie wirklich wissen. Es wird ihr nicht gut gehen, aber nenn mir einen Grund, warum es ihr besser gehen sollte als uns? Sie war einfach zu naiv, die liebe Enya. Das ist die Strafe. Und sag doch mal selbst, die Fotos sind echt hammerhart. Ich wusste gar nicht, dass ich so leidenschaftlich aussehen kann.«

Zoe guckt ihn an. Nein, Leidenschaft passt nicht zu Carl. *Leiden schaffen* schon eher.

Das Herz in beiden Händen spüren

Mitten in der Nacht wacht sie auf. Plötzlich weiß sie, an was die Bilder sie erinnert haben. Sie fährt ihren Laptop hoch, findet schließlich die Dateien. Sie sind vom letzten Sommer. Saskia, Kim, Lilly und sie am Meer. Klassenfahrt nach Den Haag. Die vier Freundinnen waren die vier Muskeltiere. Sie hatten sich gegenseitig in dämlichen Bodybuilder-Posen fotografiert. Sie hatten sich extra mit Öl eingeschmiert. Nach einer Viertelstunde sahen alle aus wie panierte Schnitzel. Sie hatten sich in den Sand fallen lassen, hatten rumgealbert. Jede hatte sich mal die Kamera geschnappt, hatte draufgehalten. Am Ende hatten sie erschöpft dagelegen und Zoe hatte die Kamera auf Armeslänge weggehalten und immer wieder ausgelöst. Manche Bilder waren unscharf, viele witzig. Einige unglaublich, perfekte Momentaufnahmen. Zoe hat sie gefunden. Sie guckt in die vier verbrannten Gesichter, die leuchtenden Augen, sieht die Nähe, die Leichtigkeit, sie schmeckt noch die Luft und das Sonnenöl. Sie erinnert noch genau den Moment. Für kurze Zeit – so weit weg von zu Hause – war alles viel einfacher gewesen. Als wären die Ketten um ihre Brust gelockert worden. Sie weiß noch wie die Sonne unterging, wie sie einfach weiter da lagen. Aus einer Strandbar kam schlechte Musik, die auch den perfekten Tag nicht verderben konnte. Sie sieht sich selber auf den Fotos und spürt ein Ziehen. Als hätte ihr Herz Hunger darauf, mal wieder in beide Hände genommen zu werden, getröstet zu werden. Wie die echten Musketiere hatten sie ihre Hände aufeinandergelegt. Alle für eine, eine für alle. Und jetzt war sie allen einerlei. Sogar sich selber.

Sie nimmt die Bilder vom Strand mit in den Schlaf. Sie hält sich eine Muschel ans Ohr, weil man darin ja das Meer hören soll.

Vielleicht ist es die Erinnerung an die Bilder, die sie zu diesem Satz verleiten. »Ihr wart echt gut am Samstag«, sagt sie, als sie sich am Montag neben Kim setzt.

»Ich weiß. Und ich habe es sogar geschafft, in jedem Takt bis vier zu zählen. Gut, was? Und das, obwohl du ja allen erzählst, wie schlecht ich in Mathe bin.«

»Was tue ich?«

»Zoe, hör mit dem Spiel auf. Ich weiß sogar genau, was du gesagt hast: Kim ist so blöd in Mathe, dass die sich auf Gleichungen mit Unbekannten freut, weil sie so gerne neue Leute kennenlernt.«

Zoe starrt sie an. »Das soll ich gesagt haben? Das ist doch totaler Quatsch.«

»Hör mit deiner verdammten Lügerei auf. Wir haben da keinen Bock mehr drauf. Es ist vorbei.«

Zoe nimmt ihre Tasche und zieht um. Sie versteht das alles nicht mehr. Sie lässt sich neben Carl nieder, holt ihr Handy raus und beginnt völlig sinnlos alte SMS zu lesen. Sie muss einfach irgendwas tun.

Abgetaucht

Sie spürt, wie sich jede einzelne Faser, jeder Muskelstrang in ihr zusammenziehen. Der Jürgens steht mit einem schiefen Lächeln vor der Klasse.

»Ihr habt irgendwie kein Glück mit euren Englischlehrern. Oder sagen wir mal so: Ihr habt einen ziemlichen Verschleiß. Leider hat sich Frau Alt gestern abgemeldet, und so wie es aussieht, wird es wohl ein längerer Ausfall werden. Ich bemühe mich, kurzfristig Ersatz zu finden, heute müsst ihr mit mir Vorlieb nehmen.«

Er setzt sich hinter das Pult, lässt fantasielos Texte vorlesen. Zoe versucht, einen klaren Gedanken zu fassen. Wieso hat sich Enya Alt abgemeldet? Und: vor oder nachdem sie die Fotos bekommen hat. Und wieso länger? Will sie einfach abtauchen? Packt sie vielleicht gerade Umzugskartons, macht sie sich aus dem Staub?

»Ich hätte gedacht, dass sie sich bis Mittwoch krankmeldet«, sagt Carl leise.

»Wieso Mittwoch?«, raunt Zoe zurück.

»Weil sie da das Geld deponieren sollte. Schließlich kann sie so eine Summe ja nicht irgendwo am Automaten ziehen.«

»Zoe, liest du bitte den nächsten Absatz?«, hört sie den Jürgens.

Carl kann ihr erstaunlicherweise die Stelle zeigen, wo die Vorgängerin gerade gestoppt hat. Zoe haspelt sich durch den Text, hat keine Ahnung, was genau sie da vorträgt.

»Du musst uns nicht anbrüllen. Ich bin zwar schon etwas älter, aber nicht taub«, lacht Herr Jürgens und Zoe merkt, dass sie versucht hat, mit ihrer Stimme das Rauschen des Blutes in ihren Ohren und den Herzschlag in ihrem Schädel zu übertönen.

Sie schafft die sechs Schulstunden. Übersteht sie irgendwie, obwohl sie zeitweise kurz vorm Implodieren ist. Gedanken schießen wie Blitze durch ihren Kopf, erlöschen, ehe sie sie packen kann. Wie Stromschläge peitschen sie durch ihren Körper. Sie weiß nicht, was sie denken soll. Ganz tief in ihr brodelt das Gefühl, das irgendetwas schief läuft. Die Ketten um ihre Brust fühlen sich noch enger, noch kälter als sonst an.

Carl ist direkt nach dem letzten Klingeln weg. Hat sich noch nicht mal verabschiedet. Unschlüssig steht sie vor der Schule, weiß nicht, wohin. Nach Hause will sie nicht. Nicht ihrer Mutter in die Augen blicken, die sie jetzt immer so anguckt, als sei sie eine angefahrene Katze. Sie schleicht immer um Zoe herum, will sie verwöhnen, mit ihr sprechen, andauernd spürt Zoe die Hand ihrer Mutter streichelnd auf ihrem Arm oder ihrem Rücken. Sie spürt deren Hilflosigkeit, aber sie kann ihr nicht helfen.

Sie ahnt, dass es keine gute Idee ist, aber sie fährt zu Enya Alt. Ihr fällt keine Alternative ein. Sie will sehen, ob da vielleicht schon ein Umzugsunternehmen vor der Tür steht. Oder ob die Lehrerin vielleicht hustend und schniefend vom Arzt kommt und wirklich einfach nur krank ist. Was meinte der Jürgens wohl mit »längerem Ausfall«? Eine ganze Woche? Einen Monat? Für immer? Vielleicht hat sich die Alt auch ein Bein gebrochen oder sich aus Versehen kochendes Wasser über die Hand gekippt. Vielleicht gab es einen Todesfall und sie musste verreisen. Zoe lässt sich an einer Bushaltestelle gegenüber des Hauses auf eine Bank fallen.

Sie sitzt da wie erstarrt.

Sie stellt sich vor, Enya Alt kommt jetzt. Sie würde auf die Lehrerin zugehen und ihr erklären, dass Carl das Geld dringend bräuchte. Dass er eine kleine Schwester hat, die behindert ist und nur in den USA behandelt werden kann. Und dass er dafür das Geld braucht und in seiner Verzweiflung habe er diesen Weg gewählt. Die Vorstellung fühlt sich gut an. Es ist später Nachmittag, Zoe hat sogar vergessen zum Tanzen zu gehen. Aber alles, was sonst ihr Leben war, ist unwichtig geworden. Verblasst. Und manches ist gar nicht mehr da. Saskia und Kim haben sich selber einfach ausradiert. Sind aus Zoes Leben verschwunden wie Seriendarsteller, die irgendwo anders ein besseres Angebot bekommen haben, und vom Drehbuchschreiber einen schnellen Tod verordnet kriegen. Zoe bekommt Hunger, aber sie will nicht von der Bank weg. Irgendwann am frühen Abend ruft sie ihre Mutter an.

»Ich wollte Dir nur eben Bescheid sagen, damit du dir keine Sorgen machst. Ich bin mit Carl noch im Naturkundemuseum. Wir müssen in zwei Wochen so ein blödes Referat halten, aber die haben hier ganz coole Sachen. Wir wollen das gleich bei ihm noch ein bisschen sortieren. Es wird also später. Ich esse da noch zu Abend.«

»Zoe?« Die Stimme ihrer Mutter klingt traurig und matt.

»Was ist denn? Man darf hier eigentlich nicht telefonieren ...«

»Montags haben Museen geschlossen.«

Zoe drückt auf den roten Hörer, ärgert sich kurz über den blöden Fehler, aber nach dem Anflug des Ärgers kommt kein Gefühl mehr. Soll ihre Mutter doch denken, was sie will. Nein. Soll ihre Mutter ruhig Angst haben, sich Sorgen machen. Sie selber hat jahrelang mit den gemeinsten Gefühlen gelebt. Und ihre Mutter hat nichts getan, um diese Gefühle aus ihrer Seele zu kratzen. Dabei hätten doch wenige Worte gereicht, um das Licht in ihr wieder anzuknipsen. So musste Zoe Jahre durch die Dunkelheit in ihrem Kopf schleichen. Sie beobachtet weiter die toten Fenster von Enyas Wohnung. Alle sind geschlossen. Ungewöhnlich bei den sommerlichen Temperaturen. Sie erinnert sich an ihren ersten Besuch bei Enya Alt. Da waren die Fenster weit geöffnet gewesen. Vorm Wohnzimmer steht ein riesiger Baum, dessen Zweige fast in den Raum ragten. Zoe stellt sich die schlechte, aufgewärmte Luft in den Räumen vor. Den ganzen Tag hat die Sonne geschienen. Es muss stickig sein in der Wohnung. Das passt nicht zu der frischen jungen Lehrerin. Zoe stellt sich vor, dass diese wirklich krank ist und den ganzen Tag in der verbrauchten Luft liegt, wie die Haare verschwitzt am Kopf kleben, Schweißgeruch sich mit dem Aroma von Gesundheitstees vermischt. Ganz kurz stellt sie sich vor, dass sie klingelt und die Lehrerin ihr unter Schmerzen aufmacht. Sie würde erstmal die Fenster aufreißen, das Bett frisch beziehen, eine Suppe kochen. Sie würde helfen. Die Bilder vergehen nach einem Moment. Natürlich wird sie das nicht machen. Mittlerweile hält bestimmt der zwanzigste Bus vor ihr, spuckt Menschen aus, die von der Arbeit nach Hause kommen, sich auf den Garten, Balkon oder nur ein kühles Getränk freuen. Viele telefonieren, manche lesen gerade grinsend eine Textnachricht. Als ihr eigenes Telefon klingelt, geht sie ran. Alleine schon, um auch mal mit jemandem zu reden. Zu spät sieht sie, dass es ihr Vater ist.

»Du kommst jetzt nach Hause, Zoe. Jetzt. Sofort.«

»Gut«, sagt sie, ist davon aber nicht wirklich überzeugt.

Näher am Abgrund

Sie weiß gar nicht, warum, aber sie setzt sich zu ihren Eltern auf die Terrasse. Sie schafft es jetzt nicht, sofort in ihr Zimmer zu gehen, wieder alleine mit ihren Gedanken zu sein. Ein Streit mit ihren Eltern bringt ihre Gedanken vielleicht in eine andere Richtung. Angst vor der Auseinandersetzung hat sie nicht. Sie spielt ihr bekanntes Spiel: *Was wäre das Schlimmste, das mir passieren könnte?*

Falls ihre Eltern jetzt wirklich die Schnauze voll von ihr haben, könnten sie sie vielleicht in ein Internat abschieben wollen. Zoe muss nur ganz kurz überlegen. Die Vorstellung kann sie nicht schocken. Vielleicht wäre es gar nicht so schlecht. Ganz neu anfangen. Ganz neue Menschen. Menschen, die sie nicht kennen. Für die sie ein unbeschriebenes Blatt ist. So wie jetzt oft für sich selber. Sie müsste nichts beweisen. Sie müsste niemand sein. Aber vielleicht wäre sie auch niemand. Eine Verlassene. Auch von sich selbst. Sie lässt sich in den Stuhl fallen.

»Es geht dir nicht gut, oder?« Sonja Kessler guckt ihre Tochter bei der Frage nicht an.

»Weißt du, was lustig ist? Egal ob ich jetzt ›ja‹ oder ›nein‹ sage, es heißt dasselbe«, sagt Zoe in die Dämmerung.

Sonja Kessler guckt jetzt doch, legt den Kopf leicht schief.

»Na ja. Die deutsche Sprache ist da seltsam. Wenn ich

›ja‹ sage, heißt das: Ja, es geht mir nicht gut. Wenn ich ›nein‹ sage, heißt es: Nein, es geht mir nicht gut. Also. Es geht mir so oder so nicht gut. Lustig, was?«

»Sehr lustig«, sagt Sonja Kessler leise.

»Stimmt, es geht mir nicht gut«, sagt Zoe nach einer Weile. »Aber das kenne ich ja schon«, fügt sie an.

Es legt sich wieder Schweigen über den Tisch. Zoe geht in Gedanken wieder zu Enya Alt. Ob die Fenster noch immer zu sind? Ob sie zu Hause ist? Was geht wohl in ihr vor? Ist sie komplett ausgerastet, als sie die Fotos gesehen hat?

Sie sieht sie vor sich sitzen an dem kleinen Küchentisch. Vor sich hat sie die fünf Bilder liegen. Starrt immer wieder auf sich und Carl. Sie wird enttäuscht sein. Sich über sich selber ärgern. Sie wird wütend sein. Wird sie wütend genug sein, um vielleicht zur Polizei zu gehen? Wird sie unbekannten Beamten die Fotos zeigen, auf denen man sie mit einem Schüler sieht? Mit viel nackter Haut. Mit feucht glänzenden Lippen? Wird sie dahingehen und sagen: Guten Tag, ich bin eine perverse Lehrerin, die ihren Schüler verführt, aber 50 000 war die Nummer echt nicht wert.

Wird sie das sagen?

Zoe hofft nicht.

Auf dem Tisch steht eine große Holzschale mit Chips und Nachos. Sie hat seit gefühlten Ewigkeiten nichts gegessen. Ihr Magen hat sich schon zusammengezogen. Bis gerade hat sie nicht mehr gefühlt, wie hungrig sie ist. Jetzt wird es ihr bewusst. Aber sie greift nicht zu. Sie will diese Schwäche vor ihren Eltern nicht eingestehen. Außerdem weiß sie: Wenn sie jetzt zugreift, wird ihre Mutter sofort fragen, ob sie überhaupt was gegessen hat. Ob sie ihr noch was machen soll. Egal, was sie dann sagt: Ihre Mutter wird ihr ein Brot machen, weil das vielleicht das Einzige ist, was sie für ihre Tochter noch machen kann. Zoe beherrscht sich. Irgendwann steht sie schnell auf.

»Ich glaube, ich habe Franzi gehört. Ich guck mal eben.«

Natürlich schläft Franziska tief und fest in ihrem Bett.

Zoe streichelt ihr über die Haare. Sie hat sie lange nicht so angesehen. So frei von allem. So offen. Egal, ob sie wach war oder schlief, ob sie nah oder weit weg war, Zoe hat immer dieses »Du warst es. Du warst es. Du warst es« gespürt.

Das ist plötzlich weg. Da ist ein bisschen Staunen. Wie friedlich Franziska aussieht. So entspannt. Zoe spielt mit den dunklen Haarsträhnen der Schwester. Sie traut sich an die Frage, wie es wohl gewesen wäre ... Wenn sie nie diese Schuld, diese Wut, diesen Zorn, diese Selbstverachtung empfunden hätte. Nie diese Scham. Das Gefühl, dass alles unwichtig ist.

Zoe verlässt schnell den Raum. Sie hat keine Lust darauf, jetzt melancholisch zu werden, sie merkt, dass der Selbstmitleidshahn schon tröpfelt. Sie muss ihn abstellen. Sie setzt sich wieder zu ihren Eltern.

»Hatte mich verhört. Sie schläft.«

»Können wir dir helfen?« Stefan Kessler versucht sachlich zu klingen, aber seine Stimme zittert leicht. Die Sorge, die Angst um seine Tochter liegt in der Luft.

»Nein.« Zoe klingt sachlich. »Ich gehe schlafen.«

Sie erhebt sich und schiebt sich doch schnell ein paar Nachos in den Mund. Sie schläft sofort ein. Sie fällt in eine Art Koma. Mitten in den Tiefschlaf schleichen sich ein paar Bilder. Sie und Carl auf einer riesigen Wiese. Sie liegt da, sieht nur hochgewachsenes Gras um sich rum. Sie liegt da wie in einer Art Nest. Unsichtbar für alle. Carl tut nichts. Sie fassen sich nicht an. Er ist nur da, allein das reicht ihr schon, um sich sicher zu fühlen. Sicher und ein bisschen kribbelig. Sie wacht auf und fühlt ein anderes kribbelndes Gefühl. Was ist mit Enya Alt? Sie muss es einfach wissen. Sie duscht kalt, um richtig wach zu werden, zieht sich schnell an und trifft in der Küche auf ihre Eltern.

»Guten Morgen. Es tut mir leid, dass ich euch gestern wegen des Museums angelogen habe. Das war nicht gut. Aber mit dem Referat, das stimmt. Und ehrlich gesagt, bin ich da ein bisschen im Verzug. Ich hatte in letzter Zeit irgendwie den Kopf nicht frei. Carl und ich wollen uns deswegen heute schon eine Stunde vorher treffen. Deswegen muss ich jetzt schon los. Aber macht euch keine Sorgen, meine Versetzung ist nicht gefährdet«, grinst sie schief. Sie weiß, dass sie sich beeilen muss.

Tote Fenster

Die Wohnung guckt sie genauso an wie gestern. Die Fenster sind geschlossen, verraten nichts. Die Position der Vorhänge hat sich nicht verändert. Als wäre niemand da. Als hätte Enya Alt vorgestern ihren Koffer gepackt und wäre für eine Woche nach Malle geflogen. Oder sonst wo hin.

Und wenn sie wirklich krank ist? Schwer krank? Hätte sie dann die Vorhänge bewegt? Die alte Luft gegen neue getauscht? Wohl kaum. Zoe schafft es tatsächlich immer noch, den Gedanken, dass die Lehrerin sich etwas angetan haben könnte, zu verdrängen. Dass sie womöglich in panischer Verzweiflung ein ganzes Röhrchen Schlaftabletten in sich hineingekippt hat. Zoe unterdrückt das Bild mit aller Kraft.

Sie starrt in die erste Etage hoch. Was will ihr das alles sagen? Sie versteht es nicht.

Obwohl sie trampelt, bis sich der Schweiß durch das T-Shirt drückt, kommt sie zu spät. Atemlos lässt sie sich neben Carl in die Bank fallen.

»Ich glaube, sie ist nicht zu Hause«, raunt sie ihm zu.

»Bist du bescheuert?«, fährt er herum. Sein Gesicht ist für einen kurzen Moment nah an ihrem. Sie weicht zurück. Er war lauter als beabsichtigt. Fast alle haben es gehört. Zoe sieht, wie Saskia und Kim sich höhnisch angrinsen.

»Wolltest du dir schon mal ein paar Scheine abholen, weil du in der Stadt eine geile Jeans gesehen hast, oder was?«, zischt Carl jetzt wesentlich leiser. Zoe schweigt, fühlt sich gedemütigt.

In der kurzen Pause dreht Carl sich sofort zu ihr rum. »Sorry, dass ich gerade so laut war.« Er streicht sich den langen Pony aus der Stirn. »Ich habe mir nur gerade Sorgen gemacht, dass du den Druck nicht aushalten kannst.«

Zoe ist besänftigt. Immerhin macht Carl sich noch Sorgen um sie. Wenn auch der Anlass nicht ganz passend ist.

»Wie kommst du darauf, dass sie nicht da ist?«

»Ich weiß nicht genau. Die Fenster sehen von außen so tot aus. Wie tote Fischaugen.«

Der Karpfen fällt ihr ein. Hoffentlich fragt Carl jetzt nicht nach seinem Geschenk. Zoe hat jetzt erst erfahren, wie scheißteuer die Viecher sind. War wahrscheinlich nicht so einfach, den Fisch irgendwo heimlich zu klauen.

»Die Fenster sehen tot aus?«

»Ich weiß, dass das ungewöhnlich klingt. Aber sie sind alle geschlossen, und es sieht so aus, als wäre hinter ihnen nichts als Stille.«

»Wie sehen denn Fenster aus, hinter denen ein Fernseher läuft oder ein Radio? Swingen die irgendwie mit?« Carl versucht leicht und ironisch zu klingen.

»Die Vorhänge hingen heute Morgen noch genauso faltig und schlapp wie gestern Abend. Als wären sie durch keinen einzigen Luftzug bewegt worden.«

»Du warst gestern und heute da?« Carl klingt nicht mehr leicht. Zoe nickt nur.

»Ich frage mich einfach, was das soll. Warum sie sich plötzlich abmeldet. Vielleicht ist sie wirklich total krank. Gibt es nicht gerade wieder so einen fiesen Durchfall-Virus, der die Leute massenweise niederrafft? Stell dir vor, die hat so was, irgendwann kommt ein Notarzt und der findet dann die Bilder und die Aufforderung?«

Carl lehnt sich wieder entspannt zurück. »Meinst du wirklich, die Alt hat die Fotos offen auf dem Nachttisch liegen? Meinst du, die guckt die sich dauernd an, weil sie sich selber darauf so scharf findet? Und selbst wenn: Falls dein dubioser Notarzt tatsächlich käme, würde der bestimmt nicht sagen: Mit ihrem Durchfall, das wird schon wieder, aber was haben sie hier für interessante Post? Das kann ich mir nur ganz schwer vorstellen.«

»Was glaubst du denn, warum die abgetaucht ist?«

»Vielleicht fühlt sie sich einfach kacke und ist zu einer Freundin. Vielleicht ist aber auch die Bank, auf der ihr ganzes Geld schlummert, ganz woanders und sie musste da hinfahren, um die Summe persönlich abzuholen. Morgen werden wir es wissen. Morgen ist Zahltag«, grinst Carl.

Zoe ist neidisch. Sie wäre auch gerne so gelassen wie Carl. So überzeugt und optimistisch. Sie schafft es nicht mal annähernd.

Als der Fernseher angeschaltet wird, verspürt sie einen Stich irgendwo zwischen Magen und Milz. Auf dem Bildschirm ist ihr Tanz zu sehen, ihr bunter Farbtanz, bei dem sie nicht mittanzen durfte. Sie sieht wie Caro, Sarah, Kim, Nils und Leo auf der Bildfläche erscheinen. Der Jürgens hat extra den Fernseher in das Klassenzimmer gerollt, damit sie alle ihren Erfolg auf dem Schulfest noch mal genießen können. Leo und Nils lehnen sich stolz in ihren Stühlen zurück.

»Das haben wir echt gut gemacht mit den drei Hühnern da«, lacht Leo.

»Kim hat echt eine super Show hingelegt. Das mit dem Flic-Flac am Schluss war echt cool«, findet Caro. Kim wird knallrot im Gesicht und tut so als wäre nichts.

»Ich muss auch sagen, dass war echt eine heiße Idee. Ihr habt zwar ganz schön rumgesaut mit der Farbe. Aber es hat sich ja gelohnt.« Der Jürgens macht eine bedeutungsvolle Pause. »Wollt ihr gar nicht wissen, wie viele von euren modernen Kunstwerken verkauft worden sind?«

Die Klasse wird ganz leise.

»Fast vierzig. Wir haben fast achthundert Euro eingenommen. Das ist großartig«, jubelt er.

Zoe guckt immer noch weiter auf den Film. Wer immer ihn gemacht hat, er hat auch einen Schwenk in die begeisterten Zuschauer gemacht. Im Hintergrund ist sie selber zu sehen. Sie sitzt neben Carl auf dem Dach. Sie erschrickt. Sie sieht ein sehr dünnes Mädchen mit einer kaputten Jeans und langen strähnigen Haaren. Sie sieht, wie nahe sie neben Carls Körper sitzt, wie viel Kraft von ihm ausgeht. Ganz klar: So wie sie da sitzen, sind sie ein Paar. Ein Außenseiterpaar.

Mit dem bunten Bild unten, der Ausgelassenheit, der Freude haben sie nichts zu tun.

Auf dem Weg nach Hause macht Zoe spontan einen kleinen Umweg durch die Stadt. Sie hat neulich etwas gesehen, das Franzi gefallen wird. Es ist eine Plastikblume, die man an einen Gartenschlauch anschließen kann. Die Blume tanzt völlig unkoordiniert und versprüht dabei das Wasser wie feinen Frühlingsregen. Franziska wird begeistert sein. Immerhin lächelt auch ihre Mutter, als Zoe das schrille Teil im Garten installiert. Nach dem Mittagsschlaf schiebt sie Franzi auf den Rasen, dreht den Hahn auf.

Franzi quiekt. Sie gluckst und zeigt aufgeregt mit der gesunden Hand auf die Blume. Bis die Blume sich in ihre Richtung dreht und sie einen feinen Schauer abbekommt. Zoe muss die Blume abstellen, die Schwester erst mal wieder beruhigen. Und während sie kleine liebe Worte ausstößt, damit Franzi zu weinen aufhört, sieht sie plötzlich wieder Carl vor sich. Wie er sie heute angemacht hat, weil sie bei der Alt vorbeigegangen ist. Einen Moment lang war seine ganze Ruhe weg. Er war kurz vorm Ausbruch. Das hat sie fast riechen können. Wenn er in dem Moment zugeschlagen hätte, es hätte sie zumindest nicht gewundert. Da war so viel Wut in seinen Augen, so viel Jähzorn, Hass.

Plötzlich sieht sie es deutlich vor sich: Carl war am Sonntag bei Enya Alt. Er hat die Fotos mit dem Brief nicht eingeworfen, sondern hat ihn persönlich überreichen wollen. Vielleicht hatte er befürchtet, sie würde die Post sonst zu spät finden. Ganz mechanisch streichelt ihre Hand weiter über Franzis Rücken, ihr Kopfkino läuft weiter.

Sie malt sich aus, wie Enya Alt irritiert die Fotos aus dem Umschlag nimmt. Und anfängt zu lachen. Sie stellt sich vor, wie die Lehrerin einfach nicht glauben will, was sie da sehen soll. Wie sie amüsiert und naiv wie sie ist zu Carl guckt. Ihn einfach nicht ernst nimmt.

Und für einen Moment sieht sie wieder die Wut, den Jähzorn, den Hass in Carls Augen. Und dann holt er aus. Sie sieht, wie seine Faust in das Gesicht der Lehrerin kracht. Sie sieht Blut spritzen, einen ungläubigen und schmerzverzerrten Blick.

Zoe weiß es. Carl lässt sich nicht auslachen. Und er hätte keine Skrupel zuzuschlagen. Nicht, wenn er glaubt, dass es richtig ist.

Wenn Enya Alt die Erpressung vielleicht nicht ernst genommen hat, sie für einen blöden Schülerscherz gehalten hat, wird Carl ihr klar gemacht haben, wie ernst es ihnen – oder ihm – ist.

Zoe hat einen faulen Geschmack im Mund. Sie lässt Franzi im Garten, geht in ihr Zimmer. Wählt Carls Nummer. Er meldet sich, im Hintergrund sind Freibadgeräusche. Zoe fragt sich, mit wem er wohl da ist und warum er sie nicht gefragt hat, ob sie mitkommen will.

»Warst du am Sonntag bei der Alt?«, fragt sie direkt.

»Das weißt du doch.«

»Ich meine, hast du geklingelt? Warst du in der Wohnung?«

»Was soll das? Misstraust du mir?« Seine Stimme ist scharf.

»Ich wollte es nur wissen. Mehr nicht.«

»Du, Zoe, ich habe für solche komischen Fragen echt keine Zeit.«

Ehe er auflegt, hört sie noch, wie er gut gelaunt »Warte, Lara, ich komme mit«, ruft.

Hat er das absichtlich getan, um sie eifersüchtig zu machen?

Gibt es diese Lara?

Aber vor allem: Er hat nicht gesagt, dass er nicht geklingelt hat.

Zoe ist sich sicher. Irgendetwas ist am Sonntagabend passiert. Etwas, das sie nicht geplant hatten. Obwohl: Hatte sie eigentlich irgendetwas geplant?

Oder war sie nur Assistentin gewesen?

Hatte sie nicht nur die Türen geöffnet, durch die Carl spazieren wollte?

Sie legt sich aufs Bett, versucht an irgendetwas anderes zu denken. Aber immer wieder wandern ihre Gedanken zu Carl. Er lässt sie nicht los. Noch nicht mal, wenn er weit weg ist. Immer und immer wieder dreht sie an dem goldenen Ring an ihrem Mittelfinger. Im Märchen darf man sich was wünschen. In der Realität auch. Es geht dann nur nicht in Erfüllung. Sie wüsste, was sie sich wünschte. Weit weg von sich zu sein. Sie trägt nur diesen einen Ring als Schmuckstück. Immer. Er ist von Tante Lisbeth. Die war eine Tante ihres Vaters und immer witzig. Witzig nicht im Sinne von lustig. Eher im Sinn von total daneben. Zoe hat sie geliebt. Viel mehr als ihre eigenen Großeltern. Tante Lisbeth konnte mit bitterernstem Gesicht die abstrusesten Lügengeschichten auftischen und sich hinterher darüber kaputtlachen, dass alle ihr geglaubt haben. Sie ist jeden Sonntag in die Kirche und hat Kerzen für alles und jeden aufgestellt. Sie hat dafür aber nie bezahlt, sondern noch eine (unbezahlte) Kerze für alle Kleinbetrüger aufgestellt. Damit wollte sie der Strafe entgehen. Die zweite Leidenschaft von Tante Lisbeth war Essen. Süßes. Kuchen, Eis, Schokolade. Als Sonja Kessler sie mal bremsen wollte, damals war sie schon jenseits der siebzig, hatte sie nur lapidar geantwortet: »Kleines, nur wegen meiner Figur wird mich eh keiner mehr nehmen.«

Sie war mit zweiundsiebzig gestorben. In der Kirche. Zoe fand das irgendwie total passend. Tante Lisbeth hatte nicht viel zu vererben. Zoe hatte den Ring bekommen. Laut Lisbeth war der von einem adeligen Verehrer, der sie nicht »freien« durfte, ihr aber dafür diesen Klunker geschenkt habe. Der Ring war aus feinem Gold mit einem roten Stein. Rubin natürlich, wenn man Tante Lisbeth glaubte. Zoe war egal, ob Rubin oder geschliffenes Glas, sie liebt den Ring.

Ungewissheit

Zoe, bist du eigentlich wahnsinnig?« Ihre Mutter brüllt wie schon lange nicht mehr. Ihre Stimme überschlägt sich vor Zorn. Zögernd geht Zoe die Treppe runter.

»Wie kannst du Franzi da in der prallen Sonne stehen lassen?«

Sonja Kessler ist auf hundertachtzig. Zoe guckt ihre Schwester an. Die sitzt mit hochrotem Kopf und schweißnassen Haaren mitten auf dem Rasen.

»Es tut mir leid«, stottert Zoe und das stimmt auch. Sie ahnt, dass ihre Mutter ihr nicht glaubt. Als ob sie jetzt die Schwester büßen lassen wollte, dass sie jahrelang unter ihr gelitten hat.

»Ich wollte nur kurz telefonieren und habe sie einfach vergessen.«

Sie weiß, wie kacke das klingt.

Wie kochende Kartoffeln, die man auf dem Herd vergisst.

Gemeinsam mit ihrer Mutter legt sie Franziska auf eine Decke in den Schatten. In dem Sitz des Rollstuhls hat sich eine Pfütze aus Schweiß gebildet.

»Soll ich für dich tanzen?«, fragt Zoe hoffnungsvoll. Sie möchte es gerne wieder gutmachen. Franzi gibt einen Laut von sich. Vielleicht eine Zustimmung. Zoe holt den CD-Player und die Boxen, stellt sich mitten in die Sonne und tanzt. Wie eine Wilde. Franzi mag es total wild. Nach zwanzig Minuten ist Zoe klitschnass. Die gleißende Sonne, die ratternden Gedanken, die körperliche

Anstrengung. Hose und Top kleben schon lange an ihrer Haut, sie glaubt, ihr Blut kocht gleich, aber sie hört nicht auf. Erst als sie ihre Mutter wieder hört, lässt sie sich ins Gras fallen.

»Meinst du eigentlich es wird besser, wenn du dir jetzt auch noch Hautkrebs holst?«

Das Wort fasziniert Zoe. Krebs. Genauso fühlt es sich an. Als würden sich grässliche Gedanken wie Fäulnis und Zerstörung – wie Metastasen – durch ihren Kopf fressen. Als würden sie sich teilen, vermehren, immer mehr von ihr in Besitz nehmen.

Obwohl sie sich völlig fertig fühlt, setzt sie sich aufs Rad. Ihrer Mutter erzählt sie, dass sie gestern ihre Sporthose beim Tanzen liegen gelassen hat und lieber holen will, ehe sie verschwindet. Sie denkt sogar daran, die Hose wirklich in ihre Tasche zu stecken, falls sie nach der Rückkehr überprüft wird.

Die Fenster stieren immer noch ins Nichts.

Zoe ist sich sicher: Enya Alt ist nicht da. Oder sie kann sich nicht regen.

Sie versucht, sich die Situation vorzustellen: Carl wird provoziert, ausgelacht. Dann schlägt er zu. Und dann?

Sie hat noch nie darüber nachgedacht, sich nie die Frage gestellt, warum auch, aber sie ist überzeugt, dass er auch vor mehr Gewalt nicht Halt macht. Wo er herkommt, darf man wahrscheinlich nicht zögern. Da lernen kleine Kinder, dass sie entweder sehr schnell laufen müssen oder als Erster sehr fest zuschlagen.

Theoretisch traut sie ihm zu, dass er einfach ein Messer zückt und zusticht. Aber was sollte ihm das bringen? Und ist Carl nicht eigentlich zu rational für unüberlegte Handlungen?

Wenn er die Lehrerin davon überzeugen will, dass diese Erpressung ernst gemeint ist – was wird er tun? Sie versucht, sich ihn hinein zu versetzen.

Sie stellt sich die Szene in der Wohnung vor.

Und plötzlich sieht sie, wie Carl die Lehrerin ins Bad schiebt, hinter ihr abschließt. Das Bad hat kein Fenster. Nur so ein winziges schmales Oberlicht. Sie würde nicht rausklettern können.

Unter der Tür schiebt Carl die Fotos durch.

»Hier, denken Sie noch mal darüber nach, ob Sie nicht doch zahlen wollen.«

Dann nimmt er ihren Schlüssel vom Tisch und geht. Wirklich Sorgen um Enya Alt müsste er sich nicht machen. Sie hat Wasser, Luft, eine Toilette. In der Badewanne könnte sie schlafen. Carl würde in der Nacht in die Wohnung schleichen, würde kurz und hart mit der Lehrerin durch die Tür sprechen. Würde ihr klar machen, dass die Fotos alles andere als ein dummer Schülerwitz sind.

Hat er sie wirklich verletzt? Vielleicht sitzt Enya Alt auf den vergilbten Fliesen und hat ein blutverkrustetes Gesicht. Zoe blendet in diesem Moment aus, dass Enya Alt sich das Gesicht abwaschen könnte. Sie sieht Enya da kauern. Ein blaues Auge, Schwarzverkrustetes an der Nase, ein klaffende Wunde, die sie sich selber in die Unterlippe gebissen hat.

Ist es das wert?

War das die Grenze, die sie immer gesucht hat?

Sie radelt müde nach Hause.

Komisch. Sie hatte immer das Gefühl, der Hase aus der Duracell-Werbung zu sein. Der mit endloser Kraft. Power pur. Jetzt fühlt sie sich als habe sie ein Leck. Ein kleines Loch, wo die ganze Kraft einfach rausläuft.

Der letzte Tag des alten Lebens

Den Abend verbringt sie zusammen mit ihrer Mutter auf der Couch. Sie sagt nicht, dass sie den Film schon mal gesehen hat. Und schon beim ersten Mal nicht gut fand. Es ist egal, es ist einfach wie ein alter Sessel, in den sie sich fallen lässt. Vertraut, ein bisschen schäbig. Es ist wie ein Lied, das sie schon so oft gehört hat, dass sie es schon fast nicht mehr hören kann. Sie sieht, wie ihre Mutter sich die Nägel feilt und nie wirklich zufrieden ist und immer weiter feilt und feilt, bis alle Nägel ganz kurz sind. Sie hört den Rasensprenger im Garten, der im ewigen Hin und Her das Gras wässert, sie hört die Kleinkinder-CD aus Franzis Zimmer. Alles so vertraut.

Wie der Smartie-Kuchen zu jedem Geburtstag.

Wie ihr Hello-Kitty-Pyjama, den sie sonntags morgens so lange wie möglich trägt.

So wie der abgewetzte Hund unter ihrem Kopfkissen.

Wie der Wunsch, dass alles nur normal sein soll.

Nicht nur um sie herum.

Auch in ihr.

Nach dem Abspann bleibt sie liegen. Sie weiß, sie muss noch zehn, zwölf Minuten aushalten, dann ist sie an der Schwelle zum Schlaf. Dann müsste es reichen.

Sie lässt eine Talkshow über sich ergehen.

Ein alternder Schauspieler, ein Autor mit neuem Buch, zwei Politikerinnen in engen, grauen Business-

Kostümchen, ein Kabarettist, der auch Klavier spielt. Das perfekte Einschlafprogramm. Um kurz vor elf geht sie hoch. Um elf ist sie wieder hellwach. Ihr Herz schlägt einen harten, schnellen Beat, kalter Schweiß steht auf ihrer Haut. Irgendetwas dreht sich. Dreht durch.

Morgen ist es vorbei.

Sie sagt es sich immer wieder.

Morgen ist der letzte Tag des alten Lebens.

Morgen wird ein neues Kapitel begonnen. Ein fetter Strich gemacht.

Sie werden das Scheißgeld holen, Carl wird glücklich sein. Und dann hört was auf.

Morgen ist es vorbei.

Sie sagt es sich immer wieder wie ein Mantra.

Vorbei. Bye-Bye. Versucht es sich in den Kopf zu meißeln, zu hämmern.

Sie weiß nicht, was danach kommen soll.

Es ist auch nicht wichtig.

Hauptsache, es ist erst mal vorbei.

Gegen drei Uhr wacht sie auf.

Vielleicht ist ja alles eine Prüfung.

Vielleicht will Carl sie testen.

Sie weiß, dass er eigentlich niemandem vertraut. Das hat er nicht gelernt. Hat er sie auf die Probe gestellt? Wollte er prüfen, ob sie wirklich auf seiner Seite steht? Vielleicht hat er der Alt die Fotos ja gar nicht gegeben. Vielleicht spielt er ihr, Zoe, diese blöde Erpressung nur vor. Aber warum ist die Alt ausgerechnet jetzt nicht da?

Wusste Carl vielleicht, dass sie sich krank melden wird?

Hat er sie bestochen, damit sie das macht?

Um zu sehen, wie Zoe reagiert?

Vielleicht ist sie wirklich der erste Mensch, den Carl an sich ranlassen will. Und sie muss sich eben erst beweisen.

Ein Teil von ihrem Verstand driftet in den Schlaf ab. Ein Teil bleibt wach. Träume und Gedanken vermischen sich. Sie ist eingefroren auf der halben Strecke zum erlösenden Schlaf. Sie sieht, wie Carl auf sie zukommt, sie an sich zieht. Weil er weiß, dass sie zu ihm stehen wird. Egal, was er tut. Weil er endlich Nähe zulassen kann. Und sie wird es auch von ihm lernen. Aber Enya Alt schleicht sich immer wieder in diese Bilder.

Mit blutiger Nase. Heulend. Kotzend über dem Klo.

Um fünf Uhr wird Zoe wieder wach. Herzrasen. Kalter Schweiß. Das ganze Bettzeug stinkt schon. Plötzlich die Erleuchtung: Er hat sie reingelegt. Wieso soll Enya Alt das Geld an der Laube ihres Opas hinterlegen? Wieso hat er sie, Zoe, überhaupt mit ins Spiel gebracht? Die Alt hätte doch sonst gar nicht gewusst, wer der Komplize ist. Sie hätte vielleicht geahnt, wer die Fotos geschossen hat. Sie hätte es nicht beweisen können. Durch den Übergabeort der Kohle ist Zoe mit im Spiel. Was hat er sich dabei gedacht?

Ihre Gedanken pirschen sich in unbekanntes Gebiet. Ein Gebiet, das sie nicht mag. Eigentlich ist ja nur sie im Focus. Carl ist auf den Fotos. Das ist nicht strafbar. Schließlich weiß er ja selber, dass jede der Situationen absolut harmlos war.

Ist sie nicht die eigentlich Verdächtige?

Hat er sie extra ins Rampenlicht geschoben? Will er sich im Zweifelsfall hinter ihr verstecken? Wenn alles gut geht, bekommt er sein Geld. Wofür auch immer er es braucht oder will. Wenn die Alt aber auf die Idee kommt, die Polizei oder den Schulleiter zu informieren, hat Zoe ein Problem. Dann wird sie wahrscheinlich hundert Mal sagen können, dass alles Carls Idee war. Dass er sich extra an die Lehrerin rangemacht hat, damit sie die Fotos schießen kann. Dass er sogar die Kamera mitgebracht hat. Beweisen kann sie nichts davon. Carl wird alles abstreiten. Erzählen, dass er die Lehrerin zufällig im Freibad getroffen habe und ebenso zufällig im Biergarten. Dass er sich verknallt habe in die schöne Lehrerin ... Sie sei die erste große Liebe seines Lebens gewesen. Und Zoe hat das nicht ertragen können. Vielleicht wird er sogar stockend erzählen, dass Zoe ihm irgendwann ihre Liebe gestanden hat und total gekränkt war, als er sie zurückgewiesen hat. Das sei jetzt alles ein gemeiner Racheakt einer unglücklich verknallten Ziege.

Und die Alt? Die wird wohl auch kaum erzählen, dass sie die gebotene Distanz zu dem ihr anvertrauten Schüler leider unterschritten habe, eine unangemessene Intimität habe aufkommen lassen. Die wird natürlich auch die absolute Harmlosigkeit der Situationen unterstreichen und sich daran erinnern, dass Zoe in letzter Zeit auffällig oft in ihrem Privatleben aufgekreuzt sei. Zufällig sei sie am Haus vorbeigejoggt. Zufällig sei sie im selben Salsa-Kursus. Jetzt würde ihr natürlich klar, warum die Schülerin das getan habe. Nur, um ihr Vertrauen zu erschleichen. Und dann werden Enya Alt und Carl gemeinsam vermuten, dass Zoe das nur aus Eifersucht gemacht haben kann. Enya Alt wird verstehen, dass Zoe unmäßig in Carl verknallt ist, ihn schon fast belästigt. Warum hat sie sich sonst plötzlich neben ihn gesetzt im Klassenzimmer? Und Enya Alt mit ihrer jugendlichen Schönheit und Frische sei natürlich eine Gefahr für sie gewesen. Sie habe gespürt, dass Carl sich zu der Lehrerin hingezogen gefühlt hat. Carl wird Enya Alt dabei ein ganz klein bisschen devot angucken und ihr sagen, dass sie auch einfach ein heißer Typ sei und Zoe mit ihrer Eifersucht gar nicht so daneben liege. Und Enya Alt wird sich errötend freuen über das billige Kompliment.

Zoe wird schlecht.

Alles ist ihr plötzlich klar. Sie ist die Verliererin dieses Spiels. Und ihr fällt nichts, nichts, nichts ein, womit sie die Karten neu verteilen könnte. Sie hat keine Ahnung, welches Blatt sie nun spielen soll.

Ein abgebrochener Augenblick nur

Auf dem Schulhof steht ein Auto. Ein brauner Opel. Sieht ein bisschen aus wie ein riesiger Hundehaufen. Zoe wundert sich. Alle wundern sich. Selbst der Direktor darf niemals auf dem Schulhof parken. Ein Mal durfte er dort kurz halten. Er hatte ein Bein gebrochen, humpelte auf Krücken in sein Büro, um wichtige Unterlagen zu holen. Seine Frau hatte dem Hausmeister wortreich erklären müssen, warum es wirklich nötig sei, dass sie den Wagen ganz kurz dort abgestellt hatte. Dabei war das sogar außerhalb der Schulzeit gewesen. Aber solche Geschichten gehen innerhalb von Stunden von Schüler zu Schüler. Der Schulhof ist einfach das heilige Terrain des Hausmeisters. Sein Königreich.

Warum also darf dieser Opel hier stehen? Zoe ist sofort klar: Es ist entweder etwas sehr Wichtiges oder sehr Schlimmes. Und sie befürchtet, dass sie damit zu tun hat. Sie hält sich im Hintergrund. Kauert am Rand. Sie sieht die anderen in Gruppen zusammen stehen. Kaum einer verbirgt seine Neugier, es wird getuschelt.

Die Türen sind längst geöffnet, kaum einer geht rein. Alle wollen sehen, was es mit dem verbotenen Auto auf sich hat.

Aus dem Augenwinkel sieht sie ihn kommen. Sie erkennt ihn sofort. An seinem Gang, den Haaren, dem Schritt. Carl geht zwischen zwei Männern direkt auf das Auto zu. Einen abgebrochenen Augenblick lang sieht er

Zoe an, guckt ihr direkt in die Augen. Ihr wird kalt. Sie versucht zu deuten, was ihr Carls Blick sagen will. Will er sie warnen? Oder war da Abscheu in seinen Augen? Glaubt er, sie habe ihn verraten? War es eine Aufforderung? Die Bitte, zu Enya Alt zu gehen, mit ihr zu reden? Zoe ist zerrissen, fühlt sich müde. So wie man nach einer langen Party hundemüde ist und gleichzeitig zu aufgedreht, um einzuschlafen. Carl muss hinten einsteigen. Einer der beiden Männer mit den regungslosen Gesichtern setzt sich neben ihn. Der andere steigt vorn ein, greift sofort zu einem Funkgerät. Zoe weiß, dass Carl es hasst, in einem Opel den Schulhof verlassen zu müssen. Er ist keiner der Typen, der sich was aus Autos macht. Er guckt keinem Porsche hinterher oder so. Aber einen Opel findet er mit Sicherheit indiskutabel.

In der dritten Schulstunde, nach der großen Pause, sind die Gerüchte bei »Der hat eine Bank überfallen. Soll dick abkassiert haben« angekommen. Die Worte werden bei Zoe angespült. Auch die ganzen Mutmaßungen über seine Familie. Über einen kriminellen Bruder, über Cybermobbing an seiner vorherigen Schule. Und natürlich zeigen jetzt die Vorurteile ihre gemeinen Fratzen. Dass es ja nicht verwunderlich sei, bei einem wie Carl. Manchmal hätte er drei Tage lang hintereinander dieselben Klamotten angehabt. Und diese ausgetretenen Turnschuhe. No-Name noch dazu. Ein bisschen könne man das ja verstehen. Der Druck mithalten zu wollen, sei wohl zu groß geworden. All die Worte schwappen über Zoe weg. Sie hört sie, aber nimmt sie nicht wahr. Die ganze Zeit, jede Sekunde dieses Morgens rechnet sie damit, dass der Opel plötzlich wieder auftaucht. Dass die beiden Männer mit ihren zeitlosen Freizeitjacken wieder aussteigen und *sie* dann hinten Platz nehmen muss. Sie hätte sich auch eine andere Automarke gewünscht. Sie hört hinter ihrem Trommelfell fast schon, wie Saskia und Kim kurz höhnisch lachen werden. Sie malt sich aus, wie sich alle lang und fragend angucken werden. Zoe? Was hat die wohl verbrochen?

Aber der Opel kommt nicht.

Mitten in der dritten Stunde klopft es.

Zoe schließt die Augen, bückt sich schon zu ihrer Tasche. Irgendein Schüler wird als Botengänger gebeten worden sein, Zoe aus der Klasse zu holen.

Die Zoe Kessler soll mal ins Sekretariat kommen. Sie kann die Fistelstimme eines mickrigen Fünftklässlers richtig hören.

Es ist ein Mädchen aus der fünften Klasse. Vom Chemieunterricht gegenüber. Da sei keine Kreide mehr. Ob sie ein Stück haben könnte. Zoe starrt sie an. Sie hatte gerade überlegt, ob sie nicht einfach aus dem Fenster springen und abhauen soll. Zur Autobahn, auf dem Rastplatz auf den ersten Lkw aus Italien oder Spanien warten und mitfahren bis zum Meer. Sie bleibt sitzen. Hält zumindest die Stunde noch durch. Danach entschuldigt sie sich mit Magenkrämpfen. Das ist noch nicht mal gelogen.

Sie fährt zum See runter, muss überlegen. Muss jetzt genau nachdenken, was nun zu tun ist. Dass Carl von den Bullen abgeholt wurde, heißt, dass die Alt nicht verängstigt zahlt, sondern ihnen die Stirn zeigt. Aber warum haben sie nur Carl abgeholt? Durch die Übergabe-Adresse muss die Polizei doch wissen, dass auch Zoe mit im Boot ist. Wahrscheinlich ist Carl eh gerade dabei, ihr alles in die Schuhe zu schieben.

Zoe stutzt. Natürlich. Die Bullen haben die Adresse aus dem Kleingartenverein, wo der Umschlag deponiert werden sollte. Aber sie müssen ja erst mal rauskriegen, wem der Schuppen gehört. Meisenweg 18, Kleingartenverein Schwarze Rose.

Zoe hatte Carl den alten Familienwitz erzählt. Dass sie

und ihre Eltern immer heimlich Kleingartenverein Tote Hose gesagt hätten, weil da nur so alte Männer vor ihren Schuppen geschnauft und geschnarcht hätten. Carl hatte nicht darüber gelacht.

Falls Carl sie also noch nicht in die Pfanne gehauen hat, muss sie warten, bis die Recherchen der Polizei bei ihr angekommen sind.

Sie zückt ihr Handy, ruft die Auskunft an.

»Ich hätte gerne die Nummer von der Kleingartenanlage Schwarze Rose.«

Es dauert ein bisschen. Zoe vermutet, dass die Leute bei der Auskunft immer mindestens eine halbe Minute verstreichen lassen müssen, damit die Einheiten durchrasseln.

»Wollen Sie mit dem Teilnehmer nach der Ansage der Nummer verbunden werden?«

»Nein. Sagen Sie mir einfach die Nummer. Diese Automatentussi ist mir zu langsam.«

Sie schreibt die Nummer mit, legt auf, wählt neu.

Nach dem gefühlten fünfundvierzigsten Klingeln wird abgenommen. Eine alte Frau atmet hörbar schwer.

»Hier ist Zoe Kessler. Die Enkeltochter von Walter Sinn. Ich wollte nur mal fragen, ob mit dem Haus alles in Ordnung ist.«

»Was sollte denn nicht in Ordnung sein?«

Die alte Frau klingt schnippisch. Als sei es schon ein Affront zu vermuten, dass in ihrer grünen Oase irgendwas nicht hundertprozentig in Ordnung sei.

»Schon gut. Ich will auch nicht weiter stören«, sagt Zoe schnell. Sie hat ja schon die Auskunft, die sie haben wollte. Wenn die Bullen heute Morgen bei dieser schwarzen Witwe der schwarzen Rose gewesen wären, würde die das Zoe sofort mitteilen. Vor allem, wenn die Hütte ihres Opas Anlass für den peinlichen Besuch gewesen wäre.

Sie grinst ihr Telefon an. Klar. Walter Sinn. Über den Namen des Besitzers kommen die Bullen nicht auf sie. Das verschafft ihr Zeit. Immer vorausgesetzt, Carl verrät sie nicht. Aber wenn er das bis jetzt nicht getan hat, warum sollte er es dann überhaupt noch tun? Sie fühlt eine schaurige Welle in sich. Er steht wirklich zu ihr, steht vor ihr. Er beschützt sie. Es fühlt sich gut an. Was immer auch geschehen wird, sie gehören zusammen. Dieses unsichtbare Band, das sie vom ersten Moment an zwischen sich und dem Neuen gefühlt hat, hält.

Sie lässt sich ins Gras fallen.

Vielleicht kann sie ja zusammen mit Carl in den Lkw steigen. Sie nehmen die Kohle und fahren gen Süden. Sie stellt sich vor, wie sie während der Fahrt zusammen hinten in der Koje liegen und immer nur in den Himmel gucken. Ein winziges Fenster mit blauem Inhalt. Wie sie sich umgucken in der Miniaturwelt des Brummifahrers und sich angrinsen.

Sie ignoriert, dass sie zur Schule gehen müssen. Dass sie zur Schule gehen will. Dass ihre Eltern sie nach einer verschollenen Nacht mit Interpol suchen lassen würden. Dass sie sich eigentlich ein Leben ohne das glucksende Lachen von Franzi gar nicht vorstellen kann. Sie gönnt sich ganz kurz den befreienden Traum. Stellt sich vor, wie sie am späten Nachmittag irgendwo am Meer ankämen. Sich mit dem salzigen Meer den salzigen Schweiß abwaschen würden.

Sie stellt sich vor, wie sie sich ein Wohnmobil am Strand mieten würden. Kein Hotelzimmer. Das hat so einen komischen Beigeschmack. Sie würde in der Kabine über den Sitzen schlafen. Sie hat sich so etwas immer gewünscht. Ging natürlich nicht. Wohnmobile sind nicht rollstuhltauglich. Sie würde sich wie in einer Höhle zusammenrollen und aus dem winzigen Fenster die ganze Zeit aufs Meer schauen.

Carl würde sie morgens wecken, indem er ihr wortlos einen Kaffee nach oben reichte. Sie würde sich die Augen reiben, einen verschlafenen Schluck nehmen, ihren Ring anlegen und zu ihm runtersteigen.

Der Film hakt. Sie kann nicht weiterspinnen. Sie sehnt sich neue Bilder herbei. Aber ein Fehler hat sich eingeschlichen. Sie setzt sich auf. Guckt panisch rum. Hat einen Moment Mühe, sich in der Realität zurechtzufinden. Sie guckt an sich runter, sieht es sofort. Der Ring ist weg. Ihre Hände starren sie nackt an. Sie erinnert sich. In der ersten kurzen Pause am Morgen war sie auf dem Klo gewesen. Hatte brechen müssen. Danach hatte sie sich den Mund mit Seife ausgewaschen und dafür den Ring abgenommen. Und wahrscheinlich liegen lassen. Scheiße. Die Bilder von Sonne, Strand, Käse, Brot sind verschwunden. Sie ist zurück in der Realität und die sagt ihr ganz klar: Du musst zurück in die Schule. Sie muss gucken, ob der Ring noch an dem Waschbecken in der zweiten Etage liegt. Sie steigt sofort aufs Rad, tritt in die Pedale. Sie weiß, dass eigentlich was anderes wichtiger wäre. Sie eigentlich überlegen müsste, was zu tun ist. Wie sie reagieren, agieren sollte. Aber das muss jetzt kurz warten. Sie braucht erst ihren Ring wieder. Ohne den geht gar nichts. Völlig atemlos kommt sie an der Schule an. Die sechste Stunde ist gerade vorbei. Sie rennt die Treppe hoch, nimmt zwei Stufen auf einmal und steht vor Carl. Er kommt aus ihrer Klasse als sei nichts passiert.

Sie starrt ihn an.

»In zehn Minuten am Klotz«, zischt er ihr zu.

Sie nickt benommen, geht einfach weiter. Richtung Toilette. Sie sieht gar nicht, dass Saskia und Julian ihr entgegenkommen und sie erstaunt ansehen. Ihre weiße Jeans ist völlig verdreckt, die Haare strähnig und verschwitzt, der Blick wirr. Der Ring ist natürlich weg.

Sie sucht überall. Wühlt in dem Eimer mit den Papierhandtüchern, lässt sich auf die Knie fallen. Er ist nicht da.

Sie redet auf sich selber ein. Das sei ein Zeichen. Dass jetzt wirklich was Neues anfangen würde. Ein neues Kapitel. Dass jetzt alles gut würde. Nur: Sie glaubt sich selber nicht.

Kein Stückchen Himmel sehen

Sie schiebt ihr Rad zum Klotz. Das ist ein riesiger Betonwürfel mitten in der Fußgängerzone. Es soll Kunst sein und ist nur Gespött. Carl lehnt an einer Betonwand und mustert Zoe.

»Schönen Dank. Du hast mir einen ätzenden Vormittag in der Gesellschaft von zwei Bullen eingebracht.« Seine Stimme ist aggressiv und verächtlich.

»Was wollten sie? Hat die Alt dich angezeigt?«

Sie steht vor ihm und weiß nicht, wohin mit ihren Armen.

»Die Alt? Quatsch. Es ging um einen Fotoapparat. Um meinen Fotoapparat, den ich wegen einer blöden Kuh zur Reparatur bringen musste. Leider war die Kamera registriert.«

Zoe guckt die Fußgängerzone runter. Sie versteht nicht. Außer, dass er sie gerade beleidigt hat.

»Registriert?«

»Genau. Du bist so schlau. Auf den eigentlichen Besitzer.«

»Und das bist nicht du?«

Er lacht laut und gemein.

»Ob ich das bin? Klar, eigentlich hätte ich die zwei Mille für die Knipskiste hinlegen können, aber ich habe die Kohle lieber in Aktien angelegt.«

Seine Stimme lässt sie wie ein kleines Mädchen dastehen.

»Sie ist geklaut?«

»Ui. Was für ein unschönes Wort. Kommt das in deinem Alltag überhaupt vor? Sagen wir: Ich habe sie gefunden. Und schließlich haben wir sie ja auch gebraucht, oder?«

Plötzlich ist sie wieder mit im Boot. Aber wohl fühlt sie sich darin nicht. Sie möchte über Bord springen, weiß aber nicht, ob sie schwimmen kann.

»Weißt du, was mich richtig ankotzt? Wenn die süße kleine Zoe mit ihrem kleinen runden Wackelpopo und ihren prallen Titten die Kamera zur Reparatur gebracht hätte, hätte der Typ nie im Leben geguckt, ob die vielleicht als geklaut gemeldet ist. Er hätte sich ausgemalt, wie er dir unter den Rock greift. Oder wie er vielleicht selber Fotos von dir macht. Aber wenn so ein Loser wie ich kommt, da gucken die natürlich nach. Ich könnte ein Anti-Krebsmittel erfinden, für euch alle wäre ich doch immer der kriminelle Abschaum.«

Der Hass trieft aus Carls Mund.

Zoe starrt ihn an. So hat er noch nie mit ihr und vor allem nicht über sie gesprochen. Sie fühlt sich schmutzig. Er hat mit seinen Worten ihren Körper billig gemacht. Sie denkt angewidert an ihren kleinen Tagtraum. Schämt sich vor sich selber. Fühlt seine Beleidigung wie blaue Flecke auf ihrer wunden Seele. Und ganz nebenbei streckt sich ein Gedanke aus dem Sumpf heraus in ihrem Kopf. Regt Carl sich darüber auf, dass er schuldlos immer in die kriminelle Schublade gesteckt wird? Wirklich schuldlos? Hat er nicht tatsächlich die Kamera gestohlen? Ist er nicht gerade dabei, das Leben ihrer Lehrerin zu zerstören? Nein. Nicht er. *Sie beide* sind dabei. Sie, Zoe, gehört dazu.

Es war ein gutes Gefühl gewesen, Carl an ihrer Seite zu haben. Sie hatte sich stark gefühlt. Unverwundbar. Sie hatte es sich und ihm beweisen wollen. Schlagartig wird ihr klar, dass es dieses Gefühl nicht mehr gibt.

Carl steht nicht mehr neben ihr.

Er steht ihr gegenüber. Sie hier und er da – jeder an seiner Front.

Zoe sieht, dass sie selbst nicht länger ihre größte Bedrohung ist.

Diese steht ihr vis-à-vis.

»Was passiert jetzt?«, fragt sie ganz sachlich.

»Erstmal haben sie die Nikon natürlich konfisziert. Gut, dass ich so schlau war, alle Fotos vorher zu löschen. Das hätte ja sonst eine schöne Überraschung gegeben. Dann haben sie mich ewig verhört. Gott sei Dank konnte ich nachweisen, dass ich zur Tatzeit in der Schule war. Der Blödmann von Besitzer hatte die echt im unverschlossenen Auto liegen. So eine Doofheit sollte bestraft werden.«

Er lacht kurz, streicht mit seiner Hand kurz über ihren Oberarm.

»Ach ja, Süße, du bist übrigens mein Alibi. Ich habe angegeben, dass du bestätigen kannst, dass ich den ganzen Vormittag in der Schule war. Weil die Kamera leider direkt um die Ecke weggekommen ist, musste ich leider sagen, dass du auch beide großen Pausen mit mir verbracht hast. Ich habe erzählt, dass wir im Kartenraum gewesen sind.«

»Was? Hast du denen erklärt, dass du dir noch mal die Grenzen des Großreichs angucken wolltest, oder was?«

»Nicht ganz«, grinst Carl und macht eine obszöne Handbewegung.

Sie guckt ihn mit offenem Mund an: Das ist nicht sein Ernst. Sie soll bestätigen, dass sie in zwei großen Pausen hintereinander mit Carl gevögelt hat? Ihr wird leicht schlecht.

»Das erste Mal im Stehen, das zweite Mal von hinten«, sagt Carl fies. »Nur, damit du das Gleiche wie ich sagst.«

Sie möchte weg. Von ihm. Von sich. Von den Bildern in

ihrem Kopf. Sie zwingt sich mit aller Kraft dazubleiben. Sie muss das durchstehen. Sie darf jetzt nicht weglaufen. Aber sie muss Zeit gewinnen. Sie will jetzt kalt duschen. Eiskalt. Die Bilder aus ihrem Kopf spülen.

»Nette Idee«, sagt sie unter Aufbringung aller Konzentration und hofft, dass er den angeekelten Zug in ihrem Gesicht nicht wahrnimmt. »Du, ich muss jetzt los. Lass uns später reden«, sagt sie schnell und hebt die Hand zum Abschied. Schon vorher ist sie zwei Schritte zurückgegangen, nur damit er sie nicht wieder berühren kann.

»Da steht ja auch noch ein kleiner Spaziergang an. Die Frist endet um sechs. Wir sollten heute Abend mal zur Schwarzen Rose schlendern und gucken, ob uns jemand ein Päckchen geschickt hat«, grinst Carl, ehe er sich wegdreht.

Nur ein einziger Augenblick

Nach der kalten Dusche setzt Zoe sich an den Schreibtisch, versucht ihre Gedanken zu sortieren. Versucht, alle Gefühle in den Keller ihres Kopfs zu sperren und ganz kalt nachzudenken. Carl spielt mit ihr. Er hat sie benutzt. Er demütigt sie und wahrscheinlich hat er irgendwo Beweise, mit denen er auch sie erpressen könnte. Sie braucht auch eine Waffe. Das wird ihr klar. Sie braucht etwas, womit sie sich gegen ihn wehren kann. Sie muss das Gleichgewicht wieder herstellen. Aber womit soll sie ihm drohen? Was würde ihn verletzen, kränken? Selbst wenn sie in der Lage wäre, ihm körperliche Schmerzen zuzufügen, was sie liebend gerne täte, weiß sie, dass das der falsche Weg ist. Sie muss ihn anders treffen. Sie kennt sich kaum aus in seiner Welt. Eine eigene Welt hat sie nicht mehr, und endlich vervollständigen sich in ihrem Kopf die Gedanken, die ansatzweise schon durch ihr Hirn flatterten. Dass ihre Welt nicht zufällig zusammengebrochen ist. Dass da jemand nachgeholfen hat. Mit üblen Gerüchten. Mit Verleumdungen. Sie ahnt jetzt, wer das war.

Carl hat dafür gesorgt, dass sie sich von Julian distanziert hat. Sie ist sich plötzlich sicher, dass er auch hinter den anderen Lügen steckt. Und plötzlich ist der ganze Hass, mit dem sie sich jahrelang selber verfolgt hat, wieder da. Und er richtet sich gegen Carl. Sie will ihn vernichten. Er hat so viel kaputt gemacht. Sie besinnt sich darauf, dass sie doch immer die Königin der perfiden

Spiele war. Jetzt braucht sie eine besonders gemeine Idee. Eine zerstörerische.

»Zoe, kommst du runter, ich muss los?«

Völlig verwirrt hört sie ihre Mutter. Ganz langsam fällt es ihr wieder ein. Sie hatte zugesagt, heute Nachmittag zwei Stunden auf Franzi aufzupassen, weil ihre Mutter wieder irgendeine Sitzung hat.

»Komme.« Sie bemüht sich gelangweilt auszusehen.

»Alles in Ordnung?«

»Klar. Stoße nur gerade an die Grenzen meiner Aufnahmefähigkeit in Sachen Chemie«, versucht Zoe Normalität zu versprühen.

»Das kenne ich. Sei tapfer. Und tröste dich: Das brauchst du nie wieder.«

Sonja Kessler verteilt zwei Küsse und ist raus. Zoe setzt sich langsam vor Franzi auf den Fußboden.

»Und jetzt?«, fragt sie ihre Schwester, die ein Mobile ansieht. Zoe betrachtet das Mädchen, den verkrüppelten Körper, das merkwürdige Gesicht, in dem nichts zusammenpassen will und plötzlich weiß sie es. Franzi ist der Schlüssel. Sie wird Fotos von Carl und Franziska machen. Carl mit einem behinderten Mädchen im Arm. Das wäre genau das Richtige, um ihn unter Druck zu setzen. Sie weiß genau: Ein Foto davon in der Siedlung, in der Carl wohnt, und er ist erledigt. Sie würden sich das Maul zerreißen. Sie würden ihm die übelsten Dinge unterstellen. Den Ruf würde er nie wieder los. Niemand hätte auch nur noch einen Funken Respekt vor ihm. Sie würden ihn offen auslachen. Sich lustig machen. Und genau das würde ihn zerfressen.

Sie greift zum Handy.

»Lass uns noch mal über dein vermeintliches Alibi reden«, sagt sie schnell.

»Reden? Wenn du willst, können wir es nachspielen«, lacht er feist.

»Muss ich nicht haben. Aber am besten kommst du schnell, meine Eltern sind gerade weg, da können wir in Ruhe quatschen.«

»Bin gleich da.«

Sie schiebt Franzi in deren Zimmer. Ihr Auftritt soll später kommen. Sie weiß nur noch nicht genau, wie sie Carl in die gewünschte Situation bringt. Aber sie verlässt sich auf ihre Intuition. Doch die braucht sie gar nicht. Carl liefert den perfekten Vorwand.

»Ich habe mir überlegt, dass du heute Abend vielleicht alleine in den Kleingarten gehst. Nach der Nummer mit den Bullen heute Morgen habe ich keine Lust, da plötzlich in eine Kontrolle zu laufen. Wenn die mich beschatten oder so und ich spaziere da plötzlich mit einem Umschlag voller Kohle durch die Straßen, habe ich ein Problem.«

Zoe muss sich sehr bemühen, das Grinsen zu unterdrücken.

»Kein Problem, dann müsstest du mir aber eben kurz helfen. Sonst komme ich heute Abend nicht hier weg.«

»Wobei?«

»Ich sollte meiner Ma heute Abend helfen, meine kleine Schwester zu baden. Die hatte sich heute Morgen wieder total eingekackt. Wenn wir das jetzt eben machen, habe ich heute Abend Zeit.«

»Das ist nicht dein Ernst. Deine Schwester baden? Diese Behinderte?«

»Genau die. Eine andere habe ich nicht. Hast du ein Problem damit?«

Carl guckt, als hätte ihm ein Hund auf den Fuß gekackt.

»Ich habe mit nichts ein Problem«, behauptet er schließlich.

»Dann geh schon mal rüber ins Bad. Ich hole eben Franzi.«

Seine Augen werden schmal, als Zoe den Rollstuhl ins Bad schiebt. Er starrt das behinderte Mädchen an, geht angewidert einen Schritt zurück, stößt an das Klo.

Lustigerweise stößt Franzi genau in dem Moment ein paar ihrer kehligen Laute aus. Sie klingt wie ein Tier, und Zoe riecht fast, wie in Carl der Ekel steigt.

»Hilf mir mal sie auszuziehen.«

»Sie ausziehen?«

»Ja, sollen wir sie in den Klamotten in die Wanne setzen, oder was?«, lacht Zoe.

»Können wir die nicht einfach mit Deo einnebeln? Das merkt deine Mutter doch dann gar nicht. Und die da wird wohl kaum erzählen können, dass sie nicht gebadet wurde, oder?« Carl windet sich.

»Sag einfach, wenn du zu feige dafür bist«, sagt Zoe ganz ruhig.

Feige. Das ist genau das Wort, das trifft.

»Ich bin nicht feige. Ich dachte, das wüsstest du. Ich habe nur keine Lust. Aber okay«, gibt Carl sich geschlagen.

Es fängt Zoe wirklich an Spaß zu machen. Jetzt hat sie das Sagen. Sie ist überlegen. Mit spitzen Fingern öffnet Carl Franzis Schuhe.

»Die Jeans kannst du einfach runterziehen. Die hat einen Gummizug«, delegiert Zoe.

Carl ist schneeweiß im Gesicht.

Zoe grinst wieder. »Weißt du nicht, wie man Mädels auszieht? Sollte ich mich so in dir getäuscht haben? Ich dachte, du wärst da geübter.«

Zoe hat den Wasserhahn aufgedreht, dreht sich zu ihm um.

»Wenn du nicht tough genug bist, sag es einfach. Ich petze auch nicht.«

»Halt's Maul jetzt.«

Es dauert lange, bis sie Franzi endlich in der Wanne haben. Carl versucht so wenig wie möglich sie anzusehen, anzufassen. Er fühlt sich abgestoßen, unsicher.

»Halt sie mal fest. Ich hab den Waschlappen vergessen«, sagt Zoe und ist sofort raus. Sie rennt hoch, holt den Fotoapparat ihres Vaters, den sie schon bereitgelegt hatte. Die Kamera ist nicht so toll wie Carls, aber es wird reichen. Sie hat extra vorher schon Musik aufgedreht, damit Carl den Auslöser nicht hört. Sie schleicht zur Tür und erkennt, dass sie die Fotos von da machen kann. Das Bild, das sie braucht, erscheint im Badezimmerspiegel. Perfekt. Sie zoomt Carl und Franzi heran. Und drückt ab, immer wieder. Sie hofft, dass eine Aufnahme dabei ist, in der Carl nicht zu angewidert aussieht. Sie hatte ihm vorher gesagt, dass er das T-Shirt ausziehen solle, weil es danach sonst klatschnass wäre. Sie sieht im Spiegel die nackte Franzi. Zoe hat extra wenig Wasser einlaufen lassen, damit die Schwester nicht halb im Schaum verschwindet. Sie sieht Carls nackte Arme um den schiefen Körper. Sie grinst. Carl wird kotzen, wenn er die Bilder sieht. Er wird sie hassen. Sie nimmt die Kamera noch mal hoch, will sicherheitshalber noch ein paar Mal abdrücken. Und da sieht Franzi sie. Sieht im Spiegel ihre Schwester. Zoe hat Franzis Gesicht direkt im Sucher. Die grünen Augen gucken direkt in Zoe hinein. Ganz offen, ganz unbefangen. Und dankbar. Franziska freut sich ihre Schwester zu sehen. Zoe sieht diese Freude, diesen klaren Blick, das Erkennen und lässt ganz langsam die Kamera sinken.

Was tut sie hier?

Wozu benutzt sie gerade ihre Schwester?

Sie sieht das grenzenlose Vertrauen, das Franziska in sie hat, sieht die Hände von Carl auf deren Körper und muss fast würgen. Es kann ihr nicht schnell genug gehen. Sie wirft die Kamera in den im Flur geparkten Wäschekorb, reißt ein Handtuch vom Haken, wickelt Franziska ein. Das Handtuch fällt dabei halb ins Wasser.

»Gib mir noch eins, schnell.«

Mit aller Kraft hievt sie Franzi aus der Wanne, hüllt sie ein.

»Hilf mir sie aufs Bett zu legen. Dann kannst du gehen.«

Carl sieht verwirrt und auch erleichtert aus. »Wir wollten das mit dem Alibi doch noch bereden.«

»Hab es mir schon gemerkt. Einmal stehend, einmal von hinten. Das reicht wohl. Die wollen wohl nicht wissen, wie lange es gedauert hat und ob ich einen Orgasmus hatte, oder? Ich melde mich nachher bei dir, wenn ich von der Laube zurück bin.«

Carl geht. Geht schnell. Zoe sitzt vor Franzis Bett. Heult stumm.

Da ist sie wieder, die Schuld.

Sie streichelt ganz zart Franziskas Hand. Will sich entschuldigen. Sie weiß, dass Franziska nichts von der perversen Situation mitbekommen hat. Sie selber aber hat es gesehen. Sie hat die Situation herbeigeführt. Sie hat sich in ihrem Zorn dazu verleiten lassen. Sie ist verantwortlich.

Sie kann es nicht rückgängig machen. Aber sie kann etwas anderes tun. Sie muss etwas anderes tun. Sie hat die Schuhe schon an, als ihre Mutter nach Hause kommt.

»Ich muss noch mal kurz los. Hier war alles in Ordnung. Franzi hatte sich nur total eingekackt. Ich habe sie aber schon gebadet.«

Sonja Kessler ist in Gedanken noch halb in der Sitzung und nickt nur.

»Gut. Bis zum Abendessen bist du aber zurück.«

Ein langer, kurzer Schnitt

Erst hatte sie überlegt, Enya Alt einen Brief zu schreiben. Alles ganz sachlich zu erklären. Doch das erschien ihr zu schwach. Sie musste einfach persönlich mit ihr reden. Wenn die Lehrerin tatsächlich heute das Geld hinterlegen will oder soll, muss sie doch zurück sein. Von wo auch immer. Zoe hofft so sehr, die Alt in deren Wohnung anzutreffen. Sie muss mit ihr reden. Ihr alles erzählen. Sie wühlt nach den richtigen Worten in ihrem Kopf. Sie muss es für sich tun. Was danach kommt, ist egal.

Zoe geht wie angesogen. In Gedanken formuliert sie. Sie will nichts beschönigen. Nichts entschuldigen. Nur erklären. Ganz objektiv. Ein Fenster steht auf Kipp. Ein gutes Zeichen. Zoe klingelt Sturm, sie hört draußen den schrillen Ton. Es dauert eine gefühlte Ewigkeit, bis der Türsummer ertönt, sie stürmt die Treppe hoch und erstarrt erst, als sie Carl im Wohnzimmer stehen sieht.

Für eine Millisekunde fühlt sie einen Hauch Hoffnung. Hat er auch Skrupel bekommen? Hat er sich im Spiegel in die Augen geguckt und jemanden erkannt, der er nicht sein will? Sie denkt wieder an den Moment vor einigen Wochen, als sie die Schultreppe hinauf geht und Carl steht da vorm Lehrerzimmer. Genau wie jetzt. Sie geht eine Treppe hoch, betritt die Wohnung – und da steht ER. Wie in ihrem allerersten Moment. Ewigkeiten her. Vielleicht schließt der Kreis sich ja mit diesem Augenblick wieder. Sie hofft es so.

»Ach, Zoe, was machst du denn hier? Lass mich raten: Du bietest der lieben Enya an, dich mit 20 Mille zu begnügen und lieferst aber dafür mich ans Messer. Habe ich recht?«

Er lehnt sich mit dem Rücken an die Wand, verschränkt die Arme vor seinem Oberkörper. Zoe registriert, dass seine Muskeln angespannt sind. Wie zum Sprung bereit. Sie sieht, dass seine Jeansjacke achtlos auf einen Sessel geworfen wurde. Sie wirkt deplatziert. So wie Carl.

Zoe räuspert sich, versucht fest zu klingen. »Nein. So wie du mit vielen Dingen nicht recht hattest, die du in letzter Zeit gesagt hast.«

Carl zieht einen Mundwinkel spöttisch hoch. »Aber Süße, das Spiel ist eh aus. Die liebe Enya zahlt nämlich nicht. Erstens, weil sie behauptet, dass sie nichts hat, und zweitens, weil sie das Gute in mir und in ihr nicht kaputtmachen will. Das Gute in mir. Süß, was?«

Zoe hat ihn noch nie so voll Verachtung gesehen. Obwohl Carl sie schon tief hat blicken lassen. Sie guckt sich zu Enya um. Die löst sich endlich von der Wohnungstür, kommt zögernd ins Wohnzimmer. Sie kann das Herz am Hals der Lehrerin schlagen sehen. Ein schnelles Pochen am T-Shirt-Kragen. Sie riecht deren Unbehagen. Zoe dreht sich wieder zu Carl: »Was tust du hier?« Ihre Stimme ist ganz ruhig.

»Meine Lehrerin hat mich hergebeten. Ist doch so, oder Enya? Guck mal, sie hat mir sogar ein Bier gebracht.«

Carl greift nach einer vollen Bierflasche, die auf einem kleinen Glastisch steht und haut sie auf die Kante. Sie zersplittert, es schäumt. Zoe und Enya sind synchron zusammengezuckt. Sie starren Carl an.

»Aber Carl will kein Bier. Er will Kohle. Das versteht unsere liebe Enya aber nicht. Sie hat doch so einen Liebeskummer.« Seine Stimme zerschneidet die abgestandene Luft.

Zoe guckt von Carl wieder zu Enya. Was wird hier gespielt?

Enya geht einen Schritt zur Seite, lehnt sich an den Esstisch, sucht irgendwo Halt. Als sie endlich was sagt, spricht sie zum Fenster. »Ich dachte wirklich, wir könnten in Ruhe reden. Ich dachte, in dir sei doch noch ein guter Kern, der noch nicht von Hass und Brutalität zerfressen ist. Ich habe mich in dir getäuscht. In dir auch, Zoe. Aber ich glaube, wir haben beide ein ähnliches Motiv.«

Zoe guckt wieder zu Carl. Ihr Kopf fühlt sich an, als hätte jemand einen Strohhalm reingehalten und kräftig gepustet. Alle Worte, Gedanken wirbeln durcheinander. Sie kennt ihren Text nicht.

Carl fällt in ihre Stille. »Du raffst es nicht, was? Enya hat sich in den smarten Carl verguckt. Zum Totlachen, was? Was wir auf den Fotos zwanghaft darstellen wollten, hat es wirklich gegeben. Wahrscheinlich wäre die liebe Lehrerin sogar noch weiter gegangen.«

»Seit wann weißt du das?«, fragt Zoe fast tonlos.

»Seit Sonntag. Da hat die liebe Enya mich das erste Mal angerufen und mich vollgesülzt.«

»Sie haben sich in Carl *ver-liebt*?« Zoe schafft es kaum, das Wort auszusprechen, starrt die Lehrerin an. Sieht deren feuerrote Zehennägel, die feuchten Hände, die sie an der Hose abstreift. Immer wieder. Sie registriert, wie sie im Dreieck stehen. Carl, Zoe, Enya. Aber wer ist an der Spitze? Sie beugt sich zu Enya und wiederholt flüsternd: »Sie haben sich in Carl verliebt?«

»Das müsstest du doch verstehen, Zoe, oder? Ich war erst nur geschmeichelt. Vielleicht war ich auch einfach zu einsam und bin deswegen auf euch reingefallen. Ich war die letzten Tage bei einer Freundin, habe viel mit ihr gesprochen. Und Carl, ich glaube, dass es noch nicht zu spät ist für dich. Du bist doch gar nicht der geldgeile Kriminelle, den du hier mimst. Dafür bist du zu schlau.« Sie fängt an, an der Nagelhaut des kleinen Fingers zu kauen. Zieht ein Stück ab.

Endlich schafft sie es auch, Carl anzusehen. In ihrem schwimmenden Blick ist ein kleines Flehen, eine große Hoffnung und viel Unglauben. Auf das hier ist sie an der Uni nicht vorbereitet worden. In keinem Seminar, in keiner Vorlesung.

»Du meinst wahrscheinlich, dass es noch nicht zu spät für *uns* ist?« Carl lacht sein gemeines Lachen. »Stimmt. Wir können ja einfach einen anderen Deal machen. Wenn du so verknallt bist in mich, zahlst du für jede Nummer. Schade, Zoe, aber damit bist du raus.«

Zoe sieht, wie Enya unter den Worten leidet, wie sie sich schmutzig fühlt. Sie sieht, dass die Lehrerin zu unverdorben ist hierfür. Und Zoe kann sie wirklich ein bisschen verstehen. Die Lehrerin ist zu jung für den Job, zu unerfahren. Sie war ein so leichtes Opfer, hat in Carl zunächst nur den Jungen aus dem Ghetto gesehen, dem sie helfen will. Und dann hat er sie umworben. Mit all seiner Kraft, seiner Kühnheit, seiner Körperlichkeit. Enya Alt hat sich einweben lassen wie von einer großen dunklen Spinne. Zoe sieht alberne Leonardo-Gläser in einer Vitrine, daneben ein silberhaariges Paar auf einem Foto. Sie sieht zwei Sofakissen in Herzform und einen billigen Ikea-Bilderrahmen an der Wand. Enya Alt hat einen Spruch gerahmt: »Gib jedem Tag die Chance, der schönste deines Lebens zu werden.«

Dieser Tag hat seine Chance definitiv vertan.

Zoe dreht sich zu ihr um. »Wissen Sie was, Frau Alt. Ich habe von Anfang an Ihre Naivität gehasst. Ihre Leichtigkeit, ihre Unbeschwertheit. Jetzt tut es mir leid, dass die weg ist. Vielleicht kommt sie ja wieder. Es ist vorbei.«

Zoe holt aus ihrer Tasche eine CD. Die ist mit »EA« beschriftet. Carl erkennt sie sofort, weiß, was für einen Schatz Zoe in der Hand hält.

»Woher hast du die?«

Er hat sich mit einer schnellen Bewegung von der Wand abgestoßen. Der Bilderrahmen verrutscht leicht. Für einen kurzen Moment hat Zoe Angst, Carl könne ein Messer ziehen. Sie fixiert ihn genau.

»Von deinem Kumpel. Ich wusste, dass du das Original da deponiert hattest.«

Das war gelogen. Sie hatte es gehofft. Und Recht behalten.

»Warum hat er sie dir gegeben?« Carl schreit sie an.

»Ich habe das getan, was ich am besten kann.« Zoe wartet einen langen Augenblick, ehe sie weiterspricht – »Lügen.«

Mit einem Ruck zerbricht sie die CD. Carl sieht aus dem Augenwinkel, wie Enya Alt die Ausdrucke – die letzten Beweise – an sich nehmen will. Er springt auf sie zu, will sie ihr entreißen, Zoe geht dazwischen, wird brutal von Carl zur Seite gestoßen. In dem Moment, als Enya die Bilder mit einem Ruck teilt, knallt Zoe auf den Boden. Mit dem Gesicht auf die zerbrochene Bierflasche. Im ersten Moment denkt sie, es sei Bier, das ihr den Hals runterfließt. Doch dafür ist es zu warm. Es ist Blut. Viel Blut. Enya schreit auf. Zoe bleibt ganz ruhig. Sie tastet und fühlt einen langen Riss von der Schläfe herab bis zur Wange. Es tut weh. Endlich kommt der Schmerz. Sie lächelt. Es tut weh. Sie hat ihren Makel. Ihren sichtbaren Makel. Sie ist frei.

Den Termin bei der Polizei genießt sie fast. Lange musste sie auf Enya Alt einreden, bis die zugestimmt hat. Die Lehrerin wollte nur vergessen. Hat sich geschämt, dass sie sich in einen Sechzehnjährigen verliebt hatte.

»Ich fühle mich wie eine alte faltige Frau, die auf einen schleimigen Heiratsschwindler reingefallen ist, der ihr immer vorgesäuselt hat, jeden Zentimeter ihrer schlaffen Haut zu begehren. Ekelig.«

»Sie sind höchstens schlaff, wenn Sie nicht mit zur Polizei gehen. Ich gehe auf jeden Fall«, hatte Zoe geantwortet. Zoe ließ nichts aus. Nur den Moment, in dem Franzi ihr direkt auf den staubigen Boden ihrer Seele geguckt hatte, verschweigt sie. Das geht niemanden etwas an.

Auch die Schulleitung ist völlig überrascht. Zoe war Vorzeigeschülerin. Nun geht sie. Direkt nach der Verhandlung wird Zoe auf eine integrative Schule wechseln.

Noch vor der Verhandlung tagt ein anderes Gericht.

Sie hat am letzten Schultag in Saskias Tasche einen Zettel geschmuggelt: »Um 12 Uhr am Denkmal. Kim«.

Denselben Text mit Saskias Unterschrift findet Kim in ihrer Jeansjacke. Auch Julian findet eine Einladung in seiner Tasche. Die drei staunen, als plötzlich Zoe hinter dem Denkmal hervorkommt. Sie spricht sofort los, ehe jemand anderes was sagen kann.

»Ihr hattet recht. Ich war schlecht. Ich habe gelogen. Ich habe euch verraten. Ich habe auch mich selber belogen, mich selber verraten. Es tut mir leid, wenn ich euch gekränkt und verletzt habe. Ich wollte das nicht. Ich wollte auch ganz lange nicht *ich selbst* sein. Jetzt will ich es. Sorry für alles.«

Sie dreht sich um und geht. Sie hofft so sehr, dass sie Schritte hört. Dass sie eine Hand auf der Schulter spürt, vielleicht sogar eine Umarmung.

Nichts passiert.

Sie geht weiter, biegt irgendwann um die Ecke. Selbst wenn sie sich jetzt umdrehte, würde sie die drei nicht mehr sehen können.

Sie wacht spät auf am Samstag. Hat am Abend lange wach gelegen, um die verlorenen Freundschaften geweint. Aus dem Garten hört sie Kichern. Ihr Vater brüllt lachend: »Nicht noch mehr Sand.«

Neugierig geht sie runter, holt sich einen Kaffee und schleicht auf die Terrasse. Da stehen sie. Lilly, Kim, Saskia, Julian in einem Berg von Sand.

»Du trägst einen Hello-Kitty-Schlafanzug?« Lilly lacht laut.

»Ist mir klar, dass du mehr auf Prinzessin Lillifee stehst …«, antwortet Zoe und grinst zurück. »Kann ich fragen, was ihr da macht?«

»Wir möchten noch mal mit dir im Sand liegen. Wie damals in Den Haag«, sagt Saskia mit belegter Stimme.

Zoe kann nur nicken, ein Kloß schnürt ihr plötzlich die Kehle ab. Kim nimmt sie fest in den Arm. Zoe spürt etwas Nasses an ihrem Hals. »Achtung, mein Verband wird ja ganz feucht«, sagt sie mit belegter Stimme.

»Egal«, murmelt Kim und bleibt noch ein paar Augenblicke in der Umarmung.

Als sie Zoe freigibt, damit Saskia sie drücken kann, hört Zoe, wie sich Julian lautstark in sein Taschentuch schnäuzt. »Was ist jetzt mit der Strandparty?«, fragt er dann betont lässig.

Zoe genießt den Tag. Das Rumalbern, die Nähe. Sie kann gar nicht genug davon bekommen. Nicht genug von den Freundinnen und nicht genug von sich selber. Der neuen Zoe.

Über ihr Bett hat Zoe ein Foto gehängt. Es sind Franzis Augen. Es ist Franzis Blick.

Franzis Blick war Zoes Augenblick.